CHRISTOPHE ONO-DIT-BIOT

Christophe Ono-dit-Biot est né au Havre en 1975. Agrégé de lettres et grand reporter, il est l'auteur de quatre romans : *Désagrégé(e)*, *Interdit à toute femme et à toute femelle*, *Génération Spontanée* – ouvrage pour lequel il a remporté le prix du Livre de l'été Vol de Nuit en 2004 ainsi que le prix littéraire de la Vocation – et *Birmane* – prix Interallié 2007. Tous ont été publiés chez Plon.

BIRMANE

DU MÊME AUTEUR

CHEZ POCKET

Désagrégé(e)

Interdit a toute femme et à toute femelle

Génération spontanée

Birmane

CHRISTOPHE ONO-DIT-BIOT

BIRMANE

PLON

Le papier de cet ouvrage est composé de fibres naturelles, renouvelables, recyclables et fabriquées à partir de bois provenant de forêts plantées et cultivées durablement pour la fabrication du papier.

ISBN : 978-2-266-18279-9

À la mémoire de mon grand-père André

« De la taille aux orteils,
tu n'es qu'une rebelle, chérie. »

George ORWELL, *1984*.

PARTIE I

DE L'OR ET DU BITUME

1

Aujourd'hui, le paradis est à portée de carte bleue.

C'est peut-être pour ça que ce n'est pas le paradis.

Tout a commencé à cause des fourmis. Une pauvre colonne de fourmis prenant d'assaut le pilier de teck d'un bungalow de Thaïlande. En rangs serrés, les fourmis, façon légionnaires, et c'était ce qui foutait le plus la trouille, cette détermination-là.

De la minuscule terrasse, la vue était pourtant extraordinaire. Les vagues mouraient sur le sable blanc en lui prodiguant un dernier baiser chuintant.

A priori, le paradis. À part cette colonne de fourmis, et c'est précisément ce qui coinçait.

— Ça va s'arrêter quand, César ?

Elle disait ça avec des larmes. Des larmes de rage qui inondaient mes tongs 1,69 mètre en dessous de ses glandes lacrymales.

Le Beach Paradise Guesthouse, il s'appelait. En français, « Auberge paradisiaque de la plage ». Oh, ce n'est pas le nom qui m'avait séduit : on en avait rencontré, des Silver Swan Hotel (« Hôtel du cygne argenté ») bourrés de cafards dodus comme des salamis, et des Dream Cottage (« Petite maison de rêve ») où la moustiquaire, réduite à la taille d'une épuisette, nous transformait en piste d'atterrissage pour moustiques calibrés comme des seringues. Non, ce n'était pas le nom, mais la vue. Faut croire pourtant que j'avais manqué de discernement.

Elle pleurait, et le soleil peignait d'orange le bout de l'horizon. Elle a levé les yeux :

— César, je ne t'aime plus.

2

C'est comme ça quc ça a fini. Et que ça a commencé.

L'avion prend de l'altitude. Mes intestins me font mal et ce n'est pas à cause de la pressurisation. Je ferme les yeux. Ça m'aide à me repasser le film de ces derniers jours. À me consoler. À me persuader que j'ai raison d'être là, flottant à dix mille kilomètres d'altitude dans une mer de nuages en lambeaux poisseux.

Elle voulait « de l'aventure ». Prendre un bain d'Asie en même temps qu'un bain de jouvence. Le voyage sac au dos, elle avait raté le coche à la fac alors elle voulait le faire maintenant. Je n'étais pas contre, bien au contraire. J'avais même un pays en tête, dont je rêvais depuis longtemps, mais dont je n'ai pas prononcé le nom quand il a été question de choisir une destination. Par crainte de l'enfer que ça pourrait être. Un « enfer beau », disait Blanchart, mais dans lequel je nous voyais mal tous les deux. Aujourd'hui, je sais pourquoi je n'en ai pas parlé à ce moment-là : un *Nat*[1] m'en a empêché. Il savait que ce pays-là, il fallait que j'y aille seul. Il m'attendait.

1. *Nat* : au nombre de trente-sept, les *Nats* sont des esprits révérés en Birmanie. Ils habitent les cours d'eau, les forêts, les montagnes et les étoiles.

On avait mis le cap sur le Laos. Zen attitude dans les temples de Luang Prabang, promenades poétiques dans les paysages d'estampes de Vang Vieng, pirogue sur le Mékong à la rencontre des dauphins d'eau douce : c'était ça, le programme. Sauf qu'il avait plu tout le temps, contrairement aux prévisions des guides de voyage, qui ne parlaient en cette saison que de « rafraîchissantes ondées en fin d'après-midi, baptisées "douches de mangue" ». Les mangues, c'était nous. Plus juteuses pour un sou, mais trempées jusqu'au noyau. On n'était jamais secs, et toujours lessivés. Par des trajets en bus dans l'odeur âcre des paniers de poisson séché suspendus au-dessus de nos têtes, des galères en pagaille. Un jour, un type nous propose un mystérieux « cargo-bus ». « Toute la place que vous voulez, vous pouvez même vous allonger ! » Hélène en avait souri de bonheur. Enfin ! À la nuit tombée, on s'y rend en cyclo-pousse romantique bringuebalant sous les étoiles. Sur le parking vide, un camion bâché. « *Yes, this is cargo-bus !* » lance le conducteur pendant que les locaux y grimpent. Je fais signe à Hélène d'attendre. Je monte sur le marchepied, loge un œil sous la bâche : à l'intérieur, sous des nattes d'osier, un alignement de fûts de produits chimiques. Un truc à finir en torche humaine. C'est là qu'elle a pleuré pour la première fois, et franchement, je ne pouvais pas lui en vouloir.

On a renoncé à cette Asie-là. On est allés chercher le soleil sur les îles thaïlandaises. On pensait même se mettre à la plongée, histoire de noyer nos soucis sous plusieurs mètres cubes d'eau. On imaginait la plage pour nous. Un petit bungalow simple pour y faire un enfant. Elle disait ça en blaguant mais je sais qu'elle y pensait. Au lieu de ça, c'était tous les soirs trois cents teufeurs défoncés jusqu'aux yeux à la *ya baa*, la nouvelle drogue asiatique, en train de danser les pieds dans l'eau et la tête dans la techno. Plus quelques vieux hippies. Hélène a pleuré pour la deuxième fois. J'ai pris sur moi, je me suis plié en quatre pour trouver un véhicule et aller explorer le nord de l'île. Là, je tombe sur le bungalow de nos rêves, je retourne la chercher et j'annonce la bonne nouvelle... C'est là que se pointent les fourmis.

Larmes, pour la troisième fois. Grosses comme des perles d'élevage, explosant en une tempête salée. Ça et les reproches. D'abord, je me suis avancé pour la prendre dans mes bras, lui dire qu'après tout, ce n'était pas grave, et qu'on allait changer d'endroit, que j'avais mal vu, que j'étais stupide, qu'elle ne m'y reprendrait pas, qu'on allait partir tout de suite. C'est pourtant ce moment précis qu'a choisi l'un des hyménoptères pour attirer son regard. Pourvu d'ailes monstrueuses, dressé sur ses pattes de derrière, casqué comme un légionnaire de la Rome conquérante, l'animal s'était pris de passion pour ses doigts de pied sucrés. Suivi d'un demi-mètre de congénères escaladant sa tong en rangs serrés. Ça jaillissait de partout. Hélène s'est effondrée. Non sans dire : « Puisque tu aimes, tu restes là. »

J'ouvre les yeux. J'ai la nausée maintenant, et mal au ventre. La housse du siège colle à mon tee-shirt. Rien à voir dans les hublots à part quelques nuages glaireux. La moquette de la cabine pue le chien mouillé et mon voisin transpire dans son uniforme. Il s'est installé à côté de moi en cours de vol, alors que l'avion n'est pas rempli. J'étais en train de lire un magazine anglais évoquant les viols perpétrés par l'armée birmane dans le nord du pays et je l'ai immédiatement planqué. De justesse. Heureusement une place vide nous sépare encore. Il sent l'aigre. Ses lunettes noires le font ressembler à un copain de promo de Pinochet. Il les soulève de temps à autre pour mieux s'éponger le front avec son mouchoir et moi c'est mon cœur qui se soulève. Un grain de beauté couronné de poils drus pousse au-dessus de sa lèvre supérieure et menace d'exploser à tout moment. Je sais qu'en plus, comme tous les Asiatiques, il en est fier. Sagesse et virilité.

Mes intestins me relancent, ma gorge est sèche, et je sais parfaitement pourquoi. Dans la vie, je peux revendiquer une chose : je suis peut-être égoïste et insatisfait, mais je me connais bien. Pour faire simple, disons que je suis en train de réaliser un rêve, et que ça m'emplit de panique. Je devrais demander un verre d'eau à l'hôtesse, ou même un whisky, mais je préfère fermer les yeux pour essayer de dormir. Et terminer le film qui passe sous mes paupières. Est-ce qu'on s'aimait ? Je crois qu'on s'accompagnait bien, c'est tout.

Le lendemain, je suis parti à sa recherche. Les orages hélénéens se dissipaient toujours après quelques heures. Elle avait réussi à me culpabiliser. Après tout, c'est vrai qu'on était en vacances, et qu'une jeune responsable du marketing de Toys r'us avait peut-être le droit plus qu'une autre à un minimum de confort. Je n'y avais jamais pensé avant aujourd'hui, mais c'était peut-être parce qu'elle bossait dans les jouets qu'Hélène, comme les enfants pour les intérêts desquels elle était censée agir, avait besoin plus qu'une autre d'être rassurée contre les grosses bébêtes qui montent qui montent qui montent pendant votre sommeil innocent.

Les fourmis n'étaient plus là et la vue toujours aussi sublime. Coup de langue des vagues sur le sable blanc, c'était à se tuer de plaisir.

Aucun des hôtels de la plage n'avait inscrit de Française sur son registre. Je commençais à désespérer. Était-elle vraiment partie ? Arrivé au bout de la baie, les plantes de pied brûlantes d'avoir labouré la plage, j'entends parler ma langue derrière un rideau de bambou. Mieux, j'entends rire ! *Son* rire ! J'entre dans l'hôtel, et je la vois, assise à l'ombre du buisson de tiges vertes, devant une tasse de café fumant et une assiette de pancakes. Elle a, en me voyant, un air embarrassé, dû sans doute à la présence autour d'elle d'autres grandes tiges, bronzées cette fois, qui me dévisagent illico avant de m'inviter à m'asseoir d'un geste de la main. Jeunes et sympas, avec des tatouages de dauphin. Le genre à avoir hâte que le soir tombe pour chanter Manu Chao a capella avant de tirer un coup avec une routarde à dreadlocks. Les hanches ceintes de paréos, deux filles les rejoignent et s'étirent avec bonheur en regardant les pancakes dont le miel scintille dans les rayons du soleil. Ambiance Ricoré sous les tropiques. À pleurer. Bizarrement, tout ce petit monde a l'air parfaitement heureux d'être ensemble. Hélène comprise : je prends un premier direct au plexus solaire. Je reste sonné un instant, debout avec mes tongs à la main, puis je m'assois et me penche à son oreille. Je ne la reconnais pas.

— Qu'est-ce que tu fais avec ces routards tatoués ? Tu les détestais à Bangkok...

— C'est pas toi qui me reprochais d'être trop fermée ?

— Allez, viens, on va prendre un petit déj.

Je pose une main sur son avant-bras. Elle le retire immédiatement.

— Merci, mais je vais le prendre avec eux.

Elle me toise sans même une lueur de défi. Juste comme si elle était désolée. Je comprends à ce moment-là qu'elle n'a pas parlé à la légère, la veille. « *César, je ne t'aime plus.* » Le plus triste, c'est de réaliser que c'est réciproque. Elle est belle, intelligente, mais je ne l'aime plus. Étrangement, ça ne va pas sans douleur. C'est peut-être que ce n'est pas fini ? Quand ta jambe te fait mal, c'est que tu l'as encore, non ?

— Les pancakes vont refroidir ! lance un des mecs.

— Bouffe-les, je réponds.

Il ne réplique rien, le con. Faut croire que j'ai sapé la bonne ambiance, renversé la table Ricoré. Ça suffit à m'arracher un sourire.

— Ne gâche pas tout, dit Hélène, enveloppée dans un paréo que je ne lui connais pas.

— Moi non plus, je ne t'aime plus.

J'aurais voulu qu'elle dise un mot pour me calmer. Mais rien. Alors je me suis excusé.

Elle a secoué la tête, et lâché, d'une voix embarrassée :

— César, t'as un problème... Tu t'ennuies dans ta vie, tu veux vivre des trucs, mais tu ne fais rien pour que ça change... Ou tu fais tout de travers...

— Mais c'est toi qui...

Elle m'a interrompu.

— Non, ce n'est pas moi. Maintenant laisse-moi, je voudrais profiter de la fin de mes vacances.

— T'appelles ça des vacances, bouffer des pancakes en paréo ?

— Parce que ton bungalow plein de fourmis, c'est mieux ?

— Au moins c'est pas artificiel comme ici. C'est sauvage...

Elle m'a dévisagé, agacée.

— Sauvage ? C'est ça, prends-toi pour un aventurier, comme ton ami Blanchart.

J'ai tiqué, elle allait trop loin.

— Pourquoi tu me parles de Blanchart ?

Voyant ma réaction, elle a baissé les yeux.

— Rien.

Ça aurait pu s'arrêter là. Ça aurait dû s'arrêter là. Au lieu de ça, j'ai insisté. Elle a commis l'irréparable en une phrase. Une phrase pleine de mots aussi tranchants qu'un laser sur une cornée de myope :

— Il faut que tu arrêtes de t'obséder avec lui. Tu ne lui arriveras jamais à la cheville.

3

Pourquoi t'as peur ? Détends-toi. Regarde par les hublots, les nuages se sont enfin déchirés. Contemple ce delta marécageux, les bras de ce fleuve qui ondulent comme ceux d'une déesse hindoue, les taches brillantes comme du mica qui sont peut-être la pointe des stupas sacrés... Oublie Hélène, fantasme ta destination, les rencontres que tu vas y faire ! T'es dans l'action, mec ! D'accord, à côté de toi il y a ce type en uniforme qui sue. Je sais ce que tu te dis. Que tu t'en vas vers une dictature. Je sais que t'as peur, et c'est normal. Prends-toi une bonne goulée de Ventoline pour te desserrer la poitrine, gonfle tes bronches, ou tiens, réclame une bière à la gentille hôtesse aux yeux fendus !

— *First time in Myanmar ?*

Je sursaute. C'est mon voisin qui a parlé. Le représentant de la junte militaire en personne. Je me tourne vers lui et l'odeur de moquette mal séchée commence à saturer l'oxygène de la cabine. Il a ôté ses lunettes de Pinochet. Explorant de son cure-dent les parasites alimentaires qui démangent sa dentition, il me toise avec calme. Parfaitement détendu dans son uniforme de la même couleur vert marécage que le pays qui, mille mètres plus bas, défile sous nos pieds. Je ne veux pas lui parler, ce type me glace les sangs, m'empêche de respirer.

— *Yes*, je réponds avec un sourire de ravi de la crèche avant de me tourner vers le hublot.

— *Are you a tourist ?*

Sans retirer son cure-dent, il esquisse un sourire qui me donne envie d'avaler illico ma pomme d'Adam. Je sens le piège. Ou je deviens parano ? Je hoche la tête, tente de me détendre.

— *And you, you are from Myanmar ?*

— *Of course, you don't see my uniform ? I work for my government.*

Il réajuste sur son nez ses lunettes à verres teintés et se détourne. Agacé ou rassuré. J'aimerais me lever pour faire quelques pas, mais je n'ose pas le déranger. Un moine en robe safran passe entre les rangs de l'avion. Suivi d'une hôtesse qui distribue les fiches de douane. Mon stylo tremble sur le papier. Il m'observe. Il faut que je me calme. Ces maudites fiches d'avion, avec leur case *occupation*, vous rappellent sans arrêt que vous avez raté votre vie.

À côté de ma vie professionnelle, ma vie sentimentale était en effet un paysage riant. L'autre, c'est la mer d'Aral. Des cadavres d'animaux desséchés, des coques qui rouillent, et pas une larme de pétrole. Mon boulot, c'est « SR ». Secrétaire de rédaction. Pour moi, Situation régressive. Un boulot de fourmi – c'était écrit ! – consistant à s'user les yeux chaque jour que Dieu fait de 10 à 13 heures et de 15 à 19 sur les articles qui doivent paraître dans le prochain numéro du journal. Un journal féminin. Ça ne fait rêver que quand on n'y travaille pas. Je suis chargé de relire les articles, d'en corriger les éventuelles coquilles, entendez les fautes d'orthographe et les erreurs de syntaxe faites par nos brillants journalistes. Il y en a tellement que ça m'arrive de réécrire entièrement le papier. On dit « rewriter » : c'est plus chic, mais ça n'apaise nullement ma frustration : j'ai dû réécrire une bonne centaine d'articles, sans en avoir jamais signé aucun. On me dit que je travaille bien quand mon travail ne se voit pas : je suis invisible. Je n'existe pas.

Contrairement à Blanchart.

Jean-Étienne Blanchart. « Avec un “t”, comme “talent”. » Qu'on ne rie pas ! Je l'ai entendu dire ça dans « le Bocal », le nom qu'on donne à la rédaction parce qu'elle est isolée de l'extérieur par une baie vitrée... Blanchart, c'est notre grand reporter. Gilet kaki multipoches, cheveux ras, yeux bleus et Timberland greffées aux pieds, il rend toutes les filles folles, depuis l'hôtesse d'accueil nymphomane jusqu'à notre très chaste rédactrice en chef. « Il a du chien », dit-elle simplement, ce qui me paraît la moindre des choses quand on ressemble à un maître-chien. « Avoir 20 ans au Darfour », « Excisée, amputée, mais épanouie », ou encore « Adoptez un enfant soldat », il a tout fait, Blanchart. Tellement tout fait, multipliant les angles journalistiques sur terre, sur mer et dans les airs, qu'on se demande comment il trouve encore la force de venir au bureau. C'est peut-être pour ça, d'ailleurs, qu'il n'y vient quasiment jamais. Et que les rares fois où se pointe le bout de son écharpe couleur sable du Ténéré, on a déjà l'impression qu'il s'en va, ses yeux bleus flottant dans le vague comme s'ils revivaient l'épisode « tir-de-mortier-sur-ma-4 × 4-pourtant-marquée-Croix-Rouge » en Bosnie (« Sarah de Sarajevo », 4 juin 1992) ou son étreinte furtive avec Miss Tchétchénie dans un squat pour artistes à Grozny (« Mort aux trousses pour une Miss », 23 octobre 1999).

Mais Blanchart, attention, n'est pas seulement un

mec qui en a. C'est aussi un poète. Avec lui, le soleil « rougeoie » constamment sur les « montagnes inviolées », et le regard des femmes est toujours « embué de l'émotion de celles qui se savent mortelles ». Du coup, je m'en voudrais vraiment de toucher à un seul mot de sa formidable prose. Ce sont donc les seuls articles dont je ne modifie pas une virgule afin de faire rayonner leur éblouissant ridicule. Lui croit que c'est par respect. « Blanchart, jamais d'angoisse de la page blanche », répond-il d'ailleurs à tous ceux qui lui demandent comment il arrive à travailler si vite, et à être toujours aussi bouleversant.

Et puis il y a l'opium. Ah, l'opium ! « À défaut d'une pipe d'opium, allons au moins boire un café », l'ai-je plusieurs fois entendu dire à une stagiaire jeune et canon, à laquelle il proposera comme aux autres, deux ou trois jours plus tard, de montrer le bouddha polychrome de trente centimètres de long qu'il s'est fait tatouer dans le dos. Elle dira oui.

L'opium ! Il en aurait fumé à Kaboul avec un champion de bozkachi, à la frontière turco-iranienne avec un derviche tourneur, et place de Clichy avec Nico, l'égérie blonde des Velvet Underground qu'il aurait partagée avec Alain Delon... L'opium, il en est tellement fou, Blanchart, qu'il court après tout ce qui y a trait, de près ou de loin. « Il collectionne surtout les pipes », nuance souvent Nadia, chef du service Beauté et ex-maîtresse de l'individu, à propos de sa tendance légendaire à se laisser faire dans le plaisir avant de s'endormir sans préavis. Ce à quoi il répond invariablement que c'est à cause de son enfance chinoise, et de cette coutume qui veut que dans les grandes familles, les nourrices endorment les bambins mâles en leur suçotant patiemment l'extrémité jusqu'à ce que passe le marchand de sable...

Suis-je envieux ? J'assume. Depuis deux ans, mon espace vital se limite au triangle compris entre mon Macintosh, la machine à café et la cantine où, là encore, il n'est question que des derniers exploits de Blanchart. Il faut dire, à sa décharge, qu'il a un sacré palmarès : Mandela, Izetbegovic, Castro, Massoud, Angelina Jolie au Cambodge, il les a tous interviewés, comme le montre l'expo photo permanente qui, avec sa collection d'étuis péniens, occupe son spacieux bureau. À voir les clichés, difficile de savoir qui est la star, et qui est le journaliste.

La plus belle photo le montre avec Aung San Suu Kyi. Emprisonnée dans sa propre maison de Rangoon depuis plus de onze ans, la belle et magnétique prix Nobel de la Paix 1991 porte comme à son habitude une branche de jasmin dans ses cheveux coiffés en chignon. Elle serre la main à un Blanchart au plus haut de son zénith. Pourquoi avec Massoud, avec Mandela ou Bowie, Blanchart n'a-t-il pas cette expression flamboyante ? La raison tient en un mot : BIRMANIE.

Ce pays, c'est simple, il en est tellement toqué qu'il en a fait son domaine réservé, son fief journalistique, mettant des bâtons dans les roues à qui voudrait s'y rendre pour en rapporter un sujet. Il a consacré au pays une demi-douzaine de livres, aux informations souvent invérifiables puisque la dictature en place refuse tout visa aux journalistes.

Blanchart, lui, a pu s'y rendre. Jusqu'à ce que la junte le mette sur sa liste des personnes indésirables, interdisant à toutes ses ambassades de lui délivrer un visa, même de tourisme. Ça l'enrage à crever ! Car des deux choses qui le passionnent le plus, l'opium et la Birmanie, notre pointure n'a jamais réussi à approcher celui qui en incarne la vivante synthèse.

Celui pour l'interview duquel il serait prêt à se détatouer le bouddha qui lui apporte tant de rajeunissantes satisfactions, ou à avaler sa carte de presse qui se termine pourtant par 007 – on dit qu'il a passé une semaine de coups de fil pour ça.

Celui que moi, qui n'ai ni tatouage ni étui pénien, j'ai décidé d'interviewer.

J'ai un tout petit avantage : je ne suis pas « blacklisté ».

Une voix dans les haut-parleurs annonce dans un anglais asiatique que nous commençons la descente. Les ceintures font clic et mon voisin s'éclaircit la gorge avec fracas. Retour à mon hublot. Une étendue verte irriguée de veines brunes parsemées de caillots, et une artère plus importante, qui doit être l'Irrawaddy, dont le nom long comme un serpent évoque une formule magique. Partout, des petits points dorés qui réverbèrent l'éclat du soleil. Le pays aux dix mille pagodes, déjà...

— *I wish you a pleasant stay in my country,* énonce d'une voix glaçante mon militaire en posant sur ses genoux une mallette de cuir.

Mes yeux restent bloqués sur sa texture crocodile. Que contient-elle ? Une liste de dissidents à exécuter ? Les plans d'une nouvelle prison ? Je pense à Hélène, et puis je me dis que ça suffit avec le passé.

Je suis dans le présent. Seul. En dictature.

4

Ses bottes claquent sur le tarmac. Sa mallette à la main, il se dirige vers la Jeep qui l'attend à vingt mètres de l'avion. Je plisse les yeux dans le soleil pour découvrir une énorme construction dorée hérissée de pagodes. L'aéroport de Rangoon est un théâtre kitsch. Et menaçant.

Mon compagnon de voyage vient d'atteindre son véhicule, où ses collègues le saluent avec déférence. Il s'assoit à côté du conducteur, rajuste ses lunettes et son chapeau de brousse, et tape sur la portière. La Jeep s'éloigne en couinant. Les autres passagers, comme moi, sont priés de se diriger vers le théâtre. J'avale ma salive.

Je prends ma place dans la file d'attente. Elle ne fait pas plus de dix mètres, mais elle suinte l'exotisme. À part les trois types au visage émacié qui papotent en allemand attaché-case au poing, je ne vois que des traits chinois ou indiens, dont pas mal de hautes silhouettes barbues aux turbans impeccables. Des sikhs. L'atmosphère est lugubre, plombée par la présence des militaires et la faible activité du lieu. Je me prends à douter : qu'est-ce que je fais dans cet aéroport doré à l'extérieur et gris à l'intérieur ? Un filet de sueur glisse le long de ma colonne vertébrale. Ça doit être un peu l'impression qu'on a quand on arrive en Corée du Nord.

— *Two hundred dollars, sir !*

La jeune fille en chemisette blanche qui contrôle les passeports ne sourit pas. Pas plus que l'officier assis près d'elle et qui semble, lui, la contrôler. Elle a sur les joues deux rectangles blancs, comme une crème qui aurait séché sans avoir le temps de pénétrer la peau. Deux cents dollars. US dollars. Pour un pays mis sous embargo par les États-Unis, tu parles d'une dérision ! C'est pourtant vrai : depuis l'entrouverture du pays aux étrangers, les Birmans obligent chaque visiteur à changer une liasse de dollars contre la même somme en FEC, Foreign Exchange Currency. Une monnaie de singe qui ne sert que dans quelques hôtels, et qui permet à la junte de se mettre dans la poche un bon paquet de devises. J'ai souvent entendu Blanchart se vanter de changer moins pour alléger d'autant les bénéfices indus du gouvernement en place. J'ai envie de faire pareil. Je ne sors qu'un billet de mon portefeuille ventral et le fais glisser devant la fille.

— Je n'ai que 100 dollars, dis-je en anglais.

La fille regarde Benjamin Franklin avec mépris. Les deux rectangles donnent à son visage un air tribal. Elle se tourne vers son collègue et l'interroge du regard. Je sens ma pomme d'Adam tressaillir lorsque les dents du type, rougies par le bétel, esquissent un sourire de tueur à mon intention. Qu'est-ce qui m'a pris de jouer les héros ? Pour 100 dollars ! Le cœur battant, je glisse la main vers mon abdomen pour sortir un deuxième billet lorsque le type planque enfin ses dents et hoche la tête en discret signe d'assentiment.

— D'accord, mais vous allez me faire un petit cadeau, murmure-t-elle en se penchant vers moi.

« *A little present.* » Les battements de mon cœur s'accélèrent. Je ne comprends pas. Ses doigts pianotent nerveusement sur le billet de 100 toujours posé devant elle. Le type s'impatiente. Elle veut quoi ? Ma montre ? Pris d'une impulsion subite, je sors 20 dollars de ma poche.

— *Welcome in Myanmar*, dit-elle en tamponnant mon passeport. Le billet vient de disparaître dans la poche de chemise de l'officier.

— *Hey, mister ! Mister, taxi mister !*

Un jet rouge atterrit à mes pieds dans un bruit de crachat. Le bétel, encore. Le type empoigne mon sac à dos. Anesthésié par la chaleur, je peine à suivre sa silhouette qui fend la foule... Les faces asiatiques, mélange de Chine et d'Inde, dévisagent l'étranger. Les corps, vêtus de chemises occidentales et de sarongs rayés, s'écartent pour me laisser passer. Mon guide me pousse presque dans sa voiture, une vieille Lada bleue au rétroviseur alourdi par un CD qui tournoie sur lui-même en réfléchissant les rayons du soleil. Ses tongs écrasent l'embrayage, sa main actionne une boîte de vitesse réticente, et le véhicule démarre dans une grosse fumée noire. *« You want an hotel ? I know a good hotel, cheap one ! »*

La remarque me fait bondir. Me confondrait-il avec un routard ? Mauvais signe pour un reporter venu faire l'interview du siècle. Durant mes trois jours à Bangkok, j'ai eu le temps de bosser sur des guides achetés d'occase. Sachant que les « pointures », à Rangoon, vivent dans les quartiers résidentiels établis autour du lac Inya, je remets le chauffeur sur les rails :

— *Inya Lake, please !*

Ça tombe bien, il a une adresse. Évitant la file de voitures qui plongent vers le centre, mon pilote prend brusquement à droite. Bientôt, de sublimes et irréelles villas blanches émergent d'un décor de jungle. Une jungle qui semble prête à les digérer comme elle l'a déjà fait, çà et là, du bitume de la route. Feuillages, lianes, racines entremêlées et quelques fleurs lumineuses, ça sent la sève à plein nez. Je me cale sur mon siège et commence à me détendre.

Pour 15 FEC par jour, soit 15 dollars, le « Mingalar Garden Hotel » me garantirait une chambre spacieuse avec vue sur la pagode Schwedagon, un « *Good morning, sir* » chaque matin du personnel désœuvré, mais à nœud pap, et la prise scrupuleuse des messages qui me seraient destinés. Coup double : la localisation était parfaite, et le standing adéquat pour mon nouveau statut. Derrière le réceptionniste, un panneau de bois affichait les trois commandements de l'hôtel :

1. Il est interdit de se livrer au trafic de biens ou d'animaux de toutes sortes.
2. Il est interdit de jouer aux jeux d'argent.
3. Il est interdit d'user de narcotiques dans les chambres.

Juste à côté, une fresque polychrome représentait une procession de femmes faisant leurs offrandes au Bouddha. Cette sérénité était de bon aloi. J'ai posé sur le comptoir quelques FEC aux airs de billets de Monopoly.

Après avoir déballé mes affaires et pris une douche rapide, je suis redescendu à la réception pour constater que le chauffeur m'avait attendu. Il papotait tranquillement avec le personnel. L'un d'eux, que son badge annonçait comme Mr. Kho, s'est empressé de m'ouvrir la portière et de me demander : « Schwedagon ? »

Lui aussi me prenait pour un touriste ? Sans le regarder je me suis enfoncé dans la banquette défoncée et j'ai lancé au chauffeur d'un ton sûr : « *Scott Market, please.* »

La cohue bigarrée s'agitait dans un parfum d'urine, de chaleur et de jasmin. Près de la grande cathédrale de brique rouge, sous un enchevêtrement de toits de tôle verte se succédaient des échoppes au nom évocateur : « SAWE TAW, MYANMAR MOGOK NATURAL EXQUISITE GEMS », « 9 TRIPLET, JEWELLERY ». Je me suis approché des vitrines. Il s'y alignait des dizaines de pierres précieuses. Jade, diamants et saphirs en provenance des montagnes du Nord. Et bien sûr des rubis, la pierre reine en Birmanie. Les vendeurs m'ont apostrophé : « *Tsss Tssss ! You want ? Mogok ruby, Mogok ruby ! For your lady !* » J'ai pensé à Hélène. Que faisait-elle en ce moment ? Haletait-elle sous les coups de boutoir de l'un de ses nouveaux amis routards, ou sous les caresses buccales des deux filles à paréo, allongée dans le soleil, luisante comme un pancake humain ? J'ai chassé la vision en même temps que les mouches qui se mêlaient à ma sueur, distrait par les formes et les couleurs des montagnes de fruits qui m'entouraient, vus nulle part ailleurs. Roses, hérissés de piquants, ou verts et longs et lisses, mi-courges, mi-bananes, tâtés et commentés par des femmes à la longue chevelure et aux joues tachées de blanc comme la fille de l'aéroport. Elles parlaient fort et aigu dans la chaleur bourdonnante.

Le Scott Market. C'était le centre nerveux de Rangoon. Mieux, son cœur battant, à plein régime, qui m'emportait dans un flot sanguin. Sonné, paumé, mais heureux. Il y a cinq minutes à peine, dans l'arrière-boutique d'une bijouterie, mes 200 dollars s'étaient métamorphosés en une liasse de kyats, la monnaie locale. Une liasse, ou plutôt une brique de vingt-cinq centimètres d'épaisseur. Au propre comme au figuré, j'étais blindé, et c'était rassurant.

Je me suis offert un sac de toile vert olive à bandoulière pour y mettre ma brique et mon appareil photo. Quand un passant, pouce en l'air et sourire défoncé, m'a crié « *army bag, very resistant* », la culpabilité m'a envahi. Avait-il appartenu à l'un de ces soldats qui violaient les femmes girafes dans les zones tribales ? Le flot de passants m'a lâché dans un espace plus ouvert, qui semblait être la partie « restaurant » du marché. Pris en étau entre les aboiements des tauliers de gargotes qui bataillaient pour les clients, des adolescents qui faisaient la retape pour les carcasses de poissons séchés gigantesques qu'ils portaient sur leur dos, et les cris de pinsons des écolières en uniforme qui jouaient au chat et à la souris, j'ai fini par m'asseoir à la première table qui s'est présentée à mes yeux saturés. J'ai commandé une soupe de nouilles. Je transpirais, et la chaleur du breuvage serait du meilleur effet.

Et puis je l'ai vue.

J'étais en train de chercher du bout de mes baguettes l'œuf de caille qui avait coulé au fond du bol, tout en réfléchissant à la façon dont j'allais commencer mon « enquête ». Elle était assise au bout de la table, à trois mètres. La trentaine ou à peine, blonde aux cheveux courts, ce qui détonnait dans l'atmosphère. Elle lisait, paupières baissées, jambes croisées, incroyablement sereine, transportée par sa lecture dans un monde où la foule, les cris, le jeu des gamines en uniforme n'avaient plus leur place. Gardant son livre en main, elle approchait de temps à autre de ses lèvres une tasse de thé très noir, et semblait en tirer un plaisir intense.

C'est au moment où jc plissais les yeux pour déchiffrer le titre français du livre – George Orwell, *Une histoire birmane* – que la douleur m'a vrillé les tympans.

Le sol et le toit se sont soulevés, tandis que la déflagration brisait net l'agitation du marché. Instinctivement, je me suis bouché les oreilles. La foule s'était figée. La fille aussi, son livre encore ouvert.

Et puis rien. Pas même une table renversée. Mon bol de soupe intact. J'ai ôté mes mains de mes oreilles. Le silence régnait, bientôt recouvert par une vague de chuchotements. Un enfant s'est mis à pleurer. Étourdis, hagards, les gens se jetaient des regards interrogatifs, surpris d'être encore en vie. Les écolières coururent se réfugier dans le sarong de leur mère. L'explosion avait frappé plus loin.

La fille a fermé son livre, l'a rangé dans un sac de laine qu'elle a mis sur son épaule en se redressant. Sous sa sérénité apparente, elle était en alerte.

— Qu'est-ce qui se passe ? ai-je demandé en français.

Elle m'a dévisagé en rabattant une mèche de cheveux blonds. Des yeux verts, intenses, où ne brillait aucune inquiétude. Seulement de la colère.

— Je ne sais pas, mais faut pas rester là.

Elle m'a jaugé pendant une longue seconde et m'a dit :

— Tu viens d'arriver ?

J'ai hoché la tête.

— Je t'emmène. J'ai une voiture.

5

La vieille Saab, vitres ouvertes, se frayait péniblement un passage dans le flot ininterrompu de taxis, de pick-up déglingués, de bus bondés de passagers jusqu'au toit, et de vélos aux sonnettes oppressantes. Les yeux presque collés au pare-brise, ma conductrice tentait de déceler dans le chaos urbain des embryons d'explication quant à ce qui s'était passé. Une foule de piétons en sarong se pressaient dans les deux sens le long des véhicules, le visage fermé. Elle s'est penchée par la fenêtre pour en arrêter un. Des mots birmans ont fusé. J'étais sidéré de l'entendre parler la langue du pays.

Elle a braqué et entamé une rapide marche arrière, le pied sur l'accélérateur, pour déboucher sur une route plus dégagée. La voiture a pris de l'allure.

— C'est au Dagon Center. On y sera dans cinq minutes.

— C'est quoi, le Dagon Center ?

— L'un des centres commerciaux les plus importants de Rangoon, a-t-elle répondu sans quitter la route des yeux. J'ai peur que tu n'arrives au pire moment.

— Tu sais ce qui se passe ?

— Tout ce que je sais, c'est qu'il y a des morts.

Elle avait dit ça sans ciller.

On longeait à vive allure des façades coloniales rongées par la végétation tropicale et des buildings à la chinoise, couverts de publicités géantes. Pour les cigarettes « Paris », avec une tour Eiffel illuminée. Ou le café soluble « Coffee Mix », exposant une femme girafe dégustant le breuvage dans un bol de bambou avec un incroyable sourire de contentement. La voiture ralentissait à mesure que la foule se densifiait. Une odeur de brûlé flottait dans l'atmosphère ; la stridence d'une sirène se rapprochait. Je me suis tourné vers mon accompagnatrice. Elle regardait par la vitre, les doigts crispés sur le volant. Un camion de l'armée déboula et frôla sa portière au moment où nous longions un énorme bâtiment de brique rouge, habillé de fils barbelés et percé de meurtrières où pointaient des canons de mitrailleuses. Elle détourna aussitôt le regard, tenta une manœuvre, se rapprocha de cinquante mètres, et stoppa le véhicule.

Devant nous, une construction d'allure moderne affaissée, ouverte en deux. Une fumée noire en sortait. Un cordon de soldats faisait barrage à la foule qui voulait passer. Des femmes hurlaient dans le bruit des sirènes. Elle est sortie de la voiture et s'est mise à courir vers l'attroupement. J'ai suivi comme j'ai pu, le cœur battant.

« *I'm a doctor !* » a-t-elle crié en brandissant une carte. Les soldats, M-16 en garde-fou, ne la regardaient pas. La foule poussait comme une vague. La nervosité montait dans l'odeur âcre du plastique brûlé. « *I'm a doctor !* » a-t-elle crié de nouveau, avant de lancer de courtes phrases en birman. Je ne comprenais pas, mais je percevais de l'anxiété dans sa voix. J'étais à deux mètres d'elle, je voulais la protéger. Je l'ai alors vue avancer vers un soldat et le bousculer. Il y avait de la peur dans les yeux du jeune soldat. Il a levé la crosse de son fusil et j'ai entrevu le pire. « *Go to Hell !* » lui a-t-elle craché au visage avant qu'un mouvement de foule ne la dérobe à mon regard et ne me projette à mon tour au premier rang, juste devant les soldats.

Ce que j'ai vu derrière leurs épaules m'a arraché un flot de bile.

Parmi les poutrelles de métal, les écrans d'ordinateurs, les armoires éventrées, on distinguait des formes recroquevillées, sanglantes, enfantines. J'ai remarqué une chevelure de femme qui avait gardé, intacte, sa fleur de jasmin. J'ai détourné le regard, mais pour apercevoir des hommes tirer des décombres fumants des corps agités de convulsions sous leurs vêtements maculés de sang. J'ai reculé avec horreur. À côté de moi un vieillard pleurait, deux femmes s'effondraient dans les bras de leurs proches, hurlant leur douleur.

Le goût de la bile sur les lèvres, j'ai cherché des yeux la jeune Française. On m'a saisi par le bras. J'ai sursauté en tournant la tête. C'était elle, venue m'arracher à cet océan de sang et de larmes.

On a rejoint la voiture. Ses traits étaient tirés, mais son visage exprimait plus de colère que de peur. Elle a tourné la clef de contact et le moteur a grondé.

— Les salauds ! a-t-elle lancé. Ils manquent de médecins, mais détestent tellement les Occidentaux qu'ils préfèrent laisser mourir leur peuple !

Elle s'est engagée sur une route.

— Tu sais ce qui s'est passé ?

— Tout le monde crève de peur, personne n'ose rien dire. Il y a trop de militaires... Je vais à l'Alliance française, ils en sauront peut-être plus là-bas. Je te déposerai quelque part ensuite, si tu veux...

— Merci.

Rouler à côté d'elle, calé sur le siège de la Saab, loin de ce cauchemar, me faisait un bien fou.

Annoncée par le drapeau tricolore planté devant le portail, l'Alliance française de Rangoon était un joli bâtiment rose agrémenté d'une pelouse impeccablement tondue. Après avoir salué le vigile suant dans sa guérite, elle s'est engagée dans le chemin et s'est garée devant le perron. Derrière nous, un violent crissement de pneus nous a fait tourner la tête. Un type sautait avec énergie d'une Jeep qui paraissait tout droit sortie du *Pont de la rivière Kwaï*.

— Éric ! a-t-elle lancé en sortant précipitamment de la voiture.

Le type, un costaud aux cheveux mi-longs retenus par un catogan, vêtu d'une chemise blanche et d'un pantalon ample d'une forme insolite, a cligné des yeux dans le soleil.

— Salut, Julie, a-t-il dit sans s'arrêter.

Julie. J'ai aimé qu'elle ait ce prénom, énergique et féminin.

— Tu es au courant ?

— Tu parles ! Je viens vérifier si Thway est bien là...

Il a filé en courant vers le bâtiment rose. Au même moment, une silhouette aux longs cheveux noirs en a surgi. Un sourire a illuminé son visage, qui a aussitôt disparu derrière les deux bras puissants qui l'ont soulevée. Mon regard est revenu vers Julie : elle les regardait avec tendresse. Mêlée, à ce qu'il me sembla, d'une certaine tristesse.

Une population avide d'informations s'était massée sous les gros ventilateurs du café de l'Alliance. Une foule hétéroclite, Occidentaux, Birmans, professeurs et élèves dont les conversations haletantes se figèrent quand le directeur fit son apparition, en bras de chemise et cravate.

— J'ai eu l'ambassadeur en ligne.

Son visage était plus blême que son collier de barbe blanche.

— On parle de trois bombes simultanées, et d'une dizaine de morts. Ce serait un attentat, commis par des rebelles issus d'une minorité ethnique.

Des murmures fusèrent çà et là. Des minorités ethniques, j'avais lu que la Birmanie en comptait une vingtaine. Les principales, Karens, Shans et Rakhines, livraient une guérilla désespérée à la junte militaire. Simplement, l'information avait l'air de scier les jambes de l'assemblée. Les yeux s'arrondissaient d'incrédulité. Quelqu'un brisa le silence :

— Un attentat, vous rigolez ou quoi ? Des rebelles qui frappent trois fois, simultanément, en plein cœur de Rangoon !

C'était le type à la Jeep. À côté de lui, la jolie Birmane baissait les yeux.

— Dites plutôt que c'est un coup de la bande à Khin Nyunt... Ou la junte elle-même !

— Éric, je vous en prie ! l'interrompit brutalement le directeur. N'extrapolons pas pour l'instant, ajouta-t-il, la main brandie tel un écran pour tempérer l'élan de son contradicteur. Les informations sont minces...

— Vous trouvez ? Au bout d'un quart d'heure, on sait pourtant déjà qui a commis l'attentat. Avouez que c'est formidable !

Quelques visages européens sourirent dans l'assemblée. Le personnel birman, lui, était clairement plus crispé, sauf les élèves, principalement des jeunes femmes, qui me semblaient incroyablement belles et élégantes dans leur petit bustier de couleur et le sarong brodé qui enserrait leurs hanches et leurs jambes. Et leurs cheveux ! Quand ils n'étaient pas noués en chignon autour d'un peigne, ils étaient simplement attachés au niveau de la nuque, et descendaient jusqu'à leurs reins. Une cascade noire et brillante, presque liquide, aux reflets bleutés, que venaient rehausser quelques fleurs de jasmin. J'ai repensé à celle, ensanglantée, qui ornait la chevelure au milieu des décombres. Voyant que je la regardais, l'une d'elles baissa les yeux. Gêné, j'ai tendu à nouveau l'oreille, déboussolé, ne sachant pas trop où était ma place, embringué dans un truc qui me dépassait. Il y a quelques heures à peine, je pointais encore à l'usine à touristes de Bangkok. Et là, on parlait de dizaines de morts. D'un attentat dans un pays qui, en quarante ans, n'en avait jamais connu.

Les cours étaient suspendus pour l'après-midi. Tout le monde s'éparpilla. Julie rejoignit le petit groupe massé autour d'Éric, qui avait offert son mobile à ceux qui voulaient joindre un proche. Il se tourna vers nous, secouant la tête de droite à gauche, visiblement furieux. Sa jolie femme avait les yeux dans le vague.

— Des minorités ! N'importe quoi ! Tu vas voir qu'ils vont en profiter pour resserrer encore les contrôles. Les salauds...

— Tu devrais parler moins fort, Éric...

— Je m'en fous ! Ils me mettent hors de moi, les *militaros* ! Déjà qu'on a l'impression de vivre emprisonné dans ce pays, si en plus on se prend des bombes...

— Bonjour, Thway, dit Julie.

La Birmane, clairement bouleversée, lui sourit.

— Bonjour, Julie.

— On rentre à la maison, lança Éric. Tu viens Thway ? (Puis, m'apercevant :) Excusez-moi, je ne vous ai pas salué. (Il m'a tendu la main.) Vous venez d'arriver ?

J'ai acquiescé.

— Le moment est mal choisi, mais, bienvenue en Birmanie !

Il m'a décoché un sourire triste et s'est éclipsé, sa femme à ses côtés. Julie a passé sa main sur ses yeux comme pour les masser.

— Je te dépose où ?

Les fenêtres faisaient défiler un paysage de petites maisons noyées dans la verdure tropicale, de trottoirs défoncés grouillant d'échoppes minuscules qu'un coup de vent aurait soufflées, et d'une foule d'hommes et de femmes, à vélo, à pied, ou serrés dans des bus antédiluviens, tous drapés dans ce sarong dont j'apprendrais très vite qu'on l'appelait le *longyi*. Au loin, dépassant de plusieurs têtes les coupoles qui, çà et là, trouaient de leur pointe le vert des arbres, une énorme silhouette en forme de cloche, bardée d'or, éblouissait le passant en réverbérant le soleil d'un éclat insoutenable. Julie a capté mon regard.

— La pagode Schwedagon.

— Désolé, je n'ai pas encore eu le temps de faire du tourisme.

Elle a tourné la tête vers moi. Ses sourcils blonds s'étaient froncés.

— Du tourisme ? *Paya* Schwedagon, c'est l'âme de la Birmanie ! Faut absolument que tu y ailles. Aujourd'hui, ça risque d'être intéressant vu ce qui s'est passé... Ils vont probablement faire des offrandes pour apaiser les esprits des morts. Mon Dieu, quelle merde... Ce pays commence vraiment à me faire flipper... Et toi, au fait, tu viens faire quoi, ici ?

— Je voyage, ai-je répondu après un moment de gêne.

Les grands panneaux rouges que j'avais vus au bord

de l'aéroport m'ont offert une diversion bienvenue. Ils parsemaient à nouveau la route, couverts de caractères birmans délicieusement arrondis, peints en blanc. Un rictus a accueilli ma question :

— Ça, ce sont « les Désirs du peuple ». Enfin, selon les généraux... En gros, et dans le désordre, quelque chose comme : « Lutte contre les étrangers : ils diffusent des vues négatives sur le pays », « Lutte contre tous ceux qui tentent de mettre en danger la stabilité de l'État et le progrès de la Nation », « Écrase les ennemis de l'extérieur mais aussi ceux de l'intérieur »... Tu vois le genre ? *Big Brother is watching you.* C'est drôle, d'ailleurs, attends...

Elle s'est retournée vers la banquette et a attrapé son sac de laine.

— *Une histoire birmane*, de George Orwell, a-t-elle dit en en sortant le livre qu'elle lisait avant l'explosion. C'est son premier roman. Il l'a écrit ici, en Birmanie, quand il était officier de l'armée coloniale... Il quitte ensuite la Birmanie et des années après, il décrit une dictature dans son roman *1984*. Étrange coïncidence, non ? Est-ce que le pays portait ça en germe ?

— C'est plutôt le stalinisme qu'il visait, tu crois pas ?

Elle s'est tournée vers moi, une vie palpitante tremblait dans ses yeux verts.

— Je sais bien, mais j'ai l'impression que certaines terres, certaines atmosphères sécrètent leur propre violence, invisible, diffuse, délétère... Orwell l'avait peut-être senti. Enfin... Tu dois me trouver complètement folle ?

Un sourire a éclairé son visage. Pour la première fois.

L'émotion m'a traversé. Elle me disait des choses dont je pensais qu'on ne pouvait pas les dire à un inconnu. Des choses qui parlaient d'elle, et je trouvais ça excitant. Mon cœur a battu plus fort. J'avais l'impression d'être de nouveau en vie, immergé, grâce à elle, pas seulement dans un nouveau pays mais dans un nouvel univers que je ne connaissais pas et qui s'annonçait plein de promesses. En une heure à peine. Pour un peu, n'était ce parfum de soufre dans l'atmosphère et les images de l'attentat qui revenaient par intermittence, lancinantes, je l'en aurais remerciée. Au lieu de ça, j'ai répondu platement :

— Non, non... C'est très intéressant, au contraire.

Quel con.

Elle s'est concentrée sur la route. Moi sur mes pieds. Il y avait un journal en dessous. Je l'ai ramassé. Le papier semblait avoir été recyclé une bonne cinquantaine de fois.

— *The New Light of Myanmar*, ai-je lu, tout haut.

— La *Pravda* locale, a-t-elle répondu sans quitter des yeux la route. J'en ai fait un paillasson... Du bidon pur, destiné à célébrer la droiture et la piété du régime. Là, tu as les généraux qui offrent des robes aux monastères ; là, ils inaugurent un barrage... Les formidables progrès économiques de l'Union du Myanmar... C'est toujours la même chose, jour après jour, en birman et en anglais, pour que les démons occidentaux décadents qui travaillent là sachent bien à quoi s'en tenir... Et là, tu retrouves ce qu'il y avait sur les panneaux, tout à l'heure.

Elle a pointé son doigt sur un cartouche aux angles nets, à la une. « *Peoples'desires* », lisait-on sous les taches de boue faites par les passagers.

— Pourquoi la Birmanie ? a-t-elle soudain demandé.

— Pardon ?

— Tu m'as dit que tu voyageais. Mais pourquoi la Birmanie ?

J'ai failli dire la vérité. J'en avais envie, son beau regard m'y invitait, ç'aurait été une façon de la remercier, ça aurait peut-être été utile, mais la prudence a été la plus forte.

— Ça me branchait plus que la Thaïlande.

« Brancher ». Encore un mot stupide. Elle a hoché la tête, sans un mot. Nous étions arrivés. La voiture s'est engagée sous le porche du Mingalar Garden, laissant apparaître sur toute la largeur du pare-brise la masse de béton blanc de l'hôtel, coiffé d'un fronton en forme de triangle.

— J'ai eu raison, non ? ai-je demandé.

— De quoi ? a-t-elle dit en arrêtant son véhicule devant l'entrée.

— Pour la Birmanie...

Elle s'est tournée vers moi. Son visage était soucieux.

— Ça dépend de ce que tu cherches. Ça dépend de ce qui va se passer...

L'horreur de l'après-midi m'est revenue dans un diaporama sanglant. J'ai ouvert la portière. Sans toutefois sortir. Je voulais la revoir.

— C'était qui, le type au catogan ? ai-je demandé.

— Éric. C'est le plus ancien d'entre nous à Rangoon. Il a un magasin d'antiquités pas loin de l'ambassade. Tu devrais le rencontrer si tu veux des tuyaux pour ton voyage... Il connaît extrêmement bien le pays...

— Ça serait bien, oui. Tu me le présenterais ?

Elle a souri.

— Avec plaisir.

Un long silence a plané dans l'habitacle. J'ai ouvert la portière un peu plus grand.

— Eh bien, merci.

Elle s'est mordu la lèvre et a lancé :

— Si ça te dit... Un de mes collègues donne son *Farewell*, sa fête d'adieu... Tu peux passer, c'est au BME. Bo Myint Entertainment. Une boîte de nuit. Tous les taxis connaissent.

— Une fête... Vous n'allez pas annuler, avec ce qui s'est passé ?

Elle a secoué la tête. L'un de mes boys en nœud pap venait d'accourir près de la voiture. Il me tenait la portière, sourire en bandoulière.

— La dictature ne m'empêchera pas de vivre. Tiens, au cas où...

Elle m'a tendu sa carte avant de disparaître dans un grondement de pot d'échappement.

C'est une fois dans la chambre que je me suis mis à culpabiliser. Qu'avais-je foutu de ma vie pour avoir en une journée l'impression d'en vivre mille ? L'explosion avait-elle fait tomber la poussière de mes yeux ? Était-ce l'air nouveau, chaud et humide, qui s'invitait dans mes bronches ? La rencontre éclair avec cette fille ? J'ai tenté une expérience. Je suis allé chercher mon appareil photo. Allongé sur le lit de l'hôtel, dans le ronronnement du climatiseur, j'ai fait défiler les clichés que contenait la petite cartouche électronique. Hélène et moi en balade sur le Mékong. Hélène au milieu d'une troupe d'enfants nus qui s'aspergeaient d'eau. Hélène dans une grotte au milieu de centaines de statues de bouddhas, éclairée par des bougies. J'ai redécouvert ses yeux noirs, ses longs cheveux bruns, disons-le, sa beauté, avec un pincement au cœur. Pendant trois ans, j'avais vécu avec la fille qui s'affichait sur l'écran. Mais paradoxalement aucun souvenir saillant, impérissable, ne me revenait à l'esprit. Mis à part, précisément, des clichés. Et voilà qu'en un jour, j'avais vu la mort de près et rencontré une fille qui m'avait donné envie de lire Orwell. Comment la vie fonctionnait donc ? Est-ce qu'il y avait des pays où elle était plus riche ? Suffisait-il d'y aller pour que des choses vous arrivent ?

J'ai regardé la carte avec laquelle je jouais machinalement depuis quelques minutes.

Julie Perron
Head of Mission
Action pour l'Avenir
French non governmental organization
62 Inyamyaing Road, Yangon

Le tranchant du bristol sur la peau de mes doigts m'était agréable. Je trouvais le logo, deux A entrelacés, romanesque. J'étais con ou très fatigué. J'ai murmuré son nom. « Julie. » Allez, c'était idiot. J'étais seul pour la première fois depuis longtemps et c'est certainement pour ça que tout paraissait nouveau, vivant. Je me prenais la réalité en pleine gueule, c'est tout. J'ai senti le découragement m'envahir. Allumé la télé pour inviter une présence à mes côtés. L'écran a grésillé et, sur fond de musique martiale, des types en longyi blanc se sont mis à défiler en cohortes sur la pelouse pelée d'un stade de football. Ils se sont figés, ont fait un quart de tour, salué la tribune d'honneur où siégeaient des moines en robe pourpre et des officiers à casquette. L'un d'eux s'est avancé et s'est lancé dans un discours aux accents menaçants. Gros plan sur le type, lunettes à grosse monture, mâchoire serrée, pommettes hautes, casquette à étoiles, puis sur la foule, en bas, attentive, soumise, muette, en chemise blanche à col Mao. Une foule réduite à un seul homme. Un frisson m'a parcouru. C'est dans ce pays-là que j'avais atterri. Ma peau s'est hérissée et ce n'était pas la clim. Je me suis dirigé vers la douche pour me détendre.

L'eau coulait sur mon corps, mes pensées dérivaient. J'ai songé à Hélène sur sa plage, et à mon bureau au journal. Routine, cancans de la cantine. Ça m'a fait l'effet d'un électrochoc. Je me suis senti en danger mais plein d'espoir. Ce corps sur lequel le gel douche glissait, qui se débarrassait de sa sueur, de sa crasse, d'une pellicule de cellules mortes appartenant au passé, cette tête que mes doigts massaient avaient des choses à faire et des choses à dire. Rien n'était perdu, mais il fallait agir.

Je n'avais aucune piste pour trouver mon homme. Tout ce que je savais, c'est qu'il ne pouvait pas être dans cet hôtel : jamais il n'aurait supporté les commandements affichés derrière la réception.

La nuit commençait déjà à tomber. Serré dans ma serviette, je suis allé sur le balcon. L'air était doux et parfumé. Au loin, derrière la pelouse de l'hôtel où les employés avaient tombé le nœud pap pour jouer à une variante locale et très acrobatique du football, la flèche de la Schwedagon scintillait dans les derniers feux du crépuscule. Puisque j'avais quelques heures à tuer avant le rendez-vous du BME, autant les immortaliser dans la spiritualité. Je me suis habillé, et j'ai appelé la réception pour commander un taxi. Avant de claquer la porte de ma *superior room*, j'ai pris soin de mettre dans mon sac les quelques pages que j'avais imprimées dans un cybercafé de Bangkok. Quelqucs paragraphes issus de sources diverses qui, cousus les uns aux autres, formaient une biographie succincte, mais effrayante, du type que j'étais venu interviewer de l'autre côté du rideau de bambou.

6

En Asie, le nom précède le destin. Grand nom, grand destin. Malheureusement l'inverse est vrai aussi. Il s'appelait Chang Si Fu et c'était un petit nom, sans lignée ni fortune, reçu au printemps 1934 en plein cœur de l'État shan, région birmane où les confins du Laos, de la Thaïlande et de la Chine fusionnent en ce territoire mythique que l'on appellera plus tard le Triangle d'or. Pire, un nom chinois, venu de son père, mort peu après sa naissance.

Sa mère, d'ascendance shan, s'est remariée avec un notable du coin. Son beau-père, Shan, fuit comme la peste le bâtard, qui le lui rend bien. Tandis que ses trois demi-frères reçoivent une éducation chrétienne et haut de gamme dans une mission protestante, Chang Si Fu préfère traîner chez son grand-père chinois, qui lui enseigne l'art de monter à cheval et de cultiver le thé. Ça aurait pu façonner un Rousseau asiatique, mais c'est un tout autre homme que va devenir cet enfant au cœur déjà dur, qui se vit comme un intrus dans cette famille bien rangée.

À l'époque, la région sert de fief aux débris de l'armée du général Chiang Kai-shek, le leader nationaliste défait par les communistes de Mao Tsé-toung. Des débris, mais encore imposants : plusieurs milliers d'hommes, bien armés, qui n'ont aucun mal à s'implanter dans ces montagnes embrumées où ils réquisitionnent les terres cultivables et les femmes nubiles. Pour subvenir à leurs besoins, les Chinois sèment l'opium et forcent la population à le cultiver. Une manne, qui pousse avec la facilité du chiendent et rapporte des sacs d'or. Chang Si Fu a 15 ans. Comme il parle le chinois, il colle vite aux basques des nouveaux seigneurs et comprend qu'il peut en tirer de très juteux profits. Mais pour eux aussi, le nom précède le destin. Ni une ni deux, Chang Si Fu se rebaptise « Khun Sa », Prince prospère. Il monte sa première bande, vend pour ses patrons chinois ses premiers kilos d'opium de l'autre côté de la frontière, et ne tarde pas à acheter sa propre marchandise.

À 20 ans, Prince prospère a réussi à valider la deuxième partie de son nom. Mais pour être prince, c'est autre chose. Il a la politique dans le sang. Il sait qu'elle n'est que science des alliances et génie des trahisons, mais que tout cela prend du temps. Il observe, analyse, note que dans la région, les Shans supportent de moins en moins la domination féodale des envahisseurs chinois. Il sait que les Shans sont un peuple fier. Depuis son fief de Loi Maw, le village de son grand-père, Khun Sa ordonne et organise la rébellion contre ses anciens partenaires commerciaux, et se façonne son nouveau visage : celui d'un jeune chef qui guerroie pour l'indépendance de son peuple. À la tête d'une véritable petite armée, financée par le suc du pavot que lui donnent les paysans, il mène la vie dure aux milices du Guomindang, et prospère mieux que jamais sur les montagnes. Qui, bientôt, se couvrent de champs de fleurs rouges et mauves au nom de la cause nationale shan.

Novembre 1964. Premier revers pour l'ambitieux Khun Sa. Il vient de monter la plus grosse caravane d'opium de tous les temps. Seize tonnes de pâte brune sur cent mules chargées de ballots, cinq cents soldats et trois cents kilomètres à parcourir. La caravane s'ébranle de nuit, sans aucune torche, à travers la jungle. À la frontière laotienne, alors qu'il est presque arrivé, les Chinois lui tendent un guet-apens. Les Laotiens s'en mêlent et récupèrent la mise. Les proches de Khun Sa sont liquidés, sauf un groupe de six officiers qui parviennent à fuir avec lui.

Au lieu de provoquer sa chute, ce raté va le propulser au firmament des caïds. Dans la jungle, le jeune prince prend le surnom de « Tigre indomptable », et se refait en rackettant les convois. Brigandage ? Non, nationalisme ! Khun Sa revient à Loi Maw plus fort que jamais, et se dote de sa première véritable armée. Les Birmans s'allient à lui pour chasser les Chinois, avant de regarder d'un très mauvais œil ce jeune homme trop indépendant.

En 1969, il est trahi par un lieutenant payé par les Birmans et passe par la case prison. Immédiatement, son carré de fidèles organise le rapt d'un groupe de conseillers militaires soviétiques détachés auprès des autorités birmanes à Kengtung, la capitale du pays shan. Le gouvernement birman doit céder. Khun Sa reprend sa liberté et le chemin du maquis avec une plaie au fond du cœur : la paranoïa. Elle ne le quittera plus.

L'analyse des Birmans est bonne mais en dessous de la réalité : le prince veut devenir roi. L'argent du pavot lui en donne les moyens. À la frontière thaïe, il investit un petit village au cœur de la jungle, et y construit des villas pour ses barons. Les mois passent, et le bleu des piscines éclaire peu à peu le vert des fougères. Entre deux visites dans ses raffineries d'opium, il enrichit sa collection d'œuvres d'art pour rénover son image. En vain. Déjà, les Américains l'ont surnommé le « Pablo Escobar asiatique ». Se sent-il menacé ? Même pas : Khun Sa s'ennuie et rêve d'un duel avec le président des États-Unis. En 1978, il dégaine le premier et propose un marché d'une arrogance folle à Jimmy Carter : d'accord, il arrachera ses plants de pavot. Mais contre douze millions de dollars par an ! Washington voit rouge et met sa tête à prix. Les Thaïs sont chargés d'organiser la battue.

Le 21 janvier 1982, une nuée d'hélicoptères et d'avions de l'armée thaïe réduisent à néant le rêve de « Prince prospère ». Sa base est pilonnée. Ses barons neutralisés. Las, il parvient encore une fois à s'échapper dans la jungle, où il bâtit une ville encore plus grande : Ho-Mong.

Aux pieds des contreforts himalayens, au cœur d'une vallée luxuriante protégée par des lance-missiles installés sur les crêtes… Ho-Mong, la ville-royaume de Khun Sa ! Quelques journalistes seulement en ont rapporté des descriptions. Mais tous, absolument tous, en sont revenus fascinés...

Voilà ce que je lisais, sidéré, assis sur les dalles rafraîchies par la nuit devant le gigantesque stupa couvert d'or de la pagode Schwedagon. Un cadre hypnotisant pour une vie qui l'était tout autant. Quel tourbillon ! Des frissons d'excitation me zébraient le cœur. J'ai rangé les feuilles dans mon petit sac vert et je me suis redressé pour marcher un peu. Dans mes pieds, nus comme il convenait en ce lieu saint, couraient quelques fourmis dues à ma longue position assise. Je me sentais pourtant d'une légèreté inhabituelle, apaisé par la beauté de cet endroit où palpitait, m'avait dit Julie, l'âme de la Birmanie.

Car ce n'était pas un temple, mais une ville en soi, perchée sur une colline qui dominait Rangoon. Un labyrinthe de coupoles, de sanctuaires, de dômes couverts d'or, hérissés d'aiguilles rehaussées de clochettes qui tintinnabulaient dans la brise comme une symphonie pour fées, ponctuée par les murmures des bonzes et des croyants, leurs mains jointes dressées au-dessus de leur tête dans le recueillement. Seule fausse note dans cette harmonie, la présence de militaires et de types à chemise blanche, comme ceux que j'avais vus à la télévision : la pagode était connue comme l'un des repaires des opposants et le « Conseil national pour la Paix et le Développement », le nom pompeux et rassurant que s'était donné la junte, veillait au grain.

J'ai repensé à l'attentat en voyant la ferveur avec laquelle les fidèles arrosaient d'eau parfumée la tête des petits bouddhas d'albâtre qui gardaient les stupas. L'eau ruisselait dans le bruit des clochettes et je me disais que ce bruit cristallin devait être agréable aux esprits de ceux qui avaient égaré leur vie dans l'explosion. Je me sentais mélancolique et plein de piété, rassuré par la présence écrasante mais aérienne du stupa de cent mètres de haut. Il contenait, disait-on, huit cheveux du Bouddha. Lorsqu'on les avait sortis de leur châsse sacrée afin de les ensevelir sous le stupa, leur dévoilement avait rendu la vue aux aveugles et l'ouïe aux sourds. La terre avait tremblé et les arbres de l'Himalaya s'étaient couverts de fleurs et de fruits.

J'aurais voulu que la Schwedagon m'exauce, moi aussi, qu'elle me rende à moi aussi la vue et l'ouïe émoussées par ma vie de con. Je pensais à Khun Sa et j'allais avoir besoin de mes cinq sens.

L'heure tournait. Il était temps, peut-être, de se rendre au BME. La nuit tient parfois les promesses que le jour a fait naître.

7

Mel Gibson vendait des cigarettes.

Ou plutôt des dizaines de Mel Gibson, époque *L'Arme fatale*, clonés publicitairement sur les murs pisseux balayés par les stroboscopes. « *Golden Triangle, don't look for what you already have* », lisait-on sur les affiches, entre un tube de karaoké et un hit d'Eminem. « Triangle d'or : ne cherche pas ce que tu as déjà. »

Je terminais ma troisième bière au bar et toujours pas de Julie. La plupart des filles, très jeunes, très maquillées, très parfumées, étaient birmanes et à louer. Quelques Occidentaux se déhanchaient avec elles sur un air de hip-hop, surveillés par une tablée de mâles locaux en costume et lunettes noires. Est-ce que la lumière des stroboscopes incommodait leur rétine ? Un seul n'en portait pas. Il ressemblait à celui qui joue l'amant dans le film éponyme de Jean-Jacques Annaud. Celui qui viole la jeune Duras avec un visage aussi impénétrable qu'un masque de cire. Il a remarqué que je le regardais. J'ai détourné les yeux vers le bar et j'y ai reconnu Éric, le type que m'avait présenté Julie à l'Alliance française. Celui qui connaissait tout le monde et qui pourrait, avait-elle dit, me donner des « tuyaux ». C'était pourtant de véritables pipe-lines dont j'avais besoin, si je voulais être connecté à Khun Sa !

Il avait l'air abattu, et si l'on suivait son regard rougi par le tabac, braqué comme un laser sur la piste de teck, on comprenait pourquoi. Un jeune Européen, blond et efféminé, y évoluait en rythme et en jean blanc, un Asiatique aux cheveux laqués collé à son cul. La mâchoire crispée, Éric a descendu son verre d'un trait et en a commandé un autre. J'étais sidéré. Je repensais à la Birmane de l'après-midi. Elle n'était donc qu'une façade ? En tout cas, il souffrait le martyre. Je l'ai salué en levant mon verre, mais il ne m'a adressé qu'un regard noyé dans l'alcool. Sans doute ne m'avait-il même pas reconnu, ou avait-il déjà trop bu pour reconnaître qui que ce soit à part son amant. Collé contre un pilier, ce dernier roulait des pelles monumentales à son cavalier. Éric s'est détourné pour s'absorber dans la contemplation des bouteilles qui ondulaient sous les reflets électriques de la boule à facettes.

Elle était énorme, et je me suis demandé ce qui se passerait si elle se décrochait et tombait sur les danseurs. L'effet de l'attentat, dont je n'arrivais pas à oublier les images. Curieuse journée qui faisait se succéder sous mes yeux, à quelques heures d'intervalle, des corps en fête après des corps massacrés, et du rap nerveux après les chants apaisants des moines de la Schwedagon...

J'ai terminé ma bière et regardé ma montre. Qu'est-ce qu'elle foutait ? J'avais de plus en plus de mal à rester sobre. Je me suis tourné vers le barman aux airs de Bruce Lee. Ses petits yeux perçaient derrière sa frange noire, et je me suis attendu à ce qu'il lance une jambe élastique par-dessus son comptoir pour m'exploser le nez. Au lieu de cela, il a pris tranquillement ma commande. Je devenais vraiment parano. En France, ça me pourrissait la vie. Ici, est-ce que ça m'aiderait à rester sur mes gardes ?

Une voix dans un micro a remplacé les vagues sexuelles du rap, forçant les Occidentaux à déserter la piste. Pas mécontents, à voir leurs bouilles s'illuminer comme devant un cadeau de Noël. Des lumières roses ont remplacé les stroboscopes et se sont braquées sur un coin de la boîte, d'où a émergé une étrange créature. Une Asiatique haute comme trois pommes, marchant en funambule sur un air de Madonna à la sauce aigre-douce. Chaussée de bottes mauves, elle avait de longs cheveux noirs qui flottaient comme des algues sur son manteau de fourrure. Oui, un manteau de fourrure malgré la chaleur ambiante, qui a encore augmenté lorsqu'elle en a soudain écarté les pans, révélant sur sa peau brune les trois taches cramoisies d'une lingerie minimale. Les sifflements ont fusé par-dessus la musique, et c'est tout un essaim de fillettes qui a envahi la scène, prolongeant ce défilé à l'érotisme trouble, douloureux.

Julie n'était toujours pas là. Je m'étais fait des idées. Quant à mon voisin, ses yeux avaient la fixité des bouddhas de la Schwedagon. Je n'en tirerais rien ce soir. J'envisageais sérieusement l'idée de rejoindre mon lit quand une bouche souriante barbouillée de gloss a attiré mon attention. Elle appartenait, comme le derrière arrondi qui venait de se coller contre mes cuisses, à une jolie fille dont les yeux effilés me dévisageaient. Les bottes mauves m'ont permis de reconnaître l'elfe en fourrure qui avait ouvert le défilé. Le manteau de fourrure avait disparu, remplacé par une très légère robe de satin. Dans un anglais enfantin, elle m'a demandé si j'étais seul, et si je pouvais lui offrir un verre. Un rituel classique auquel je n'avais jamais souscrit à Paris et auquel ça me plaisait de me soumettre aujourd'hui. J'étais un autre, et j'aimais ça.

Le liquide orange fluo montait comiquement à travers la paille jusqu'à ses lèvres luisantes.

— *My name is Shirley. And you ?* a-t-elle dit avec un fort accent et d'un ton précipité comme si elle récitait une leçon.

J'allais lui répondre que « Shirley » ne sonnait pas très birman, quand une main s'est posée sur mon avant-bras.

— Me voilà rassurée, j'avais peur que tu t'ennuies en m'attendant.

Julie avait aux lèvres un sourire ironique. Elle a lancé quelques mots en birman qui ont fait fuir les bottes mauves.

— Fais gaffe quand même, jeune voyageur. Ici c'est un sport à haut risque. Même si le régime te dira que le sida n'existe pas en Birmanie. Excuse-moi pour le retard.

Elle a remarqué mon voisin et a posé une main sur son épaule.

— Salut, Éric.

Le regard a cherché pendant quelques secondes le meilleur chemin pour sortir du voile de brouillard que l'alcool avait tissé autour de ses yeux, et s'est enfin éclairé. Un peu.

— Tu te souviens de...

Elle s'est arrêtée et m'a regardé, désolée.

— Excuse-moi. Tu ne m'as même pas donné ton prénom...

— César.

— Ambitieux..., a-t-elle commenté avec un sourire. (Avant de se tourner vers Éric :) Je te l'ai présenté cet après-midi.

Son regard s'est à nouveau voilé. Julie lui a affectueusement tapé sur l'épaule, et s'est adossée, comme moi, au comptoir.

— Ne le juge pas trop vite. Il s'inquiète pour son fils. Tu vois, le type en jean blanc, là-bas...

— C'est son fils ?

— Ouais. Il est de passage en Birmanie et repart demain. Ça fait quinze ans qu'Éric n'est pas rentré en France, parce qu'il a peur qu'on ne lui renouvelle pas son visa et qu'il ne puisse pas revenir ici. Ils ne se voient jamais, et Éric culpabilise. Les attentats de cet après-midi n'ont rien arrangé. Tout le monde est sous pression... Au fait, pardon si j'ai cassé ton coup !

Les attentats, moi, je n'y pensais plus. Elle portait une robe débardeur en coton, noire, qui donnait de la féminité à son corps de garçonne. Une beauté dure, pas évidente, les lèvres bien dessinées, le nez droit, et ces yeux verts et perçants sous les cheveux blonds, coiffés avec une vague raie sur le côté. J'étais impressionné : il se dégageait d'elle une énergie intense, et Hélène avait désintégré autour de moi toute présence féminine un peu concrète depuis près de trois ans.

— Je t'offre un verre ?

J'en ai presque sursauté. Des années aussi, qu'une fille ne m'avait pas payé un verre. C'était pourtant tellement simple. J'allais acquiescer quand on m'a bousculé. Une brusque poussée dans le dos qui m'a projeté vers Julie. J'ai dû la prendre dans mes bras pour ne pas la renverser. Agacé, je me suis retourné vers le responsable. Malgré sa tenue birmane, longyi à carreaux et chemise blanche à col Mao, il était 100 % occidental. Les coudes sur le bar, il hurlait déjà des noms d'alcools en direction de Bruce Lee. Arrivé à son niveau, le farouche barman a topé dans la main que l'Européen lui tendait. Bon public, mais c'était peut-être juste à cause de l'importance de la commande, une demi-douzaine de bouteilles d'alcool qu'il a posées sur le comptoir.

— En avant la musique ! a-t-il crié en français en se retournant et en me bousculant une nouvelle fois, Julie comprise. J'ai réagi :

— Doucement, là !

Le type s'est arrêté, ses bouteilles calées contre son torse. Il a remarqué Julie, et s'est à nouveau tourné vers moi, clairement agacé de me voir avec elle.

— Qu'est-ce que tu veux ?

— Tu viens de me bousculer deux fois, essaie de faire gaffe.

Julie s'est interposée.

— Laisse tomber, m'a-t-elle glissé à l'oreille. Henri, je te présente César, dont je t'ai parlé tout à l'heure. Henri bosse avec moi. C'est son *Farewell*, ce soir.

Sympa, j'ai salué du menton, sans tendre la main puisque les siennes étaient occupées par les bouteilles. Le type n'a pas daigné répondre et n'a fait que me dévisager. Sous ses cheveux ras, le regard était goguenard et l'haleine, alcoolisée.

— C'est lui, le touriste ?

Parce qu'elle m'avait dit de laisser tomber, je n'ai pas voulu répliquer. Malheureusement il a continué.

— Et ça te pose pas de problème, de faire du tourisme en Birmanie ?

Il avait un piercing dans le sourcil gauche et j'avais déjà envie de le lui arracher. Je détestais les donneurs de leçon. Il y en avait des paquets dans le milieu journalistique, Blanchart le premier, mais je ne connaissais pas encore ceux de l'humanitaire. J'ai joué au con.

— Et quel problème ça pourrait me poser ?

Un autre type, blond, qui déjà remuait la tête au rythme de la musique, s'est appuyé sur Henri.

— On a soif ! Tu les apportes, ces bouteilles ?

— J'arrive, il a répondu, je voulais juste demander à notre ami s'il était au courant qu'en venant en vacances... (Il a appuyé d'une façon très désagréable sur le mot vacances)... il cautionnait la junte au pouvoir. Parce que je sais pas si t'es au courant, mais ici c'est une dictature militaire...

— Et c'est pour ça que tu picoles autant, ai-je répondu en désignant les bouteilles. Pour te donner du courage ?

Il a eu un moment d'hésitation.

— Connard, a-t-il lancé en passant son chemin.

Je l'aurais volontiers attrapé par le col, mais Julie a posé la main sur mon bras. Le contact, et le souffle chaud de ses mots à mon oreille lorsqu'elle s'est penchée vers moi, m'ont tout de suite calmé.

— Laisse, César, il est ivre...

Ça m'a fait plaisir qu'elle m'appelle César, mais ça m'a déçu qu'elle fréquente ce genre de type.

— Je ne savais pas que ça volait si haut, dans l'humanitaire, ai-je dit.

Elle n'a pas répondu. La fée Tristesse venait de passer une main sur son visage.

Je me suis retrouvé à leur table, heureusement serré contre elle. Sa robe noire remontait sur ses cuisses que je regardais de temps à autre. L'alcool m'ouvrait un océan de possibilités et le côté « Far East » de l'endroit m'excitait. La lumière des spots se déversait par flots colorés sur le mélange de corps diplomatiques en nage et de jeunesse dorée locale. À la table d'à côté, le type qui ressemblait à l'Amant a répondu à mon sourire et ça m'a rendu euphorique. Je faisais partie du truc. De l'histoire. Du pays. Pourquoi la vie m'offrait-elle ça maintenant ? On a tous l'occasion de se barrer, mais on ne le fait jamais. Et quand on le fait, on se demande pourquoi on ne l'a pas fait avant.

Le type s'est levé. Flanqué de sa clique et de quelques filles. Je l'ai suivi, curieux, jusqu'au parking. Des BMW aux vitres fumées et des 4 × 4 aux armes des différentes ONG. Les chauffeurs riaient en allumant des cigarettes. Quand le groupe a surgi, ils se sont tus, jusqu'à ce qu'ils disparaissent dans l'habitacle de trois berlines rutilantes. J'ai allumé une cigarette. L'étoile rouge inscrite au fronton du night-club, juste au-dessus des trois lettres BME, donnait à la nuit un air de fête d'apparatchiks de l'ex-bloc communiste. C'était un peu ça, d'ailleurs, car le prix d'une bière devait équivaloir au salaire d'une famille pendant un mois.

J'ai aperçu Henri avec la Birmane aux bottes mauves, qui entraient dans l'hôtel qui jouxtait le club. Je n'ai pas pu m'empêcher de trouver ça moche, trop facile pour ce connard qui jouait au local en s'affublant d'un longyi tout en gardant son salaire de petit Blanc expatrié. Moins honnête, j'ai pensé aussi à la lingerie cramoisie.

— Ils font tous pareil... Est-ce qu'il faut les comprendre ? Je ne sais pas...

La voix m'a arraché à mes méditations. C'était Éric, qui semblait revenu de son voyage en mélancolie alcoolisée, debout à côté de moi.

— Qu'est-ce que vous dites ?

— J'ai vu que tu le regardais, le mec de l'ONG... Mais tu sais, depuis le durcissement des sanctions économiques, de plus en plus de filles se vendent. Comment tu veux résister au sexe ? Il court les rues. Regarde mon fils... Trop facile... Parfois je me dis que c'est normal. Mais le plus souvent ça me fait de la peine...

Non, il n'avait pas l'air dégrisé. On allait entrer dans ces typiques conversations de buveurs. L'envie de se confier qu'on satisfait parce qu'on sait que l'interlocuteur ne se souviendra de rien le lendemain. La lumière du briquet a éclairé son visage. Il a craché une bouffée dans la nuit constellée d'étoiles et la fumée a mis un temps fou à se désintégrer.

— Ici, si tu n'as pas un attrait réellement sincère pour la beauté du pays, la façon dont les gens vivent... Si tu n'es pas vraiment – comment dire ça ? – mortifié par l'injustice politique qui sévit, tu finis par te prendre au jeu. La dictature, quand t'es occidental, et qu'en plus tu ne parles pas la langue, tu ne la vois pas, tu l'oublies, tu prends ce qui t'est offert. Le cul exotique, la peau couleur d'ivoire et la fleur de jasmin qui va avec...

J'ai pensé avec douleur aux attentats et aspiré une longue bouffée de tabac. Il était dans un triste état mais il avait envie de parler.

— Ce qui me bouffe, a-t-il repris, c'est de me dire qu'on n'est qu'à deux cents mètres de la maison de Ma Suu. Il y a quand même une sacrée ironie là-dedans...

— Ma Suu ?

— Aung San Suu Kyi. La Dame de Rangoon...

L'excitation m'a saisi.

— Elle habite par là ?

— Juste en sortant, à droite. University Road. Mais tu ne peux pas y aller. La route est bloquée par les *militaros*.

Ses yeux se sont chargés de mélancolie.

— Vous l'avez déjà vue ?

Il a ricané. Un rire quasi muet, l'air qui passe par les narines, mais qui ne produit presque aucun son. Comme si ce n'était pas la peine d'en produire. J'ai reposé ma question.

— Ouais, il a dit. (Avant d'ajouter dans un souffle :) Hélas. Si tu la voyais... Tellement douce, tellement belle, tellement pleine de bonté...

Il s'est mis à soupirer. Puis, à ma grande surprise, il a levé les yeux vers moi :

— Vous devez me trouver pitoyable. Pitoyable et ivre, ce qui me donne au moins une excuse...

J'ai secoué la tête.

— Tout va bien, je vous assure.

— Ma Suu, c'est la femme comme on la rêve, a-t-il repris. La Birmanie comme on la rêve. L'âme de la Birmanie, ce n'est pas la Schwedagon, c'est elle. La Birmanie, c'est elle. Et je dis bien « Birmanie », pas « Myanmar ». T'es au courant qu'ils ont rebaptisé le pays ? « Birmanie », selon eux, ça faisait trop colonial, alors ils ont ressorti « Myanmar ». T'imagines ? Tu vis dans un pays et soudain, par une décision totalement arbitraire, il n'a plus le même nom... Une façon de déboussoler un peu plus la population, et de faire en sorte que les Occidentaux oublient un peu plus le pays. Déjà la Birmanie, ils ne savaient pas où c'était, mais alors le Myanmar... !

Il a tiré sur la cigarette...

— Dire qu'elle a écrit ce texte magnifique, *Se libérer de la peur*, et que la peur, désormais, paralyse le pays entier...

Le débit était syncopé, rempli d'émotion à en craquer. J'ai cru qu'il allait s'effondrer mais il s'est tourné vers moi :

— C'est idiot. Je suis en train de vous faire peur à vous aussi alors que vous venez juste d'arriver. Mais vous verrez, ce pays a quelque chose de spécial, d'envoûtant. Même si le moment est mal choisi, je le confesse...

— Vous parlez des attentats ?

Il a ricané.

— Si on peut appeler « attentat » une bombe placée par les gens mêmes qui sont au pouvoir...

— Vous en savez plus que tout le monde, ai-je dit en riant.

— Je les connais par cœur.

On s'est appuyés sur un capot de voiture, sous les étoiles. Je lui ai tendu le paquet de Golden Triangle et il m'a expliqué. Raconté. Les mots sortaient de sa bouche avec un souffle rageur et semblaient maintenant le dégriser. La révolution de 1988. Les milliers d'étudiants qui se lèvent contre la dictature de Ne Win, féru d'astrologie et inventeur du socialisme à la birmane. Dans les rues de Rangoon, l'armée mitraille les manifestants. Ou les noie dans les lacs de la capitale, comme celui qui se déployait devant nous, là, devant la boîte de nuit. Torture dans les prisons, exactions de l'armée partout dans le pays, viols et massacres destinés à rompre le moral et les forces vives des ethnies en guérilla contre le régime. Arrive Aung San Suu Kyi. Fille d'une figure historique de la décolonisation, Gandhi au féminin, elle organise la résistance non violente, fonde un parti politique, mais en vain. Après des élections confisquées, le pays sombre à nouveau dans l'engrenage de la dictature. Et dans l'oubli. Trop loin. Trop fermé. La presse ne s'y intéresse plus. Aung San Suu Kyi est assignée à résidence, avec l'interdiction de communiquer, et son parti est interdit. En mai 2004, on planifie même son assassinat. Éric s'est enflammé.

— Elle venait d'être libérée. Je pense d'ailleurs qu'on l'a libérée pour la tuer. Elle faisait une tournée dans le pays. Au nord de Mandalay, alors qu'elle traverse un village, une centaine d'hommes armés de barres de fer se rue sur son convoi. Quatre-vingts militants de son parti, la National League for Democracy, y trouvent la mort. Le pare-brise de son véhicule explose, elle reçoit des éclats dans le visage. Son chauffeur parvient on ne sait trop comment à dégager la voiture et à fuir. Et là, étrangement, l'armée, dont on se demande ce qu'elle fout là et surtout pourquoi elle ne l'a pas fait avant, intervient et l'escamote. Pendant plusieurs mois, on ne saura rien d'elle, jusqu'à ce qu'un envoyé de l'ONU parvienne à la rencontrer et à faire savoir qu'après l'événement, elle a été mise au secret dans un « pavillon spécial » de la prison d'Insein, subi une intervention gynécologique prétendument « sans rapport avec l'incident », et qu'elle se repose à présent dans sa résidence personnelle d'University Road. Elle se repose ! Avec le téléphone coupé ! On sait maintenant de source sûre que les agresseurs étaient composés de membres de l'USDA, le pseudo-parti politique monté de toutes pièces par la junte, et de prisonniers de droit commun libérés en échange du coup de main. Voilà comment ça se passe, en Birmanie...

Il s'est tu. Son long monologue l'avait plongé dans une profonde mélancolie. Jusqu'à ce qu'enfin je me décide à l'interroger sur l'attentat de l'après-midi. Il m'a décrit les luttes internes à la junte, « ces chiens qui se disputent le pouvoir comme un os », la NLD bâillonnée, et l'apparition récente de ceux qui se faisaient appeler les « Vigoureux Étudiants birmans ». « Étudiants », en référence à la révolution de 1988 dont ils avaient été le fer de lance. « Vigoureux » par opposition au choix de non-violence de la Dame, qui selon eux avait assez duré et ne menait à rien. Leur audience montait dans le pays, mais pas autant que celle d'un leader ethnique qui se faisait appeler Wei Wei.

«Wei Wei », ai-je répété machinalement. Les sonorités me plaisaient. « C'est cettte rébellion, a repris

Éric, que la junte visait en organisant le carnage et en le leur imputant. Il faut absolument les discréditer aux yeux de la population pour enrayer leur montée. À n'importe quel prix. Aujourd'hui, il s'est élevé à dix-neuf morts et cent cinquante blessés...

— Et ce Wei Wei, qu'est-ce qu'on sait sur lui ?

— Sur elle ! Il paraît que c'est une femme. Les Birmans disent qu'elle parle sur un canal radio, mais je n'ai jamais eu la chance de l'entendre. En fait, on dit tout et son contraire à son sujet. Qu'elle aurait étudié en Angleterre, mais aussi qu'elle est analphabète et n'a jamais quitté sa tribu montagnarde... Je n'en sais pas plus. En tout cas, attention : ne prononcez pas ce nom trop fort. La junte a des oreilles partout. Vous devez me trouver paranoïaque, mais en Birmanie, la paranoïa est l'autre nom de la lucidité.

Je ne serais donc pas dépaysé... J'avais envie de poser la question qui me démangeait depuis que j'avais posé le pied sur le tarmac de l'aéroport de Rangoon. La seule qui avait de l'importance à mes yeux. Je me suis lancé.

— Et Khun Sa, il devient quoi ?

À ma grande surprise, il a éclaté de rire.

— Khun Sa ? Qu'est-ce que j'en sais ?

— On dit qu'il est à Rangoon.

— Moi, j'ai entendu dire qu'il était à Singapour.

J'ai bondi.

— Comment ça ?

— Il y soignerait son diabète dans une clinique privée. Pourquoi, Khun Sa vous intéresse ?

— C'est une figure... assez fascinante, vous ne trouvez pas ?

Il m'a dévisagé avec une moue de mépris.

— Une belle ordure, oui.

Il a écrasé sa cigarette sur le macadam.

— Il faut que je vous laisse, a-t-il dit. Je ne vais pas attendre mon fils jusqu'à la fin de la nuit. Je ne voudrais pas qu'il rate son avion...

Il s'est dirigé vers la boîte d'une démarche oscillante. Pas encore tout à fait dégrisé, contrairement à moi. À Singapour, Khun Sa ? J'avais fait tout ce chemin pour rien ? J'ai allumé une autre cigarette pour essayer de me détendre. L'alcool n'arrangeait rien, et me tirait vers le bas en me comprimant le crâne. Courage... Éric l'avait « entendu dire ». Ce n'était donc qu'une rumeur. Et je n'avais pas encore montré ce que moi aussi je pouvais faire. J'ai regardé le ciel. La nuit était belle au-dessus de Rangoon. Les étoiles répondaient à l'autre, inscrite sur le fronton du BME. J'ai pensé au dictateur Ne Win et à sa cour d'astrologues. Toujours une question d'étoiles. Qui sait si elles ne me réservaient pas quelque chose de bien, pour une fois ? J'avais envie d'un dernier verre et de retrouver Julie et sa robe noire. Je suis retourné dans la boîte. Mon sang faisait des bonds dans mes ventricules.

— Tu étais où ?

Elle était inquiète. Et de plus en plus belle.

— Je t'offre un verre ? j'ai dit en m'asseyant près d'elle.

— Non, je vais rentrer. (Elle a désigné ses collègues de l'humanitaire assis autour de la table :) Ils me soûlent.

Je sentais son haleine parfumée de vodka et de clope au menthol. Son corps se presser contre le mien. Elle m'a dit :

— Je t'emmène ?

8

La lourdeur du vieux break contrastait avec la finesse de ses mains sur le volant. Ça faisait deux fois qu'elle disait « je t'emmène », et j'adorais être emmené. Mais quand j'ai vu que le véhicule s'engageait dans University Road, je me suis rappelé les mots d'Éric et j'ai eu envie de prendre l'initiative.

Je lui ai demandé de tourner à droite. Elle a compris tout de suite, n'a rien dit et s'est exécutée. J'ai cru voir un sourire flotter sur ses lèvres. L'air gorgé d'humidité entrait par les vitres grandes ouvertes. On a fait cinq cents mètres, et on a vu le barrage. Des barils de métal, une barrière rouge et blanc, et juste derrière une cahute où sautillait la flamme d'un brasero. « Elle est juste derrière », a dit Julie en se penchant sur l'autoradio. Les *Nocturnes* de Chopin se sont élevés dans la nuit noire, à plein volume. Elle a continué à avancer. Mon cœur s'est mis à battre plus fort.

La silhouette d'un type s'est invitée dans le sillage des phares. Chemise et pantalon clairs, lunettes et raie bien mise. Il s'est penché à la fenêtre. Derrière lui, deux militaires coiffés de chapeaux de brousse, le M-16 en sautoir. J'ai regretté mon impulsion, mais Julie restait d'un calme souverain. Le type a dit quelque chose. On n'entendait rien à cause de la musique. Il a répété et désigné l'autoradio. Elle s'est exécutée de mauvaise grâce.

— Qu'est-ce qu'il y a ? a-t-elle dit en anglais.

— Vous ne pouvez pas passer, *miss*.

— *Madame*, a-t-elle répondu, en français.

Le type a souri. Du miel qui coule sur une tartine.

— Faites demi-tour, s'il vous plaît.

— Pourquoi ? a répliqué Julie avec le même ton sirupeux.

— *You can't pass.*

Le volume de sa voix était monté d'un cran dans la dureté. Derrière lui, les porte-flingues semblaient prêts à déclencher l'arrosage au moindre pépin, et Chopin continuait à fuser dans la nuit. « Elle adore le piano, m'a dit Julie en se penchant vers moi. Dès qu'elle peut, elle en joue. C'est même comme ça qu'on sait qu'elle est encore en vie. » Je voyais son regard devenir de plus en plus dur. Et l'agacement pointer sur le visage du type puisqu'elle ne bougeait pas. Il a porté à sa bouche le talkie-walkie qu'il avait en main et s'est dirigé vers l'avant du véhicule. Il était en train de se pencher pour lire la plaque quand Julie a brutalement passé la marche arrière. Les pneus ont crissé. Un flash photo nous a aveuglés à travers le pare-brise tandis que nous reculions à toute allure.

On ne disait rien. On roulait. La végétation s'était densifiée, l'air chaud emplissait l'habitacle, et, le long des vitres baissées, de vieux monastères de bois somnolaient sous la lune, à l'ombre des banians qui étiraient leurs branches interminables. De temps en temps, une bâtisse blanche, énorme, flanquée de colonnes style vieux Sud, trouait l'obscurité. Adossé à mon siège, je regardais le profil de ma conductrice. Fermée. Sans expression. À quoi pensait-elle ?

Il a commencé à pleuvoir. D'une pluie drue, qui martelait le pare-brise et la carrosserie. Les essuie-glaces ont entamé leur ballet. Les vitres restaient ouvertes et la fraîcheur des gouttes qui tombaient sur mon bras me procurait une délicieuse chair de poule. Une puissante odeur de végétation moite, une odeur vert foncé montait à mes narines.

L'enseigne lumineuse de l'hôtel est apparue. Julie s'est engagée dans l'allée et, tout au bout, a arrêté le véhicule. Un employé sortait déjà avec un parapluie.

— Tu m'offres un dernier verre ? a-t-elle lancé sans me regarder, d'une voix lasse.

La première chose qu'elle a faite, c'est ouvrir la porte-fenêtre en grand et sortir sur le balcon. Les panneaux de verre ont roulé sur leurs glissières et l'air lourd de pluie s'est engouffré dans la chambre. « N'allume pas la lumière », m'a-t-elle dit en glissant une cigarette entre ses lèvres, illuminées un instant par la flamme du briquet. Le tabac s'est mêlé à l'air parfumé du jardin. Je l'ai rejointe avec deux bières glacées trouvées dans le frigidaire. La vue sur la Schwedagon était encore plus belle que de jour. Rangoon étant peu électrifié, seule la flèche d'or éclipsait la nuit.

On a bu les bières en silence. À la fin de sa cigarette, dont elle expulsait la fumée avec de longs soupirs, elle m'a dit :

— C'est sublime, non ?

J'ai hoché la tête.

— J'y suis allé tout à l'heure.

Elle n'a pas relevé, les yeux toujours fixés sur l'immense stupa.

— J'aime tellement ce pays, tu sais, a-t-elle lancé après une courte pause.

C'est ainsi que, pour la première fois, elle a parlé d'elle. « Ici, je vis. » Pendant sa médecine, elle avait participé à quelques missions humanitaires. Elle s'y était plu, mais ne se voyait pas y passer plus de quelques mois. « Le côté boy-scout me fatiguait. » Elle était rentrée en France, s'était associée avec deux copines pour monter un cabinet. Ça marchait bien, trop bien. « Un jour, je me suis aperçue qu'il ne tenait qu'à moi que ça dure longtemps. Que je vivais comme un rat dans une cage, pire, un hamster, bien nourri, bien au chaud, à tourner sur la même roue. Je soignais des gens pour lesquels, globalement, tout allait bien. Des crises d'angoisse qui n'étaient pas justifiées, des anorexies de pays riches... J'ai repensé à l'humanitaire. Il y avait un poste ici. Et ça fait cinq ans. »

Elle s'occupait des sidéens de Dala, un bidonville de l'autre côté de la Rangoon River. Elle était chef de mission. Les habitants l'avaient surnommée *Sayama*, un terme honorifique dont le masculin, *Sayadaw*, s'appliquait aux prêtres. Quelque chose comme « la Vénérable ». Elle en était flattée, et l'avouait.

La pluie s'est arrêtée. Une brise chaude faisait remuer les rideaux derrière nous. J'ai évoqué Éric et sa Birmane. Pas de Birman pour elle ?

Un voile de tristesse s'est posé sur ses yeux. Je me suis excusé mais elle s'est reprise, d'un sourire.

— J'ai fait l'erreur de tomber amoureuse. Sans comprendre qu'on n'efface pas, comme ça, des millénaires pendant lesquels nos civilisations se sont développées séparément, sans lien, sans contact.

J'ai objecté :

— Éric semble heureux...

— Éric, c'est différent. Éric est un homme. Et moi j'étais une femme face à un mec asiatique. Un mec asiatique, quand il réussit, il a plusieurs femmes. Pour montrer qu'il est important. On les appelle les « petites épouses ». Ça s'est terminé là.

Une larme s'est dessinée au coin de son œil. Elle a approché sa bière de ses lèvres et bu une gorgée. « Ensuite, ça a été la routine classique. Je suis sortie avec un mec de l'ONG. Mais là, il y a eu les putes. Tous les Occidentaux d'ici, qu'ils soient jeunes ou vieux, sortent avec des putes. T'as vu ça ce soir. Une différente chaque nuit, plusieurs fois par jour, même. Tu veux rivaliser comment, toi ?

Elle a levé les yeux vers la pagode dressée comme un i de lumière dans la nuit noire. Ses yeux verts s'étaient remplis de tristesse et j'avais envie de la balayer. Qu'il reste juste cette flèche d'or et sa lumière bienfaisante. Je me suis pressé contre elle. Elle a tourné son beau regard vers moi et j'ai lancé, en souriant :

— Tu veux pas être ma pute, ce soir ?

J'avais osé. Tout s'est enchaîné avec un naturel déconcertrant.

Un corps de garçonne ? Je m'étais trompé du tout au tout. J'ai découvert des seins pleins et fermes sous ma main émue, tandis que sa langue mentholée courait sur mes lèvres. Elle m'embrassait avec fougue, puis se détachait de ma bouche et soupirait sous mes caresses, le corps tendu, frémissante. Soudain, elle m'a repoussé avec douceur. Pour empoigner sa robe et la tirer vers le haut afin de s'en débarrasser. Le vêtement est allé rejoindre le sol, comme le reste, dévoilant un corps magnifique. Musclé, féminin et blond, sublimé par la lumière chaude et dorée de la Schwedagon. Elle s'est adossée à la rambarde, et m'a regardé avec une lueur de défi.

On a fait l'amour comme ça, sur fond de Rangoon

veillé par sa pagode deux fois millénaire. Avec rage et précipitation, comme si on voulait se venger des attentats et de la mort.

La tristesse après l'amour n'est pas mon genre. Surtout ce soir, où je savourais une manière de révolution personnelle après des années de monotonie. J'étais dans une chambre à des milliers de kilomètres de mon pays, avec une fille fascinante et sensuelle, que j'avais rencontrée il y a quelques heures et avec laquelle je venais de faire l'amour. J'entendais avec bonheur l'eau couler dans la salle de bains sur son corps admirable, et je ne m'étais jamais senti aussi libre, heureux de sentir sur ma peau une autre odeur de femme. C'était presque trop simple, trop parfait, jusqu'au réglage du ventilateur.

— Ton voyage commence étrangement, non... Faire dix mille bornes pour tomber sur une expat, c'est peut-être pas ce dont tu rêvais, non ?

Ses fesses rondes et hautes sont passées devant mes yeux. Elle sortait de la salle de bains, encore un peu mouillée, et j'ai frissonné lorsqu'elle s'est allongée près de moi, son nez contre les veines de mon cou.

— Non, ai-je dit en riant, mais c'est bien quand même…

Je caressais les courbes de son corps lisse, nu et bien vivant. Et sans raison, ou peut-être à cause de ça, j'ai repensé à l'explosion de l'après-midi. Aux corps enchevêtrés, broyés sous les décombres.

— Tu connais, toi, les Vigoureux Étudiants birmans ? ai-je demandé.

Julie a sursauté. Avant de se déplacer pour me dévisager avec méfiance.

— Tu as entendu ça où ?

— C'est Éric qui m'en a parlé. Je pensais à l'attentat.

Elle a reposé sa tête contre mon cou, soulagée.

— Il devait être ivre...

— Pourquoi, ils n'existent pas ?

Elle a soupiré.

— Tu crois que c'est le moment ?...

Je n'ai pas répondu. Elle a marqué un long silence avant de me répondre, comme résignée.

— Je n'en sais pas grand-chose. Je ne sais pas d'ailleurs s'il y a quelque chose à en savoir. Ce seraient d'anciens étudiants de 1988 qui voudraient reprendre le combat de façon plus radicale. Alliés avec certains groupes ethniques.

— Et Wei Wei, tu en as entendu parler ?

Là, elle a éclaté de rire. Un rire étrange, qui ne lui correspondait pas. Moqueur, grinçant. Je me suis senti tout de suite très con.

— C'est encore Éric qui t'a dit ça ?

Je n'ai rien ajouté. Elle a levé la tête, s'est appuyée sur son coude, et a écarté la mèche de cheveux blonds qui lui barrait l'œil droit.

— Écoute, César, c'est malheureusement plus simple que ça. La junte a organisé ces attentats pour distiller de la peur et justifier sa présence auprès de la population, c'est tout.

Elle a soupiré.

— Quel pays de fous. Je me demande d'ailleurs comment on peut encore songer à s'y rendre pour faire du tourisme. Je dis ça sans méchanceté.

Je n'ai pu réprimer un pincement au cœur. Elle aurait dû se souvenir que j'avais tiqué quand son collègue m'avait dit pratiquement la même chose au BME. Je ne sais pas ce qui a compté le plus : la réaction d'orgueil, l'envie de lui dire la vérité, ou celle de tenter un truc pour avancer. Toujours est-il que c'est sorti aussi simplement que ça :

— Je suis là pour décrocher une interview.

Elle s'est redressée d'un coup, comme mue par un ressort. Et m'a toisé d'un regard dur, dont le vert avait pris des reflets agressifs.

— Quoi, t'es journaliste ?

J'ai hoché la tête. Son visage a changé.

— Tu me dis ça maintenant !

— En quoi ça te concernait ?

Elle s'est mordu la lèvre. J'ai repris, surpris de sa réaction disproportionnée :

— Comment je pouvais avoir confiance ? Après tout, on ne se connaissait pas.

Elle s'est levée et m'a crié, le menton en avant :

— Ah ouais ? Et maintenant que t'as vu mon cul, t'es rassuré, c'est ça ?

Elle s'est penchée pour ramasser ses vêtements. Je lui ai attrapé le bras pour qu'elle revienne s'asseoir. Elle s'est libérée avec violence. S'est redressée avec de la fureur dans les yeux.

— T'aurais pu me le dire avant, putain ! Je t'emmène à cent mètres de la maison de la Dame et tu me dis maintenant que t'es journaliste ! Merde ! Tu sais dans quel pays tu es ?

Son ton m'a agacé.

— Tu vas me faire le couplet de ton copain Henri ?

Elle a secoué la tête d'indignation, enfilé sa culotte de coton et sa petite robe noire. Avant de se diriger vers la porte.

J'ai bondi du lit pour la rattraper.

— Julie, j'ai une question à te poser.

La main sur la clenche elle s'est arrêtée.

— Quoi ?

— Khun Sa, il est à Rangoon ?

Elle est restée interdite, et puis elle a lâché, consternée :

— Mais je suis tombé sur qui, bordel !

— Réponds-moi. S'il te plaît. J'ai besoin de savoir.

— Il y avait son petit-fils tout à l'heure, au BME. Tu n'avais qu'à lui demander...

J'ai manqué défaillir.

— Tu te souviens de *L'Amant*, le film ?

La précision m'a électrisé.

— Il ressemble comme deux gouttes d'eau à l'acteur principal.

Le type qui m'avait souri. C'était incroyable. Elle a claqué la porte et je l'ai suivie dans le couloir, nu.

— On y va ?

Elle m'a regardé avec surprise, de haut en bas, s'est arrêtée à la moitié, et a pouffé de rire.

— Je ne pense pas que comme ça, ils te laissent entrer.

Puis, retrouvant son sérieux :

— Écoute, César, je ne crois pas que tu te rendes bien compte de là où on est... T'es plus en Thaïlande, maintenant. Alors oublie Khun Sa. Oublie Khun Lin. T'es pas de leur monde, et moi non plus. Ciao.

Elle m'a planté là. Humilié, renvoyé à mon néant, à ma condition de touriste. Elle m'avait percé à jour et j'aurais préféré que ce soit quelqu'un d'autre. Parce que je l'admirais déjà. Sous la douche, la nausée persista assez longtemps pour que je me décide à me faire vomir, les doigts dans la bouche.

9

Je faisais peur à voir. Je n'avais pas pensé à refermer la fenêtre après le départ de Julie et je suais à haute dose dans mes draps. Je me suis levé péniblement, j'ai fait coulisser le panneau de verre sur sa glissière, tiré les rideaux car la lumière m'aveuglait, et lancé la clim à fond. Ma montre donnait 14 heures. Merde ! Il ferait nuit noire dans un peu moins de quatre heures !

J'ai appelé la réception, demandé un café, et suis parvenu à ramper jusqu'à la douche. L'eau froide atténuait le mal de tête. Je repensais à Julie. Elle avait dû me prendre pour un mythomane. Faut dire que moi-même je n'y croyais pas, à ma nouvelle vie rêvée. « T'es pas de leur monde. » Qu'est-ce que j'allais faire ? Rentrer ? On a frappé à la porte au moment où je sortais de la salle de bains. J'ai sursauté et regardé dans l'œilleton. Le room service. Il fallait que je me calme.

— *Good morning, mister !*

Poli, le garçon. 14 h 15, tu parles d'un *morning* ! Il a déposé le plateau sur la table qui servait de bureau, puis tiré les stores. Affronter le soleil me décourageait à l'avance.

J'ai pris mon petit déjeuner à l'ombre, sur le balcon où nous avions fait l'amour. La Schwedagon était toujours aussi dorée, toujours aussi parfaitement dressée dans le ciel bleu déjà caniculaire. Le garçon avait mis un croissant avec le café. Un peu sec, mais ça m'a fait du bien. Dès demain, si je le voulais, j'en aurais un bien doré et luisant de beurre, à Paris. J'ai repensé à la nuit avec la gorge nouée. Je n'avais pas menti, et j'avais tout perdu. J'ai laissé le croissant. Pas faim. J'ai avalé le café et suis rentré dans la chambre. En dix minutes, mon sac serait bouclé. Le temps de me brosser les dents et tout serait derrière moi. Juste un taxi à commander. Dans la salle de bains, j'ai regardé le type qui me faisait face. Qu'est-ce qu'on pouvait faire de tout çà, de ces yeux marron-vert, de ces boucles brunes, de cette barbe qui se densifiait et qui se maculait, çà et là, de mousse de dentifrice ? Il voulait quoi, le cerveau dans cette tête ? Pas assez de confiance en soi. J'aurais pu rester un peu et visiter, mais le mot « tourisme » me poignardait. Ce serait pour une autre fois. C'était quand même triste : pourquoi était-on toujours obligé de renoncer à ses rêves ? Même si c'étaient des rêves de gosse ?

J'ai terminé de me brosser les dents, et aperçu le paquet de feuilles posé sur la commode vide. Repensé au cybercafé où j'avais imprimé tout ça. Je ne voulais pas retourner dans ce monde. Khao San Road, paradis des *backpackers*. Des ados sortis de leur Angleterre sinistrée qui venaient voir des filles fumer, jouer au ping-pong, ou décapsuler des bières avec leurs vagins comme d'autres venaient voir les peintres de Montmartre. Des Israéliens lancés dans la défonce et la fête factice pour oublier leur service militaire. Non, je ne voulais pas retourner là-bas. Et encore moins en France. Machinalement, j'ai saisi le paquet de feuilles et repris ma lecture.

Ho Mong, la ville royaume, le Shangri-La de Khun Sa…

On raconte que de part et d'autre de la grand-rue de terre rouge, bordée d'arbres fruitiers et de bougainvillées, s'élèvent des ateliers où des jeunes filles taillent les jades et les rubis arrivés clandestinement des grandes mines du pays. On y trouve un hôpital, où officient trois médecins chinois qui ont fui la répression de Tian an men, et un monastère où Prince prospère se rend tous les jours avec son escorte pour invoquer le Bouddha. Des écoles aussi, où les enfants apprennent la langue shan avant de grossir les rangs de son armée privée de vingt-cinq mille hommes, dirigés par le mystérieux « général Tonnerre ». Et deux hôtels, enfin, destinés aux VRP du pavot qui ont table ouverte dans les bars karaokés et les bordels dont Khun Sa s'assure du réapprovisionnement régulier. Paternaliste, il offre quatre heures d'électricité par jour à ses sujets, fournie par le barrage hydroélectrique qu'il a érigé sur le fleuve. Bref, au cœur de la jungle birmane, un nouveau colonel Kurtz est né : aussi adulé que craint, car impossible à comprendre.

La ville royaume d'Ho Mong est, en effet, régie par un terrible paradoxe : Khun Sa a beau produire et vendre la moitié de l'héroïne mondiale, il ne tolère pas que l'on s'adonne à la « chasse au dragon » sur son territoire. Tous ceux qui outrepassent cette règle implicite sont jetés dans des trous de trois mètres de profondeur fermés par une claie de bambou où ils hurlent et agonisent pendant des jours, rendus fous par le manque, l'humidité et les insectes. Un jardin des supplices exposé à tous les regards pour montrer qu'on ne désobéit pas au prince de la Mort blanche.

Est-il heureux ? Non, évidemment. Les dictateurs

n'asservissent que pour oublier leur enfance. Ils s'offrent tout ce qu'on leur a refusé jadis, mais savent pertinemment qu'il ne s'agit que d'une séance de rattrapage. À Ho Mong, Khun Sa ne vit plus que pour repousser ses limites. Certes, il est couvert de maîtresses dont il orne les pieds, en fétichiste assumé, d'escarpins magnifiques qu'il dessine lui-même et fait couvrir de rubis et de jade. Certes, ses portraits géants constellent les rues de sa capitale, dont les habitants connaissent par cœur le recueil de ses pensées qu'il a fait imprimer spécialement pour eux. Mais la seule obsession de ce Mao des jungles est de traiter d'égal à égal avec la Maison Blanche. Seize ans après sa lettre à Carter, il propose à Clinton un marché qu'il estime honorable. « Si vous reconnaissez officiellement l'indépendance de l'État shan, j'arrête la production de pavot. » Khun Sa attendra en vain une réponse en regardant se former les lourds nuages de la mousson. Et quand enfin il comprend que lui, le roi du Triangle d'or, le maître des Shans, le Tigre indomptable, n'est considéré par les gens qui comptent que comme un vulgaire trafiquant, quelque chose explose dans son cerveau.

La rage a succédé à l'ennui et la folie guette. Il manque de trancher la gorge à la métisse indo-birmane qui l'abreuve de contes licencieux à l'heure du couvre-feu, exécute à coups de stick de bambou son coiffeur, et décapite deux cents villageois qui rechignaient à lui livrer leur opium. Pendant les nuits d'orage, incapable de trouver le sommeil, il chevauche son fief à bride abattue en récitant Lao-tseu qu'il a lu et relu en prison. Non, il ne s'appartient plus. La guerre qui le faisait vibrer a usé ses nerfs. Les dix-sept tentatives d'assassinat auxquelles il a échappé, les complots à répétition ourdis contre sa personne par ses rivaux de l'ethnie wa lui reviennent en mémoire. « Nous sommes comme des mendiants qui dorment sur des lits faits d'or et qui vivent dans des huttes faites de pierres précieuses », écrit-il dans ses *Pensées*, pour une fois lucide sur son état. Le dernier acte se prépare, et bien malin celui qui aurait pu le prévoir.

Depuis des mois, l'armée birmane harcèle ses troupes sans arriver à les inquiéter une seule seconde tant elles sont rompues aux tactiques de guérilla. Le 2 janvier 1996, coup de théâtre quand un hélicoptère banalisé se pose au cœur de sa cité forteresse, juste devant son palais. Une escouade de généraux birmans en sort, la main sur leur casquette d'apparat pour contrer l'effet des pales de l'appareil. Vêtu d'une veste de sport, Khun Sa apparaît, son M-16 plaqué or à la main, et pose son arme fétiche aux pieds des hommes de la junte militaire. Une reddition ? Le peuple de Ho Mong est sidéré. Et davantage encore quand ils voient leur maître trinquer avec ses ennemis jurés autour d'une bouteille d'excellent cognac, en leur offrant en prime un défilé d'enfants soldats disciplinés comme un bataillon d'anges noirs.

Khun Sa ne se rend pas : il négocie sa retraite.

Tous les scénarios ont été échafaudés à ce sujet. On a parlé de transferts de plusieurs millions de dollars, d'une mise au secret dans une villa de Rangoon. D'un exil doré sur une île paradisiaque au large des côtes birmanes. D'un monastère aux sources de l'Irrawaddy où il se livrerait à la méditation. On a assuré l'avoir vu jouer au golf avec quelques-uns des membres les plus éminents de la junte sur le green impeccable de Rangoon, et même qu'il avait repris le business en partenariat avec les généraux. Bref, tout et son contraire, sans aucune possibilité de vérifier quoi que ce soit.

La seule chose dont on était sûr, c'est qu'il n'était pas mort.

Je suis allé me rincer la bouche avec à nouveau des doutes dans la tête. Pourquoi partir ? Parce que Rangoon était un labyrinthe et que j'étais un amateur, tout simplement. J'ai repensé à la dernière expression du visage de Julie, avant qu'elle ne me quitte. J'avais été ridicule. Un pneu a crissé dans la cour. Je suis allé voir, comme ça, sans raison, ma brosse à dents dans la bouche. Le temps que j'atteigne la fenêtre, il n'y avait plus qu'un nuage de terre et de poussière. Une minute plus tard, on frappait à ma porte. Le garçon de la réception, toujours aussi souriant.

— *You have a message, sir.*

J'ai déplié en tremblant le papier qu'il me tendait.

« César, Voici l'adresse d'Éric. Je l'ai prévenu que tu passerais le voir en fin d'après-midi. Il t'aidera. Take care, Julie. » Une adresse suivait, en birman, destinée au chauffeur de taxi. Elle pensait à tout pour me faciliter la tâche. L'avenir venait de s'éclairer subitement. Ce qui me plaisait le plus ? Qu'elle ait écrit mon prénom.

— *Good news ?* a demandé le serveur en voyant mon air ravi.

— *Very good news !*

*

Dans la voiture bringuebalante, je regardais l'étendue du lac Inya briller sous le soleil. Au milieu de la végétation qui offrait toutes les nuances de vert, quelques villas s'étiraient mollement sur ses rives, prolongées par une terrasse dont les pilotis se reflétaient sur la surface argent. Un monastère de bois aux poutrelles rouillées apparut entre une rangée de frangipaniers. Des robes de moine, rouge safran, séchaient sur les balustrades. Le bâtiment était surmonté d'une tourelle en forme de cloche dont les tuiles étaient constituées de fragments de miroir. Étincelant. J'ai demandé au conducteur d'arrêter le véhicule. Je me suis avancé, mon appareil photo à la main. Une nuée de petits bonzes a jailli de la construction, tout heureux de gambader dans leur robe rouge, le crâne lisse comme une bille de bois. M'apercevant, ils se sont arrêtés. Leurs yeux me dévisageaient avec une curiosité amusée. Des sourires se sont dessinés sur leur visage sans souci. Devant cette vision de pure beauté, j'ai renoncé à ma photo.

L'adresse menait à une grande maison de teck cachée au fond d'un jardin tropical. Avec une barrière d'acier, sans enseigne ni sonnette. J'ai poussé à tout hasard, elle s'est ouverte en grinçant, et je me suis engagé dans le petit chemin ombragé d'arbres exotiques. Au bout, des paires de tongs devant un vantail à moustiquaire. Je me suis débarrassé des miennes et je me suis avancé. Pour sursauter à peine entré.

Un visage brun me toisait avec cruauté dans une demi-obscurité. Pommettes hautes, sourcils impeccablement dessinés, les yeux durs. Les bras parallèles le long du corps, il faisait bien deux mètres et dissimulait ses épaules sous une grande cape. J'ai respiré en reconnaissant un bouddha. Bientôt accommodés à l'obscurité, mes yeux ont deviné autour de lui des objets plus fantastiques les uns que les autres, harpes géantes, portes monumentales sculptées de personnages minuscules en processions, hommes et animaux, coffres laqués couverts de fresques dorées, et boîtes à offrandes diverses. Aucun bruit dans la pièce. Excepté le ronflement des pales des ventilateurs.

« Je suis là ! », ai-je entendu.

J'ai traversé l'entrepôt et débouché dans une petite cour ombragée. Assis dans un fauteuil de teck, Éric, vêtu d'un jean et d'une chemise de lin ouverte, donnait le biberon à un petit être aux cheveux noirs. Derrière lui, une maison birmane traditionnelle.

— Thanakha, dis bonjour à notre invité.

La masse emmaillotée continua à téter.

— Thanakha ? ai-je dit en m'avançant. Comme le maquillage ?

J'avais fini par me rencarder sur les taches rectangulaires, blanches ou jaunes, qui ornaient les joues des Birmanes. Il s'agissait d'une pâte, préparée avec l'écorce d'un arbre pilée et diluée dans l'eau. Gage de beauté, le *thanakha* avait aussi des propriétés antiseptiques et anti-UV. Effet 3 en 1.

— Oui, fit le père en passant son index recourbé sur le nez minuscule de l'enfant. Parce qu'elle nous rend la vie plus belle.

Il la regardait avec amour. Je me suis éclairci la gorge.

— Une vraie caverne d'Ali Baba, ai-je dit en désignant l'entrepôt.

Il a hoché la tête, a marqué une pause, et crié une phrase en birman sans même se retourner. Trois secondes plus tard, une forme en longyi noir rayé de bleu sombre faisait son apparition derrière lui. Ses cheveux tombaient jusqu'à ses reins, encadrant un visage d'une finesse extrême hésitant entre la Chine et l'Inde. J'ai reconnu sa femme.

— Tu connais déjà Thway...

Je me suis levé, j'ai tendu la main à la jeune femme. Celle-ci l'a dédaignée poliment d'un sourire, et s'est inclinée souplement pour prendre le bébé des bras d'Éric.

— On va aller dans mon bureau. On sera plus au calme.

La maison condensait tous les fantasmes qu'on pouvait avoir sur ce pays oublié. Sur le sol de teck, des meubles laqués de toute beauté, bleus ou rouges. De précieux coffrets dorés, des boîtes à offrandes, au couvercle en forme de stupa. Sur un rocking-chair, une vieille mâchonnait un cigare monumental, et noyait à chaque expiration son visage de pomme ridée dans une fumée opaque. Assise sur le sol, les genoux repliés sur le côté, Thway jouait avec sa petite fille allongée sur une couverture matelassée. À côté d'elles, deux jeunes femmes belles comme le jour, dont les cheveux brillants dévalaient jusqu'à la couverture, se retournèrent à mon passage. J'étais subjugué par ces images que je n'avais vues nulle part ailleurs. Comme si je feuilletais un livre. Un livre dont les pages étaient de chair et d'étoffe. Je saluai poliment, et manquai renverser un biberon posé sur un meuble.

— Ma petite famille birmane, lança Éric en traversant la pièce. Le vieux est à l'étage, on ne va pas le déranger... La grand-mère de Thway, et ses deux autres petites-filles, mes deux belles-sœurs, Khin Khin et Meng Meng. La mère est au Scott Market.

— Vous n'avez pas peur d'une nouvelle explosion ?

Il a secoué la tête.

— La junte a eu ce qu'elle voulait. La peur est à nouveau bien installée. La peur qui paralyse et empêche de se révolter.

Il fit glisser une cloison.

— Entre !

Il s'agissait d'un bureau ouvert sur le jardin. Un ordinateur trônait au milieu d'un capharnaüm d'instruments de musique occidentaux et de parures tribales. Plumes, dents d'animaux, restes de pelage et de crânes humains. Une coiffe de tissu, garnie de perles de couleur et décorée de pièces d'argent, attira tout de suite mon regard. J'ai constaté avec surprise que les pièces étaient frappées de la silhouette de notre Marianne républicaine, coiffée de son bonnet phrygien et semant le bon grain démocratique. La mention « République française » y figurait. Des dates aussi. 1928. 1932.

— C'est quoi cette coiffe ? ai-je demandé.

Il a eu l'air surpris que je m'intéresse à celle-ci.

— Une relique du grand empire colonial de notre chère patrie, a-t-il lancé.

— Oui, mais ça vient d'où ?

— Du pays akha... Triangle d'or.

Le mot me fascinait depuis toujours. Terre mythique de toutes les contrebandes. Pays d'aventure et de jungle. L'œil du tigre qui brille dans les fougères...

— Assieds-toi.

Il m'a désigné un fauteuil d'osier en forme de paon qui me faisait ressembler à un aspirant au premier rôle d'*Emmanuelle*. Ne me manquait que le collier de perles et la moue boudeuse de Sylvia Kristel caressant ses petits seins pointus. Celui dans lequel il prit place, lui, semblait au contraire avoir appartenu à un vieux roi des jungles usé par les combats, décoré qu'il était d'animaux fabuleux et de chasseurs aux épées acérées. J'étais d'emblée en position d'infériorité.

— Votre fils est bien rentré ? ai-je demandé pour lui rappeler dans quel état je l'avais vu la veille.

— Oui, Olivier a chopé son avion, a-t-il répondu. En espérant qu'il n'ait pas chopé autre chose.

Ça s'arrêterait là pour les commentaires. Il avait recouvré l'acuité de la veille, et en avait fini avec le rôle de géniteur occidental, parti dans le même avion que son fils.

— Ça fait une demi-heure que je te tutoie, a-t-il ajouté, alors fais pareil.

On a frappé à la porte. « *La-deh !* » a-t-il dit. La

cloison a glissé et livré passage à l'une des belles-sœurs, grâce et beauté, portant un plateau avec deux verres remplis d'un liquide rouge et une petite assiette pleine de petites rondelles toutes roses.

— À la tienne !

Il m'a tendu un verre et a souri en voyant que je regardais l'assiette avec étonnement.

— Très exotique ! Bordeaux et saucisson. Un ami prévenant vient de m'envoyer ça...

Il a ri, on a trinqué, et la sensation de la première gorgée de vin glissant dans mon gosier m'a immédiatement détendu. Ça a été de courte durée. Il m'a cloué dans mon fauteuil d'osier.

— Julie m'a dit, alors on ne va pas perdre notre temps : tu veux rencontrer Khun Sa ?

J'ai avalé ma salive.

— Vous m'avez dit hier qu'il était à Singapour...

— Je t'ai dit de me tutoyer. Hier, j'ai dit n'importe quoi.

Il a passé une main dans sa barbe, et puis tout s'est enchaîné.

— Tu bosses pour qui ? Et tu connais quoi de Khun Sa ?

Je me suis exécuté. J'étais free lance, je vendais mes sujets à ceux qui les prenaient. Tout bêtement. Ce n'était pas mentir, parce que c'est comme ça que ça se passerait si je décrochais l'interview. Sur ce que j'avais fait avant, je n'ai pas répondu parce que je ne me voyais pas raconter des conneries à la Blanchart. Quant à Khun Sa, j'ai dit que je connaissais sa vie par cœur, et que ça intéresserait pas mal de gens en France de savoir ce qu'il devenait. Il a paru dubitatif – c'est le moins qu'on puisse dire –, n'a pas arrêté de me dévisager en buvant son verre.

— L'interrogatoire est terminé ? ai-je demandé, profitant de son silence.

Il s'est levé, a pris un trousseau de clés sur le bureau.

— Oui. Tu me suis ?

Quoi ? Déjà ? Mon pouls jouait le début de la *Walkyrie*. Il a fait glisser la cloison, s'est arrêté au salon pour prendre sa fille dans ses bras, et l'a embrassée sur le front en murmurant des phrases en birman qui me parurent d'une infinie douceur. Un pépiement d'oiseau. J'ai voulu saluer Thway, mais elle continuait à baisser les yeux. Pareil pour les belles-sœurs, toujours assises sur la couverture. Le longyi donnait à leurs hanches un mouvement caressant, en accord parfait avec la cascade noire de leurs longs cheveux. J'ai repensé aux mots de Julie, la veille. « Dix mille kilomètres pour tomber sur une expat, tu dois être déçu ? » En fait non, car Julie ne ressemblait à rien de ce que je connaissais. Bien sûr, les belles-sœurs étaient très belles, mais comment communiquer, comment entrer dans leur monde ? Éric a surpris mes regards.

— Elles ne sont pas encore mariées, mais sache qu'en Birmanie, il faut être très patient, a-t-il lancé avec humour.

— Ce n'est pas ma nature, ai-je dit bravement en le dépassant pour rejoindre la petite cour.

J'allais traverser l'entrepôt, mais il m'a arrêté. On a pris à droite, par une discrète allée du jardin, et j'ai découvert, au bout, un autre patio où trônait ce qui semblait être sa grande fierté. Il a bondi pour y grimper, excité comme un gamin.

— Jeep Willis, 1949. Elle a fait la fameuse route de Birmanie. Mandalay-Lashio, sous les bombes japonaises.

Il a enfin remarqué que j'étais resté immobile.

— Tu montes ? a-t-il dit en chaussant une paire de lunettes de soleil qui lui donnaient l'air d'un prof de ski.

— Vous me dites d'abord où on va, peut-être ?

— Pour un reporter, t'as pas l'air d'aimer trop l'aventure...

— Ce n'est pas vous qui m'avez dit d'être méfiant ?

Il est parti dans un grand éclat de rire en tournant la clé dans le contact. Le moteur a rugi et la carrosserie a tremblé. « Va te faire foutre », me suis-je dit à part moi en grimpant à la place du mort.

10

On est très vite sortis de la verdure pour se retrouver en pleine ville, à slalomer entre des bus dont le cul projetait une âcre fumée noire, des taxis déglingués, et des camions bâchés chargés de militaires qui dévisageaient avec circonspection notre Jeep et les lunettes fluo de son conducteur. Toutes les trois minutes, la silhouette dorée d'une pagode pulvérisait le décor urbain et donnait l'impression de sillonner une ville surréaliste. Une ville d'or et de bitume où les étincelles jetées par les bracelets des femmes rivalisaient avec la crasse des véhicules, leur tintement cristallin avec le bruit des moteurs. Sans parler de la musique rock qui jaillissait de deux enceintes bricolées sous le tableau de bord de la Jeep. « C'est Zaw Win Htut, le Rod Stewart birman », m'a hurlé Éric à l'oreille. Des bâtiments administratifs, cannibalisés par l'humidité et la végétation, parsemaient les trottoirs peints en rouge et blanc. Une cohue d'hommes et de femmes, paniers ou mallettes de cuir au poignet, s'y pressait, au milieu d'affiches de cinéma peintes à la main qui les éclaboussaient de couleurs bollywoodiennes. Le vent chaud balayait mes cheveux et cette odeur d'épices, de pisse et de jasmin qui allait être mon seul point de repère pendant ces longues semaines fouettait mes narines. Éric avait pris un air grave et attentif sous ses lunettes de ski. Il s'est penché de nouveau à mon oreille : « À ta gauche. » Un bâtiment aux fenêtres condamnées affichait, en lettres dorées sur fond rouge, l'inscription « NATIONAL LEAGUE FOR DEMOCRACY ». En passant devant la bâtisse, les citadins accéléraient le pas et baissaient les yeux. « Regarde le type, en face », a ajouté Éric. Sous la cahute qui l'abritait du soleil, un gros homme somnolait. Je ne comprenais rien à ce qu'Éric me disait. La lumière du jour baissait et l'odeur de la ville disparaissait sous celle des énormes poissons séchés que des petits garçons portaient sur de longues tiges de bambou comme des squelettes ambulants. J'ai repensé au marché, aux explosions. Où m'emmenait-il ? Bientôt, des mâts trouèrent le ciel, éclipsant les troncs décoiffés des palmiers plantés çà et là. Des entrepôts, aussi. Et puis la silhouette de grands cargos à la peinture écaillée et l'odeur salée, prenante, de la mer et de la vase. Une sirène beugla dans le crépuscule orange. Je me suis dit que ce devait être la Yangon River et son port. La foule se densifiait à l'ombre des coques noires. Un moine pieds nus obligea Éric à piler net. Enfin, après avoir tourné à gauche, il a garé la Jeep devant un palais colonial. Une escouade de Birmans en uniforme crème y faisait le pied de grue.

La nuit était tombée d'un coup. « Le type que tu as vu tout à l'heure, qui pionçait dans son transat devant les bureaux de la NLD, le parti de Ma Suu, m'a dit Éric à voix basse. Il ne pionce pas du tout. Il prend en photo tous ceux qui s'arrêtent pour regarder d'un peu trop près les bureaux. Le parti n'est pas interdit, mais ça dissuade tout le monde de s'y intéresser. Encore une fois, la peur. N'y cède jamais, mais fais gaffe à ce que tu dis et à ce que tu fais : le pays grouille d'espions, de dénonciateurs. Particulièrement à Rangoon. À part ça, bienvenue au Strand, le palace historique de Rangoon. »

On est entrés dans un hall spacieux, salués par des jeunes femmes en longyi rose clair. Au plafond, de lourds ventilateurs aux pales chromées tournaient mollement. Purement décoratifs car la clim était parfaite. La clique des écrivains qui comptaient dans l'Angleterre à casque colonial – Kipling, Somerset Maugham, tous sauf Orwell – s'affichait en photos au-dessus de la réception en bois exotique. Salon de coiffure, spa oriental, boutique de tissus précieux, galerie d'art et salon de thé aux fauteuils de teck : c'était un autre Rangoon.

Éric a salué de la main les employés désœuvrés, franchi un porche sculpté, et m'a ouvert la voie vers un bar impressionnant. Des bouteilles de toutes formes scintillaient sous les spots, dans un décor de boiseries parfumées et de fauteuils club remplis d'hommes d'affaires. Éric m'a entraîné vers le fond. Un magnifique billard anglais y trônait. « Commence ! m'a-t-il dit. Je vais nous chercher à boire. »

Boire. On ne faisait donc que ça, dans ce foutu pays ? J'avais encore une barre au-dessus du front. J'ai songé à Julie. Avec un pincement au cœur à la pensée que, peut-être, elle en avait terminé avec moi.

Propulsée par la queue de bois, la boule blanche est allée frapper le triangle de boules multicolores, qui se sont dispersées dans tous les sens. L'une d'entre elles, une rayée, est allée se nicher dans un trou. Bon signe. Éric est arrivé avec deux verres.

— Bagan breeze, le mojito local. Bagan, c'est la grande cité royale du nord du pays. Tu as dû en entendre parler. Sinon, c'est rhum de Mandalay, citron vert, menthe, eau gazeuse et glace pilée. Santé !

Les verres ont tinté. J'ai rentré encore deux boules, plutôt content de moi, avant de caler sur une mauvaise bande. Il a posé son verre et, l'air de rien, a commencé à rentrer une boule, puis deux, puis trois, puis toutes ses boules les unes après les autres. Il n'y avait plus que des rayées sur le tapis vert. Il a annoncé qu'on jouerait la noire avec un rebond, l'a rentrée aussi sec, et jeté un œil sur sa montre. « On en fait une autre », a-t-il déclaré sans me demander mon avis. Je suis resté calme. Il avait certainement ses raisons. Il a cassé, et de nouveau rentré toutes ses boules. À la quatrième partie, ça ne m'amusait plus du tout. Je lui ai demandé ce qu'on foutait là.

— Il va arriver, a-t-il répondu sans lever la tête.

— Qui ?

— Le seul type qui peut t'obtenir ton interview, a-t-il répondu en replaçant les boules dans le triangle.

J'ai avalé ma salive.

— À toi de jouer, a-t-il repris, un peu d'enthousiasme : Kipling a frotté son ventre contre ce billard !

Mon œil dessinait une jolie trajectoire, mais mon cœur battait trop vite. Je détestais ce que j'étais en train de vivre. Je détestais ne pas savoir. Attendre. Avoir peur. J'ai pensé à Julie et à son avertissement. « *Take care.* » J'ai joué avec précipitation. Deux boules rayées se sont arrêtées de part et d'autre du tapis, au seuil de leur trou, sans y tomber. Encore raté.

Éric allait prendre la suite, ses lunettes sur le front, concentré comme un biathlète allongé sur la neige au moment du tir, quand une main chargée de bagues s'est posée sur son épaule.

Profil d'aigle et bouche sensuelle dans un vaste visage de bouddha blanc. Européen, mais métissé. Impression renforcée par un sourire aussi impénétrable que celui des Asiatiques. Mais des yeux d'un bleu limpide, incrustés dans la chair comme deux améthystes. Pas seulement affûté, le nouvel arrivant : coupant.

— Éric, mon ami !

La voix était suave. Il m'a regardé, droit dans une veste bleu nuit balancée entre Mao Tsé-toung et Hedi Slimane. Éric m'a présenté comme un jeune voyageur qui avait choisi la Birmanie comme port d'attache pour un temps indéterminé. Lui, visiblement, on ne le présentait pas. Le visage souligné par son col de veste, il était impeccable à faire peur. Colossal, débordant, mais avec une cruauté amusée, byzantine, dans le regard.

— Vous buvez quoi ? a-t-il lancé en ajoutant un bref claquement de langue à l'intention d'un serveur.

En entendant la réponse d'Éric, je me suis liquéfié.

— César adore le Bagan breeze. Moi je vais devoir vous laisser, Philippe. Ma fille va me réclamer...

— Thanakha, c'est ça ? Il faudra que je vienne la voir, un jour..., a murmuré le dénommé Philippe d'une voix traînante.

Éric s'est fendu d'un sourire.

— Avec plaisir. Dès qu'elle sera guérie.

Malade ? Ce n'est pas l'impression que m'avait donnée le bout de chou en le voyant téter son biberon à la vitesse d'une trayeuse électrique.

— Excusez-moi. Je vais devoir congédier mon partenaire, a dit Philippe en se dirigeant vers un Asiatique bouffi assis dans un fauteuil club.

Ce dernier s'est incliné avec onctuosité, comme si c'était lui qui s'excusait. Éric s'est approché et m'a attrapé le bras.

— Maintenant ça dépend de toi. Surtout, tu le laisses gagner.

J'avais mal au ventre.

— Mais c'est qui, ce type ?

— Je te l'ai déjà dit. Tu le laisses gagner.

Il m'a tapé sur l'épaule et s'est éclipsé.

— Content que vous ne m'abandonniez pas !

Philippe était revenu et il avait saisi une queue.

— J'adore les nouvelles têtes.

Il m'a tendu sa main baguée.

— Cinquante tickets la partie, ça vous va ?

J'ai hoché la tête, piteux. Il fallait le laisser gagner, et je n'avais sur moi que l'équivalent de quatre parties. Le serveur a apporté les cocktails. On a trinqué et il s'est penché pour casser, ce qui a fait crisser sa veste sur ses épaules. Et m'a fait remarquer, au niveau de sa poitrine, une bosse suspecte.

— Qu'est-ce qui vous amène en Birmanie ? m'a-t-il lancé.

Il y avait des dizaines de réponses possibles, et en même temps l'éventail était minuscule. Parler de tourisme était tabou. Trop banal. Journaliste ? Trop tôt. Il a raté son coup. Les boules ont roulé mollement sur le tapis vert, mais c'est moi qui les avais dans la gorge. Il fallait que je perde contre ce type ?

— Je cherche quelque chose, j'ai dit.

Il a éclaté de rire.

— Vous n'allez pas vous aussi me faire le coup du gamin que j'ai croisé cet après-midi ? Vous savez, le genre de voyageur sac au dos qui sert de véhicule à tous les clichés sur l'Asie... Il cherchait un monastère où méditer. Pas vous, j'espère ? a-t-il ajouté en s'écartant du billard. Jouez !

— Je ne suis pas porté sur la mystique, ai-je répondu.

— Je préfère ça. Sinon je vous aurais présenté ma copine Régine. Elle veut qu'on l'appelle Indra et s'adonne tous les samedis aux joies du tantrisme entre amis. C'est là que j'ai envoyé le gamin se faire ouvrir les chakras. Et peut-être davantage !

Il a éclaté de rire. C'était quoi, ce clown ? Je me suis mis à penser qu'Éric m'avait fait une blague. Me confier à l'original du coin pour me faire payer ma naïveté… Ma boule a ricoché, volontairement, sur le coin d'un trou facile. Pour quelques dollars de moins...

Il a mis du bleu sur la queue et s'est penché sur la table. La bosse sur sa poitrine s'est faite plus évidente encore.

— Si vous ne cherchez pas Dieu, tout va bien. Si seulement ces pauvres Birmans faisaient comme vous..., a-t-il commenté en ratant une boule, à vingt centimètres d'un trou.

J'étais dépité.

— Qu'est-ce que voulez dire ?

— Leur foutu bouddhisme, qui les pousse à penser qu'ils souffrent aujourd'hui mais qu'ils auront une meilleure vie plus tard, et qui les maintient dans la soumission. Qui les persuade que les généraux qui les oppriment seront bien punis quand ils se réincarneront en cafards ! Et en attendant ? Rien. La vengeance, chez eux, est un plat qui ne se mange pas... Vous pensez quoi de la dictature, César ?

La phrase était tombée comme un couperet. Tranchant avec l'air de ne pas y toucher qui avait été le sien jusque-là. Le fait qu'il prononce mon prénom ajoutait à mon malaise.

— Qu'est-ce que vous voulez que je pense d'une dictature ?

— Justement, c'est ce que je vous demande. Et puis cessez de faire semblant de mal jouer pour me faire gagner !

J'ai blêmi.

— Alors ? Vous en pensez quoi de cette junte ? On est à Rangoon, ici, sentez-vous libre !

Des visages, provenant des fauteuils club, s'étaient tournés vers nous. Il souriait de toutes ses dents et plantait son œil de husky dans le mien. Il me collait la chair de poule, mais je ne me suis pas démonté.

— J'en pense du mal, forcément.

Je l'ai dévisagé à mon tour. Il a ajouté, d'une voix suave.

— Pourtant, ce qui vous a attiré dans ce pays, c'est aussi le fait qu'il soit une dictature. Je me trompe ?

Son sourire jaune me faisait penser à celui du chat dans *Alice in Wonderland.*

— Ça ne m'excite pas du tout. Vous vous trompez. C'est à vous de jouer.

— Je ne vous crois pas. Vous voulez de l'aventure parce que vous vous ennuyez à mourir dans votre conformisme quotidien. Vous avez choisi ce pays précisément parce que c'est une dictature et que vous savez que les dictatures ne sont pas dangereuses pour les étrangers, à condition de rester dans les clous... Je connais trop les gens comme vous.

De quel droit se permettait-il ? J'avais envie de le planter là mais je me suis forcé à reconsidérer la situation. Éric avait l'air mal à l'aise avec ce type. Et sincère quand il m'avait prodigué ses derniers conseils avant de s'éclipser.

— Vous ne me connaissez pas, j'ai dit.

J'ai pris une grosse inspiration et j'ai décidé de jouer pour de bon. Tant pis pour son amour-propre. J'ai rentré trois boules de suite. J'allais récupérer mes cinquante dollars. Je m'apprêtais à rentrer la quatrième, le nez contre la canne de bois. Au moment où je tapais, il l'a déviée de la main. Je me suis immédiatement tourné vers lui, interloqué.

— Qu'est-ce que vous faites ?

— Cette partie m'ennuie, a-t-il répondu en me

fixant longuement du regard, et je connais des plaisirs plus… stimulants.

Ma gorge s'est asséchée.

Son sourire impénétrable l'avait transformé pour de bon en *Cheshire cat*. Faussement débonnaire, le coup de griffe en embuscade. De ceux qui vous tuent en un seul mouvement. Avant de vous dévorer avec délectation. Il a repris :

— Ça vous dirait de la voir de près ?

— Qui ? ai-je réussi à dire.

— La dictature.

11

Le chauffeur était muet et les vitres teintées. J'avais décidé de ne poser aucune question sur la destination, me réservant pour le moment où je pourrais parler de Khun Sa. L'odeur de cuir et de bois précieux de la Mercedes embaumait dans l'habitacle, et nous filions dans la nuit comme si nous glissions, guidés sur l'asphalte par le sigle du capot en forme de viseur. J'ai reconnu University Road, empruntée la veille avec Julie, et mon cœur a commencé à battre plus fort. Davantage encore quand j'ai vu que le barrage qui nous avait bloqués s'ouvrait, et que le flic en civil lançait à Philippe un geste amical. Mon inquiétude s'est muée en panique. Heureusement, il s'est mis à aborder le sujet qui me préoccupait.

— Vous avez entendu parler d'Aung San Suu Kyi, bien sûr ?

Comme j'acquiesçai :

— Voilà sa maison.

Il a désigné du menton une grande demeure coloniale bordée de grilles de fer, qui s'élevait sur le côté gauche de la route. Une seule fenêtre était éclairée, sur laquelle se découpait une silhouette assise. Je me suis rapproché de la vitre. Était-il possible que ce fût elle ?

— Je croyais que l'accès était interdit...

— J'habite à côté.

— Vous la connaissez, alors ?

— Disons que je l'ai bien connue. Actuellement, elle n'est guère mondaine, comme vous savez...

J'ai repensé à ce que m'avait dit Éric sur le parking du BME et j'ai demandé :

— On dit que quelqu'un est en train de prendre sa succession. De façon nettement moins non violente... C'est vrai ?

Il a tourné vers moi sa silhouette marlonbrandesque.

— Vous parlez de Wei Wei ?

Ses yeux m'ont fouillé au corps. J'étais partagé entre la méfiance et le désir d'en savoir plus. J'ai opté pour le risque, et hoché la tête.

— Wei Wei n'existe pas, a-t-il dit. Ou seulement dans le cœur de ceux qui croient encore à la révolte.

— Vous n'y croyez pas ?

— J'aime ce pays mais ce n'est pas le mien. La Birmanie est le pays du Bouddha et des légendes, et moi je ne crois qu'à ce que je vois.

Son profil d'aigle et son crâne lisse découpaient au scalpel l'obscurité de l'habitacle.

— Peut-être que des gens l'ont vue ?

— La Vierge aussi, des gens l'ont vue.

La voiture s'est arrêtée. Un portail monumental s'est ouvert en coulissant. J'ai repris :

— Les attentats, eux, sont bien réels. Il y a bien eu quelqu'un qui a mis les bombes...

— C'est vrai. Et on sait parfaitement de qui il s'agit...

Il s'est arrêté, avant de reprendre :

— Des hommes de main de l'ancien chef des services secrets, qui a été limogé. Ça leur a fait perdre beaucoup d'argent alors ils se vengent.

— Beaucoup ici disent que c'est la junte militaire.

Le chauffeur lui ouvrait la portière. Il m'a dévisagé.

— Stupide. Pourquoi tueraient-ils ceux à qui ils font croire à longueur de temps qu'ils sont les seuls à pouvoir les protéger ?

Il a laissé passer un silence.

— Nous sommes arrivés chez moi. J'ai une chose à faire, et ensuite nous sortirons. Si vous voulez toujours m'accompagner, bien entendu. Sabai peut aussi vous reconduire...

Le chauffeur m'a observé. Il avait une tête de bouledogue, avec le trou caractéristique entre les deux yeux et les mêmes plis au-dessus du nez.

— Tout va bien pour moi, j'ai dit, mais vous êtes sûr que...

Il m'a coupé.

— Que vous ne dérangez pas ? Tranquillisez-vous, je vous attendais.

Mes jambes sont devenues très lourdes.

Il m'avait fait servir un jus de mangue et était monté à l'étage. J'étais assis dans un vaste fauteuil de cuir, dans un salon presque vide. Des cantines de métal s'empilaient les unes sur les autres. Intrigué, je me suis levé pour explorer la pièce attenante. Vide elle aussi, j'allais ouvrir une autre porte quand une voix m'a surpris.

— *What are you looking for ?*

Les syllabes des mots anglais s'entrechoquaient. Torse nu, seulement vêtu d'un longyi, le jeune Asiatique avait les cheveux plaqués en arrière et exhalait un parfum capiteux. À peine 20 ans.

— J'attends Philippe, ai-je répondu.

— *Daddy ? OK. I'm Kyi*, lança-t-il pour se présenter.

La porte d'entrée s'ouvrait. Un deuxième garçon, plus âgé, pénétrait dans la maison, vêtu d'un jean et d'une chemise blanche.

— Voici Ye, mon frère.

Le nouveau venu m'a tendu la main, puis s'est excusé en grimpant les marches de l'escalier de teck.

— Vous avez tout ce dont vous avez besoin ? m'a demandé le premier.

J'ai hoché la tête, et me suis retrouvé seul, décontenancé par ces apparitions. Trois minutes après, Philippe redescendait, vêtu d'une longue chemise égyptienne et d'un pantalon bouffant. Des santiags aussi. J'étais sidéré.

Un grand hôtel à Rangoon. Avec un tapis rouge qui descendait jusqu'aux voitures et remontait jusque dans un vaste hall, où j'ai reconnu le logo d'une compagnie pétrolière tristement célèbre. On l'accusait de financer la junte et de cautionner ses exactions dans les zones d'exploitation. En un mot, j'étais dans la gueule du diable. Une gueule où, parmi les robes de soirée, les smokings et les costumes traditionnels birmans, se mouvait avec l'élégance d'un requin-tigre celui qui me présentait à tous comme un neveu. Avec mon jean sale, ma chemise ouverte et mon sac de l'armée birmane, je n'en menais pas large. Encore moins quand Philippe a soudain passé son bras autour de mes épaules et qu'un flash m'a ébloui. On venait d'être immortalisés avec le satané logo en arrière-plan. J'ai prié pour que la photo soit mauvaise, qu'on ait les yeux rouges. Peine perdue, trois flashes ont crépité. Malgré la clim, une mauvaise sueur commençait à imprégner ma chemise.

Mais qui était donc ce type ? Les femmes, auxquelles il prodiguait des baisemains, riaient à ses mots d'esprit en lui jetant des regards mouillés. Leurs hommes aussi, et je me suis dit que s'il existait dans ces ménages encore quelques goûts communs après vingt ans de mariage, Philippe devait y figurer en bonne place. « Mais voilà Son Excellence l'ambassadeur des Pays-Bas et son ambassadrice », lança-t-il soudain en désignant le couple âgé qui venait d'arriver. « Je vous ai raconté ce que je leur ai fait faire, il y a quinze jours ? » Hommes et femmes se sont massés autour de lui. « Notre ambass' à nous, qui sait que je connais bien le site et que j'ai des autorisations spéciales pour certains temples, m'a demandé de leur faire visiter Bagan. Pendant tout le voyage, ça n'a été qu'une suite de clichés sur le tiers-monde : la gentillesse des Birmans, la virginité de ce pays préservé de la modernité... Agrémentés, comme chez tout diplomate qui se respecte, de commentaires nostalgiques sur l'époque bénie des colonies... Je pense que vous voyez de quoi je parle. » L'assemblée a frétillé de plaisir. « Du coup, arrivés dans le temple le plus connu de Bagan, je leur ai fait faire le tour des bouddhas à quatre pattes devant les villageois, en leur disant que c'était la tradition. Non seulement ils l'ont fait, parce que je suis quand même diplômé de l'École française d'Extrême-Orient, mais ils ont soutenu pendant une semaine à leurs invités que c'était comme ça qu'il fallait faire. Et personne, forcément, n'a osé les contredire. Bon, depuis, c'est vrai, je suis blacklisté dans leurs sauteries. Pas grave, on n'y sautait rien... » Il s'est esclaffé bruyamment. L'ambassadrice s'est retournée et a blêmi en le reconnaissant. Tous les autres s'étaient figés.

Cet homme était un fou. Dans la voiture, je lui avais dit que j'avais fait connaissance avec ses « fils ». « Des beautés, n'est-ce pas ? » Mon sourire lui avait déplu. « Ne vous méprenez pas. Je suis pédé, mais pas profiteur. Je les ai adoptés. Ils font tous de bonnes études, et auront à ma mort tout ce qui m'appartient... D'ailleurs, avait-il repris en se corrigeant, je ne suis pas pédé, je suis omnivore ! » Je lui avais demandé aussi s'il déménageait. Il avait secoué la tête. « J'aime voyager léger. C'est mon côté routard. »

La salle, garnie de piliers à décors dorés et floraux, rappelait les peintures officielles des banquets du Parti communiste chinois. Quelques-uns des Asiatiques présents, qui portaient le costume blanc de ceux que j'avais vus à la télévision, n'auraient d'ailleurs pas déparé dans une réunion politique de Mister Mao. Philippe s'est esquivé, m'abandonnant entre les mains du petit groupe d'expatriés.

— Quelle personnalité incroyable, votre oncle ! a lancé un type de 40 ans qui s'était présenté comme l'attaché culturel italien.

— Il vous a dit qu'il a obtenu la nationalité birmane ? ajouta sa compagne, une jolie femme aux épaules couvertes d'un pashmina.

À les entendre, c'était un véritable exploit étant donné la xénophobie du régime. Je me contentais d'opiner à ce qu'ils disaient. J'appris ainsi que Philippe était dans le pays depuis une date qui se perdait dans les mémoires, et qu'il y faisait des « affaires ». Fait étrange, personne n'était capable de savoir en quoi exactement elles consistaient. Ou ne voulait en parler ? La conversation glissa sur les généraux. Rangoon bruissait de rumeurs sur un changement de capitale. Le « senior général » Than Schwe, numéro 1 de la junte, aurait décidé de faire construire une nouvelle ville au nord du pays ; le chantier avait commencé, et d'ici peu, la junte au grand complet allait y prendre ses quartiers. Les ambassades étrangères n'avaient été ni conviées, ni même mises au courant.

— Les généraux ont peur que les Américains donnent l'assaut sur la Birmanie comme ils l'ont fait en Irak. Alors ils veulent déménager dans un endroit moins accessible. Le pays se bunkérise de plus en plus, expliqua l'Italien.

On parlait d'un endroit nommé Naypyidaw, à trois cents kilomètres plus au nord. Au milieu de la jungle. Pas même d'aéroport. C'était ubuesque.

— Vous savez, jusqu'au XIXe siècle, les grands rois birmans ont toujours mis un point d'honneur à construire leur propre capitale, ajouta une femme à lunettes dont la robe sans manches paraissait taillée dans la bure, et dont les doigts ne cessaient de titiller les perles de son collier.

— Mais on est au XXIe siècle, ai-je objecté, déclenchant les rires d'un monsieur chauve et allemand qui, depuis le début, ne cessait de s'éponger le front.

— Vous, vous venez vraiment d'arriver ! lança-t-il avec l'approbation souriante du reste de l'assemblée.

La femme en robe de bure est revenue sur le rôle de l'astrologie dans la culture birmane, et notamment dans les cercles du pouvoir. Premier dictateur du pays et commanditaire de l'assassinat du père d'Aung San Suu Kyi, le général Ne Win avait un beau jour de 1987 bouleversé l'économie du pays à cause de ses devins.

— Ils ont décrété que le chiffre 9 était son nouveau chiffre bénéfique. Ni une ni deux, il a fait retirer sans préavis tous les billets de banque pour en faire imprimer de nouveaux à base de multiples de 9. Vous imaginez la tête de ces pauvres Birmans !

— Pauvres, vous pouvez le dire ! ajouta l'Italienne. Cette décision venue des astres a ruiné toutes leurs économies !

— Vous avez des renseignements sur les attentats ? me suis-je hasardé.

J'ai obtenu pour toute réponse un nuage de sourires embarrassés.

— C'est la première fois que ça arrive, c'est tout ce que l'on sait, murmura l'Allemand.

L'arrivée d'un militaire en uniforme vert olive à casquette chamarrée d'or et lunettes noires lui rentra les mots dans la gorge. Autour de nous aussi, les conversations avaient baissé d'un ton.

— Qui est-ce ? ai-je demandé à l'Italien en regardant la silhouette verte se diriger vers le fond de la salle où se trouvait Philippe, flanqué d'une quinquagénaire osseuse au tailleur strict.

— L'œil de la junte...

À ma grande surprise, Philippe m'a fait signe de le rejoindre. Que me préparait-il ? Plus la soirée passait, plus je me disais qu'il faudrait vite que je parle de Khun Sa avant d'être embarqué dans une situation qui finirait par m'échapper. J'ai lutté pour ne pas vaciller sur mes jambes en me dirigeant vers la silhouette du général qui me tournait le dos.

— Mon neveu, César, annonça Philippe en anglais.

La femme m'a tendu la main. Je me suis demandé un instant si elle attendait que je la lui baise, mais j'ai préféré m'acquitter d'une poignée de main, pas franchement à l'aise dans mes vêtements. J'avais transpiré tout l'après-midi et j'avais peur aussi de sentir mauvais.

— Madame Lewis préside aux destinées du groupe pétrolier dans ce beau pays, m'annonça Philippe en lui souriant. Une sorte de générale en chef..., ajouta-t-il, ce qu'elle sembla moyennement apprécier. Et voici le général Maung Maung...

Il a ôté ses lunettes. J'ai blêmi en découvrant mon voisin du vol Bangkok-Rangoon. L'homme au grain de beauté couronné de poils drus. L'homme qui m'avait peut-être vu lire l'article sur les exactions de ses troupes en territoire karen.

— Je crois que nous nous connaissons, lança-t-il en nettoyant ses verres avec un mouchoir sorti de son uniforme. Il ne m'avait pas parlé d'un oncle...

— C'est parce qu'il est aussi discret que moi, l'a coupé Philippe. Vertu familiale !

Le général lui a décoché un sourire luisant, avant de scruter mon sac. Je me sentais de plus en plus mal. Par chance, la « présidente » a été appelée sur la scène pour son discours inaugural. C'est le moment qu'a choisi Philippe pour prendre congé.

— Déjà ? s'est étonné l'homme en vert.

— Mon cher général, il n'y a rien à apprendre que je ne sache déjà. Mon neveu et moi allons nous distraire.

Le militaire s'inclina de façon très exagérée.

— Faites quand même très attention à vous, *my dear* Philippe, lança-t-il d'un ton suave, mais où la menace dardait comme un hameçon.

Philippe répondit d'un simple haussement des épaules.

— Cette histoire de neveu, je ne suis pas fan, lui ai-je lancé une fois à l'extérieur.

Les derniers mots du général m'avaient fait froid dans le dos. Je ne voulais pas qu'on m'associe à Philippe.

— Sachez que si vous voulez que votre séjour soit enrichissant ici, il faut faire des rencontres. Et pour faire des rencontres, il faut être présenté. Ce pays est verrouillé, et vous le savez.

— Qui c'était, ce type ?

— Officiellement, c'est le général ministre en charge des énergies. Officieusement, le nouveau chef des services secrets.

— Il ne vous a pas à la bonne, on dirait.

— Au contraire, il me prévient.

— De quoi ?

— Allez donc lui demander, vous me rendrez service.

— Vous êtes très drôle.

Nous avions dépassé le parking. Malgré sa taille imposante et ses santiags, Philippe continuait à avancer rapidement dans la nuit.

— Nous ne prenons pas la voiture ?

— Ça vous dérange de marcher... ? La nuit est plutôt chaude, non ?

Il m'a regardé en souriant de nouveau comme le *Cheshire cat*.

— Et on va où ?

Il a sorti un étui à cigarettes de sa poche, l'a ouvert et me l'a tendu.

— Vous êtes trop jeune pour vous poser des questions. Laissez-vous faire et apprenez le pays. Ça vous rassure, si je vous promets que je ne vais pas vous violer ?

Ça a été à moi de hausser les épaules. J'ai accepté sa cigarette et son briquet, où l'on voyait un casque avec deux éclairs. Le même symbole que sur la veste du général.

Une première pagode, énorme, a troué les immeubles crasseux, sa carapace de métal rendue plus agressive encore par les projecteurs braqués sur elle. Une musique aux sonorités indiennes jaillissait des échoppes agglutinées contre ses flancs dorés, et éclipsait par à-coups le défilé bruyant et âcre des voitures. À l'intérieur, des hommes et des femmes accroupis tendaient leurs paumes comme on implore à des vieillards enturbannés. Je me suis arrêté. Penchés sur la chair brune, ces derniers en examinaient la géographie intime avec des airs de comploteurs, dans un décor de bouddhas et de parchemins kabbalistiques. J'ai repensé au dictateur et à son chiffre 9. Une femme m'a fait signe d'entrer, les yeux opaques comme ceux des vieux chiens. Une puissante odeur d'encens émanait de la boutique. J'ai cherché le regard de Philippe, qui se contentait de fumer en marchant les mains dans les poches de son pantalon bouffant, enjambant les infirmes qui se traînaient sur le macadam éventré. J'ai presque couru pour le rejoindre.

À mesure que nous nous enfoncions dans la ville, il ne restait plus comme lumière que celle des étoiles et de la pleine lune. Les rues étaient humides, sales, et je sentais sous mes baskets des craquements suspects. Quel long scolopendre, quel cafard gonflé d'œufs étais-je en train de piétiner, libérant son infâme progéniture sur le bitume poisseux ? Des braseros ponctuaient l'obscurité, laissant entrevoir des faces humaines aux aguets. Un homme nous frôla de son chariot puant la graisse. Une loupiote éclairait son visage et sa bouche d'où fusait toujours le même mot. « *Mounhinga ! Mounhinga !* » Philippe continuait à avancer et je suivais. Près d'un cube de béton d'où s'écoulait un filet d'eau, un homme se lavait. Son corps faisait une tache encore plus sombre que la nuit.

Il s'est arrêté pour pousser une porte métallique et s'est engagé dans une allée sablonneuse abritée par de grands arbres. Une odeur de sève montait par-dessus celle des détritus. Je suivais du mieux que je pouvais, le cerveau peinant à analyser tous les messages que la nuit m'envoyait. Puissance des effluves, rareté de la lumière : au bout de quelques mètres, j'ai perçu des murmures dans les feuillages. Quelque chose m'a agrippé et j'ai sursauté. Une main ! Je me suis retourné. C'était une fille très jeune, de type indien, un point rouge au milieu du front. Elle m'a souri gentiment et cela m'a fait du bien. Avant d'exhiber de son sari un sein brun et trop lourd pour son corps fluet. Avec une aréole large comme une soucoupe. J'ai frissonné, fasciné, dans cette rosée végétale qui faisait fraîchir la nuit, et la baignait dans un parfum d'interdit. Nervosité et douceur s'infiltraient en moi comme une grisante morphine : je sentais les battements de mon cœur se ralentir dans mes veines et j'avais du mal à respirer. J'ai laissé la fille et son sein brun pour rejoindre Philippe. Des mains se tendaient, des visages aux yeux noirs de khôl, des bijoux princiers dans leurs narines. « *Sahib, sahib !* » J'ai vu Philippe sortir une liasse de billets et les laisser tomber un à un derrière ses pas, sans un regard pour les filles. Je suis revenu à sa hauteur. Il a poussé une autre barrière. Nous sommes sortis du square.

Devant nous, un chemin de terre, bordé de façades gangrenées par la végétation et l'humidité. Un remugle de boue, de marécage montait vers nos narines. Entre deux bâtisses plus hautes que les autres se faufilait un passage obscur. Cinquante centimètres maximum. Philippe s'y est engagé en regardant à droite et à gauche. J'ai entendu un bruit métallique, vu du métal briller au bout de sa main. « Tu viens ? » Sa silhouette de bouddha s'engouffrait dans la venelle. De chaque côté, les murs noirs et suintants. À vingt mètres au-dessus de nous, seul le plafond étoilé donnait encore signe de vie. La traversée m'a paru immensément longue. Jusqu'à ce que le fleuve, reconnaissable au clapotis de l'eau, aux silhouettes des barques échouées çà et là, apparaisse devant nous dans une odeur de sel et de vase. Philippe a pris à gauche, remettant un objet à l'intérieur de sa veste. Je me suis souvenu de la bosse qui la déformait pendant la partie de billard, et j'ai compris. Devant nous, cinq pontons couverts de constructions de bois s'avançaient dans l'eau. Une musique orientale parvenait à nos oreilles. Il s'est engagé sur le deuxième ponton, ses semelles claquant contre le bois. Un lampion rouge indiquait la fin de la passerelle et l'emplacement d'une porte, sous laquelle fusait une lumière jaune.

Philippe a frappé. Trois coups nets, espacés d'une seconde. Un judas miteux a couiné. « *Mingalaba* », il a dit. La porte s'est ouverte, libérant un flot de décibels et de parfums inidentifiables.

Minuscule, mais bondé. Un bar glauque, avec des tables et des chaises de plastique tenues par une faune tétanisante. Au milieu de types hirsutes, chemises ouvertes et longyi poisseux, des filles décharnées en sari ou en *hsipaw* [1] fendue jusqu'à mi-cuisse chantaient des airs de karaoké avec des voix trop aiguës. Un Lumpenproletariat brassé par l'air des ventilateurs. Philippe s'est dirigé vers le taulier, d'une maigreur extrême, et s'est penché à son oreille. J'ai détourné les yeux vers la salle et ses pauvres guirlandes électriques. Les filles se vautraient dans la musique, explosaient dans des rires stridents quand les types les palpaient, avant de les embarquer derrière un rideau déchiré tendu au fond de la pièce.

On a tiré sur mon pantalon. L'adrénaline afflua en un instant dans mon cerveau. Je me suis calmé en découvrant que l'intrus m'arrivait aux genoux. C'était un petit garçon ou une petite fille, un enfant en tout cas, en robe à fleurs déchirée et le crâne rasé. Il tendait sa main comme une sébile, le nez couvert de morve et les joues enduites de thanaka. J'ai pensé avec tristesse

1. *Hsipaw* : robe chinoise, en soie brillante.

à l'amour qui entourait la petite fille d'Éric. Et lui, là, pieds nus dans ce mélange d'alcool, de crachats, de morceaux de verre et que sais-je encore... Il continuait à me tirer sur le pantalon, ses yeux d'enfant n'exprimaient plus rien d'enfantin. J'ai eu brutalement très froid dans cette touffeur extrême, et j'ai rempli sa main de billets de banque pour qu'il s'en aille. Il a serré les milliers de kyats dans son poing minuscule et a continué à me regarder. « Va-t'en », ai-je crié avec des gestes. Qu'il aille rejoindre sa mère. S'il en avait une. Et si elle ne travaillait pas ici... Quelques-unes des outres humaines de ce bouge, déformées par toutes les maladies du monde, scrutaient l'enfant avec des regards qui n'étaient pas protecteurs. « Va-t'en », lui ai-je dit. Peine perdue, toujours ce regard vide.

Dégoûté par l'endroit, l'ambiance, j'ai cherché des yeux Philippe. Je ne me voyais plus lui demander quoi que ce soit sur Khun Sa. Éric m'avait mené en bateau, et ça tanguait trop fort. Je ne supportais plus. J'ai pensé à Julie avec douleur. J'aurais tant voulu la retrouver, tant aimé que ce soit elle qui m'apprenne le pays, et pas cet ogre omnivore qui me mettait en danger. Avions-nous, d'ailleurs, été suivis ? Très probable étant donné ce que lui avait dit le général au grain de beauté. Quelqu'un, ici même, nous épiait certainement.

— Je vais rentrer, lui ai-je dit dans un souffle.

Il est immédiatement sorti de sa torpeur. Et puis il a levé sa main, la paume dirigée vers moi.

— Attendez, ça ne fait que commencer...

— Je vais rentrer, je vous dis, on étouffe ici...

— Je le savais, a-t-il dit en plantant ses yeux bleus dans les miens. Dès que vous sentez que vous êtes en train de sortir des clous, vous avez peur. Vous êtes tous comme ça.

Tous ? Il voulait dire quoi ? J'ai failli tout balancer.

Je veux voir Khun Sa. Mais il est parti sans raison dans un rire de tordu, et ça m'en a tout de suite dissuadé.

— Je rentre.

À ce moment précis, un groupe de filles est passé devant nous. Philippe m'a saisi par le bras et m'a tiré vers lui. Il a contourné le bar et poussé une porte qu'il a fermée derrière nous. « Qu'est-ce que vous faites ? » Il n'a pas répondu. Un escalier de bois déployait ses marches étroites et obscures. Une lumière blafarde s'annonçait tout en haut. Sa silhouette s'y est engagée. « Suivez-moi », a-t-il dit sans autre commentaire. Le bois vibrait sous nos deux corps. En haut, il y avait un couloir et un néon agonisant. J'ai perçu un nouveau parfum. Pas celui de la sueur mêlée à l'alcool, mais lourd et poudré. On a traversé le couloir. Puis un autre. Descendu un escalier. Je me suis rappelé la vision des pontons sur le fleuve et j'ai deviné qu'on avait dû changer de maison. Enfin, Philippe a frappé sur une paroi. Une cloison a coulissé. Il m'a poussé devant lui. La vision m'a paralysé.

Ils étaient cinq. D'âges variables. Allongés de côté sur des paillasses. Éclairés par la flammèche des lampes à huile. Une fumerie d'opium ? « Chanvre indien, m'a dit Philippe. Excuse-moi, a-t-il repris, passant brutalement au tutoiement, mais on était surveillés, en bas. Je n'avais pas le temps de t'expliquer... »

L'odeur était forte, lourde, faisait tourner la tête. Il m'a désigné une couche, et a ôté sa veste qu'il a pliée avec soin avant de s'allonger et de la glisser sous sa tête en guise d'oreiller. Un homme dont le longyi semblait collé aux jambes s'est approché. Ils ont parlé à voix basse. Le type est revenu avec un gros cylindre de bois de bambou d'un demi-mètre, dans lequel, perpendiculairement, était planté un embout.

— Tu en veux ? m'a demandé Philippe comme s'il me proposait un verre d'eau pour me désaltérer.

J'ai accepté le défi. Il m'a désigné de la main au maître de ces lieux.

— Il n'y a pas d'opium ? ai-je ajouté.

— Tu t'es trompé d'époque, m'a-t-il dit en portant l'embout à sa bouche, sans sourire. L'opium ne se fume plus guère. Il est directement raffiné en héroïne. Même trouver du chanvre devient compliqué. Cette saloperie de ya baa est en train de tout rafler...

Il a pris une grande inspiration et a semblé s'endormir.

L'embout avait un goût de brûlé. J'ai fermé les yeux à mon tour, oublié la proximité des fumeurs et la dureté de la paillasse sous mes hanches. Je suis entré en moi. J'ai pensé à ces fenêtres par où l'aventure s'invitait dans le quotidien. De vieux motards barbus, peignant sur la devanture de leur local des raids à moto en pleine jungle. Un cadre supérieur feuilletant dans le métro un *National Geographic* avec des larmes au coin des yeux. Moi j'avais ouvert la fenêtre et j'étais allé me promener de l'autre côté. J'étais en Birmanie, et je sentais le parfum du pays me monter au cerveau. À l'échelle de ma vie, j'étais devenu un héros.

Un insecte montait sur ma joue, mais ça m'était égal. Je voyais de belles choses et j'avais envie de sourire à cette fumée chargée d'alcaloïdes qui m'envahissaient et charriaient vers moi des milliers de souvenirs. J'ai revu Bangkok et ses rues enfiévrées, perçu la stridence des klaxons et vu le sang gicler sur les spectateurs dans un combat de boxe thaïe. Croisé les backpackers de Khao San Road, dont on s'était beaucoup moqué avec Hélène, versions adolescentes et branchées des beaufs qu'ils allaient tous devenir, et qui pianotaient sur les claviers des cybercafés des messages comme : « Ici les meufs c 2 la bombe. Je kif à mort. » J'ai vu mes amis de Paris, entendu le champagne couler le jour de mes 30 ans quand je pensais que j'avais de l'avenir. J'ai vu mes parents et écouté les vagues à Étretat. J'ai vu mon grand-père, reposant froid et apaisé dans le sous-sol d'un hôpital du Havre, une guêpe entrer dans ma bouche sur une plage de 'Atlantique, et bien d'autres choses encore. Tout cela passait très vite devant mes yeux, se déformait dans la fumée. Je m'entendais respirer, j'entendais mon cœur battre, le bruit du sang dans mes veines. Et puis juste après je l'ai vue, elle. Au fond d'une vallée de jungle encadrée par des montagnes, une fille d'une beauté à se trancher les poignets. Un vieillard sautait à pieds joints en psalmodiant une langue inconnue. C'était beau, je souriais, et puis c'est devenu atroce. Le vieillard a pris le visage du général au vilain grain de beauté, puis celui de Khun Sa. Khun Sa, écrasant de sa botte les mains de prisonniers qui hurlaient à la mort au fond de trous obscurs. Khun Sa ! Khun Sa ! Khun Sa ! Un rire démoniaque a explosé au milieu de son visage, et puis j'ai entendu derrière moi le déclic d'un fusil qu'on arme, le bruit d'une balle qu'on tire, vu une flamme en forme de chevelure blonde, et puis plus rien. Rien. Je ne sentais plus rien. Juste la sueur de mon front me piquer les yeux, le goût bleu de la fumée sur ma langue, et les mouvements de la main qui me bousculait, et se refermait sur ma bouche...

Je me suis débattu et j'ai ouvert les yeux. Philippe a enlevé sa main et j'ai pu respirer.

— Qu'est-ce qui vous arrive ? Taisez-vous, bon Dieu !

J'ai protesté. Je ne comprenais rien.

— Levez-vous !

Mes jambes engourdies refusaient de bouger. Ma tête tournait comme revenue d'un sommeil de plusieurs dizaines d'années.

En bas, l'ambiance était tombée. Les filles somnolaient, la musique en sourdine. Combien de temps était-on restés là-haut ? Philippe s'est assis, m'a invité à faire de même, et s'est emparé de la Thermos à fleurs qui trônait sur la table, comme dans chaque foyer de Birmanie. Il a versé un fond de thé brûlant dans un verre, l'a fait tourner dans sa main et a répandu le liquide sur le sol. Pareil avec l'autre verre. Enfin il nous a servis.

— Pourquoi parliez-vous de Khun Sa ? a-t-il lancé en me fixant avec l'attention d'un fauve. Son crâne lisse réfléchissait la lumière des néons.

J'ai essayé de faire bonne figure, malgré mon état flottant.

— Je veux le rencontrer, j'ai dit.

Il a reposé son verre de thé.

— Vous êtes fou.

— Je suis venu en Birmanie pour ça...

— Et vous croyez que c'est facile ?

Dire ça, c'était concéder que ce n'était pas impossible. Et si Éric n'avait pas menti ? J'ai senti que c'était le moment. La drogue m'avait fait voir le but essentiel, en décantant mes peurs et mes inhibitions. J'avais goûté à la Birmanie et j'en voulais encore.

— Vous avez l'air de connaître tout le monde, ici... Aidez-moi.

Il s'est penché vers moi. À vingt centimètres, son regard coupant.

— Ça suffit. Je crois que vous ne vous rendez pas compte... Allons-y, je vous ramène.

Il s'est levé. Je suis resté assis.

— Je n'ai pas besoin que vous me rameniez. Je vais aller au BME. Je sais que son petit-fils y traîne... Khun Lin, c'est ça ?

L'avais-je vu pâlir ?

— On y va.

Il s'est levé et s'est dirigé vers la sortie, mais il n'avait plus rien à voir avec le dandy tropical du début de la soirée. Il semblait avoir pris dix ans, et marchait d'un pas lourd, ridicule dans ses santiags.

Je l'ai rejoint à l'extérieur. L'air frais m'a fait l'effet d'une claque. Je ne voulais pas m'arrêter là. Je ne *pouvais* pas m'arrêter là.

— Vous me disiez de ne pas avoir peur de sortir des clous...

Il marchait en regardant l'eau noire clapoter sous les planches du ponton. Au bout, sa Mercedes l'attendait. Le chauffeur avait déjà ouvert la portière.

— Vous montez ? a-t-il demandé.

J'ai serré les poings. Il ne me restait que le BME. Avec l'espoir que l'Amant y pointerait sa face d'ange et qu'on me laisse l'approcher. Et après ?

Deux rais de lumière ont balayé la nuit. Suivis d'une masse sombre qui réfléchissait la lumière de la lune. Une voiture noire, qui détonnait dans ce quartier pouilleux et fonçait sur nous. Avant de freiner brutalement et de s'arrêter, à cinquante centimètres de nos genoux. Le trident Maserati brillait sur le capot.

— *Hey, mister Daval !*

Une portière s'est ouverte, libérant une musique rock et un garçon en tee-shirt et jean moulant. Puis deux filles en talons, élégantes et sexy. Le garçon, qui venait de s'adresser à Philippe, a posé la main sur son épaule, tandis que les filles se dirigeaient vers le ponton.

Dans un anglais parfait, le jeune homme a annoncé

à Philippe qu'ils fêtaient l'anniversaire de Khun Lin. Quand j'ai entendu le nom, j'ai senti mon cœur s'emballer. Voulait-il venir ? L'invitation, apparemment, ne valait pas pour moi. Il ne m'avait pas adressé un regard. Est-ce qu'il me prenait pour son giton, moi, son *neveu* ? Ça venait de faire tilt.

— *I come with you*, j'ai dit.

Le jeune homme m'a dévisagé, surpris.

Philippe a blêmi. Il m'a dit d'une voix blanche, en français pour qu'on soit seuls à comprendre.

— Il vaut mieux rentrer, faites-moi confiance.

— Vous n'aviez pas dit que vous vouliez me montrer la vraie Birmanie ?

— Pas celle-ci. Venez avec moi, je vous en conjure.

Il s'est tourné vers le jeune homme et a commencé à décliner l'invitation. J'ai poussé l'avantage, en anglais :

— S'il vous plaît, mon oncle !

Le Birman a souri.

— Votre neveu ! Mais confiez-le-nous, *U Philip* [1].

Je n'ai pas attendu la réponse et je me suis dirigé vers la voiture. « *Nice to meet you* », m'a lancé le jeune homme en me désignant la banquette arrière. Je suis monté, mon sac de l'armée sur les genoux. Philippe s'est approché de la portière, encore ouverte. Son visage s'était affaissé. « Pour la dernière fois... », a-t-il dit. Je l'ai regardé dans les yeux et j'y ai vu la détresse. Il s'est penché vers moi comme pour m'embrasser. « Écoutez-moi : profitez de la fête, mais restez-en là. Je vous en prie. » J'ai eu un moment d'hésitation. Je n'étais peut-être pas armé pour ce qui allait suivre. J'ai pensé un instant à ressortir, mais c'est

1. *U* : formule de politesse utilisée pour les hommes, *Daw* étant son équivalent pour les femmes.

à ce moment précis que les filles sont arrivées, des sachets de plastique dans les mains, et qu'elles se sont collées contre moi en riant. Le parfum de leur peau nue montait dans l'habitacle. Dans les plastiques, j'ai vu des pilules pourpres, et dans leurs yeux des pupilles dilatées. Le moteur a rugi et c'est la dernière fois que j'ai vu Philippe.

12

La musique débordait le mur d'enceinte. Du punk rock énergique qui faisait remuer la tête des deux filles qui m'encadraient.

We are jalouse on shoes and always on the loose
We like make up, syrup, and vodka to throw up

J'avais l'impression d'avoir troqué Rangoon pour Londres ou Manchester. Deux types en longyi à carreaux et impeccable chemise blanche se sont pointés devant la voiture. En reconnaissant le conducteur, ils lui ont fait signe de passer. De l'autre côté de la grille, un long chemin macadamé traversait une portion de jungle et débouchait sur un parking.

J'ai ouvert de grands yeux. Jaguar, Hummer et Porsche y rivalisaient d'impertinence, et c'est légitimement que la Maserati est venue se ranger à leur côté. La pelouse, bordée de grands banians bardés de lianes, était éclairée par de petits spots dorés. Tout au bout, devant la maison très haute, très blanche, de style géorgien, une piscine répandait sa clarté bleu pâle sur une bonne centaine d'invités. Habillés de noir, ils dansaient devant une scène où remuaient des musiciennes à frange avec des cigarettes entre les lèvres. J'étais dans un film et m'attendais d'une seconde à l'autre à voir surgir Maggie Cheung.

La plus jolie des deux filles m'a pris par la main. Le groupe avançait vers un garçon de haute taille, le seul à être en blanc. En costume, aussi. Je l'ai immédiatement reconnu et réalisé la ressemblance qu'il y avait entre ce visage carré aux pommettes hautes et les traits de celui dont j'avais vu le visage sur quelques articles de presse. Celui que seuls les plus chanceux et les plus acharnés des photographes avaient pu avoir dans le viseur de leurs appareils. « *Mister two millions dollars.* »

La fille m'a guidé vers la scène, son minuscule sac à main en bandoulière entre ses deux petits seins coniques. Avant de plonger dans la foule dansante, j'ai vu que le garçon qui conduisait s'était penché à l'oreille de Khun Lin. Tout en l'écoutant, ce dernier me regardait. J'ai senti la peur pointer à nouveau le bout de son nez. Besoin d'un verre.

— *Whassouname ?* m'a lancé mon cicérone à talons.

— *Mister Nobody.*

Elle a ri et s'est mise à danser en agitant en rythme sa chevelure noire comme le jais. Ses dents rivalisaient de blancheur avec la lune.

We like leather, and fur, and dancing together
Too sexy to be nice

« La junte et sa jet-set. » C'est ce à quoi j'ai immédiatement pensé en considérant la faune qui m'entourait, ces filles en jean serré, bottes à talons et tee-shirts à têtes de mort cloutées, ces types androgynes aux coupes déstructurées qui bondissaient sur les notes électriques des guitares. Ma compagne de danse me regardait avec des yeux pleins de khôl. Sur sa petite poitrine voletait un collier avec au bout un bijou en forme de lame de rasoir. La mode était partout la même. Seule différence, ce qui brillait tout en haut, par-dessus les arbres, les toits et la musique. La Schwedagon, comme un phare esseulé. J'ai repensé aux scènes d'infinie piété, de recueillement de la veille, à mille lieues de ce que je voyais maintenant. Bouddhisme et punk rock. Cyclo-pousses et Maserati...

« La junte et sa jet-set. » Je voyais le titre, la police de caractère, et l'article imprimé sur papier glacé. Je me suis souvenu d'une conversation entendue à un pot du journal. Un responsable d'une grande agence photo en avait parlé à Blanchart. J'avais presque vu ses oreilles s'ouvrir en grand. « Il paraît qu'ils roulent en Porsche ou en Lamborghini... Ils font la fête pendant que leur père torture. Les fils et les filles préférées du régime... Tu devrais faire ça, Jean-Phi... » Blanchart avait hoché la tête. Mais juste après, il avait été black-listé. Moi j'y étais, mon Nikon à portée de main dans mon sac vert olive. Les fourmis me couraient dans les pattes, et c'était bon.

J'ai largué ma danseuse et je me suis dirigé vers le bar. J'ai bu un whisky, et puis un autre. J'en ai claqué la langue de plaisir. Derrière un arbre, j'ai sorti mon appareil, pressé le bouton qui enlevait le flash, et sillonné les danseurs en appuyant sur le déclencheur, l'appareil à bout de bras. Contre-plongée nocturne. Les temps de pose et le reste, je n'y connaissais rien. Pour moi, la photo parlait ou pas. On verrait bien ce que ça donnerait. C'était toujours des clichés que Blanchart n'aurait pas.

J'ai contourné la scène, shooté le cul des musiciennes, leurs franges, leurs moues boudeuses, et rejoint le jardin qui s'évanouissait dans la jungle pour déboucher sur le parking. J'ai pris en photo l'étalage de mécanique raffinée. Les plaques d'immatriculation.

En arrière-plan, on verrait la maison et ses colonnes. Pas de gardien. L'endroit était trop sûr. Je suis remonté vers la fête. Avisé un arbre et aligné Khun Lin dans le viseur pour saisir son air de rock star fatiguée.

Une main m'a empoigné et mon cœur a bondi.

J'ai laissé retomber l'appareil au fond de mon sac.

Ce n'était que la fille. J'ai respiré.

— Tu étais où ?

Sa main était moite. Elle m'a attiré derrière un banian dont les énormes racines plongeaient en se contorsionnant dans la pelouse parfaitement tondue. Elle m'a tendu sa cannette de boisson. Bleu et argent, avec deux taureaux stylisés, rouge vif, qui se chargeaient tête baissée. Red Bull, une *energy drink* à base de taurine, un excitant puissant. Sa main a pioché dans son minuscule sac à main et en est ressortie avec sur la paume deux pilules pourpres.

— *Open your pretty mouth, mister Nobody*, a-t-elle dit en souriant.

Je croyais avoir compris mais je n'étais pas sûr.

— *What is it ?*

— *Ya baa ! The best way to be « ouh la la ! »*.

Elle a ri à gorge déployée. Ses petites dents blanches se détachaient sur le rouge des lèvres peintes. La *ya baa*, la drogue qui rend fou. La *crazy medicine*, testée sur les GI pendant la guerre du Viêtnam, qui tuait en eux peur et sommeil. J'ai revu la tête d'Hélène sur la plage de Kho Pa Ngan regardant avec tristesse les teufeurs et les teufeuses danser comme électrocutés avant d'aller baiser dans l'eau phosphorescente de plancton. En cinq ans, cette amphétamine était devenue en Asie la drogue numéro 1, plongeant les backpackers du monde entier dans des transes de soixante-douze heures. Plus populaire que l'héroïne, elle procurait des hallucinations spectaculaires, décuplait le plaisir, mais vous faisait prendre dix ans en six mois d'usage régulier.

La fille était belle. Une impulsion m'a saisi. La musique lançait un boum-boum oppressant en osmose avec les battements de mon cœur. J'ai saisi une pilule entre mes doigts.

— *Close your eyes*, j'ai dit.

Elle s'est exécutée. J'ai sorti mon appareil photo, posé la pilule sur sa langue, lui ai demandé d'attendre un instant et appuyé sur le déclencheur. Mauvaise manip : le flash a zébré la nuit. J'ai bondi de surprise. Elle aussi.

— Qu'est-ce que tu fais ? a-t-elle dit, interloquée.

— C'est parce que tu es très belle.

Elle me regardait avec suspicion.

— *No pictures. Give it to me.*

Elle a tendu la main. Son œil noir mais rieur était devenu sévère. J'ai rangé l'appareil sans répondre. Va te faire foutre. « Birmanie : La junte et sa jet-set. » Je voyais tellement le sujet, sa mise en page, le titre s'étalant sur une double.

Une masse en tee-shirt et pantalon noir s'est matérialisée à nos côtés. Brosse gélifiée au sommet du crâne, cicatrices d'acné sur les joues.

— Suivez-moi.

La salive m'a envahi la bouche. La petite s'est volatilisée.

I' m sexy, I'm hot, and everything you're not

Refus impossible. Derrière lui, sur la terrasse, Khun Lin me regardait, droit dans son costume blanc où se projetaient les reflets de la piscine. Ma tête a commencé à tourner. J'ai essayé d'expirer à fond pour dissiper la peur, mais à ce moment-là le type s'est retourné. Je me suis raclé la gorge. Khun Lin a planté sa cour et s'est avancé vers moi en souriant.

— Tout se passe comme vous voulez ? a-t-il dit par-dessus la musique.

Son anglais était parfait, presque sans accent. J'ai essayé de sourire à mon tour. De me persuader qu'après tout, j'étais à une fête et basta. J'avais pris en photo une jeune fille que je trouvais belle. C'était interdit, ça ? Tous les Asiatiques me dévisageaient. Tous jeunes, *beautiful people* à côté de moi, l'homme blanc sale et pas rasé, le seul qui transpirait.

— Qu'est-ce que vous buvez ? m'a demandé mon hôte.

Il me scrutait avec amusement. Un visage de cire jaune.

Trois secondes après j'avais mon whisky glace à la main. Il m'a pris par le bras et on a fait quelques pas au bord de la piscine.

— Comment va votre oncle ?

Ses yeux étaient deux fentes malignes, sa voix trop douce, menaçante comme un poignard brillant dans un champ de fleurs. M'avait-il vraiment vu prendre les photos ? J'ai porté le verre à mes lèvres. Une longue gorgée brûlante, puis la fraîcheur sur les dents. Qu'est-ce qui m'avait pris de venir me foutre là-dedans ? La tête de Philippe quand j'étais monté dans le bolide...

— Mon oncle va bien.

Ses yeux sont allés se planter dans le bleu du bassin, avant de revenir vers les miens.

— Vous savez que c'est un homme très influent à Rangoon...

Il a marqué une pause. Encore ce putain de sourire, ou ce que je croyais être un sourire, qui bosselait ses pommettes et donnait à son visage un air de masque.

— Un ami de mon *aba*, mon grand-père..., a-t-il ajouté.

Mon cœur s'est soulevé. Il battait trop fort. J'ai failli rendre mon whisky.

J'y étais. Je savais que ça allait arriver. Sans prévenir, il m'avait mené au carrefour. Et deux directions s'offraient à moi. Ne pas prêter attention à ce qu'il venait de dire, d'abord, et me garantir un retour sans anicroches à la fête. Boire des verres, danser, baiser, peut-être, une de ces petites filles de l'Asie branchée et savoir enfin si c'était vrai, ce qu'on disait de l'étroitesse de leur vagin... Et puis l'autre solution, accepter le test, car c'en était un, et m'engouffrer dans l'ouverture... S'aventurer. Risquer. Mourir ? J'ai tourné la tête en direction de la Schwedagon qui brillait toujours sous les étoiles. La musique tanguait dans mes oreilles.

We are jalouse on shoes and always on the loose
We like make up, syrup, and vodka to throw up

La musique. Et puis autre chose, aussi. La voix d'Hélène. Ce dernier matin, sur le sable. Hélène et ses garçons, avec les filles en paréo et leurs pancakes luisants de miel. « Oublie Blanchart, tu ne lui arriveras jamais à la cheville. »

Julie aussi, l'avait dit, avec d'autres mots. « Oublie, t'es pas de leur monde. » La rage est montée en moi, avec l'envie d'en découdre. Découdre ce tissu merdique qui était ma vie depuis le début. Un polyester pourri, et moi je voulais de la soie. J'ai repensé à ces soirées sans fin de quand j'étais étudiant, de quand on dansait sur les Stone Roses avec Raphaël, Mathias et Zoé en s'imaginant qu'on aurait un destin. Ça s'appelait « So Young » ou « I wanna be adored », c'était rue Guy-de-la-Brosse, à Paris, et les filles nous trouvaient beaux, spirituels, et surtout pleins d'avenir. On avait coupé les ponts. On ne s'était jamais revus. Trop de honte d'avoir échoué. On n'était pas devenus rock stars ni grands écrivains. L'un avait fini dans les médocs et à l'hosto, l'autre converti ses rêves de littérature en carrière d'expatrié dans un vague centre culturel, et moi putain j'avais fait quoi ? Et tous ces poètes qu'on lisait, ces envies de dandysme et d'action mélangées, l'énergie stendhalienne, les étoiles qu'on mettait dans les yeux des filles, le club de la Volupté du Moment qu'on avait fondé, et tout le bordel !... Putain ! Mais j'avais foutu quoi pour en arriver là ?

L'autre me regardait, saloperie de Birman en costume blanc. J'ai souri en prenant d'une phrase ma revanche sur tout ça. En lui disant, soudain détendu, heureux :

— Bien sûr que je connais votre aba. Il a mis la Birmanie à ses pieds.

C'était fait, rien à foutre. J'avais dépassé le carrefour et pris une voie, pour la première fois de ma vie. Je n'avais plus peur.

Khun Lin m'a regardé, sans rien dire. Un vrai rideau de silence, qui se reflétait sur l'eau de la piscine où se noyaient nos deux silhouettes. Lui plus grand que moi, mais moi plus fort que lui. Tu me fais une ouverture ? Je m'y engouffre. Et maintenant tu fais quoi, Khun Lin, si beau et si impeccable dans ton costume de lin ? Il n'a rien dit, alors j'ai poussé mon avantage et j'ai smashé en pensant à Blanchart. De toutes mes forces.

— Je sais tout de lui. Comment il a monté ses premières caravanes d'opium. Les histoires avec le Guomindang, ses lettres à la Maison Blanche. Je sais tout, comment il a résisté à tout le monde, que c'était un grand sage, un poète aussi. Je ne suis pas allé à Ho Mong, mais j'aurais adoré. Parfois j'en rêve. Je sais que les Birmans l'ont toujours jalousé. Qu'il ne s'est pas rendu, mais qu'il a négocié, et que ce sont eux, les Birmans, qui se sont déplacés jusqu'à lui. Oui, Khun

Lin, je le connais, votre aba. Et j'aimerais tant le rencontrer, lui présenter mon infini respect. Votre aba n'est pas un homme. C'est une légende.

Le whisky rendait mon anglais fluide. Un flot de paroles ininterrompu, à part pour avaler ma salive. Au fil de ma péroraison, ses yeux s'étaient allumés. Pour briller d'un feu bien différent de l'ironie qu'ils avaient affichée jusque-là. Mon cœur battait plus tranquillement. Un fol espoir naissait.

Sauf qu'il a ri.

Pas fort. Mais il a ri.

C'était terminé. J'avais perdu la face. Et en Asie, quand tu perds la face, tu perds tout. Il m'a pourtant tendu un étui d'argent.

— Vous n'aimez pas la ya baa, mais vous n'allez pas refuser une cigarette ?

Mes entrailles se sont liquéfiées : on lui avait rapporté la scène avec la fille. Les photos aussi, alors ? Il fallait foncer.

— Celles-ci sont fabriquées par les Was, a-t-il repris. Vous connaissez les Was ?

— D'anciens coupeurs de têtes de la frontière chinoise. Une ethnie dont votre aba faisait partie, par la mère de sa mère...

Il a hoché la tête. J'ai tendu la main vers l'étui, saisi une cigarette pour la placer entre mes lèvres. La flamme de son briquet a jailli de sa main et s'est dirigée vers mes lèvres. J'ai inspiré une longue bouffée. Il a allumé la sienne, aspiré, et puis après avoir recraché la fumée, il a souri et m'a dit, d'une voix qui avait perdu toute douceur pour n'être plus que gravité.

— Vous faites honneur à votre oncle, *mister Nobody*... Allons voir mon grand-père.

Mon cœur a décollé dans ma poitrine.

*

J'avais imaginé une décoration somptueuse. Au lieu de cela, aussi imposante qu'elle fût, la maison était austère. Des consoles de marbre, comme le sol, des murs blancs, rien de birman, rien de somptueux, à part de grands miroirs aux cadres dorés. L'ambiance d'un mausolée qui contrastait avec la musique qui se jouait au-dehors, et qui peu à peu s'étouffait. J'avais les jambes comme des poutrelles de métal. Ses épaules comme seul horizon. Les couloirs étaient interminables, des domestiques esseulés baissaient les yeux devant son regard conquérant. Un escalier monumental s'est présenté devant nous, garni de rampes en métal doré, style Versailles. Enfin du grandiose.

— Montez, a dit Khun Lin.

Je me suis engagé dans l'escalier. La peur me nouait le ventre. Je ne comprenais plus. Khun Sa ici ? Alors qu'il y avait une fête dehors ? Je ne savais pas où il m'emmenait. Avais-je déconné ? Je me suis arrêté et retourné.

— Il vit ici ? ai-je demandé.

L'Asiatique m'a fait un signe de la main pour que je continue à monter. Il a ajouté :

— Nous sommes une famille très unie.

Je faisais des efforts pour ne pas trembler comme une feuille. L'escalier donnait sur un palier et un long couloir obscur.

— Continuez, m'a-t-il dit de sa voix grave.

Froid et chaud m'étaient devenus des notions indifférenciables. Au bout du couloir, j'ai deviné la silhouette d'un homme assis. Qui en nous voyant s'est redressé, un holster sous le bras. J'ai blêmi. C'était la fin de mon voyage. J'avais agi comme un débutant. Le débutant que j'étais.

— Laissez votre sac à Monsieur Lo, a soudain déclaré Khun Lin. Quant aux photos que vous avez prises dans le jardin, veuillez les lui remettre également.

J'ai dû prendre sur moi pour ne pas vaciller. L'autre, physique nerveux, longs cheveux noirs, a tendu la main. J'ai desserré les fermetures de mon sac et lui ai tendu une barrette de photos.

— OK, a lancé Khun Lin en ajoutant dans un sourire : Si ce n'est pas la bonne, je me plaindrai à votre oncle.

Une double porte de bois, quelconque, s'ouvrait dans le mur blanc. Khun Lin a ôté ses mocassins, m'a demandé de faire de même, et a pressé délicatement la clenche de la porte.

Le sol était couvert d'une épaisse moquette blanche, qui répandait une âcre odeur d'humidité dans la pièce malgré les pots à encens qui y grésillaient. Mon cœur battait de plus en plus fort. La pièce était nue, à l'exception d'une autre double porte et d'un portrait monumental qui se déployait dans un cadre d'or. Khun Sa, à cheval, une badine à la main, façon Gengis Khan de la jungle. Le peintre avait nimbé sa tête nue d'une auréole lumineuse. Aux pieds du cheval cabré, des soldats à l'air martial levaient fusils et coupe-coupe pour le saluer. Dans un coin, des petites maisons proprettes d'où jaillissaient des enfants radieux agitant des fleurs comme sur une toile de propagande maoïste. De l'autre côté, des hommes en uniforme kaki, agenouillés. Leurs yeux apeurés contemplaient des têtes humaines qui roulaient à terre avec réalisme. Un bourreau décapitait. Le sabre était rouge.

— Aba ne voulait pas que ses soldats se droguent, lança sobrement Khun Lin.

J'ai ravalé tout commentaire sur cette sévérité discutable de la part d'un des plus grands trafiquants de drogue de la planète. Mon hôte s'est recueilli face à un autel où un bouddha doré regardait se consumer devant lui une forêt de bâtons d'encens. Mains jointes au-dessus de sa tête, il a prononcé quelques paroles en chuchotant, et puis s'est redressé pour se diriger vers la porte. J'ai retenu ma respiration.

À ma grande surprise, Khun Lin n'a pas frappé, mais l'a ouverte délicatement. Une odeur de chloroforme m'a pris à la gorge. La lumière qui filtrait de la chambre, encore dissimulée derrière sa silhouette, paraissait ridiculement faible. Je suis entré à sa suite et j'ai frémi : je n'avais devant les yeux qu'un vieillard alité.

Des tubes émergeaient de ses narines, des veines de ses bras. Un masque à oxygène amplifiait le halètement grippé de sa respiration, qui montait dans le silence de la pièce aux rideaux tirés. Dans l'éclairage orangé de la lampe de chevet, vêtu d'un pyjama de soie noire, le corps semblait d'une fragilité de cristal. Les cheveux avaient blanchi, les féroces yeux bridés étaient fermés, toute vie semblait avoir déserté la peau de son cou, flasque et terne. Il y avait des siècles entre les dernières photos de lui parues dans la presse et la momie que j'avais devant moi. Seule la tête de lit, sculptée de dragons, pouvait encore impressionner au milieu des appareils électroniques dont les bips réguliers fragmentaient le silence. Et l'on disait que cet homme faisait encore la pluie et le beau temps parmi la junte ? Qu'il régnait encore à la tête de tous les trafics frontaliers ? C'était incroyable. Le « prince de la Mort blanche », celui pour lequel Blanchart se serait damné et que je voyais, moi, devant moi, là, n'était qu'un moribond ? Je me suis tourné vers Khun Lin. Une larme coulait le long de sa joue.

— Venez, m'a-t-il dit.

C'était terminé. J'ai récupéré mon sac et nous nous sommes retrouvés en bas, sans avoir échangé un seul mot. La musique déployait ses vagues sonores. Enfin, il m'a dit, le visage fermé :

— Aba est très malade, mais il vit. Vous pouvez dire ça à votre oncle.

Le ton employé était celui de l'avertissement. Je ne comprenais pas. Il m'a fait un signe de la main. Invitation à prendre le large. Sa cour l'a immédiatement entouré. Pour lui je n'existais plus.

Je suis retourné vers la fête. Un verre, tout de suite. J'avais vu Khun Sa. J'avais vu Khun Sa… mais ça ne servait à rien. J'ai descendu un autre verre de whisky en regardant la maison, dépité. Cet homme qui dormait avec ses perfusions avait traversé l'histoire de la Birmanie. C'était l'incarnation de ce pays inconnu, coupé du monde globalisé, une légende à part entière, et je ne pourrais rien en tirer. Il était en train de mourir. Adieu l'interview. J'étais venu trop tard. J'ai attrapé un troisième whisky sur un plateau et l'ai porté à mes lèvres. Fini.

Et puis sans réaliser, d'abord, j'ai vu le garde apparaître à la porte de la maison, et se pencher sur la flamme d'un briquet. Il avait déserté son poste pour s'en griller une. Mieux, il faisait quelques pas sur la terrasse. Et me tournait le dos. L'évidence m'a frappé de plein fouet. Il suffisait d'une photo. Une seule, une bonne. « Khun Sa hors d'état de nuire », « L'agonie d'un tyran ». Je la vendrais à qui je voulais. Le scoop était énorme. L'excitation est montée comme une fièvre, amplifiée par l'alcool. J'ai regardé mon verre. Il tremblait dans ma main. Je l'ai posé sur une table, et je me suis dirigé vers la maison.

Au pire, je dirais que je m'étais égaré. Le couloir était dégagé. J'ai pressé l'allure. Mes baskets crissaient sur le marbre. J'ai retrouvé l'escalier Versailles. En ai avalé les marches, doucement, l'une après l'autre, mon sac en bandoulière. Mes tempes bourdonnaient. Il me restait le dernier couloir. Rien au bout. L'impossibilité n'existait pas. J'ai parcouru en courant les derniers mètres.

Je me suis approché prudemment. Fait étrange, la porte était ouverte. Le seigneur de l'opium s'était-il réveillé ? À l'intérieur, il y avait un chariot métallique, couvert d'ustensiles d'hôpital. J'ai compris. C'était le moment des soins et c'est pour ça que le cerbère avait quitté son poste. J'ai délicatement pressé la clenche de la chambre. Personne à l'intérieur... J'ai retenu mon souffle et suis entré.

Je me suis figé d'effroi.

Allongé sur son lit, Khun Sa me regardait.

Figé, mais il me regardait, me fixait de la petite flamme qui clignotait au fond de ses pupilles. J'ai inspiré à fond, posé les mains sur mon sac et fait coulisser les sangles. Mes mains tremblaient, mélange de peur et d'excitation. J'ai réussi à sortir l'appareil. Mise au point automatique. J'ai visé sa tête, sa tête de seigneur déchu. Le moniteur au-dessus de son lit émettait toujours ses bips réguliers, oppressants. C'était le seul bruit de la pièce, avec celui de sa respiration, rauque, dans le masque à oxygène. Et soudain, sa main a bougé. Une lente crispation des doigts. Atroce. J'ai pressé le déclencheur et le flash a explosé dans la lumière orange.

Une photo.

Je me suis approché, l'œil dans le viseur pour ne pas le voir en vrai. Un autre flash. Deux photos.

J'ai changé d'angle pour avoir tout le corps. Trois.

En gros plan, avec le dragon sculpté sur la tête du lit, ses yeux chassieux, humides, et son teint jaune. Quatre. Au moment précis où un cri aigu a jailli derrière moi.

Je me suis retourné, tétanisé. L'infirmière tenait dans ses mains un plateau métallique chargé de tubes de verre. Elle était jeune, avec la peau mate et les yeux en amande. Elle tremblait, et ces tremblements se répercutaient au plateau. J'ai prié pour qu'elle ne le laisse pas tomber. Le seul geste que j'ai pu faire, c'est mettre l'index sur ma bouche pour lui intimer le silence. Je me suis approché d'elle le plus calmement possible. « *Only pictures* », j'ai dit en montrant l'appareil. « *Only pictures !* » J'ai tenté de sourire. « *Chuuuuuuutttt...* » j'ai fait en remettant mon index sur ma bouche et en m'éclipsant comme une couleuvre.

J'ai débouché sur la terrasse, hagard, je n'ai pas croisé le cerbère. La fille n'allait peut-être pas parler de peur d'être virée, mais j'avais peu de temps, quoi qu'il arrive. Je me suis mêlé à la foule des danseurs. Un DJ s'activait sur la scène. C'était surréaliste.

We like leather, and fur, and dancing together
Too sexy to be nice

J'ai rejoint en vitesse le parking, et c'est là que ma respiration a commencé à siffler. Il fallait que je résiste à l'angoisse. Ça tambourinait sous mes côtes. Plus vite que la musique.

Sur le chemin de macadam qui menait au portail, à deux cents mètres devant moi, j'ai ralenti l'allure. Des gardes en longyi m'ont salué poliment. J'ai répondu, tâchant de faire bonne figure. J'avais l'impression d'entendre la sueur couler dans mon dos. Je m'attendais à ce qu'on m'arrête d'une seconde à l'autre. Tout cela était trop beau. Le portail était à cent mètres. J'ai essayé de me décontracter en pensant au succès. J'avais osé, taillé des croupières à Blanchart. Dans quelques minutes, je serais sur la route, sauvé, mes photos bien au chaud dans ma besace. Et si ? Fiévreusement, tout en continuant à marcher d'un pas régulier, j'ai plongé ma main dans le sac pour vérifier. Merde. Merde. Merde. Mon cœur s'est emballé. L'appareil était bien là, avec les photos de Khun Sa mais pas la cartouche avec celles de la fille et de la soirée. Comme dans les films, j'en avais donné une autre, une vide, au cerbère, mais celle-là, j'en étais sûr, je l'avais mise de côté. Elle n'y était plus, et on n'était pas dans un film. Il y avait des photos de moi, de mon hôtel. Ils allaient me retrouver. Merde ! L'angoisse est montée. J'ai continué à avancer pour sortir de cet enfer. Et là, j'ai entendu qu'on criait derrière moi. « *Hey, mister !* »

Mon sang n'a fait qu'un tour : je me suis retourné, pétrifié. Un garde, le talkie-walkie à la main, me faisait signe, et arrivait vers moi. J'ai voulu fuir, mais je ne pouvais plus bouger. Sous la panique, mes bronches ont commencé à se rétracter. L'asthme frappait à la porte, et je n'avais rien sur moi pour le calmer. Le type était à dix mètres. Et il y en avait d'autres à l'entrée, à cinquante mètres devant. Coincé. Les jambes lourdes comme du plomb, en nage. Ça y est, le type est devant moi. Il va m'arrêter. « *Just a minute !* » Il me tend un truc. La cartouche de photos. Il me fait comprendre qu'elle est tombée de mon sac. Je souris, je remercie d'une voix sifflante, tendu comme un arc.

J'ai franchi le portail sous le regard des gardes. Mes poumons brûlaient. Mon cerveau nageait dans la confusion. En panique, je me suis retrouvé sur la route. Ça y est, la crise d'asthme commençait. Il fallait que je me calme. Que je pense à autre chose. Pas à l'enfance. Surtout pas à mon enfance...

Quand le taxi est passé, je me suis presque jeté sous ses roues. Le véhicule a pilé net. Je n'ai pas attendu qu'il m'engueule et j'ai foncé vers les portières arrière. J'ai tendu la carte de visite et une liasse de billets avant de me plaquer contre la banquette. « *Go. Please, go !* » Ma voix était à peine audible. Il fallait que je me calme mais je n'y arrivais pas.

13

— Mon Dieu !

Julie a ouvert la porte avec des yeux terrorisés.

Elle m'a pris dans ses bras pour m'aider à m'asseoir sur un banc installé dans l'entrée. M'a palpé rapidement avant d'examiner mes yeux, à cinq centimètres.

— Calme-toi ! OK ? Calme-toi !

Elle a disparu. J'ai entendu des bruits de porte qu'on claque. Les carreaux rouges et noirs du sol dansaient devant moi. Je ne respirais plus que par un filet qui allait en s'amenuisant. Les souvenirs de gosse sont revenus. L'étouffement dans mon pyjama bleu en pilou, en agonie à sept ans, l'instinct de survie m'arrachant à mon lit pour atteindre la chambre de mes parents. Les yeux de mon père, de ma mère, en alerte. Les volets qu'ils ouvraient puis la fenêtre et l'air de la nuit chargé d'iode, de la mer toute proche, qui entrait dans mes bronches tandis qu'on me tirait les bras en l'air, pour décrisper les bronches, et que je voyais les étoiles.

— Ouvre la bouche.

Sa voix était autoritaire, mais douce. J'ai senti l'embout de plastique, puis le souffle d'air piquant qui m'a fait tousser. Sainte Ventoline. Une autre bouffée pour me raccrocher à la vie.

— Respire à fond.

J'ai senti le calme revenir. Chaud et ouaté comme un manteau. J'ai fermé les yeux. Je n'allais pas mourir. J'étais bien. Je les ai ouverts et je l'ai regardée.

— Ça va mieux ?

Je ne pouvais pas encore parler. J'ai hoché la tête. Je tremblais encore. J'avais honte de cette vulnérabilité.

— Je suis désolé.

La voix toujours sifflante, inaudible.

— Calme-toi. Tu es en nage.

Au bout de quelques minutes, quand les tremblements ont cessé, elle m'a dit de venir avec elle. S'est placée sous mon bras pour m'aider à marcher. Une salle de bains. Elle a fermé la porte et est revenue vers moi. Un à un, par la grâce de ses mains, mes vêtements sont tombés sur le sol. Dans la glace, au-dessus du lavabo, j'ai découvert le visage d'un damné. Méconnaissable, les cheveux fixés au front par la sueur, les lèvres bleues.

L'eau brûlante de la douche m'a aspiré dans un élan de bonheur. Elle m'a frotté avec du savon et j'ai senti l'émotion m'envahir. Je me suis laissé glisser sur le carrelage que la chaleur rendait doux. Ivre de fatigue et de sécurité retrouvée, j'ai fermé les yeux sous l'eau qui pleuvait sur ma tête, qui a coulé très longtemps, et puis s'est arrêtée. J'ai levé les yeux : Julie avait fermé les robinets et s'approchait avec une serviette. Elle s'est accroupie, m'a regardé avec beaucoup de tendresse, m'a-t-il semblé, mais peut-être était-ce seulement de la pitié. Ou le regard du médecin qui ne fait que son travail ? Elle m'a aidé à me redresser et à m'éponger. Je respirais, la vie revenait, j'étais en sécurité.

Logée au-dessus des bureaux de son association, sa chambre sentait la fille. Elle m'a drapé dans un longyi imprégné de son parfum et s'est assise avec moi sur son lit. Très ému à nouveau. L'enfance revenait.

— Qu'est-ce qui t'est arrivé ?

Ses yeux verts. Ses si beaux yeux verts. Il me semblait que j'avais toute ma vie attendu cette lumière-là.

Je n'ai même pas hésité. J'ai tout raconté. Quand elle a entendu le nom de « Philippe », elle a blêmi. Plus encore quand ça a été le tour de Khun Lin. Elle ne m'a pas interrompu un seul instant, n'a fait aucun commentaire. Sauf quand je lui ai montré les photos. J'en avais envie. C'était ma preuve. La preuve que je pouvais faire des choses. Que j'étais digne d'elle.

— Mon Dieu...

Elle n'en revenait pas. Elle regardait les clichés avec de grands yeux.

— Alors tu as réussi...

Ces paroles, c'était un baume d'une douceur à vous tuer. En une nuit, j'avais changé de vie.

La tension nerveuse disparue, la fatigue m'est tombée sur les épaules. J'avais envie d'être dans ses bras, mais elle s'est levée. Elle paraissait troublée, gênée. Elle m'a rendu l'appareil et m'a dit :

— J'ai des visites à faire. Cela ne sera pas long.

— Tu pars déjà ?

— Oui. Je suis en retard. Toi tu restes ici. Tu n'ouvres à personne.

J'ai acquiescé en souriant. Ma mère aussi me disait ça.

Elle a tiré les rideaux et a quitté la pièce avec, à la main, un sac plastique rempli de mes fringues puantes.

Malgré la fatigue, impossible de dormir. Sans arrêt, dès que je fermais les yeux, les mêmes images revenaient en boucle. Le visage de momie de Khun Sa, les plis cruels de sa bouche.

N'y tenant plus, je me suis levé pour ouvrir les rideaux. Le soleil a envahi la pièce et je me suis tout de suite senti mieux. J'ai attrapé mon appareil et me suis assis sur le lit. J'ai fait défiler les photos. Autant le voir en vrai. Les clichés de la fête étaient réussis, surtout celui qui montrait la jolie langue de la fille où reposait la pilule de ya baa. Mais le must, c'étaient les portraits de Khun Sa, dont celui où, en arrière-plan, se déployait le dragon sculpté sur la tête de lit. Les contrastes entre les écailles de bois du reptile fabuleux et le visage couleur de cire où luisaient les deux yeux brûlants et liquides du trafiquant étaient saisissants. J'ai fermé les yeux, sentant des flots d'endorphine envahir mon cerveau. Je tenais mon reportage. J'avais réussi.

J'avais envie de revoir Julie et je m'impatientais, enroulé dans mon longyi. Je n'avais rien à faire, j'avais envie de voir ses seins, mais ici, seuls les murs étaient nus. Bizarre, d'ailleurs, pour une pièce où elle était censée vivre. Aucune photo, quelques livres. *Les Sept Piliers de la sagesse* de Lawrence d'Arabie, le *Mahabarata*, et des ouvrages de médecine.

Je me suis occupé à regarder vivre la Birmanie par la fenêtre. Des hommes poussant des carrioles remplies de paniers tressés, de légumes de toutes les couleurs, des femmes à longs cheveux, main dans la main avec des petites filles en tenue d'écolière blanc et vert, des camionnettes couvertes de guirlandes et d'un haut-parleur qui crachait une musique entêtante sur fond de maisons de bois à toits de tôle. Tout cela était simple et émouvant car cela donnait l'impression d'une ville rafistolée, peinant à joindre les deux bouts mais tenant le coup vaillamment. Chaotique mais sereine. La faute au bouddhisme, sans doute. Au moment où je me disais ça apparut une longue procession de jeunes moines le long du chemin. Drapés comme des princes dans leurs robes pourpres, ils tenaient leur bol à offrande contre leur ventre. Le pas alerte, en file indienne.

Les moines passés, je suis retourné vers le lit, rasséréné. Je me suis concentré sur les bruits de la ville et j'ai dû réussir à fermer l'œil puisque qu'on m'a réveillé. Plusieurs impacts contre mon visage et mon torse. Des impacts mous. J'ai sursauté et ouvert les yeux. Julie me faisait face. Elle était blême. Autour de moi, sur mon ventre, à côté de ma tête, mes fringues, qu'elle venait de lancer.

— Tes vêtements sont propres.

Je me suis redressé péniblement. J'avais les membres engourdis, le cerveau en vrac.

— Tu as parlé de moi à quelqu'un, cette nuit ?

J'ai secoué la tête.

— Alors habille-toi vite, on y va.

Je l'ai dévisagée. Son regard était dur.

— Qu'est-ce qui se passe ? On va où ?

— Loin.

J'étais interloqué.

— Tu m'expliques ?

Elle m'a crucifié d'un regard. Mais ce sont les mots qui m'ont achevé.

— Philippe a été tué.

L'info courait comme de la poudre enflammée dans le petit monde des expatriés. À 10 heures ce matin, une bombe avait explosé dans sa chambre à coucher, le tuant sur le coup ainsi que ses deux fils. À cent mètres de celle d'Aung San Suu Kyi. Dans le quartier le plus surveillé de Rangoon. Rien n'allait plus en Birmanie.

— Il paraît qu'il était avec son neveu cette nuit, alors tout le monde le cherche, le neveu.

Elle avait tout compris. Je me suis habillé en vitesse. Elle a détourné les yeux et ça m'a fait de la peine. J'ai glissé la barrette de photos dans ma chaussette. C'est en regardant le petit objet rectangulaire, bleu foncé, que j'ai réalisé. Les photos. Mon Dieu. Était-il possible qu'on lui ait fait payer ça ? J'ai revu dans une folle succession d'images toute la soirée d'hier.

— Qui t'a vu avec lui ? a-t-elle demandé.

— Éric.

Elle a secoué la tête.

— Aucun problème de ce côté-là. Les autres ?

J'ai revu la soirée pétrolière. Les expatriés. La femme en robe de bure, l'attaché culturel italien...

— Des gens à la soirée d'hier, mais ils ne connaissent pas mon nom.

J'ai repensé alors au général birman avec lequel j'avais voyagé dans l'avion. Son infâme grain de beauté, ses avertissements à Philippe. Lui m'avait reconnu aussitôt. Et s'il m'avait fait suivre dès le premier jour ? Il connaîtrait mon hôtel et dans ma chambre, il y avait des photocopies de mon passeport.

— Il faut que je repasse à l'hôtel, ai-je dit dans un souffle.

— Je l'ai déjà fait. Ton sac est dans mon coffre, a-t-elle répondu.

J'ai ouvert de grands yeux. Les questions se bousculaient dans ma tête.

— Tu y es allée toi-même ? Mais le réceptionniste va dire qu'il t'a vue.

Elle m'a coupé.

— Ne t'inquiète pas, a-t-elle dit en frottant son pouce contre son index et son majeur. Il a même oublié que je suis venue la première fois...

Elle, elle n'avait donc pas oublié.

On a roulé doucement. Il y avait des militaires partout. Je redoublais d'efforts pour me contrôler nerveusement. Ma main tremblait et j'essayais de cacher ça du mieux que je pouvais. « *Aba* est très malade, mais il vit. Vous pouvez dire ça à votre oncle », avait dit Khun Lin. Le ton était menaçant. J'avais mal au ventre, et ne cessais de me répéter intérieurement : « Je n'ai tué personne. Je n'ai tué personne. » Je sentais distinctement la barrette de photos contre l'os de ma cheville. Avais-je dit à quelqu'un d'autre où j'étais descendu ? Je ne parvenais plus à me souvenir. Tout ce qu'Éric m'avait dit était en train de me revenir. « Cette ville grouille d'espions, fais attention à ce que tu dis. » On longeait des bus dont les passagers semblaient me dévisager entre les volutes de leurs écœurants cigares, des panneaux rouges bardés de slogans anti-occidentaux et d'autres, bleu ciel, qui disaient en prétentieuses lettres d'or « COME BACK TO MYANMAR ». J'ai remarqué qu'on se dirigeait vers l'aéroport.

— On va où ? ai-je demandé.

Les deux mains sur le volant, elle scrutait la route avec attention.

— On quitte la ville.

Déjà, le centre-ville avait laissé place à des faubourgs misérables. On croisait des chars à bœufs, et le vert des rizières s'annonçait au loin. Je n'aimais pas cette impression de m'enfoncer dans l'inconnu. Je ne connaissais rien du pays.

— Tu ne crois pas que je devrais rester à Rangoon ? Et prendre l'avion dès que ça se calmera ?

Elle a secoué la tête, sans un mot, et s'est penchée pour allumer la radio. Les phrases en birman, légèrement grésillantes, ont envahi l'habitacle. Elle écoutait attentivement. Paraissait tendue, elle aussi. Je voulais parler, parler encore. Parce que j'avais peur, parce que j'avais faim, parce que le soleil cognait trop fort sur la tôle du véhicule et que tout tournait trop vite dans ma tête. C'est à ce moment précis que son téléphone portable a sonné. Et que je l'ai entendue dire, en français, après un moment de silence : « Absolument aucune idée. » Elle a raccroché, a arrêté le véhicule et fait demi-tour.

Mes nerfs s'effilochaient.

— Qu'est-ce qui se passe ?

— On ne peut plus prendre ma voiture. Je vais te laisser à l'entrée de la ville. Tu vas prendre ton sac et te trouver un taxi. On se retrouve dans une heure à la gare routière de Kyaukyedwin...

Je l'ai coupée.

— Tu peux me dire ce qui se passe ?

Elle a inspiré profondément avant de me répondre :

— Le coup de téléphone, c'était Henri, mon collègue de l'APA. Il me demandait si je t'avais vu. L'ambassade a encore appelé. Ils te cherchent.

Mon ventre s'est noué. Et puis je me suis dit que c'était peut-être la meilleure des solutions. Là, je serais en sécurité.

— Je vais m'y rendre, Julie.

— Arrête tes conneries, tu veux ! Tu veux être suspecté de la mort de Philippe ?

— Je leur expliquerai.

Elle a secoué la tête, hors d'elle.

— Parce que tu crois que tu es dans un État de droit ? Ici, rien ne se passe comme ailleurs, alors tu me fais confiance, et tu fais ce que je dis...

Elle a changé de ton, et m'a regardé avec douceur.

— Excuse-moi... Mais tout ça me fait très peur.

J'ai vu dans ses yeux que le trouble était revenu. Elle s'est reprise.

— Je viens avec toi. J'ai envie de t'aider. À la gare

de Kyaukyedwin, tu te souviendras ? Si tu oublies, tu expliques que tu vas à Mandalay. Dans une heure je te rejoins. Tu me promets ?

J'ai hoché la tête. Elle s'est penchée de mon côté, et a pressé la poignée de la porte.

— Et toi, tu vas où ?

— Je ramène la voiture. Je règle une chose ou deux au bureau, et je te rejoins. Tu vas voir, là où je t'emmène, c'est très beau.

— Pourquoi tu fais ça ? ai-je demandé avant de sortir.

Elle a posé son index sur mes lèvres, et tourné vers moi son joli petit visage de garçonne intrépide.

— Fais attention à toi, César.

PARTIE II

DE L'EAU ET DES RUBIS

1

Chaque matin, le soleil nous réveille en caressant nos joues. Et comme nous nous rendormons aussitôt, il faut que les moteurs des bateaux s'en mêlent pour que nous nous décidions enfin à sortir du lit.

Leur passage vrombissant fait frémir le sol de bambou. C'est seulement à ce moment-là que je mets le pied à terre. Je ceins mes hanches d'un longyi et je me dirige vers la porte, si fine qu'elle ressemble à du papier. Je l'ouvre, je ferme les yeux, je fais un pas en avant jusqu'à la rambarde, je m'y appuie et là, je les ouvre.

Dans une explosion de couleurs chatoyantes, une vingtaine de barques noires élancent leur proue effilée sur l'eau vaste et immobile. Autour, comme un rempart aux lignes courbes et aux reflets émeraude, les hautes montagnes du pays shan. Enturbannées de brume lorsque la nuit tombe, elles révèlent, une fois décoiffées par les rayons du soleil matinal, l'adorable monde végétal et aquatique qu'elles protègent jalousement de l'extérieur.

Ce monde est un lac, irrigué par un labyrinthe de canaux qui y serpentent en toute liberté. Un chaos de verdure où croissent les bananiers, les buissons d'hibiscus et les roseaux, et où pointent timidement les petites maisons des humains qui y vivent. Des maisons comme la nôtre, perchées au-dessus de l'eau sur des pilotis de teck qui s'enfoncent dans les profondeurs du lac. Une cité lacustre. Une Venise d'Extrême-Orient où les gondoles sont à moteur, les églises des pagodes, et les places de terre rouge.

Un rêve de monde parfait dans lequel, depuis trois jours, je m'ébats délicieusement.

J'ai oublié les heures sombres d'un voyage en bus miné par les cahots, le caquètement des poules et les contrôles militaires à répétition avec la peur au ventre, les yeux qui ne se ferment pas.

Aujourd'hui mes soucis sont loin. Mon taux d'adrénaline, revenu à la normale.

La barque d'Aung Ko longe nos pilotis. Toujours à la même heure, comme s'il nous protégeait, vérifiait qu'on est bien là, qu'on ne manque de rien, qu'on est en sécurité. Julie a lié avec lui une complicité qui se passe de mots. L'hélice de son moteur tourbillonne au bout d'une longue tige, et donne à sa barque des airs de libellule. Je lève la main au passage de la gerbe d'écume qu'elle soulève. Il me répond en touchant simplement la visière de la casquette constamment vissée à son crâne.

J'ai mon rituel, moi aussi. Je rentre regarder Julie dormir. Je m'assois sur le bord du lit, ma main sur ses hanches. Entre les cuisses jointes, légèrement repliées sur son ventre, son sexe blond et rose luit comme un bijou tentant. Je l'embrasse. Elle ouvre les yeux.

— Demain, j'aurai une surprise pour toi.

Elle sourit, lance une phrase à l'intention de Daw Thazin, qui vient de déposer devant nous une assiette de mangue et de papaye, et pose son doigt sur ses lèvres.

Je la découvre heureuse et apaisée. Le décor y est pour beaucoup, d'une poésie subtile et fluide. Nous sommes assis dans le jardin, tout près d'un étroit canal enjambé par un pont. Quelques Birmanes l'empruntent, la tête chargée de paniers de légumes. De l'autre côté, la pagode décorée de fragments de miroirs reflète le ciel. Juste derrière, il y a la maison du vieil Indien qui, chaque soir, me propose de partager un verre de whisky. Julie m'enjoint toujours d'y aller. « Ne t'inquiète pas, je discuterai avec Daw Thazin. »

Daw Thazin signifie « Madame Orchidée ». C'est une femme au visage doux et aux hanches larges, que Julie connaît depuis son arrivée en Birmanie. Depuis la mort de son mari, elle gère avec ses deux fils l'exploitation familiale qu'elle a sur le lac. Des jardins flottants.

Quand Julie m'a dit ça, le premier jour, j'ai ouvert de grands yeux. Elle a ri et a appelé Myat, le plus jeune des deux fils.

— Il t'emmènera demain.
— Et toi ?
— Il faut que tu voies par toi-même. Comme moi.

J'ai vu, et c'était comme d'entrer dans un conte. C'était l'aube, et la brume couchée sur l'eau, épaisse et glacée, donnait au lac un air de Loch Ness. À travers les nappes vaporeuses, de curieuses silhouettes se dressaient sur une seule jambe. Myat a coupé le moteur, qui tournait depuis un moment au ralenti pour éviter que l'hélice ne se prenne dans les jacinthes d'eau, et s'est rapproché. Le spectacle était insolite. Ces échassiers humains étaient des pêcheurs. Coiffés d'un chapeau conique, ils se tenaient en équilibre sur une seule jambe, parce que l'autre était enroulée comme une liane autour de la longue rame fixée à la poupe de leur embarcation. Ils pagayaient à coups de mouvements de hanches, tout en scrutant la surface. Je suis resté en contemplation de longues minutes dans le silence du lac seulement ponctué de bruits liquides, voyant des formes onduler dans les profondeurs opaques, assistant à la prise d'une grosse carpe argentée dans les premières lueurs de l'aube. Jusqu'à ce que Myat remette doucement le moteur en marche.

On est arrivés aux jardins flottants. C'était donc vrai. Des parcelles de terre compacte, fixées à des piquets de bambou pour ne pas qu'elles dérivent trop, reposaient à fleur d'eau. Une merveille de la nature, incroyablement fertile puisqu'il y poussait des tomates, des haricots et des melons, protégés du vent par des haies de poivrier grimpant. Myat m'a montré comment marcher sur ces îlots, peu stables à la vérité, et j'ai pu cueillir quelques fraises, minuscules et goûteuses, pour le petit déjeuner. Le soleil se levait sur le lac et j'avais déjà hâte de retrouver Julie.

— Qu'est-ce que tu veux faire, aujourd'hui ? dit-elle en terminant son thé.

— Rien et tout, comme hier...

Elle sourit.

— Je crois que j'ai une idée, dit-elle en posant son pied nu sur le mien.

Elle fait l'amour avec naturel, mais le prend au sérieux. Elle adore être nue, pas pour être regardée, mais pour être prise et pour prendre, dans le soleil qui entre par les fenêtres. Pas pudique pour un sou, parce que la pudeur ne sert à rien quand on est dans le physique, comme elle. Une dimension de la vie que j'avais oubliée, et que je retrouve avec bonheur, et étonnement.

Physique, ce sang qui bat dans mes veines et dans son cœur que j'écoute battre en embrassant ses seins.

Physique, cette sueur qui mouille mon torse, et qui plaque sur son front ses cheveux blonds que les enfants d'ici veulent à chaque fois toucher en disant « *schwe* », « or ».

Physique, cette tension musculaire, cette fusion de nos cartilages et de nos nerfs, cette eau que je bois en elle en pensant à ce monde aquatique et végétal dont elle m'a ouvert les portes.

— Je suis bien, dit-elle, allongée sur le lit, puis, changeant complètement de sujet : Ça te dit d'aller voir les Nats ?

Quel contraste avec Rangoon ! Question de lieu : le lac nous protège, nous dissimule à la violence de l'extérieur. Question de temps : les heures et les journées se dilatent au rythme de l'eau. Elle a emprunté un *canu*, un petit canoë à fond plat qu'elle manie à merveille, accroupie à la poupe, une pagaie à la main. Silencieuse, mais d'un silence fécond. La végétation nous submerge et barre notre horizon d'un vert profond. Une nuée d'oiseaux prend son envol en piaillant. Julie pointe son doigt vers un détail niché dans les hautes herbes. Une minuscule maison de poupée perchée au-dessus de l'eau, abritant une statue emmaillotée de bandelettes et de fils de couleur. On en trouve aussi sur les arbres, sur les tiges de bambou. Julie sort sa pagaie de l'eau, tend le bras pour attraper une branche.

— Nous y sommes. *La maison des Nats.*

Je la questionne. Elle répond à voix basse.

— Les Nats sont des esprits. Il en existe des milliers. Ils habitent les cours d'eau, les arbres, les montagnes et les étoiles. On les révère en Birmanie depuis bien avant le Bouddha. Ils protègent ceux qui les honorent et peuvent se révéler redoutables pour ceux qui les ignorent. Si cela se trouve, l'un d'eux veille sur toi.

Aujourd'hui, j'en suis sûre…

Elle a lâché la branche et replongé la pagaie dans l'eau. Je l'ai vue faire un petit signe, comme une rapide prière, et je n'ai pu m'empêcher de tressaillir. Tantôt si proche, tantôt à mille lieues de moi... Parfois, ses yeux se perdent dans le vague, glissent sur la surface du lac comme ces jacinthes d'eau qui se tordent devant la proue du canoë. J'ai peur de deviner que ce bonheur ne durera pas. Pour me raccrocher à quelque chose, je pense à mes photos. Il faudrait que j'avertisse le journal, que je leur vende le reportage. Mais quand j'ai demandé à Julie où je pouvais trouver un téléphone pour appeler à l'étranger, elle m'a regardé comme si j'étais fou... Nous sommes hors du monde, et j'adore ça.

Après les Nats, on est allés explorer de petits villages isolés dans les recoins du lac. Assis sur un ponton, on a regardé le soleil se coucher sur les pagodes qui émergeaient çà et là dans l'océan de végétation.

— Il faut que je t'emmène à Indein, a-t-elle déclaré. C'est mon endroit préféré sur le lac. Un temple ancien posé sur une colline, et entouré d'une centaine de stupas mangés par la nature. Il y a toujours un vieux fou qui garde le temple. On se demande bien de quoi.

— Demain ?

— Demain c'est ta surprise. Tu as déjà oublié ?

Elle m'a souri. Des rires d'enfants nous ont distraits. J'ai tourné la tête. Cinq petits bonshommes, nus et bruns, couraient vers nous. L'un après l'autre ils ont sauté dans l'eau, juste devant nous. La joie a illuminé le visage de Julie. Malgré moi, j'ai pensé au Birman qu'elle avait aimé. Elle aurait pu en avoir un comme ça avec lui... Elle ne m'en avait jamais reparlé, mais je n'y pouvais rien, ça me travaillait. À quoi ressemblait-il ? Nous n'avons jamais évoqué non plus notre nuit à Rangoon, comme si tout commençait ici. Elle regardait les enfants avec une tendresse évidente, et j'ai songé à Hélène. À sa préciosité, sa mesquinerie, à ses caprices d'un autre temps, d'un autre pays. Est-ce que j'avais seulement aimé faire l'amour avec elle ? Qu'est-ce que j'avais vécu ? Qu'est-ce que j'avais à raconter ? C'est justement au moment où je me posais ces questions que Julie m'a demandé, sans quitter des yeux les enfants :

— Tu voulais faire quoi, à leur âge ?

— Journaliste, ai-je répondu, non sans forfanterie.

— Déjà ?

— Oui. Et toi ? Infirmière ?

— Non. Je voulais être une princesse. Comme toutes les petites filles.

Elle a dit ça avec une telle lumière dans le regard que j'ai ressenti une vive émotion pour elle. Les enfants, eux, continuaient à se pousser à l'eau en riant.

On a fini la journée par un dîner dans une gargote à fleur d'eau, tenue par quatre sœurs célèbres sur le lac pour leur façon sans pareille d'accommoder les anguilles. C'était un mets royal, et elles se vendaient à prix d'or sur les marchés du village.

— Tu sais comment on les attrape ? m'a demandé Julie alors que j'attaquais un autre de ces poissons à la chair savoureuse.

J'ai secoué la tête.

— Les Inthas, les gens du lac, vivent en harmonie avec l'eau. Quand ils meurent, on descend leur cercueil tout au fond. Leur particularité, c'est qu'ils sont percés de petits trous. Attirées par la chair du mort, les jeunes anguilles s'y faufilent, se nourrissent, et sont ensuite trop grosses pour ressortir du cercueil. Il n'y a plus qu'à le remonter et à faire la récolte.

J'ai immédiatement craché la bouchée que je m'apprêtais à avaler. Julie a éclaté de rire.

— Je t'assure, c'est très bon pour la santé, car non seulement c'est très riche en protéines, mais tu absorbes en même temps les vertus du mort, a-t-elle ajouté. Tu as maintenant un peu de sang intha dans les veines !

— Content de le savoir, ai-je dit en repoussant l'assiette.

Elle m'a regardé avec étonnement.

— Excuse-moi, ai-je dit, gêné, mais je n'aime pas tellement penser à la mort.

— C'est idiot.

— Pourquoi, tu n'as pas peur de la mort, toi ?

Elle a baissé les yeux.

— Pas de la mienne.

J'ai fait glisser ma main sur la sienne et elle ne l'a pas enlevée. C'est la première fois qu'en dehors de l'amour, elle acceptait un geste de tendresse. Sur le chemin du retour, je l'ai serrée dans mes bras. Et posé mes lèvres sur les siennes, dans la caresse du vent nocturne qui soufflait dans les hautes herbes. J'ai remarqué qu'elle tremblait.

2

Jamais les bateaux n'ont davantage ressemblé à des libellules, fendant l'air et l'eau en bourdonnant, pressés de rejoindre le lac. Je n'en ai jamais vu autant sur le canal, et pourtant il ne fait pas encore jour.

Julie m'a demandé de l'attendre dehors pendant qu'elle se prépare. Madame Orchidée dépose sur la table une Thermos décorée de fleurs, importée de Chine, et un beymok, un gâteau aux graines de pavot. Elle me sourit et allume une bougie. Elle semble adorer Julie, heureuse de la voir là. « *Cezubeh* », dis-je pour la remercier. Je verse un peu de thé brûlant dans ma tasse, le fais tourner très vite au fond du récipient et en verse le contenu sur le sol pour le nettoyer. Ils font tous ça ici, alors je fais pareil. Le pays m'envahit. Je goûte le gâteau. Puisse le pavot me faire oublier celui où je suis né... Le thé coule dans ma gorge et m'inonde de chaleur. Je suis bien. Je ne demande plus rien. Sous son hangar, à la lueur d'une lampe à pétrole, Myat astique encore une fois sa voiture. Comme chaque jour. Une vieille Buick bleue qui me sidère, seul vestige terrestre au milieu de cet univers dédié à l'eau, et toujours immobile. Roule-t-elle ? Je n'ai pas osé le lui demander, de peur de le vexer. Pourquoi la nettoie-t-il chaque jour avec une telle vénération ? Il y a des mystères qui se préservent. C'est comme l'autre frère, celui qu'on ne voit jamais. Quand je tente de le mentionner, le silence tombe comme un couperet. Julie m'a demandé de ne plus en parler devant la famille. « Il a quitté le village », m'a-t-elle dit, le visage dur.

Une main caresse ma nuque.

— Tu es prêt ?

Je tourne la tête et sursaute. Elle s'est maquillée, et rayonne dans sa chemise de lin blanc.

— Viens, Aung Ko nous attend.

Le vent frais s'engouffre entre les mailles de ma chemise. Imperturbable, Aung Ko se fait fort de dépasser nos concurrents. L'orgueil birman. Il accélère encore et se fiche de ce que pourrait donner à présager son invariable casquette, où les lettres du mot « Titanic » s'étirent à côté du visage globalisé de Leonardo DiCaprio. Oui, même ici... Julie me tourne le dos, postée à la proue. J'aime la façon dont elle est assise, ses genoux repliés devant elle, et ses bras qui enserrent le tout. Allure de danseuse.

Le soleil a fait fondre la brume. Nous nous dirigeons vers le centre du lac et je n'en crois pas mes yeux. Une quarantaine d'embarcations chargées de passagers y convergent. Julie se retourne alors et crie quelques mots à l'intention d'Aung Ko. Ce dernier opine du chef et engage brusquement la barque dans l'étroit chenal qui s'ouvre à droite. Des buffles, qui pataugeaient dans l'eau, s'enfuient devant nous. Le spectacle, sur fond de rizières balayées par le vent, est stupéfiant de beauté. Aung Ko décélère. On ne voit rien, mais on entend de la musique. Des percussions, des xylophones qui paraissent de plus en plus proches. Je tends l'oreille, cherche le regard de Julie, obstinément fixé sur le fond du chenal d'où va venir, je le devine, la révélation.

Aung Ko coupe le moteur. La barque se faufile entre les deux rives et débouche sur un canal plus grand, bordé de maisons sur pilotis où patientent, à l'arrêt, des dizaines de barques comme la nôtre, ou de simples canoës chargés d'hommes et de femmes portant des corbeilles de fleurs et de magnifiques ombrelles de papier ivoire. Cohue splendide. Tous et toutes semblent recueillis et ont les yeux braqués vers le bout du canal. Le silence est total, à l'exception de cette musique qui s'élève, de plus en plus forte et entêtante.

Ça y est : le soleil a absorbé les dernières franges de brume, et fait resplendir un spectacle dont, aujourd'hui encore, j'ai peine à décrire la beauté.

Au bout du canal, une longue et puissante barque noire apparaît dans un chaos de percussions. À son bord, cinquante jeunes gens en costume rose pâle, la tête protégée par des ombrelles blanches. Les uns pagaient avec leur jambe, en chantant. Les autres frappent des cymbales qui semblent des disques d'or. À la proue, enfin, le dernier se livre à une chorégraphie martiale.

Une autre barque suit. On y rame avec la même vigueur. Mais cette fois, dans un air de flûte. Une autre encore, dans le fracas des tambours. Cinq barques défilent ainsi devant mes yeux hypnotisés.

Julie donne déjà des ordres à Aung Ko. Qui remet son moteur en route, comme les pilotes des autres embarcations. Un frisson d'excitation a traversé les équipages et les barques s'ébranlent. Aung Ko manœuvre avec habileté dans l'embouteillage flottant, et nous arrivons à la fin du canal. Julie pointe son doigt droit devant elle, au milieu du lac. Un grand silence se fait dans la foule. Je suffoque d'émotion.

Escorté par les barques aux ombrelles blanches, qui semblent des nuages, un cygne d'or vient d'apparaître entre le bleu de l'eau et celui du ciel. Un cygne, ou plutôt un animal fabuleux, entre le phénix et le dragon. Son bec est long d'un mètre. Ses yeux sont deux énormes rubis, plus gros qu'un poing humain. Son cou, sa gorge et ses ailes repliées sont couverts d'écailles d'or, et sa queue, en éventail, brûle de flammèches scintillantes.

Entre la tête et la queue de cet animal fantastique, qui glisse doucement sur l'eau dans une musique de plus en plus majestueuse, s'élève un temple couvert d'or, hérissé de pagodes. Habillés de rose pâle, des hommes y montent la garde. Le trésor invisible qu'il renferme est protégé des regards profanes par des rideaux blancs qui ondulent avec le vent. Le spectacle est d'une beauté renversante. Julie se tourne enfin vers moi. Ses yeux émeraude brillent avec éclat.

— Le *Karaweik* ! Le *Karaweik* ! me crie-t-elle d'une voix de petite fille, émue jusqu'à la chair.

Aung Ko lui aussi sourit.

Le Karaweik ? Alors la voici, ma surprise... Un pur moment de grâce, partagé avec moi au milieu de ce lac dont elle s'est fait un refuge ?

La procession aquatique glisse à présent vers le monastère qui s'élève sur une île du lac. Les barques aux ombrelles s'éparpillent, tandis que la barque-cygne accoste contre un ponton noir de monde.

Julie me prend par la main et se met à courir, toute sa blondeur aimantée par l'or de la merveilleuse barque. Une escouade de moines s'y affaire, et forme une haie de robes pourpres et de crânes lisses pour laisser passer les passagers jusqu'au monastère. Ils portent à bout de bras des palanquins sculptés, cinq, sur lesquels reposent d'énormes quilles dorées. La foule se presse, me colle. Je cherche Julie et ne la trouve pas. Je joue des coudes et des épaules pour me dégager et je la vois, enfin.

Elle s'est arrêtée près d'un vieillard assis sur les marches du temple. Lui tend quelques billets et revient vers moi, impatiente, les mains pleines de sachets couverts d'inscriptions. « Viens ! »

Elle gravit les marches qui mènent au monastère. À l'intérieur, l'odeur d'encens est entêtante. Une foule de fidèles est agenouillée, mains jointes au-dessus de leur tête tournée vers l'autel. Les cylindres dorés sont posés sur des étoffes roses et autour d'eux des hommes se livrent à une étrange activité. On dirait qu'ils les caressent.

— Fais comme eux, me murmure-t-elle à l'oreille en me tendant une poignée de sachets.

Elle a les yeux vibrants d'émotion.

— Ce sont des feuilles d'or. Pour recouvrir les statues du Bouddha et de ses disciples.

— Tu veux dire que les cylindres...

— L'épaisseur des feuilles d'or est telle que l'on ne peut plus reconnaître les visages, ni la forme du corps. Mais ce sont des statues très anciennes, et très importantes pour les Inthas. Chaque année, la barque sacrée les promène sur le lac et les fidèles peuvent leur rendre hommage. Vas-y, c'est la tradition.

— Mais comment fait-on ?

Elle a déchiré un des sachets pour me montrer. J'ai remarqué qu'elle tremblait. Une petite pellicule dorée en est sortie, qu'elle a plaquée sur le dos de ma main.

— Comme ça.

J'ai regardé ma main dorée.

— C'est toi qu'on devrait couvrir de feuilles d'or...

— Vas-y, a-t-elle dit sans rire.

— Et toi ?

— Seuls les hommes en ont le droit.

À la sortie du monastère, un moine faisait sauter des chats dans des cerceaux. Julie était invisible. J'ai fait quelques pas dans la cohue des vendeurs en tout genre, un peu agacé qu'elle me plante là, et puis je l'ai reconnue, appuyée à une rambarde, ses sandales à la main. Quelque chose clochait. Elle semblait agitée de spasmes. Je me suis approché. Comme je posais la main sur son épaule, elle a eu un mouvement de surprise et j'ai remarqué que ses yeux étaient humides.

— Ça ne va pas ?

Elle a secoué la tête, a souri, s'est immédiatement reprise.

— Ce n'est rien.

— Dis-moi...

— Je suis un peu émue, c'est tout. Tu viens ?

On a traversé la foule pour retrouver la quiétude du lac. Une taverne dormait au bord de l'eau, baignée par les arômes des nouilles shans. J'avais faim, et je lui ai proposé qu'on s'installe. Elle n'avait pas l'air bien. J'ai essayé d'engager la conversation, en parlant de ce qu'on avait vu, mais en vain. À part quelques sourires vides, elle restait enfermée dans son mutisme. Je commençais à connaître par cœur les détails de l'étiquette de la bouteille de Tiger Beer que j'avais commandée pour me rafraîchir, quand nos nouilles sont arrivées, appétissantes, parfumées, agrémentées de morceaux de carotte et de tomate issues des potagers flottants. Elle n'y a pas touché, enfermée en elle-même, se contentant de tremper ses lèvres dans son verre de thé.

— Tu es sûre que ça va ?

Elle a juste hoché la tête à ma question. J'en ai pris

mon parti et, lassé du spectacle de l'étiquette rouge et or, j'ai posé mon regard sur les barques amarrées devant nous, dont les proues s'entrechoquaient avec un bruit lancinant. Sur les tables voisines, des types abattaient des cartes à jouer au milieu des billets de banque, tandis que des chants venus de la pagode se faufilaient jusqu'à nos oreilles. Torpeur et mélancolie m'envahissaient. Les joueurs picoraient avec gourmandise de petits grains rouges. J'ai demandé au patron de me servir la même chose. Ce devait être des friandises et je voulais lui faire plaisir.

J'ai gentiment poussé l'assiette vers Julie, mais ses yeux verts dérivaient trop loin sur les eaux du lac. Loin au-dessus des hautes herbes, des maisons lacustres, des bananiers. J'ai cru voir une larme se masser au coin de son œil. Son doigt est venu effacer ce témoignage de vulnérabilité. Quel secret voulait-elle donc me cacher ? J'étais désemparé.

Les grains rouges craquaient sous ma dent en libérant des accords citronnés. Parfum de piment et d'oignon rouge, aussi. Délicieux.

— Tu aimes ? m'a-t-elle demandé, sortant enfin de son silence.

— C'est très bon, oui.

— Ce sont des fourmis.

L'information a percuté mon cerveau. Les bestioles me poursuivaient. Mauvais pressentiment.

J'ai déposé sur la table une liasse de billets à l'effigie du père d'Aung San Suu Kyi.

— Tu veux qu'on rentre ? ai-je demandé.

Elle a secoué la tête.

— Ça va aller. J'ai envie de mangues. On va aller en chercher.

Elle s'est levée. On a franchi quelques passerelles de bois et on s'est retrouvés sur un îlot couvert d'étals de légumes, envahi par une cohue immense et de toutes les couleurs. Je me suis tourné vers elle.

— Tu en as assez d'être avec moi ?

— Arrête, a-t-elle dit sans me regarder.

— Mets-toi à ma place...

— Ça me regarde, OK ?

Le ton était coupant, vexant. Forcément, ça m'est passé par la tête. Ce qu'elle m'avait dit à Rangoon, sur la terrasse devant la Schwedagon. La larme qu'elle avait camouflée en me parlant de son Birman. C'était idiot de ma part, mais je l'ai dit quand même.

— Tu es venue ici avec quelqu'un d'autre, c'est ça ?

Elle a haussé les épaules. Je l'ai attrapée par le bras.

— Je te parle, Julie. C'était ton Birman ?

Elle s'est arrêtée. J'ai vu de la détresse dans son regard. De la haine aussi, même si c'était un court éclair. Comme la flamme d'un pistolet. Le temps d'en apercevoir la lueur piquante, la balle a déjà tracé son chemin dans votre cœur. Les veines se déchirent sous l'impact, le sang coule, envahit vos poumons, vous étouffe.

— Oui.

Le ton de sa réponse, les yeux qu'elle s'était abstenue de fixer sur moi, toujours obstinément rivés à l'étendue inerte du lac, n'appelaient aucune autre question. Et même si nous ne nous étions rien promis, je sentais poindre la colère en moi. Elle n'était pas obligée d'avoir encore de la peine. Elle n'était pas obligée de me répondre. Elle aurait dû mentir, me rassurer.

Je commençais à comprendre ce qu'il y avait en elle et ce qui se passait en moi. La Birmanie dévorait Julie, et j'en étais jaloux.

La fête du Bouddha avait attiré sur le lac toutes les tribus des montagnes. Derrière les pyramides de fruits et de légumes qui montaient depuis les paniers posés à même le sol, derrière les volutes de tabac qui faisaient disparaître leur visage, derrière les antiques balances aux plateaux chargés de tranches de poisson, les vendeuses et leurs clientes marchandaient dans un chaos de turbans, de tuniques, de lourds anneaux d'oreilles et d'étoffes brodées. J'ai remarqué un groupe de trois jeunes filles toutes de noir vêtues, une fine bande indigo fermant leur tunique à col officier. Elles avaient un visage aux pommettes très hautes et aux yeux en amande, et elles étaient coiffées de serviettes-éponges de couleur vive, ramenées en turban. Une beauté singulière, revigorante. Le dos chargé d'une hotte ou d'un sac de laine coloré, elles s'étaient mises en route.

— Des Pa-O, m'a dit Julie qui voyait que je les regardais. Elles regagnent leur village.

J'ai commencé à les suivre. Au départ, comme nous étions toujours dans le marché, Julie m'a suivi, son sac de mangues à la main. Le silence qui avait commencé à tomber entre nous simplifiait les choses. J'aimais regarder le mouvement de leurs sandales bon marché sur la piste de latérite, et que l'une d'entre elles se retourne, intriguée par ces deux Occidentaux qui s'aventuraient avec elles dans la montagne. Dans leur montagne. Car très vite, nous sommes sortis du marché, et le sentier s'est mis à grimper. En entendant son soupir, j'ai senti que Julie n'allait pas tarder à rompre le silence, et m'arracher à ma contemplation de ces petites coiffes orange ou bleues, qui tranchaient sur leur tailleur noir et sur le vert des arbres. J'avais raison.

— César, a-t-elle dit calmement. On devrait faire demi-tour.

Je n'ai d'abord pas répondu. Je voulais suivre ces Pa-O belles comme le jour. Je voulais moi aussi m'enfoncer dans la Birmanie. Avoir son odeur et son goût contre mon visage. Comme elle l'avait fait. Avant moi.

— César, a-t-elle dit plus fort. Il faut revenir. La zone n'est pas sûre.

Et alors ? N'étais-je pas reporter ? Et si je ne l'étais pas, ne désirais-je pas le devenir ?

— Marchons encore un peu, ai-je répondu.

Elle s'est tue. Nous avions pris de l'altitude et sur notre gauche, sous les couches de végétation touffue, nous pouvions voir la surface du lac briller sous le soleil. Immense, il avait une forme ovale et sensuelle, qui s'affinait aux extrémités. Une forme d'œil délicieusement étiré, humide et végétal, plein de replis et de froncements. Mon imagination vagabondait, aiguisée par le spectacle de ces trois sirènes noires et muettes qui s'enfonçaient dans la montagne. Au détour du chemin, les toits de palme d'un village sont apparus à travers le feuillage. C'était une vision splendide. Un inconnu que je méritais. Julie s'est arrêtée.

— On rentre, m'a-t-elle dit.

J'ai fait deux ou trois pas, et j'ai senti sa main agripper mon avant-bras. J'ai tourné la tête. Nos regards se sont affrontés, et je ne voulais pas plier. Elle a fini par sourire, comme pour apaiser la situation.

— On n'ira pas dans ce village, a-t-elle dit. On ne s'invite pas dans un village pa-O, palaung ou akha comme ça.

Akha. C'était, je me le suis rappelé aussitôt, le nom qu'Éric avait prononcé lorsque je lui avais demandé à qui appartenait la coiffe décorée de pièces françaises que j'avais vue dans son bureau.

— Les Pa-O ont longtemps été en guerre avec les autorités de Rangoon. Je ne veux pas leur créer d'ennuis.

À vingt mètres devant nous, les trois petites fées tribales venaient de disparaître dans la végétation. Il y avait tant de choses que je n'avais pas vécues. Tant de choses qu'elle avait vécues, elle, et qui me faisaient la détester.

— Avec moi, pas d'inconnu, hein ?

Elle a baissé la tête. Se l'est prise dans les mains. Je ne suis pas allé vers elle, et la nuit a commencé à tomber.

Sur le chemin du retour, nous n'avons pas échangé un mot. Pareil sur le bateau d'Aung Ko, qui s'était fait du mauvais sang en ne nous voyant pas réapparaître, et qui lançait son moteur à plein régime. On ne naviguait pas la nuit, même avec une lune pleine comme aujourd'hui. La peur des Nats, sans doute. J'ai détourné les yeux pour ne pas la regarder, assise à la proue, belle et fière, un foulard noué autour de sa tête pour se protéger des moustiques.

Le ronronnement du moteur et la tristesse m'ont enlevé à la Birmanie pour me déposer dans cette périphérie de Paris où j'avais mon bureau de réécriveur de papiers, de tâcheron, de petite main, de seconde main, de main sans cerveau. J'ai entendu le gémissement de la machine à café, notre seule drogue, avec le champagne dont parfois le bouchon sautait pour fêter un numéro farci de pub, cette pub qui remplissait les caisses du groupe et mettait des sourires sur les visages sans vie des comptables coupeurs de têtes du 4e étage. J'ai revu les visages de ces filles lookées mais ternes, la fausse gaieté, le factice, les avant-premières de cinéma où nous nous entassions, heureux d'être réunis devant ce grand écran où, pendant deux heures, nous verrions d'autres que nous respirer, agir, baiser, tuer, gracier, voyager, aimer, haïr, pleurer, combattre, mourir, se déguiser, éclater de rire, crier, s'allonger, réagir, vivre. Je me suis revu, petite abeille de la grande ruche journalistique dont le miel avait de moins en moins de saveur. La barque fonçait entre les herbes aquatiques, glissait le long de splendides monastères, perchés sur leurs hautes jambes de bois et éclairés par la lune. C'était tellement beau que j'avais envie de me vomir.

Il était trop tard pour dîner, trop tard pour aller boire un whisky avec l'Indien, alors nous nous sommes retrouvés face à face dans notre petite maison. Pas de lumière autre que celle de la lune, car les générateurs, comme les moteurs des barques, s'étaient tus.

Je me suis approché d'elle, et elle n'a pas bougé. J'ai ôté sa chemise de garçon et elle s'est laissé faire. J'ai empoigné ses seins. Elle a laissé échapper un soupir. Mais quand je l'ai regardée, c'est une lueur de défi qui brillait dans ses yeux. J'ai desserré la ceinture de son pantalon shan, et ai poussé sur notre lit de faux couple celle qui en savait trop sur ce pays que moi aussi je voulais aimer comme elle. Elle était à présent sur le ventre, ses fesses de blonde éclairées par la blancheur laiteuse. J'ai repensé à la vision du lac, de là-haut. J'ai placé ma main entre ses cuisses. Elle était mouillée.

— Viens.

Je suis entré d'un coup en elle, perçant d'un mouvement mes derniers doutes en lui arrachant un cri qui, un instant, a interrompu le concert des grenouilles. Elle m'a longtemps regardé, cette nuit-là. J'étais sûr qu'elle m'aimait. À sa façon. C'est-à-dire sans oser se l'avouer.

Je n'ai pas compris pourquoi je me suis réveillé seul.

3

Un faible soleil éclairait la chambre nue, à l'exception de nos vêtements qui gisaient aux quatre coins de la chambre, et de nos deux sacs à dos.

J'ai enfilé un jean et un tee-shirt et j'ai poussé la porte. La maison de Daw Thazin affichait porte close. Autre surprise de taille, la voiture avait disparu. La vieille Buick bleue, que je croyais figée à jamais au milieu de toute cette eau.

Contrarié, j'ai marché jusqu'à l'auberge des Quatre Sœurs où j'ai commandé un café et des toasts. Un photographe astiquait ses objectifs devant un thé fumant. Il devait être là pour la fête du Bouddha. Il y avait un couple aussi. La trentaine ou à peine. Voir des touristes m'a agacé. Vous avez la Thaïlande, les mecs. Laissez-moi la Birmanie.

L'aînée des sœurs, qui servait ce matin-là, m'a demandé où était Julie. J'ai répondu qu'elle dormait encore. « *Zuli, lucky* », m'a-t-elle dit en s'éclipsant, toujours très élégante avec la fleur piquée dans son chignon noir. « Zuli », c'était pour Julie. Mais chanceuse de quoi ? De m'avoir ? J'ai souri comme un idiot devant mes toasts et mon café. Est-ce que je pourrais vivre là ?

La partie mâle du couple, blond, maigre, barbe de trois jours, s'est levée de table et s'est dirigée vers moi.

— Vous êtes français ? m'a-t-il demandé.

Il semblait sûr de son coup. J'ai pris la mine la plus pincée possible, et répondu en anglais.

— *Sorry ?*

Il a eu l'air embarrassé. Il m'a expliqué qu'en m'entendant discuter avec la Birmane, il avait cru reconnaître un *french accent*, puis s'est excusé. Ça m'a énervé : je ne faisais même pas illusion. J'ai vu le photographe sourire et ça m'a énervé encore plus. La *Pravda* birmane était posée sur la table. J'en ai machinalement tourné les pages. Les petits hommes verts, en photo sur toutes les pages, se distribuaient encore des bons points. Ici, prosternés devant des moines ronds comme des oranges, à qui ils avaient offert des robes pour « acquérir des mérites », comme on disait dans le bouddhisme. Là, visitant des usines qu'on aurait crues de carton. J'ai repoussé la feuille officielle du fascisme tropical, et je me suis levé. C'est en passant devant la table du couple que j'ai compris qu'ils cherchaient un bateau. J'ai décidé de mettre en pratique le défi que je m'étais lancé cinq minutes auparavant.

— Je peux vous en trouver un, j'ai dit.

— Tu vois qu'il parle français ! a dit la fille.

Plutôt jolie, malgré une bouche en fermeture Éclair. Le type a hoché la tête.

— Vous connaissez bien le lac ?

— Je vis ici.

La fille m'a regardé avec des yeux ronds d'admiration.

— Je connais un bon pilote. Un bon bateau aussi.

— C'est très gentil à vous, a dit la fille.

Elle a souri à nouveau. Le mec aussi d'ailleurs. Ils

avaient confiance. Je me suis assis. Ils voulaient connaître mon histoire, et je trouvais ça drôle. J'ai raconté des conneries, que j'avais épousé une Birmane, qu'elle attendait un enfant. J'ai parlé de la lassitude que m'imposait l'Occident, du virus de l'Asie. Le type m'a dit que j'avais fait un « beau choix ». Il m'a demandé si la situation politique n'était pas parfois « une pression intenable ». La fille a renchéri. Ils trouvaient le pays très beau et on ne pourrait jamais penser, en voyant la gentillesse des gens, leur disponibilité, leur sourire, qu'ils vivaient sous une dictature. « Je sais. C'est toujours l'impression qu'on a », ai-je répondu. Trop facile. Je leur ai dit que quelqu'un passerait les chercher à leur hôtel avec le bateau.

— Trente dollars. Vingt tout de suite.

La fermeture Éclair s'est ouverte :

— Dans mon guide, ils parlent de 12 dollars...

— Je sais bien. Mais vous n'allez pas vous contenter d'une visite pour touristes. J'ai bien vu, moi, que vous n'étiez pas des touristes.

Ils ont hoché la tête, rassurés sur eux-mêmes. On a tous besoin d'échapper à la norme. On a tous envie de croire ceux qui vous disent que vous êtes différent.

— Aung Ko va vous montrer des trucs que les autres ne voient pas.

Je suis sorti du restaurant avec 20 dollars en poche. De quoi vivre trois jours. Le soleil réchauffait ma peau et mes doutes. Oui, en faisant comme ça, je pourrais vivre ici. Les emmener faire des achats et prendre ma commission... J'aurais même pu m'envoyer la fille, qui sait... J'ai soupiré. C'était nul. Sans Julie, c'était nul. Elle me manquait. J'ai remonté le canal jusqu'à la maison d'Aung Ko. Il saurait où elle était. La pluie s'est mise à tomber et j'ai dû accélérer le pas.

Assise près d'une fenêtre, sa femme confectionnait

des *cheroots*. Pas en roulant les feuilles contre ses cuisses, à la cubaine, mais c'était tout aussi poétique. Je n'y pouvais rien. J'aimais le regard des Birmanes. La finesse de leurs traits plus fins que ceux des Chinoises, et plus ronds et plus sensuels que ceux des Indiennes.

J'ai fait le tour de la maison. Torse nu, mais toujours coiffé de sa casquette, Aung Ko promenait sur une coque un rabot qui semblait sorti du Moyen Âge. Je lui ai tendu les 20 dollars en lui expliquant où étaient les touristes. « Il y en aura 10 de plus à l'arrivée. » Il a ouvert de grands yeux. C'était plus que le double de ce qu'il demandait d'habitude. « Tu vas pouvoir acheter une lampe pour ta femme, j'ai dit. Elle est en train de se tuer les yeux. » Enfin, je lui ai demandé où était Julie. Il ne savait absolument rien.

Je lui ai emprunté un parapluie. J'avais l'impression que c'était en moi qu'il pleuvait. En revenant vers la maison, je suis passé devant celle du vieil Indien, Pradesh. Il m'a invité à entrer, toujours heureux de parler un peu anglais et d'évoquer son pays que la pauvreté lui avait fait quitter, il y a plus de soixante ans, avec sa mère. À l'époque, la Birmanie était plus riche que l'Inde. Aujourd'hui c'était le contraire, alors ses fils y étaient retournés. Sa femme est sortie de derrière un rideau. Elle m'a salué en joignant ses mains comme dans une prière. *Namaste*. Ses yeux étaient opaques. La cataracte. Bientôt, elle ne verrait plus. Ça me faisait toujours de la peine, mais je me consolais en voyant les regards d'amour qu'il lui lançait. Il verrait pour deux. Elle s'est empressée d'ouvrir la porte pour faire entrer la lumière, malgré la pluie battante.

C'était la première fois que je rentrais chez lui car on avait l'habitude de prendre le whisky dehors, assis sur une natte d'osier sous les étoiles. Je n'avais donc jamais remarqué, dans cet intérieur fruste aux murs couverts de papier journal, le téléphone posé sur un meuble d'osier. Pradesh a surpris mon regard.

— *My son*, a-t-il dit.

J'ai demandé des explications. Une lumière s'est allumée dans ses yeux.

— Tous les mois, j'appelle mon fils.

J'étais sidéré. Julie m'avait dit qu'il n'y avait aucune ligne téléphonique sur le lac.

— En Inde ? j'ai demandé.

Il a hoché la tête en ajoutant un sourire de fierté.

— Tu es le seul à avoir le téléphone, ici ?

— Non, il y a la poste aussi. Mais c'est trop cher. Alors mon fils m'a envoyé de l'argent et j'ai pu payer les gens de la poste pour me brancher sur la ligne.

Il m'a expliqué que c'est de ça qu'il vivait. Que les gens venaient chez lui pour appeler leur famille. Qu'il connaissait le bonheur que c'était d'entendre la voix d'un fils alors il ne faisait pas payer cher. Juste un peu plus que le bakchich des employés de la poste, où plus personne n'allait, du coup. Tant mieux, parce que la poste c'était l'État.

— Et ça ne les gêne pas, à la poste ?

— Pourquoi ? m'a dit Pradesh. Ils reçoivent mon argent. Plus l'argent de l'État !

— Et tout le monde vient chez toi ?

— Oui, tout le monde. Tout le monde sait que le téléphone, maintenant, c'est ici.

— Et depuis combien de temps ?

— Deux ans, au moins.

Je suis rentré à la maison, envahi par la confusion. Pourquoi Julie m'avait-elle dit qu'il n'y avait pas de téléphone sur le lac ? Non seulement Pradesh, mais la poste... Elle ne voulait pas que j'appelle ? Mais pourquoi ? Je suis redevenu parano.

Assis sur le lit, j'ai avisé son sac à dos. Pris d'une impulsion malsaine, je me suis levé et l'ai retourné pour en vider le contenu sur le sol. Vêtements, sous-vêtements, deux ou trois livres, dont *Une histoire birmane* de George Orwell, qu'elle lisait au moment où la bombe avait explosé. Un autre aussi, *Renoncement et puissance*, par un certain Guillaume Rozenberg, ethnologue chargé de recherche au CNRS. J'ai posé le sac, j'ai saisi le livre et parcouru le texte inscrit sur la quatrième de couverture : « *Renoncement et puissance. À voir ces deux termes ainsi reliés l'un à l'autre, on croirait d'abord à une opposition. Et pourtant, en terre de bouddhisme, le moine parti dans la forêt, celui-là même qui incarne le renoncement au monde le plus radical, est aussi tenu pour un "superhomme". Ses contemporains lui attribuent des facultés extraordinaires qui lui confèrent le pouvoir d'agir sur le monde et de le transformer.* » Perplexe, j'ai posé le livre et continué à vider le sac. Une trousse de toilette, une paire de tennis enveloppée dans un sac ont dégringolé à leur tour, et puis j'ai entendu un bruit métallique. Comme une pièce qui roule. J'ai laissé tomber le sac, j'ai regardé autour de moi. Effectivement, une pièce roulait sur sa tranche. Elle a continué jusqu'à la cloison de bambou, et elle s'est arrêtée, se couchant sur l'une de ses faces. Je me suis penché pour la ramasser. La surprise m'a saisi. C'était une pièce d'argent, frappée d'une Marianne coiffée de son bonnet phrygien. République française, 1932, y lisait-on. Je me suis souvenu de la coiffe que j'avais vue dans le bureau d'Éric. J'ai fouillé dans ma mémoire. Le Triangle d'or...

Julie m'avait pourtant dit qu'elle n'y était jamais allée. J'ai regardé la pièce de près. *Liberté, égalité, fraternité.* Je l'ai portée à ma bouche pour la mordre, pensant y découvrir je ne sais quel chocolat. Ça m'aurait soulagé. Je n'y comprenais rien. Qu'est-ce qu'elle foutait avec cette pièce ? Pourquoi ne voulait-elle pas que je téléphone ? Où était-elle ? Ma paranoïa revenait au grand galop. J'ai repensé à mes photos. Mon scoop et mon danger. Il fallait que je les envoie, et que je m'en débarrasse. J'ai regardé ma montre. Avec le décalage horaire, ça irait tout à fait. Je suis sorti et j'ai filé chez Pradesh.

L'Indien a soulevé le combiné et je l'ai entendu parler à ce qui devait être une opératrice. « *Pienthe* », il a dit. Je savais que cela voulait dire « France ». Il m'a tendu l'appareil. Cela m'a pris une bonne minute pour composer le numéro en faisant tourner le cadran. Enfin, j'ai reconnu la sonnerie téléphonique de mon pays, et la voix, non moins familière, de l'assistante de notre rédactrice en chef. Par chance, cette dernière était disponible. « Je te la passe tout de suite. »

J'ai sursauté : déferlement de rires féminins. J'ai tout de suite vu la scène : une demi-douzaine de journalistes en jean Helmut Lang et talons acérés Pierre Hardy, alanguies sur les canapés moelleux du bureau de Franca.

— Oui ? a dit une voix en gloussant.

Franca. Notre rédac chef adorée. Archicrainte et archi-adulée. Mi-dragon mi-bouffon. Cinquante-cinq ans, chignon « Old school », mais vivacité d'une gamine.

— Bonjour, Franca, c'est César. Je t'appelle de Birmanie.

Au bout du fil, les rires ont redoublé. J'entendais, en arrière-plan, la voix de Stéfanie, l'éditorialiste vedette, débiter l'une des anecdotes « à tomber par terre de rire » qui étaient, depuis des années, sa spécialité. Et dont la valeur humoristique n'avait jamais, à tort, été mise en doute.

— César ! Comment ça va, chéri ? Dis, on est en réunion, là. Tu ne veux pas rappeler dans une heure ?

J'ai senti la colère affluer, et j'ai essayé de me contrôler.

— Tu sais, c'est pas facile. Je t'appelle de Birmanie et...

— Les vacances sont bonnes ?

Nous étions en total déphasage. J'ai préféré clore là.

— Tu seras dispo quand ? j'ai dit.

Un rire a fusé. En cascade, très aigu. Celui de Camille, notre spécialiste faits divers, ex-maîtresse d'un banquier mort en latex.

« Tu dis quoi, Came ? Un *sex toy* en forme de mixeur ? Ou un mixeur en forme de *sex toy* ? » Elle s'est étranglée de rire.

— Excuse-moi, César. Tu disais ?

— Je te rappelle quand ?

— Tout à l'heure, chéri.

J'ai raccroché, dégoûté. Pradesh me scrutait avec des yeux attentifs. Il m'a souri et demandé :

— *Your mum ?*

Là, c'est moi qui ai failli éclater de rire.

Il fallait passer le temps. Attendre. Privé de dérivatif, je pensais à Julie sans arrêt. J'ai essayé de me perdre dans les rues envahies par les stands dressés pour la fête. En vain. J'ai acheté un petit bracelet d'argent pour elle. Une bricole, avant de me laisser absorber par une foule d'où fusaient des jurons et des cris de joie. La poche pleine de billets de banque, un Monsieur Loyal en longyi écartait du bout de sa perche la corde qui retenait de gros dés suspendus au-dessus d'un plateau de couleur divisé en six carrés. Dans chaque carré était dessiné un animal, correspondant à l'une des faces du dé. Les hommes jetaient des poignées de billets fripés sur l'animal choisi. L'excitation rendait les peaux moites, suintantes d'odeurs épicées. J'ai eu envie de miser. Si je gagnais, c'est que Julie m'aimait. J'ai choisi le buffle. C'est l'aigle qui est sorti. J'ai continué sur le buffle, symbole de patience, et j'ai perdu tous mes kyats dans un festival de cris de joie. J'ai hésité, puis j'ai sorti un billet de 20 dollars en envoyant valser mes principes d'Occidental. Après tout, eux aussi avaient peut-être envie de voir quelqu'un faire sauter la banque. Monsieur Loyal a accepté d'un signe de tête. J'ai misé sur le paon. Le buffle est sorti. On m'a tapé dans le dos, pour me réconforter. Rapportée à l'économie locale, je venais de cramer une somme énorme. Je me suis esquivé pour retourner chez Pradesh passer mon coup de fil. Malchanceux au jeu... comment on disait, déjà ?

— C'est elle qui m'a dit de rappeler. Tu ne veux pas essayer d'insister ? Tu sais, j'appelle de loin...

— Elle est en réu', Cés'. On boucle le « Spécial Psycho ». Comme tu sais, c'est un peu le rush. Tu veux que je prenne un message ?

« Spécial Psycho »... Je comprenais mieux : elles bossaient sur les nouvelles méthodes de déstabilisation et testaient ça sur moi. Tenir bon.

— Dis-lui juste que j'ai appelé.

J'étais abattu. J'ai laissé 20 dollars à Pradesh, qui me regardait avec de grands yeux émus. Il a refusé le billet en disant que c'était trop. Je lui ai dit que j'allais réessayer dans quelques minutes et je suis sorti prendre l'air. Il était 14 heures. L'après-midi traînait en longueur et je supportais mal ma double solitude.

Pradesh m'a offert un whisky que j'ai accepté. Au

bout d'un quart d'heure, n'y tenant plus, je lui ai demandé de rappeler. Ça ressemblait de plus en plus à un mauvais film.

— Je te la passe, m'a dit Françoise.

J'ai respiré, soulagé, mais je sentais l'impatience pincer l'extrémité de mes nerfs. Je m'entendais presque haleter dans le combiné.

— Oui, César.

Franca, enfin. La prêtresse de la presse magazine, rien que pour moi. J'ai expliqué précisément la situation. J'étais en possession de photos du dernier seigneur du Triangle d'or. Le roi de l'opium, le légendaire Khun Sa, celui que la CIA surnommait le « prince de la Mort ». Tu m'entends, Franca ? J'avais eu un bol fou, mais j'avais rencontré les bonnes personnes. Ce hasard qui n'en est pas un. Celui qui fait les grands journalistes. Bien sûr, ça ne je ne l'ai pas dit. « Mais ce n'est pas tout, Franca... » J'ai parlé de la fête, du défilé de cabriolets et de voitures de sport, des enfants de la dictature shootés au make-up, au punk et à la ya baa, les petites pilules qui rendent fou... C'était génial, non ? À l'autre bout du fil, la voix de Franca m'a coupé net.

— Je t'arrête tout de suite, César...

Sa voix s'est éloignée du combiné. J'ai entendu « Quoi ? Qui ? Tautou ? Elle fait chier la Da Vinci Conne ! Tu la rappelles et tu lui dis que si elle hésite on prend la Cotillard. *Vamos !* » La voix est revenue à mon oreille.

— Excuse-moi, César... Bon, ton Moussa, là, moi je sais pas qui c'est. Donc c'est pas pour nous.

Je ne me suis pas dégonflé. Je suis revenu à la charge.

— C'est un des mecs les plus recherchés au monde, Franca ! Le Pablo Escobar asiatique ! Je t'assure, c'est un scoop ! Toi qui dis toujours qu'on ne nous prend pas assez au sérieux, qu'il faut qu'on fasse de l'actu !

J'étais prêt à tout pour lui vendre le sujet. J'ai essayé autre chose.

— Et puis si tu le connais pas, c'est pas grave, j'expliquerai dans le papier. L'angle c'est « Une nuit au cœur de la junte, sexe, drogue et dictature », c'est bon, non ? Ça sera repris partout, je t'assure !

— Mais c'est un peu mec, quand même, non ?

Je tenais le bon bout, il fallait persévérer.

— Mais non ! Y a le côté rave-party, drogue qui rend fou, jeunesse dorée... Ibiza en plus fou, avec le côté *Midnight Express*... Le show-biz de la mort, si tu préfères... Et puis j'ai les photos !

Elle a marqué un temps d'arrêt. J'ai retenu ma respiration.

— J' sais pas, César...

J'ai joué mon va-tout.

— Y a un mec, ici, qui travaille pour *Vanity Fair*. Il me dit que ça l'intéresse, mais je préfère vous le proposer à vous...

C'était gros comme un immeuble, mais je m'en foutais. Franca a tranché.

— Bon, tu sais ce qu'on va faire ?

J'ai fermé les yeux, tout mon corps tendu vers l'espoir que représentait un « oui » de la part de Franca. Un « oui » de Franca était rare, mais définitif. Elle ne se dédisait jamais. J'attendais.

— On va demander à Blanchart.

Mes jambes ont failli me lâcher. J'ai senti mon cœur se révolter entre mes côtes. Si Blanchart s'en mêlait, c'en était terminé de ma révolution personnelle. Il serait vert. Il serait blanc. Il lui suffirait d'un mot pour m'éliminer.

— Je peux te rappeler où ?

— Tu ne peux pas me rappeler, Franca.

— J'en saurai plus dans une demi-heure. Blanchart vient de rentrer de Libye, je devrais pouvoir le joindre assez vite.

— Qu'est-ce qu'il y faisait ?

— Un trekking avec Kadhafi. Le sujet est top.

L'image de Jean-Étienne, son écharpe couleur sable flottant sur un fond de ciel bleu et de dunes arrondies, traversa mon esprit et c'était atroce. Jaloux ? Même pas. Simplement écœuré.

— À tout à l'heure, j'ai dit, la mort dans l'âme.

Je suis allé prendre l'air. La nuit tombait et les générateurs ronronnaient dans le crépuscule. Les bateaux étaient presque tous rentrés. En face, en revanche, toujours aucune trace de vie. Qu'est-ce qu'elle foutait, bordel ? Plus rien ne tournait rond. J'ai marché, j'ai marché, et puis je suis rentré, l'espoir chevillé au corps. Après tout, Blanchart pouvait changer. Se dire qu'il avait envie de lire un reportage sur son idole. Même s'il n'était pas de lui. En me voyant, les pupilles dilatées par la fatigue et la nervosité, Pradesh m'a tendu un autre verre de whisky. Il était inquiet, mais il avait la pudeur de ne pas m'interroger. L'heure tournait au ralenti. Une odeur de curry s'échappait de la petite cuisine où s'activait sa femme.

— Tu veux dîner avec nous ? m'a-t-il demandé en anglais.

J'ai répondu que je n'avais pas faim avant de réaliser la stupidité de ce que je venais de dire. Ici, ne pas avoir faim n'arrivait jamais. On mangeait pour vivre, pas parce qu'on avait faim. Je lui ai désigné le combiné. Il l'a empoigné, a dit « *Pienthe* » pour la quatrième fois. J'étais à bout. La voix de Franca est venue m'apporter le coup de grâce.

— Bon, j'ai eu Blanchart, elle a dit. Il pense comme moi : c'est pas pour nous.

L'enculé. Il n'avait donc pas changé. Pas changé du tout, même, à entendre ce qu'a ajouté Franca :

— Il me dit de te dire que si tu as la prix Nobel, la Chouki-je-sais-quoi, là on prend, mais Moussa, non.

Ben voyons. J'ai quand même trouvé la force de la corriger :

— Khun Sa.

— Ouais, Koussa. (Elle a marqué une pause, avant de reprendre :) Et puis, pour être absolument franche avec toi, la drogue, en ce moment, avec les problèmes de Kate Moss et tout, c'est pas trop top pour nous...

Je cherchais le rapport entre Kate Moss et Khun Sa. Elle le prenait pour un petit dealer du show-biz ou quoi ? Le sang affluait à mes tempes. J'ai rebondi, une dernière fois, avant de craquer.

— Mais justement, Franca. Khun Sa, c'est un peu l'origine des problèmes de Kate Moss...

Elle m'a coupé net :

— César, n'insiste pas, c'est pas pour nous, je te dis. Maintenant tu m'excuses, j'ai du boulot.

La conne. Elle n'avait pas le droit de me traiter comme ça. La rage m'a débordé.

— Et Kadhafi, c'est pour nous ?

J'ai presque « entendu » son étonnement. Quelque chose dans sa respiration qui, dix mille kilomètres plus loin, faisait comprendre qu'elle était interloquée. Elle a laissé passer quelques secondes.

— Écoute, César, je ne vais pas le prendre mal, parce que tu as des excuses. Tu n'es pas reporter. Tu ne *sais* pas.

J'ai senti une douleur me poignarder les côtes. La salope. La salope. J'avais mal, alors j'ai répliqué. Avec une certaine volupté, il faut bien le dire.

— Non, c'est vrai, je ne *sais* pas. Mais dis-moi juste : Kadhafi, c'est pour les pages « psycho » ou « style de vie » ? « Culture », peut-être, parce qu'il est poète, non ?

Il y a eu un énorme silence. Et puis j'ai entendu un déclic, le bruit de la molette d'un briquet qui râpe sur la pierre à feu, et la longue expiration qui suit la première bouffée d'une cigarette. Elle a dit, très calmement, mais fermement.

— César, tu es dans ton état normal ?

— Je n'ai jamais été aussi normal.

— Alors considère que tu ne travailles plus pour le magazine.

— Le quoi ? Excuse-moi, ça doit être la ligne, mais je ne peux pas avoir entendu « magazine ». Tu veux dire, un truc avec de l'info dedans ?

— Au revoir, César.

Elle a raccroché. Je jubilais. Dans deux secondes, je serais totalement abattu, mais pour l'instant, je venais de me mettre une sacrée couche de baume au cœur. Pradesh m'a vu sourire et ça lui a donné envie de trinquer pour la énième fois. Ce que nous avons fait. Ensuite, je lui ai demandé si lui et sa femme étaient libres, ce soir. Ils n'ont pas compris, alors j'ai expliqué.

Une heure après, j'avais mes deux Indiens attablés devant un festin chez les Quatre Sœurs. Ils souriaient de toutes leurs dents. Les deux Français se sont pointés avec Aung Ko, enchantés par leur balade. Je les ai priés de se joindre à nous. Le photographe s'est incrusté, et bientôt, mets et bouteilles se sont entassés sur la table la plus joyeuse et cosmopolite qu'ait connue le lac Inle. La femme de Pradesh avait revêtu son plus beau sari, et les deux Français n'avaient pas de mots assez exaltés pour parler de ce qu'ils avaient vu. « C'est à tomber ! » L'expression m'a rappelé Franca. Qu'elle aille se faire foutre. Qu'elle s'enfile tous les sex toys en forme de mixeur qu'elle voulait : je n'avais plus de boulot, et du coup plus aucune raison de revenir à cette vie pourrie. Machine à café, machine à ragots, à potins, à stupidités. Sujets dégoulinants de jus de cerveau. Légèreté lourde. J'étais loin de tout cela. Je tirais ma révérence. Bye bye les *chéries*. Je me suis resservi un verre de bière. Les éclats de rire fusaient. Les langues se mélangeaient en un sabir que tout le monde comprenait. Bientôt, c'est la salle entière qui a trinqué avec nous. Tournée générale.

Quand Julie est arrivée, j'étais totalement ivre.

4

Une fois dans la chambre, elle a allumé les bougies et ouvert des yeux ronds en découvrant ses affaires dispersées sur le sol.

— Qu'est-ce qui t'a pris, putain ?

Elle s'est tournée vers moi. Son regard exprimait l'incompréhension.

— Et toi ? Qu'est-ce qui t'a pris de me laisser seul ? Sans un mot ? J'ai cherché des indices, c'est tout !

Elle s'est agenouillée pour ramasser ses affaires. Les a repliées, rangées. J'ai plongé les mains dans la poche de mon treillis.

— D'ailleurs, j'en ai trouvé.

Elle continuait à ranger, sans me regarder. J'ai brandi la pièce d'argent.

— C'est quoi ça ?

Elle a levé les yeux et s'est immédiatement redressée.

— Donne ça, tu veux.

Elle a tendu la main. Je n'ai pas bougé d'un pouce.

— Si tu me dis ce que c'est.

— Tu le vois bien. Une pièce.

— Pas une pièce. Une vieille pièce française, de 1932. Tu fais collection ?

— Arrête maintenant, et donne-moi ça, a-t-elle dit en me fusillant de ses yeux verts, la main tendue.

— Éric a les mêmes. Sur une coiffe de femme dans son bureau. Ça vient du Triangle d'or.

— Et alors ?

— Tu m'as dit que tu n'y étais jamais allée.

— Éric me l'a donnée.

Je lui ai lancé sa pièce. Elle l'a glissée au fond de son sac et a commencé à se déshabiller. Son débardeur, son longyi et son string sur le sol. Elle a tiré la petite porte et descendu les quelques marches qui menaient à la douche. Je me suis levé pour aller la regarder. Elle me tournait le dos. L'eau coulait entre ses fesses, ses cuisses. Avec toujours cette clarté laiteuse de la lune, c'était magnifique. L'alcool me désinhibait. J'ai abandonné mes vêtements et je l'ai rejointe. J'ai collé mon corps contre elle et posé mes mains sur ses seins.

— Arrête.

Le ton était d'une froideur coupante, sans appel. J'ai reculé. L'alcool faisait des allers et retours dans mes veines, me rendait vulnérable.

— T'étais où ? j'ai demandé.

— À Taungyi. J'avais une course à faire.

— C'est où ? Pourquoi tu ne m'as rien dit ?

— Daw Thazin et Myat y allaient alors j'ai profité du voyage. C'est à trois heures de route. Je suis partie tôt. Je ne voulais pas te réveiller...

J'ai secoué la tête. Elle passait la main dans ses cheveux que l'eau ruisselante transformait en tissu précieux. Cette fille me tuait. Trop belle.

— Pourquoi tu m'as dit qu'il n'y avait pas le téléphone, sur le lac ?

— Parce que c'est vrai.

— Non, c'est pas vrai. L'Indien l'a, et tout le monde va chez lui.

— Ça doit être récent.

— Ça fait deux ans, Julie.

— Et je suis censée connaître tout ce qu'il se passe, ici ? Je vis pas là, d'accord ?

Je suis sorti de la douche, agacé et à peine rafraîchi. L'air était lourd et moite. Je me suis étendu sur le sol de bambou pour chercher le frais. Ma tête tournait. Trop de choses. Trop peu de certitudes. J'ai fermé les yeux.

Sa voix m'a réveillé. Je n'étais pas sûr d'avoir bien entendu tant c'était énorme.

J'ai ouvert les yeux. Elle était debout, nue et ruisselante, devant moi. Elle a répété. Ses paroles m'ont cloué au sol.

— Et toi, pourquoi tu m'as menti ?

— Je ne comprends pas.

— Pourquoi tu m'as dit que tu étais reporter ?

J'ai eu l'impression que tout s'écroulait. Ça ne pouvait pas arriver.

— Qu'est-ce que tu racontes ?

Ma voix manquait de conviction.

— Je sais tout, alors je veux que tu m'expliques. Tu n'es pas reporter. Qu'est-ce que tu viens faire ici ? T'es qui, César ?

Sa voix tremblait. De la colère mais pas seulement. Comme une intense déception. La honte m'a submergé. Qui j'étais ? Si elle savait. J'ai repensé au coup de fil passé à la rédaction. À la voix de Franca. « Tu ne *sais* pas, César. » Tu ne *sais* pas ! La douleur est montée, vive. Qui j'étais ? Personne.

Elle s'était accroupie devant moi. Les mains sur ses

cuisses, écartées. Je devinais son sexe, dans l'ombre. J'aurais voulu y entrer tout entier pour y disparaître. J'étais un raté. Je n'avais pas d'histoire alors je m'en inventais. J'ai tendu la main vers elle, mais elle l'a repoussée. Doucement, mais elle l'a repoussée.

— Qu'est-ce que tu fais dans ce pays ? Qu'est-ce que tu cherches ?

Je me suis redressé. J'ai quitté la pièce en vacillant. Dehors, l'air m'a giflé, et j'ai fermé les yeux pour écraser mes larmes. Une brise venait de se lever et agitait l'eau du lac dont l'odeur terreuse, puissante, presque animale, montait jusqu'à mes narines. La honte m'étouffait. J'avais envie de me laisser tomber là, tout au fond de l'eau. « Mort d'un mythomane en Birmanie. » « Un imposteur se noie et avale une grenouille. » Même mes titres étaient mauvais. Un flot de bile m'est remonté dans l'œsophage. Je me suis plié en deux. J'ai entendu l'eau clapoter sous mon offrande acide. Je suis resté là dix minutes, nu dans la nuit lunaire, vidé.

Jusqu'à ce que la main de Julie se pose sur mon épaule. Je ne l'ai pas repoussée, moi. Au contraire, je lui ai tout raconté. Ma vie, le journal, mon coup de fil à Franca.

— T'es vraiment un drôle de type, a-t-elle dit après avoir écouté. Et tu tombes de fatigue.

Elle m'a pris par la main pour que je rentre. M'a attiré vers le lit et s'est allongée près de moi. Pour m'annoncer qu'elle devait repartir le matin même. On avait besoin d'elle.

— Tu peux rester ici, tu sais. J'en ai parlé à Daw Thazin. Elle t'aime beaucoup. Elle dit que tu es honnête. C'est amusant, non ?

Elle m'a caressé les cheveux avec douceur, et je me

suis rappelé notre première nuit, à Rangoon, et la conversation que nous avions eue. La seule fois, au fond, où elle s'était vraiment livrée. Le rat dans la cage. Le besoin qu'elle avait eu de partir. Le sentiment d'avoir été adoptée par ce pays qui, à l'origine, n'était pas celui où elle était destinée à vivre. Elle avait choisi, c'est tout.

— J'aimerais beaucoup, moi aussi, qu'on m'appelle *Sayama*, ai-je dit.

— Pour un homme, on dit *Sayadaw*.

J'ai senti les larmes venir, mais j'en étais heureux. Pleurer était nouveau, et je sentais que c'était salutaire. J'avais envie que tout sorte, que tout ce qui était mauvais, faux, s'en aille avec cette nuit, avec ces larmes.

Je me suis levé. Je lui ai donné le bracelet que j'avais acheté pour elle. Elle m'a dit « merci » en me regardant avec tendresse, et peut-être davantage.

J'aimais cette fille et elle s'en allait déjà. Je me suis endormi contre elle, épuisé de fatigue, en écoutant le vent souffler dans les ajoncs autour de notre maison posée sur l'eau. Je ne sais plus si j'ai rêvé, ou si elle a vraiment dit :

« Il faudra que tu sois très prudent. »

5

Elle l'avait chargé de m'emmener voir Indein. C'est ce qu'il m'a dit alors que je sortais de la chambre où, pour la deuxième fois, je m'étais réveillé seul. Sauf que cette fois, elle ne reviendrait plus.

Elle était partie. Sans un mot, sans un baiser. Seul son parfum dans la chambre rappelait son passage. Devant mon thé brûlant, où flottaient tristement quelques graines de cardamome, j'ai fini par accepter de monter dans la barque d'Aung Ko. Puisqu'elle l'avait voulu...

Sur l'eau, ça a été plus difficile, même si la brume ne s'est pas levée. Un geste involontaire mais empathique de la nature, car un ciel bleu m'aurait mis au supplice.

Nous avons dépassé le monastère du centre du lac. Aung Ko s'est engagé dans des canaux de plus en plus sinueux. Au bout d'une dizaine de minutes, j'ai vu la silhouette d'un temple se découper sur le ciel gris. Des enfants aux cheveux noirs sont apparus sur les rives. Ils m'ont crié en levant les bras : « Indein, Indein ! » Il y avait un ponton sur la gauche, et je me suis préparé à y débarquer, lorsque j'ai senti que le bateau accélérait. Je me suis retourné vers Aung Ko.

— Qu'est-ce que tu fais ?

Pour toute réponse, il a rabattu la visière de sa casquette. La pirogue a pris de la vitesse. Le ponton et ses enfants se sont éloignés dans la brume.

— Aung Ko ! ai-je crié de nouveau, pensant que le moteur avait peut-être recouvert le son de ma voix. Pas de réponse. Pas un regard pour moi. La végétation s'était faite plus dense. J'ai tenté de me redresser pour me rapprocher de la poupe où il naviguait, et lui parler de plus près. Mais à peine m'étais-je mis debout qu'un mouvement de la barque m'a déséquilibré. Un peu plus, je filais à la baille. Imperturbable, Aung Ko ne disait mot.

Le temps se gâtait. La brume faisait maintenant comme un mur de gouttes en suspension et le chenal se resserrait encore. Un vol d'oiseaux s'est élevé dans un tonnerre de battements d'ailes. J'ai sursauté. Le moteur a rugi, la proue s'est dressée, avant de retomber sèchement sur l'eau, provoquant un bruit sous la coque. Pris de peur, je me suis retourné à nouveau vers Aung Ko. Ses traits semblaient figés. Il avait rabattu sa casquette sur ses yeux, prêtant à son visage une dureté que je ne lui connaissais pas. La peur m'a envahi. Un deuxième choc m'a déséquilibré. Puis un troisième. J'ai empoigné le bastingage, qui vibrait à cause du moteur. J'ai compris que nous remontions le courant, et franchissions une série de cataractes.

J'ai découvert avec horreur que le canal se terminait par un écran de végétation, et qu'Aung Ko accélérait encore. J'ai glissé au fond de la barque par réflexe, perçu des froissements de feuilles, des craquements de branches, et puis un grand silence. Je me suis redressé. Devant moi il n'y avait plus qu'une petite plage abritée par les ajoncs. Aung Ko a coupé le moteur, ôté sa casquette pour s'éponger le front, et a laissé la barque glisser vers la rive. Appuyée sur un stupa à demi affaissé, une silhouette s'est redressée en nous apercevant. La peur m'a envahi. Je me suis retourné vers Aung Ko, dont le visage était toujours impénétrable, puis à nouveau vers la silhouette qui se dirigeait vers nous. Les battements de mon cœur sont montés en puissance. Son visage me semblait familier. J'ai plissé les yeux pour m'en assurer. La barque a achevé sa trajectoire et s'est arrêtée avec un bruit sourd contre la grève de sable. Éric s'est approché.

6

Il a sorti un paquet de son sac de tissu, et m'a tendu une cigarette. Autour de nous, des dizaines de stupas défoncés dardaient leur pointe vers le ciel tourmenté. Parfois, ils n'en avaient même plus. Les ruines d'un empire qui avait été faste.

— Il va pleuvoir, a dit Éric en me tendant son briquet.

Il portait une pierre rouge sur l'annulaire. Une pierre que je ne lui avais pas vue à Rangoon.

J'ai tiré sur la cigarette, sans un mot. Tout semblait trop bien ficelé. J'attendais qu'il défasse lui-même le paquet. La couche de plâtre qui recouvrait les stupas partait en lambeaux sous ma main. Je me suis aperçu que je tremblais.

— Tu vas bien ?

J'ai acquiescé, et aspiré une longue bouffée de cigarette en le scrutant attentivement. Il n'avait plus rien à voir avec l'antiquaire jovial que j'avais rencontré à Rangoon. Je commençais à comprendre d'où venait ma conversation de la veille avec Julie. Je n'ai pas résisté.

— C'est vous qu'elle a vu hier...

Il a hoché la tête, tranquillement. La colère m'a envahi.

— Vous enquêtez sur moi ?

— Il fallait qu'elle sache qui tu étais... Mais j'ai jamais voulu qu'elle t'en parle...

Le ton était étrange, plein de gravité. Je n'avais jamais senti ce type. La confusion s'installait en moi, avivée par la présence de cette forêt de pierre et par la chaleur. J'avais du mal à respirer, et le ciel s'obscurcissait.

— Qu'est-ce que vous me voulez ?

Un craquement sec s'est fait entendre. Immédiatement suivi de la montée dans l'atmosphère d'une puissante odeur d'herbe coupée. Les gouttes ont commencé à chuter des nuages, rafraîchissantes. Avant de se transformer en cailloux liquides, aussi gros que le poing, qui s'abattaient sur les feuilles des arbres avec un fracas infernal.

— Viens, a-t-il dit.

Le temple disparaissait sous la végétation. Seul le visage apaisé des bouddhas se dégageait encore du tapis de mousse verte et de l'entrelacement des racines qui faisaient éclater les pierres noires. Éric s'est engouffré sous un porche affaissé, et a allumé son briquet. La flamme a éclairé des centaines de minuscules statues, placées dans des niches creusées dans le mur. J'ai retenu mon souffle. On a traversé un couloir à la forte odeur de pourriture avant d'arriver dans une salle dont le plafond laissait en partie passer la lumière du jour. Sur le sol reposaient une natte et un sac à dos.

Éric m'a invité à m'asseoir. Il a tiré de son sac une Thermos et un paquet vert noué comme un cadeau. Il l'a ouvert et j'ai aperçu du riz.

— Tu as faim ?

J'ai secoué la tête. Il a remballé son paquet et m'a tendu un verre de thé. J'ai décliné.

— Alors ? ai-je lancé.

Éric a baissé les yeux vers le sol, comme pour se concentrer, puis a planté ses yeux dans les miens.

— Tu ne vois rien, mais ce n'est pas ta faute. Les gens qui ne font que passer ne peuvent pas voir, et ceux qui vivent ici font semblant de ne pas voir. Mais le pays souffre, César. Quand un Birman meurt, ses proches prient pour qu'il renaisse dans un lieu hors d'atteinte de la junte militaire. Ils ont peur, et cette peur est malheureusement la meilleure arme de la junte. Julie et moi sommes en guerre contre cette peur.

À l'évocation de Julie, mon cœur s'est mis à battre plus fort.

— Où est-elle ?

Il a ouvert sa main devant lui, façon de me faire comprendre qu'il ne s'interromprait pas.

— Tu es arrivé à Rangoon et tu lui as dit que tu étais journaliste. Elle en a été très heureuse, et moi aussi. Parce que ici, les journalistes ne viennent plus. Ils évoquent l'enfermement de Ma Suu de temps en temps, pour se donner bonne conscience, mais ça s'arrête là. Leurs rédactions s'en foutent. Donc on a été très heureux, et puis quand tu as parlé de Khun Sa, j'ai arrêté d'être dupe. J'ai compris qu'on avait affaire à un amateur.

La remarque m'a fait bondir. J'ai cependant réussi à faire face.

— J'ai vu Khun Sa. Et j'ai les photos, ai-je objecté.

Je pensais triompher. Au lieu de cela, il m'a dévisagé avec un sourire ironique. Du coup, c'est le mien qui s'est évanoui.

— Et tu crois que c'est un scoop ?

J'ai blêmi.

— Tout le monde s'en fout, de Khun Sa. C'est le passé. La Birmanie d'avant. Il est moribond, il ne contrôle plus rien, et tout le monde le sait. C'était valable il y a dix ans, mais aujourd'hui il n'intéresse plus personne.

Le sang est monté à mes oreilles, mais je ne voulais pas perdre pied.

— Il y avait des gardiens... armés...

— Et alors ? Tu t'es pas demandé pourquoi t'as pu sortir tranquillement avec des photos ? Pourquoi même tu as pu les faire, ces photos ? Réfléchis deux minutes... Si Khun Sa était un caïd, tu crois que tu en serais sorti vivant ?

— Philippe est mort, ai-je répliqué.

— C'est vrai, mais ça n'a rien à voir avec toi. Il était plongé dans des magouilles dont tu n'as même pas idée.

J'ai baissé la tête, effondré. Éric a repris :

— Philippe était un intermédiaire de haut vol. Comme il y a embargo sur la Birmanie, c'est par lui que transitait le business avec les pays occidentaux. Il a même fourni à la junte des hélicoptères pour qu'ils aillent zigouiller les Karens à la frontière thaïe. Il connaissait tout le monde à Rangoon, mais il y avait autant d'amis que d'ennemis. Visiblement, la junte l'avait dans le collimateur. C'est elle qui organise tous ces attentats. Tu n'y es pour rien, César... Ça devrait te rassurer.

Mon sang s'est mis à bourdonner à mes oreilles. Je comprenais tout et c'était aveuglant. Julie avait tout inventé pour me faire peur ? Le coup de fil de l'ambassade, c'était aussi du bidon ? Je n'étais rien pour elle. Je me suis levé. Je ne voulais pas écouter la suite.

— Je vais y aller, j'ai dit d'une voix étranglée par l'émotion.

— Pour aller retrouver les filles du secrétariat de rédaction ?

Cette fois, je n'ai pas cillé.

— Je vous emmerde.

Alors il s'est levé lui aussi. Il me dépassait d'une tête. Il a posé sa main sur mon épaule et a fixé ses yeux dans les miens.

— Écoute, César. J'ai rien contre toi. Et Julie non plus, bien au contraire, même si ce n'est pas à moi de te le dire. Oui, je l'ai vue hier, et oui je lui ai dit tout ça sur toi, mais c'est parce qu'on avait une décision à prendre. Alors rassieds-toi et écoute-moi. Ensuite, tu feras ce que tu veux. Aung Ko te ramènera, mais écoute-moi, s'il te plaît. On était obligés de faire comme ça.

Je me suis adossé à un mur. L'humidité traversait ma chemise, pénétrait dans mes os. Il a continué.

— T'es pas reporter, mais tu travailles dans un journal. T'es pas reporter, mais tu as réussi à prendre ces photos. Ça a bluffé Julie et pour moi c'est un signe. Alors voilà ce que je te propose. Aung San Suu Kyi ne sortira jamais de prison. La junte ne la libérera jamais, ou trop tard pour qu'elle puisse diriger quoi que ce soit. Le peuple l'a compris. Toute une frange du pays, en ce moment, celle qui n'a pas peur, mise sur la nouvelle Aung San Suu Kyi. Une Aung San Suu Kyi plus radicale, qui a compris que lutter par la non-violence ne suffisait pas. Elle s'appelle Wei Wei. Tu peux la rencontrer. Ça, c'est un scoop. Un vrai.

Il a plongé sa main dans sa besace et en a sorti une pièce. La même que j'avais trouvée dans le sac de Julie, avec sa semeuse à bonnet phrygien.

— C'est une pièce de l'époque coloniale. L'ethnie akha, qui pratique le chamanisme et leur attribue des vertus magiques, s'en sert pour décorer les coiffes de leurs femmes.

— Comme celle que vous avez dans votre bureau ?

Il a hoché la tête.

— Wei Wei est une Akha. Beaucoup de chefs d'ethnies en rébellion contre la junte en ont fait leur représentante. Je ne l'ai jamais rencontrée, mais toi, tu vas pouvoir le faire. Il faut maintenant que le monde la connaisse, qu'on sache qui elle est, et pour quoi elle lutte. Fais son portrait, montre son visage au monde.

Il avait des flammes dans les yeux. On nageait en plein rêve. Avant de mourir, Philippe m'avait assuré qu'elle n'existait pas.

— Des gens disent qu'elle n'existe pas. Que c'est une légende...

— Elle existe, et on va te mettre en rapport avec elle. Parce que tu vas lui apporter quelque chose dont elle a besoin. Le moment est venu d'en finir avec cette police de la pensée...

J'ai secoué la tête.

— Vous avez trop lu Orwell, j'ai dit.

— Ah oui ?

Il a plongé à nouveau la main dans sa besace, en a sorti une dizaine de photographies de format carré qu'il a disposées devant moi. Mon cœur s'est retourné. C'était tout simplement atroce.

Des hommes dans des cages, d'autres allongés sur des sols pisseux et dans une flaque de sang, un bandeau sur les yeux. D'autres encore, pliés en deux, chevilles et bras attachés à la même barre de fer. Une femme, une jeune femme, écartant les cuisses et montrant à l'objectif ce qui restait de son sexe béant, massacré...

— J'ai trop lu Orwell, vraiment ? Tu n'imagines pas ce qui se passe ici.

Ma tête tournait. Les choses allaient trop vite. J'ai

repensé aux attentats le jour de mon arrivée, à l'horreur des corps enchevêtrés, broyés. À Julie, dont la présence me manquait dans ce pays de fous.

— Il faut en finir, César. Tu peux nous aider parce que tu es insoupçonnable. Pour que tu prennes ta décision sereinement, en tenant compte de tous les éléments, sache que Julie ne voulait pas qu'on t'envoie. Elle trouve que c'est trop dangereux pour toi. Tu sais aussi que tu peux rentrer à Rangoon et t'envoler pour la France sans aucun problème. Personne ne te recherche. Tu n'intéresses personne ici. Sauf nous.

La passion embrasait son visage. Il me faisait peur.

— Vous êtes quoi... ? Des opposants politiques ?

— Appelle ça comme tu veux, a-t-il répondu avec douceur. On veut juste la démocratie pour ce pays. *Notre* pays.

Après avoir ôté la bague qui ornait son annulaire, et me l'avoir passée au doigt, il m'expliqua ce qu'il attendait de moi. C'était tout bonnement aberrant.

7

Le *Kukla*. Un rubis de 25 carats, gros comme un œuf de caille.

Voilà ce qu'il voulait que j'aille chercher à Mogok.

Un lieu dont Blanchart parlait souvent au journal, citant Kessel qui lui avait consacré un livre entier en 1955. « Plus secrète que La Mecque, plus difficile d'accès que Lhassa, il existe au cœur de la jungle birmane une petite cité inconnue des hommes et qui règne pourtant sur eux par ses fabuleuses richesses depuis des siècles : c'est Mogok, citadelle du rubis, la pierre précieuse la plus rare, la plus chère, la plus ensorcelante », disait-il en toisant de son regard bleu les décolletés pigeonnants des stagiaires à frange qu'il s'enverrait entre deux portes, grattant de sa barbe perpétuellement de trois jours les cuisses déplumées de ces hirondelles du journalisme qui revenaient, chaque année, avec le printemps. Il connaissait le passage par cœur, l'avait cité en ouverture d'un reportage titré « En Birmanie, on meurt encore pour le rubis », pour lequel il avait été souvent invité à la télévision. Ça comptait aussi, ça, pour les stagiaires.

Et c'est là qu'Éric me demandait d'aller. Pourquoi moi ? « Parce que les Birmans, ou les résidents étrangers, sont trop surveillés. Et parce que tu as une bonne tête de touriste, avait-il répondu en ajoutant : N'oublie pas : "*Ruby King*". »

J'avais haussé les épaules.

Huit heures de route en pick-up depuis Mandalay, 999 virages, pas un de plus. Si le 9 était un chiffre magique, trois fois 9, c'était trois fois plus de magie et peut-être la seule façon d'expliquer pourquoi cette vallée des contreforts de l'Himalaya donnait autant de pierres précieuses. Un miracle écologique formé dans les entrailles de la planète il y a des millions d'années. Saphirs, topazes, lapis-lazulis, pierres de lune… Et par-dessus tout, l'incomparable rubis « sang de pigeon ».

Éric avait tout prévu. J'étais un étudiant en gemmologie. Je venais visiter les mines et je serais guidé, selon la règle, par un officier du M-I, les services secrets birmans, qui avaient la haute main sur les activités minières de Mogok. Officiellement, c'était pour « assurer ma sécurité ». L'ironie bien connue des dictatures, le tout pour 700 dollars les trois jours, « permis spécial » compris.

— Tu ne t'inquiètes pas. Les services secrets birmans n'espionnent que les Birmans. Leurs employés sont plus zélés que futés. Ils ne servent qu'à protéger le business de leurs supérieurs, et tu ne représentes aucun risque pour eux. Ils veulent juste s'assurer que tu ne rencontres que ceux qu'ils ont prévu que tu rencontres. Paie-lui des verres, fais-toi bien voir. Et fausse-lui compagnie lorsqu'il sera torché.

Il avait sorti de sa besace deux épaisses liasses de billets de banque.

— Pour les frais, il a dit.

— Des dollars ?

— Tu les changeras au coup par coup. En voilà 2 000. Après Mogok, tu te rendras à Kengtung avec la pierre. Kengtung, c'est la porte du Triangle d'or.

Deux mille dollars. La somme était énorme à l'échelle du pays. Et du budget d'un voyageur.

— Et qu'est-ce que je dois y faire ?

— Quelqu'un viendra vers toi.

— Qui ?

— Je n'en sais rien.

— Comment je le reconnaîtrai ?

— Il te reconnaîtra.

Il avait fini en disant que ce serait facile, que je n'avais qu'à me laisser guider.

Est-ce que j'ai vraiment cru qu'on me mènerait à Wei Wei ? Bien sûr que non. Mais je voulais suivre pour voir, comme on dit au poker. Au fond, ce type m'avait très bien analysé. Julie trouvait que c'était trop dangereux pour moi, disait-il ? Il savait que je foncerais. Il m'a dit qu'elle était à Rangoon mais que je ne devais pas essayer de la joindre. Que ça, ce serait dangereux. Il savait que je ne pouvais que continuer. Payer pour voir. Dans la vie, on m'avait souvent reproché ma candeur. Non pas que je me laisse abuser par les gens. Une certaine faculté, plutôt, à continuer de rêver. À croire qu'il m'arriverait des choses. Je me réservais pour un truc. La Birmanie ? Je n'allais pas m'arrêter maintenant. Je crois tout simplement qu'à ce moment-là, j'ai choisi mon camp entre la vie et la mort. Je suis passé de l'autre côté. Pour la rejoindre.

L'officier du ministry of Intelligence, dénomination héritée de la colonisation impériale anglaise, m'attendait au Mogok Motel. Un bâtiment aux lignes staliniennes qui tranchait avec l'aspect Far West, ou plutôt

Far East, de la ville, faite de petites maisons de teck ramassées autour d'un lac. Le Mogok Motel était la seule adresse en ville pour les étrangers. « *The best view of the city* », précisa l'officier qui, à mon arrivée, éteignit le rasoir électrique qu'il promenait sur son menton.

La voix était aussi nasillarde que le grésillement de l'engin. Difficile de voir un agent secret dans ce nabot en bras de chemise, si ce n'est le mauvais regard qu'on sentait luire sous ses paupières bridées. Il me tendit humblement sa carte de visite, où figurait de façon très comique la mention « *Official Guide* ». Avec son nom : « Naing Naing. »

— *You can say Nine Nine*, dit-il, *like the number*.

« 9-9 ». Le 9, encore une fois. Le pays de la superstition.

— *Nice name...*, ai-je dit.

Il a hoché la tête, avant de fixer avec attention la bague qu'Éric m'avait dit de ne plus quitter. La pierre rouge carrée, fixée à l'anneau d'or par deux petites griffes.

— *Nice ring*, a-t-il lancé.

Visage de musaraigne.

— *Present from my mother*, ai-je répliqué en commençant à remplir le registre de l'hôtel.

En regardant les dates inscrites sur les pages à carreaux, j'ai compris que le dernier visiteur était parti une semaine auparavant. J'étais tout simplement le seul pensionnaire des quarante-deux chambres de l'hôtel.

Les couloirs vides étaient lugubres. La chambre, pourtant, était spacieuse et donnait sur la rue et sur le lac, où se reflétaient les flèches dorées des pagodes qui pointaient entre les maisons de bois. Une vision paradisiaque à laquelle je refusais de me laisser prendre. J'ai commencé à ouvrir les tiroirs de la commode et à inspecter le plafond et les encadrements des portes à la recherche d'un œilleton de caméra. Pure parano, inspirée par la sordidité de l'endroit. J'ai décidé d'aller me dérouiller les membres avant que la nuit ne tombe.

Double-Neuf m'attendait dans le gigantesque hall à la chinoise. Il regardait la télé en compagnie du patron, les yeux braqués sur un poste de télévision où l'on découvrait des généraux en tenue de combat en train de visiter une usine de chocolat. Cette variation exotique de *Charlie et la chocolaterie* n'était pourtant pas la chose la plus étonnante dans la scène. Car tandis que le patron sirotait un thé, mon officier était encore, lui, en train de se raser. Un grésillement crispant dans ce hall désert. Je suis passé derrière lui. Avait-il des yeux derrière la tête pour éteindre son rasoir et me dire qu'il venait avec moi ? « *Mogok is dangerous.* »

La nuit tombait sur la ville. Nous marchions côte à côte en amoureux silencieux. Sur les trottoirs, les regards scrutaient. Un militaire nous croisa, salua ma moitié, qui ne répondit pas. J'ai tremblé dans le noir.

Toutes les maisons se ressemblaient. Des cloisons de bois sombre, des airs de chalets à toits de tôle. Seules les enseignes, dont les guirlandes d'ampoules commençaient à réveiller l'obscurité, rivalisaient de slogans attractifs. « LUCKY STONE », « 999 », « RED DIAMOND »... J'ai cherché des yeux « RUBY KING ». La boutique repérée, je m'y suis dirigé le plus naturellement du monde. Double-Neuf m'a arrêté.

— S'il vous plaît.

Éric m'avait prévenu. À Mogok, les étrangers n'avaient pas le droit d'acheter des pierres. La junte voulait garder le contrôle, et ne permettait l'acquisition de gemmes qu'à Rangoon. Naing Naing m'a pourtant tenu un tout autre discours :

— Si vous cherchez des pierres, a-t-il dit, je peux vous aider, et je connais un endroit bien meilleur.

— Je croyais que c'était interdit ?

— On peut s'arranger, a-t-il dit en souriant.

— Je veux aller voir celui-ci, ai-je répliqué.

Son visage a pris un air mauvais.

— Celui-ci appartient à des Lisus, et les Lisus sont des voleurs.

— Je vais juste regarder, ai-je dit en ponctuant ma phrase d'un sourire.

Mon entrée a été saluée par le tintement cristallin des grelots qui ornaient la porte. Sous l'éclairage d'un néon fade, une jeune fille aux yeux étirés et au teint d'ivoire posait ses mains sur un comptoir en vitrine où de magnifiques pierres s'alignaient.

— *Mingalaba*, ai-je lancé.

La jeune fille a répondu, mais sans le sourire. Seules ses mains avaient bougé, saisissant sous la vitrine un petit plateau recouvert de feutrine où se nichaient plusieurs dizaines de pierres à la chaude couleur rouge.

J'ai approché la main pour en saisir une. La jeune fille a aussitôt remarqué celle qui ornait mon annulaire. Une fraction de seconde, les traits de son visage avaient changé. Double-Neuf, heureusement, s'était penché pour regarder une pierre d'un rouge lumineux et de la taille d'un ongle de fillette. Avant de la saisir avec dextérité entre les branches d'une pince, et de braquer sur elle la lampe cylindrique que lui avait tendue la vendeuse. Un faisceau d'une finesse extrême a traversé la pierre, où semblait dormir une eau flamboyante aux reflets bleus. Sans que ça provoque aucun commentaire de la part de Double-Neuf, qui s'est contenté d'incliner les branches de la pince pour examiner chaque facette de la pierre.

— *Beh-lau-leh ?* a-t-il soudain demandé en dévisageant la jeune fille d'un air agressif.

La réponse a paru l'agacer considérablement. Les fines lèvres de poupée de la vendeuse se sont alors écartées pour ajouter un simple mot :

— *Ko Dwei.*

— *Ko Dwei ?* l'ai-je interrogée.

Elle a levé les yeux vers moi. Ses pupilles noires semblaient un minuscule nuage d'encre dans la nacre de son iris. Elle a dit, avec un fort accent : « *Pigeon's blood.* »

Sang de pigeon. Le plus pur de tous les rubis.

— Le prix qu'elle demande est trop élevé, m'a-t-il dit. Les Lisus sont des voleurs. Je connais une autre adresse.

— Je veux regarder, ai-je insisté.

J'ai saisi la pierre entre mes doigts, plissé les yeux pour mieux la voir. On reconnaissait les rubis sang de pigeon aux reflets bleus qui fusaient dans le rouge de la pierre. Je l'ai laissée rouler dans ma paume. Je pouvais presque sentir les flammes qui l'habitaient. « *Ko Dwei* », ai-je murmuré pour moi-même. J'ai levé les yeux vers la jeune fille. Comme je lui demandais le prix, mon guide m'a immédiatement interrompu.

— Elle ne parle pas anglais, a-t-il dit. Elle veut 500 dollars. Je vous l'ai dit. C'est trop cher.

En France, une pierre comme celle-ci aurait valu dix fois plus. Au bas mot.

— Je peux voir d'autres pierres ?

Double-Neuf s'impatientait. Il a quand même traduit. La jeune fille s'est retournée – la grâce incarnée – et a posé devant moi un autre plateau. Les couleurs, les formes, les lumières explosaient sur la feutrine. Je lui ai désigné une pierre verte, magnifiquement taillée. Elle a répondu en birman.

— *Kyauksein*, jade, a lâché le guide.

— Et ça ? ai-je dit en pointant du doigt un caillou aux couleurs translucides.

La jeune fille a parlé.

— Pierre de lune, a dit Naing Naing.

Le plateau entier y est passé. Saphirs, topazes, diamants, chrysobéryls... J'ai demandé à voir un autre plateau, fait durer le plaisir. Cela faisait une demi-heure que nous étions dans le magasin, et je ne tarissais pas de commentaires, emphatiques et naïfs : « *Wonderful !* », « *Marvellous !* » J'attendais quelque chose qui ne venait pas. Ruby King : on était pourtant au bon endroit. Naing Naing était de plus en plus nerveux. Il a fini par s'excuser, a sorti le téléphone portable accroché à sa ceinture et s'est retourné pour composer un numéro. À peine avait-il commencé à parler que la jeune fille a fait glisser un petit papier sous ma main. Le contact de sa peau m'a fait frémir. Pas un trait de son visage à elle n'avait bougé. J'ai refermé le poing. Double-Neuf venait de raccrocher.

— Vous avez terminé ?

— *Che-zu-beh*, ai-je dit à la jeune fille. Son visage s'est incliné avec une dignité infinie. Dehors, Naing Naing m'annonça que nous avions rendez-vous, et répéta que les Lisus étaient vraiment des voleurs. Si je voulais, il pouvait me trouver de bien meilleurs prix. J'ai répondu que c'était avec plaisir, mais que je voulais d'abord voir les mines.

Notre chauffeur patientait dans un restaurant déglingué. L'approche du dîner lui avait fait renoncer à ses feuilles de bétel. Nous furent donc épargnés pour une fois de ses longs crachats couleur sang. Mes commensaux mangeaient vite et beaucoup. J'ai commandé quelques bouteilles de bière pour les dérider, mais seul le chauffeur en a tâté. Double-Neuf restait sobre, et ce n'était pas bon signe. Je l'ai questionné sur les Lisus. À ces mots, le chauffeur a relevé la tête de son assiette de riz pimenté de ngapi, une décoction de poisson dont les Birmans raffolent. « Pourquoi ne les aimez-vous pas ? » L'officier a paru embarrassé. Il m'a dit qu'ils n'étaient pas birmans. Qu'ils venaient des montagnes et qu'ils étaient chrétiens, donc voleurs. Avaient-ils un chef ? ai-je demandé innocemment. Le chauffeur s'est tourné vers Double-Neuf et a prononcé le nom que j'attendais. Tout concordait. Double-Neuf a laissé flotter un sourire méchant sur sa lèvre parfaitement rasée. Ses yeux exprimaient la colère. Le chauffeur, prudent, a replongé le nez vers son assiette.

Yaw Set, le roi du rubis. *Ruby King*. Ce n'est qu'une fois dans la chambre, après avoir tiré les rideaux, que j'ai déplié le papier que m'avait donné la petite vendeuse. Yaw Set, le chef des Lisus de la vallée, me donnait rendez-vous le lendemain soir au Mya Sandar Teashop. Le message, évidemment, ne mentionnait que le lieu, la date et l'heure. Le reste, je le savais d'Éric.

C'était un enfant de Mogok. Un enfant de la balle, ou plutôt de la pierre. Il les connaissait toutes, les pierres. Dès l'âge de 7 ans, son grand-père, simple mineur descendu jadis des contreforts de l'Himalaya, patrie de l'ethnie lisu, lui avait enseigné l'art de les lire, de les comprendre, d'entrer en contact avec la vie occulte, et puissante, qui frissonnait en elles. Car à Mogok, les pierres vivaient. Le grand-père lui avait appris la façon de les regarder dans la lumière, celle de l'aube ou celle du crépuscule, quand les rayons étaient obliques et révélaient mieux que jamais le feu qui couvait dans les corolles indestructibles de ces fleurs minérales, de ces cœurs palpitants.

Tous les jours, le grand-père et le petit-fils allaient apporter sa pitance au papa, qui montrait au rejeton le butin de la journée. Au contact de ces deux hommes qu'habitait la même fièvre, Yaw Set avait appris à savoir, d'un coup d'œil, ce que vaudrait le rubis brut une fois extirpé de sa gangue. Une science indispensable à celui qui voulait se lancer dans le commerce du rubis. Beaucoup s'étaient ruinés en achetant des pierres qui, taillées, ne valaient plus que le tiers du prix du brut. Yaw Set, lui, ne se trompait jamais. Il avait la science. Il avait le don.

À 6 ans, disait-on, c'est lui qui avait permis à son père d'ouvrir sa première mine. Un soir, au bord d'une rivière, son urine enfantine avait fait luire la pierre enchâssée dans la boue. Un dieu l'avait guidé. Son dieu, celui des chrétiens que les Lisus, convertis par d'intrépides missionnaires venus de la Chine voisine, au XVIIIe siècle, adoraient au cours de rituels mâtinés d'animisme ? Ou Boe-Boe, le génie protecteur des mineurs de Mogok, que tous ceux qui descendaient dans le ventre de la terre couvraient d'offrandes pour qu'il les inspire dans leur quête ? Il avait la science, il avait le don, il avait les dieux.

Quand son père était mort, tué par un éboulement dans la nouvelle mine qu'il venait d'acquérir, Yaw Set avait compris que le temps était arrivé de prendre le pouvoir à Mogok. Et pendant que ses frères aînés régentaient les trois mines du paternel, Yaw Set, à 14 ans, enchaînait les fouilles sauvages, descendait, de nuit, dans les anciennes mines et en ressuscitait les filons, extrayant des rubis fabuleux dans des veines réputées asséchées.

À 16 ans, il réalisait sur le marché aux pierres des

plus-values exceptionnelles, achetait des pierres brutes dont il savait que, taillées, elles vaudraient vingt ou trente fois le prix qu'il avait consenti à payer.

À 18 ans, il rivalisait avec celle qu'on appelait « Ruby Queen ». La vieille Daw La, baguée jusqu'aux orteils, qui pour remercier les dieux couvrait les pagodes de Rangoon de coiffes incrustées de gemmes éblouissantes. Avait-il, comme on le disait, creusé des tunnels sous le lac de Mogok ? La preuve n'en avait jamais été établie. Mais à 20 ans, Yaw Set avait la plus belle collection de rubis de la vallée et les meilleurs tailleurs de gemmes de la région. Rien que des Lisus, qui seuls avaient le droit de travailler dans ses mines et dans ses ateliers, dont sortaient des parures fantastiques. Aujourd'hui âgé de 27 ans, il employait ses millions à bâtir des églises et des écoles pour éduquer son peuple, se taillant un véritable empire à Mogok. Un contre-pouvoir à la junte, qui à trois reprises avait voulu l'assassiner.

Il était intouchable, invincible. Les dieux veillaient sur lui. Lui que je devais rencontrer. Lui qui devait me remettre le Kukla, ce rubis que j'étais chargé de transporter jusqu'à Wei Wei pour qu'elle puisse continuer la lutte.

« Parce que tu as une bonne tête de touriste. »

J'ai souri dans mes draps. De l'autre côté de la cloison fine comme du papier, mon garde du corps personnel dégustait une série chinoise de cape et d'épée. J'en entendais le cliquetis des sabres, les accords kitsch de la musique, et des grognements rauques. Et par-dessus, régnant sans partage, le bruit lancinant de son rasoir électrique.

8

Le ronronnement électrique parasitait le paysage. Vallées himalayennes, cimes nappées de brume. Tout ça à nos pieds. Il a passé une dernière fois le sabot sur la peau de son cou et a éteint son appareil. Enfin.

— On dit qu'elle est géante et qu'elle garde entre ses pattes le plus gros rubis du monde, a dit le moine en anglais.

— Alors là on est sur son dos, à l'araignée ?

— Oui, et il ne vaudrait mieux pas qu'elle bouge !

Le moine s'est mis à rire. Un rire aigu qui faisait trembler son corps enveloppé dans sa robe. Je frissonnais dans mon pull-over. L'air était frais sur le dos de l'araignée.

C'était l'aube à Tchaïpin, à quelques kilomètres de Mogok. Le meilleur point de vue pour admirer la vallée des rubis. Une vue apocalyptique, même dans le viseur de mon appareil photo. Un océan de trous béants dégorgeant de boue écarlate. Le fameux « bayon », la terre à rubis qui ne ressemblait à aucune autre. Rouge et luisante, comme si les précieuses pierres avaient déteint sur elle. Au fond des cratères, des dizaines d'échafaudages de bambou, sur lesquels s'affairaient des hommes hauts comme des termites.

Depuis le temple, des centaines de marches, protégées par un alignement de bouddhas, descendaient vers l'enfer. Comme nous.

Un ouvrier en guenilles bombardait les parois au tuyau. Gorgée d'eau, la terre dégringolait en fleuves de boue au fond du cratère à ciel ouvert, cinq mètres plus bas, où les mineurs pataugeaient. Sarclaient, retournaient, besognaient le magma précieux dans le bruit assourdissant d'une pompe électrique qui rugissait dans leur dos. Elle aspirait la boue, la faisait remonter au sommet d'une construction de bois d'où partaient des rampes équipées de tamis. Aux grilles de plus en plus fines. Ne rien laisser à la terre. L'œil du contremaître était là pour ça, vissé sur les ouvriers trieurs à chapeaux pointus. Autour de sa taille, un cylindre armé de cadenas où il plongeait les gemmes, encore enveloppées dans leur gangue, que lui tendaient les ouvriers, rejetant les vulgaires pierres dans le fleuve de boue qui s'écoulait de la mine. Non, rien ne semblait pouvoir échapper au contremaître. Et pourtant, dans ces rejets pataugeaient encore une foule de femmes et d'enfants, pieds nus, des tamis plus grands qu'eux au bout de leurs bras nerveux. Leurs doigts fins inspectaient avec une vivacité d'écureuil ce qui avait déjà été tamisé et retamisé. Une coutume qui remontait aux rois birmans et que même les coloniaux de la Ruby Mine Company avaient laissée perdurer : tout ce qui s'échappait de la mine n'appartenait plus à la mine.

La femme devait avoir une bonne soixantaine d'années, mais cela ne l'empêchait pas de pencher sa vieille tête enturbannée de noir et lestée de lourdes boucles d'argent vers le ruisseau bourbeux où elle plongeait les mains. Elle portait une tunique bleu Klein brodée de rouge, et, m'ayant aperçu, leva dans ma direction son visage parcheminé. Ses yeux laiteux, réduits à deux billes grises d'où s'écoulaient des larmes, cherchèrent à me dévisager puis retournèrent à leur besogne. À ses côtés, une petite fille coiffée d'un chapeau de bambou, 8 ans à peine, s'est mise à saisir les petites pierres brillantes qui venaient de luire dans son tamis et à les porter à sa bouche. Elle mangeait des pierres. J'ai pris une photo, et questionné le contremaître qui est parti dans un grand rire. Il s'est approché de la fillette et a tapé du bout de sa badine sur le chapeau de bambou. La fillette a relevé la tête. Elle avait les mêmes yeux étirés et la même peau d'ivoire que la vendeuse du Ruby King. Il lui a dit une phrase en birman. Elle a hoché la tête et m'a tiré la langue : sur la surface humide et rose, les minuscules pierres vertes, rouges et translucides brillaient dans le soleil.

— Le plus sûr des coffres-forts ! rigola le contremaître.

Double-Neuf se dirigeait déjà vers la voiture. La visite allait au pas de course. Tout était fait pour limiter les contacts entre les visiteurs et les locaux. J'ai profité du répit.

— Elles appartiennent à quelle ethnie ? lui ai-je demandé en désignant la grand-mère et la petite fille.

— Ce sont des Lisus, répondit l'homme. (Il pointa le ciel de son stick :) Elles viennent de la montagne.

— Et ils sont tous aussi pauvres ?

Le contremaître partit dans un autre rire.

— Oh, non ! Il y en a un qui est très riche !

J'ai pris un air naïf.

— Il est en prison maintenant.

J'ai sursauté.

— Comment s'appelle-t-il ?

Le contremaître a eu l'air embarrassé. Il a regardé autour de lui.

— U Yaw Set, a-t-il dit. Il vient d'être arrêté.

J'ai frémi, et demandé :

— Qu'est-ce qu'il a fait ?

De loin, Double-Neuf m'a fait signe. J'ai plongé mes yeux dans ceux du mineur.

— Pourquoi est-il en prison ?

Le mineur a hésité. Trop. Double-Neuf accourait déjà vers moi. La porte de la voiture était restée ouverte. J'ai reposé ma question.

— Je ne sais pas, a-t-il répondu en me plantant là.

Yaw Set en prison ? Je n'ai pensé qu'à ça pendant les visites de l'après-midi. Devais-je aller au rendez-vous ? Ne risquais-je pas le piège ? Pas vraiment le choix. Des déflagrations faisaient trembler le sol sous nos pas, éclipsant pendant une demi-seconde le bruit lancinant des burins et des marteaux. Ils étaient des centaines à casser des pierres dans un décor de gypse qui brûlait la rétine, tandis que d'autres s'engouffraient dans des boyaux creusés dans les entrailles de la montagne, les mains chargées de bâtons de dynamite artisanaux. Double-Neuf ne me quittait pas d'une semelle. J'en avais assez de tout ça et l'énervement guettait. J'ai repensé aux conseils d'Éric.

— Il y a des accidents ? lui ai-je demandé d'un ton aimable.

— *Human blood is nothing. Pigeon's blood is everything*, a-t-il répondu dans un rire glaçant.

Le soleil déclinait lorsqu'on est redescendus vers la ville. Dans la lumière rasante, un attroupement de femmes dépliait de petits papiers où brillaient des pierres de toutes les couleurs. Massés sous des parasols, des acheteurs les examinaient de leurs yeux armés de lunettes grossissantes dans la chaleur collante, le froissement des billets de banque et les cris aigus des femmes. J'en avais assez. Les pierres rouge vif faisaient écho au point qui ornait le front des femmes qui me sollicitaient du regard. Des hindoues en terre bouddhiste ? « *Nepali girls* », m'a dit Double-Neuf, en me précisant qu'elles étaient aussi des voleuses. Je me demandais comment j'allais me débarrasser de lui. Et puis, au seuil de l'hôtel, j'ai eu un éclair de lucidité.

— Toujours OK pour me vendre une pierre ?

Une lueur de joie maligne a éclairé sa pupille. Il a saisi son téléphone.

— Dans une heure, a-t-il dit en composant un numéro.

De l'eau. De l'eau brûlante pour me débarrasser de cette poussière de mine. Pour ôter ce poids qui pesait sur mes épaules. Cette peur qui menaçait à chaque instant de me trahir. Ce soir, il ne faudrait pas avoir peur.

Je me suis regardé dans le miroir de la salle de bains, taché de vert-de-gris. De mon visage, je connaissais tous les traits. Seulement, quelque chose avait changé, et ce n'était pas cette barbe qui me mangeait le visage. Le type dans la glace, ce n'était plus moi. Le moi avec ses doutes. Le moi d'avant. J'ai souri. J'avais accepté l'exotisme et l'exotisme m'avait récompensé, réinventé. J'étais vierge. J'ai songé à l'ironie de ce voyage où, en Birmanie, je courais après une Française. Mais était-elle encore française ? Et que faisait-elle en ce moment ? Je l'ai imaginée dans les rues de ses faubourgs sidéens, ses cheveux blonds stimulés par l'or du soleil. Ses seins comprimés par une chemise d'homme, couvée du regard par ces gens qui devaient forcément l'adorer. *Sayama*. Est-ce qu'elle pensait à moi ? Est-ce qu'elle serait fière de moi ?

Assis sur le couvre-lit de vieille laine, j'ai compté un à un les billets que m'avait donnés Éric. De quoi faire un bel achat. Mon sang battait vite, mais ce n'était pas désagréable. Ce n'était que de l'énergie. J'allais réussir. Le soleil glissait derrière les montagnes et prodiguait au lac des teintes mordorées en accord parfait avec les flèches des stupas. L'exotisme me réinventait.

On a frappé à la porte. J'allais jouer ma partie.

L'enseigne lumineuse portait l'emblème de la Tiger Beer. J'ai songé avec tristesse à ce moment sur le lac où nous avions croqué des fourmis et où elle m'avait échappé pour rejoindre en pensée son Birman.

J'ai pris une grande inspiration. Une musique de karaoké flottait dans l'atmosphère chargée de tabac et du parfum de thé. Double-Neuf m'a fait traverser la salle jusqu'à une petite table protégée par un paravent où patientaient deux femmes très apprêtées. Une jeune et une vieille. La jeune en pull à col roulé couleur jonquille, l'autre en veste de cuir. Elles m'ont salué poliment. Double-Neuf m'a annoncé qu'il s'agissait de ses cousines et qu'elles me feraient un bon prix.

La jeune a sorti d'un faux sac à main Vuitton un sachet de papier. Elle l'a posé sur la table de Formica et l'a déplié. J'ai découvert un rubis de la taille de celui que j'avais vu dans le magasin.

— *Pigeon's blood*, dit-elle en le faisant glisser vers moi.

La pierre était merveilleusement facettée et brillait de mille feux.

La vieille annonça les tarifs. Elle en voulait 400 dollars. Naing Naing fit l'entremetteur. Pour 300 dollars, elle était à moi. Son jeu était par trop évident. J'ai joué moi aussi. J'ai dit que j'hésitais, que je n'étais qu'étudiant. La plus âgée a alors disposé d'autres petits paquets sur la table. De ses doigts couverts de bagues, elle les a défaits, livrant trésor après trésor.

Des dizaines de rubis scintillaient à présent sous les néons du café. De la taille d'une tête d'épingle à celle d'un noyau de cerise. « Vous préférez les diamants ? » lança la vieille devant mon inertie, en roulant les « r ». « Les jades ? Les saphirs ? » Des pierres bleues, magnifiquement taillées, apparurent. C'était surréaliste, vertigineux. « Prenez les diamants, c'est moins cher. » Elle disait ça comme si elle avait voulu me vendre un tee-shirt. « *Cheaper, zepawdeh.* » Il y en avait pour des fortunes sur la table. De quoi donner le tournis et pourtant, ça leur paraissait tout à fait habituel. De l'autre côté du paravent, j'entendais les bruits banals d'un restaurant. Double-Neuf a posé sa main sur mon bras : « Ne vous inquiétez pas... Elles vont vous la monter en bague. Je vous ferai un certificat de déclaration disant que vous aviez cette bague en entrant dans le pays. *No worry.* »

Business parallèle. Le larbin des renseignements arrondissait ses fins de mois et c'était l'occasion ou jamais de le mettre en joie. J'ai tiré de ma poche trois billets de 100 dollars, que j'ai posés sur la table. J'ai dit que je choisissais le rubis qu'elle m'avait montré en premier. Un sourire de satisfaction s'est peint sur le visage de Double-Neuf tandis que la plus jeune sortait de sa main un mètre à ruban. « Tendez le doigt », m'a dit Naing Naing. La fille a laissé échapper un cri en apercevant la bague que m'avait donnée Éric.

— *Akha ring ?* a-t-elle demandé.

J'avais reconnu le mot, mais je voulais en savoir plus. Je me suis tourné vers mon cicérone, pile au moment où il empochait, sans la moindre gêne, le tiers de la somme que j'avais laissée sur la table.

— Qu'est-ce qu'elle dit ?

— Elle demande si c'est une bague akha...

— Je ne sais pas, je vous ai dit que c'était ma mère qui me l'avait donnée... C'est quoi *akha* ?

— Une tribu montagnarde. Dans la région des trois frontières. Votre mère doit beaucoup voyager.

— Elle est morte.

La plus âgée m'a dévisagé avec intensité. Pendant que la plus jeune mesurait mon tour de doigt, elle a commencé à s'adresser à mon guide, avec un débit très rapide. Il a répliqué, élevé la voix, et elle a fini par se taire.

— Il y a un problème ? ai-je demandé.

— Aucun, m'a-t-il répondu, la bouche fendue d'un grand sourire. La bague sera prête demain. Avec le certificat.

Naing Naing semblait réjoui de l'opération. Et n'avoir gardé aucune trace de la conversation qu'il venait d'avoir avec la vendeuse. Il m'a emmené dîner dans le même restaurant que la veille. Seuls deux Chinois, reconnaissables aux énormes bagues de jade qui ornaient leurs doigts boudinés, palabraient en se curant copieusement les dents. Le chauffeur n'était pas là. Comme je le questionnai à ce sujet, Double-Neuf me répondit qu'il lui avait donné sa soirée. Il a commandé de la bière. L'étau se desserrait et sa commission devait être pour beaucoup dans sa relative bonne humeur.

Les plats se sont succédé. Les bières aussi. Il m'a demandé ce que j'avais pensé de la journée. Et soudain, sans prévenir, quelles étaient mes opinions sur le pays.

— C'était un très beau pays, ai-je répondu le plus naturellement possible.

— Oui, mais est-ce que vous pensez que les gens souffrent ?

Son œil était devenu inquisiteur.

— Pas plus qu'ailleurs, ai-je dit.

Il a avalé une gorgée de bière.

— Dans votre pays, il y a de la criminalité. Et du chômage. Ici, tout le monde a du travail. Et les criminels sont en prison.

J'ai hoché la tête, hypocrite et prudent. Le tour que prenait la conversation m'intriguait. J'étais sur mes gardes. Il a posé son verre de bière, a croisé les bras et m'a demandé :

— Vous pensez quoi des Karens ?

J'ai levé les sourcils. Je ne savais pas quoi répondre. J'ai repensé à l'article que j'avais lu dans l'avion. Il s'agissait du principal groupe ethnique d'opposition à la junte militaire. Harcelés par l'armée, leurs chefs s'étaient rendus, et les Karens, aujourd'hui, vivaient pour la plus grande partie d'entre eux dans des camps de réfugiés de l'autre côté de la frontière thaïe.

— Karens ? Je ne connais pas, ai-je répondu en prenant l'air le plus naturel possible.

Il a ricané en secouant la tête.

— Vous mentez. Dans vos pays d'Occident on en parle tout le temps. Ils sont des héros, et on critique mon gouvernement. Vous le savez, n'est-ce pas ?

Le ton était agressif. Je l'ai dévisagé. Mes yeux dans les siens, noirs, baignant dans un iris teinté de jaune.

— Mon pays a l'habitude de regarder chez les autres pour se donner bonne conscience.

Là, j'étais sincère. On saignait tous les jours le tiers-monde et on donnait des leçons. La vieille mythologie du pays des droits de l'homme, dont on se gargarisait mais qu'on ne respectait que sur notre territoire. Partout, dans le monde entier, des entreprises battant pavillon français coopéraient avec des régimes aux mains sales, et votre banquier se permettait de vous en proposer des actions. Oui, j'étais sincère, mais ma réponse a semblé le désarçonner.

— Alors vous êtes plus intelligent que les chiens

d'Occidentaux qui parlent de mon pays comme d'une dictature, a-t-il dit en posant avec fracas son verre contre le Formica. Vous pensez, vous, que c'est une dictature ?

Surpris, les deux Chinois se sont retournés. J'ai commencé à sentir la peur revenir. Au fond je ne connaissais rien de ce pays. Rien de lui. Quels pouvaient être ses pouvoirs dans cette ville où il me serait très difficile de prévenir quiconque. Il a levé la main brusquement. Mes entrailles se sont émues. Ce n'était pourtant que pour commander une autre bière. On buvait beaucoup. Surtout lui, et ça m'a étonné car les Birmans boivent peu d'alcool. Le cinquième précepte bouddhiste le réprouve. La main sous la table, j'ai regardé ma montre. Il me restait deux heures avant le rendez-vous. Je voyais mal comment m'en sortir.

— Je suis venu pour les pierres. Je n'ai pas envie de parler politique, ai-je répondu. C'est votre pays, vous faites ce que vous voulez.

Il m'a servi un verre et a posé les yeux sur ma bague. Ma réponse, visiblement, ne l'avait pas apaisé.

— Alors votre mère est allée chez les Akhas...

— Je n'en sais rien. Je vous ai dit qu'elle était morte.

J'ai repensé à la conversation qu'il avait eue juste avant avec la vieille vendeuse. J'ai pris un air courroucé à mon tour.

— C'est quoi le problème, avec les Akhas ?

Il s'est servi un verre de bière qu'il a descendu jusqu'à la moitié, à longues gorgées assoiffées.

— Les Akhas ne sont pas des Birmans, a-t-il dit. Ils vivent comme des animaux dans les forêts. Wei Wei...

Le nom m'a traversé comme une balle. Me suis-je trahi ? J'ai senti le froid couler dans mon dos. J'ai bu une gorgée de bière pour me donner une contenance. Et puis j'ai demandé, le plus naturellement possible :

— C'est quoi, Wei Wei... ?

— Rien, a-t-il soudain tranché.

Il a terminé son verre. Ça m'a rassuré. Il se lâchait sans doute plus qu'il n'aurait dû avec moi. Ce n'était pas un pro. Donc on n'avait pas de soupçon.

— C'est difficile pour mon gouvernement, a-t-il repris. Avec toutes ces tribus, Kachins, Karens, Akhas... Ils font l'amour avec des singes. Ils ne respectent pas le Bouddha. Ce sont des merdes, exploitées par l'étranger. Comme la Dame, qui veut donner le pays aux Américains. Et ces étudiants qui mettent des bombes et tuent mon peuple. Des terroristes, des communistes. On finira de les... (Il a fait le geste d'un flingue avec sa main)... Tous !

Son œil était rouge et brillant. Sa bouche humide de bière et de colère. Le racisme et l'intoxication idéologique transpiraient par tous ses pores. J'ai plaint ce pays. Ce type était une pourriture. Le genre de pourriture sans cerveau qui servait de bras armé, de chair à terreur aux dictateurs du monde entier.

— Je ne veux pas parler de politique, ai-je dit en me levant. Je suis venu pour les pierres. Uniquement pour les pierres.

Dehors, l'air vif de la montagne a semblé le sortir de son exaltation. Peut-être s'en voulait-il aussi d'avoir trop parlé. Il m'a proposé d'aller faire un tour dans Mogok.

— *Beautiful young girls. Myanma girls. The best in Asia*, a-t-il dit avec un sourire luisant.

Bien sûr. J'ai pris une grande inspiration et je l'ai regardé :

— Je vous ai dit que j'étais venu pour les pierres.

La contrariété s'est lue sur son visage. Et sans doute sur le mien lorsqu'il m'a annoncé qu'il rentrait avec moi. Les obstacles continuaient à s'accumuler. Juste avant de rentrer, j'ai tiré un billet de 50 dollars de ma sacoche que j'ai mis dans sa petite main nerveuse. Je n'ai pas parlé des filles. Je n'ai rien laissé transparaître. J'ai juste dit, avec un sourire :

— Pour votre patience. J'ai beaucoup appris. Mais par pitié ne me parlez pas de politique. Ce n'est pas mon pays, ça ne m'intéresse pas.

Il a semblé ému.

De l'autre côté de la cloison, j'ai entendu l'eau couler. Puis, le bourdonnement de son rasoir. Pour l'instant, pas de série chinoise. J'ai tendu l'oreille, retenu les battements de mon cœur. L'heure courait. Il me restait un petit quart d'heure et je commençais à désespérer. Sortir, c'était risquer de me faire suivre, et de trahir un certain nombre de gens.

Tout ça allait certainement s'arrêter là et j'en étais triste. Je commençais à comprendre les enjeux dans lesquels se mouvaient Éric et Julie. On ne pouvait pas vivre dans ce pays en se bandant les yeux et en se bouchant les oreilles. Je suis allé à la fenêtre. L'eau du lac était devenue aussi noire que la nuit. On ne distinguait plus les courbes des montagnes. Quelques lampadaires, et les flèches vaguement éclairées des stupas dont les mineurs devaient invoquer, en ce moment même, les reliques pour la journée du lendemain. Que lc Bouddha leur vienne en aide.

J'ai retenu ma respiration lorsque j'ai entendu un bruit intéressant de l'autre côté de la cloison. La porte s'ouvrait. Elle s'est refermée. Des pas prudents dans le couloir. J'ai foncé vers l'autre fenêtre, celle qui donnait sur la rue. Et je l'ai vu, lui, mon Double-Neuf adoré, marcher d'un pas guilleret, en habits neufs. L'appel du sexe. L'envie pressante d'éjaculer entre deux cuisses louées pour l'occasion. Mes 50 dollars l'avaient décidé, à moins que sa décision n'ait été prise depuis longtemps. Mon cœur a bondi de joie. Et je me suis réjoui davantage en songeant que ce soir, il baiserait à ma santé de chien occidental.

Le Mya Sandor Teashop était une grande bâtisse agrémentée d'une terrasse qui descendait au niveau du lac. Pas de néons, mais des lampions de papier crépon qui donnaient à l'ensemble un éclairage discret. Assis au ras de l'eau, je pouvais l'entendre clapoter, protégé des moustiques par une brise rafraîchissante. L'endroit était bourré de jeunes types dégustant des thés et des portions de beymok. J'ai commandé un thé, les sens en éveil, perplexe quant à la suite des événements. Même en l'absence de mon agent secret personnel, je me sentais épié. Yaw Set ou plutôt son envoyé semblait avoir eu une bien mauvaise idée. Un rendez-vous discret aux alentours de l'hôtel aurait été préférable.

— *Hey, mister, hey, mister !*

On hurlait dans ma direction.

Je me suis retourné. Une tablée de jeunes gens éclataient de rire, et, il faut bien le dire, à mes dépens.

« *Awayou ! Awayou !* » a crié l'un d'eux, vêtu d'une veste de cuir sur un tee-shirt élimé. À sa table, où s'amoncelaient des bouteilles de bière, les sept ou huit lascars qui semblaient n'avoir même pas une vingtaine d'années repartirent dans un éclat de rire. « *Awayou ?* » redemanda-t-il. J'ai fini par comprendre. « *Fine, and you ?* » Les noctambules ricanèrent de plus belle. L'un d'entre eux imitait mon accent. D'autres regards, plus hostiles, s'étaient braqués sur la scène. J'ai saisi à contrecœur que j'étais celui qui, ce soir, offrait le spectacle. Pour la discrétion, c'était raté. Un type en chemise bleue et longyi brun, une longue mèche de cheveux rabattue derrière son oreille gauche, regardait par intermittence. À côté de son verre de thé, il y avait un téléphone. Et si Double-Neuf s'était fait relayer ?

« *You like Myanmar ? You like Myanmar ?* » Ils continuaient, les cons. Ce lieu de rendez-vous était une vaste blague. J'ai détourné la tête pour qu'ils se lassent. Ça a eu l'air de marcher. Je les ai entendus qui se levaient. Manque de bol, c'est vers moi qu'ils se sont dirigés avec leurs bouteilles et leurs verres. Certains ont pris des tabourets, d'autres restaient debout et se donnaient des coups d'épaule. Une voix a glissé à mon oreille : « *First time in Mogok ?* » Un autre m'a demandé si je voulais des cigarettes. Il portait une casquette du genre maoïste. Je commençais à m'impatienter. J'ai décliné la proposition. Je ne voyais plus rien. Le type ne se pointerait jamais. Merde ! Assis en face de moi, un garçon aux cheveux longs m'a demandé de quel pays je venais. Quand j'ai répondu « France », de très mauvaise grâce, puis, incité à préciser, « Paris », ils ont poussé des cris d'admiration. Le type à cheveux longs a ajouté en singeant une voix féminine : « *Oh ! Romantic ! Romantic !* » Les rires ont fusé, encore plus flamboyants. J'en avais assez. « Maintenant laissez-moi », j'ai dit. À peine avais-je parlé qu'ils ont éclaté de rire. J'ai regardé ma montre. Le rendez-vous était passé de cinq minutes. « Maintenant, vous partez ! » J'ai élevé la voix. Le silence est tombé d'un coup. Ils ont changé de visage, comme tous les autres clients qui m'ont dévisagé avec étonnement. « *Sorry* », j'ai dit en me rasseyant.

Je suis resté environ une heure. Seul, et sans succès. Quand le patron m'a demandé de régler mes consommations, j'ai compris que je m'étais fait avoir sur toute la ligne. Pigeonné au pays des sang de pigeon. Furieux, je suis revenu vers l'hôtel en maudissant les étudiants.

Ce n'est qu'une fois arrivé devant ma porte, alors que je cherchais mes clés dans ma veste de treillis, que j'ai découvert dans la poche du bas un objet de la forme et de la taille d'un œuf de caille. Je me suis retenu pour ne pas éclater de rire.

9

J'ai sorti l'appareil photo. Le soleil s'allongeait derrière la montagne et le banian d'or, qui donnait son nom à mon hôtel, prenait des teintes chatoyantes. C'était superbe. J'étais à Kengtung, porte du Triangle d'or, qui commençait derrière les sommets brumeux. Éric m'avait demandé d'attendre. Alors j'attendais, et je me sentais bien.

Seul le rubis que je gardais dans ma poche, en toute circonstance, me donnait de l'inquiétude. Le soir, dans ma chambre, je dépliais lentement la feuille de papier journal qui l'enveloppait, et le regardais resplendir sous l'abat-jour vert de ma lampe de chevet. Un œil luisant, un morceau de cœur sanguinolent, un éclat de chair d'une dureté de métal où palpitait une vie secrète, pour l'instant pétrifiée, mais dont on sentait qu'elle pouvait se réveiller à tout moment. Un fin liséré bleu courait comme une veine sur toute sa longueur et l'irriguait d'un éclat compliqué. Fascinant. Il absorbait la chaleur de ma paume, pénétrait ma pupille de ses rayons et enchantait mon cortex de visions belles et effrayantes. Je ne le regardais jamais plus de cinq minutes, persuadé qu'y attarder mes regards pourrait déclencher quelque sombre malédiction. Cette pierre, après tout, ne m'était pas destinée. Je n'étais qu'un porteur de valise.

Je la réenveloppais, je la rangeais dans ma veste, et je pensais à Julie. À Julie ma Birmane, dont je n'avais aucune nouvelle. À Julie qui ne m'avait trahi que pour mieux m'aider à donner corps à mes rêves. Comme un rubis brut, je m'étais moi aussi échappé de ma gangue. Ne restait plus que la taille, qui me donnerait ma forme définitive. La vie humaine n'est qu'une longue sculpture de soi. Julie. Julie. Julie.

Qu'est-ce que j'aurais aimé qu'elle soit là, avec moi, pour faire rouler le Kukla sur son ventre, sur son nombril, son sexe doux. Confronter la nudité de la pierre à celle de son corps de blonde. Voir si le rose de son intimité pouvait rivaliser avec l'écarlate bleuté de la pierre. Inventer un nouvel érotisme. Ne pas faire l'amour mais refaire l'amour.

Parfois, dans la solitude de cette chambre, je pensais aussi à Hélène, et c'est quand je pensais à Hélène que je m'apercevais que j'y pensais de moins en moins. Si ces trois années de vie à deux avaient été quasiment réduites à néant, c'est qu'elles avaient été du néant. Alors merci, merci de m'avoir quitté, très chère. Je ne t'en veux pas, et j'espère que tu as pu, toi aussi, te réinventer.

J'ai fermé mon cahier : deux silhouettes habillées de vert venaient de me cacher le soleil à l'agonie. La tête couverte d'un chapeau de brousse, les bras frappés de l'écusson au casque et à l'éclair qui désignait *Tatmadaw*, l'armée birmane. Ils étaient toujours en nombre, dans cette zone frontalière, mais je n'ai pu m'empêcher de me sentir mal à l'aise. Je pensais au rubis qui me vaudrait la prison immédiate, ou pire, s'ils venaient à le découvrir en ma possession. Mais comment me soupçonneraient-ils d'avoir un tel trésor ? Éric et Julie avaient vu juste. Mon statut d'Occidental en voyage me protégeait. Les maîtres de Rangoon n'aimaient pas les touristes, mais les toléraient parce qu'ils contribuaient à normaliser le pays. On surveillait juste les Birmans qui leur parlaient mais pour le reste, on laissait ces méprisables visiteurs dépenser leurs devises comme ils le voulaient. D'autant qu'ils ne se bousculaient pas vraiment au portillon.

Ils ne m'adressèrent pas même un signe de tête et prirent d'assaut la table qui se trouvait juste devant moi, alors que les autres étaient vides. Leurs dos me cachaient la vue sublime, mais je n'avais pas le cran de leur demander de bouger. Les M-16 qu'ils avaient posés en équilibre sur la chaise, canon vers le ciel, firent immédiatement surgir la patronne avec deux grandes bouteilles de bière. Qu'ils ne régleraient pas, comme de bien entendu. Mal rétribués, les soldats birmans avaient l'autorisation de se payer sur la bête. Façon de les rendre encore plus voraces.

Une main s'est posée sur mon épaule. J'ai sursauté.

— C'est toi César ?

Un type d'à peine trente ans, aux yeux bleus et aux épais cheveux blonds, s'est assis en face de moi. J'ai hoché la tête en plissant les yeux.

Il s'est tourné vers la patronne et a fait claquer sa langue. Celle-ci a souri en le reconnaissant :

— *Nekaunyeh-la, Timté ?*

— *Nekaunbadeh, Daw La !*

Il lui a désigné du doigt mon verre, a dit d'autres mots en birman, et s'est tourné vers moi en me tendant la main.

— Timothée.

La poignée de main était chaleureuse. Le mec sûr de

son charme, avec ce qu'il fallait d'espièglerie dans le regard. Il portait un tee-shirt à col en V, blanc et sale, et un pantalon de treillis.

— Alors c'est toi que Julie m'envoie ?

L'entendre évoquer Julie m'a tout de suite agacé. J'aurais préféré qu'il parle d'Éric.

— Ça fait longtemps que t'es arrivé ?

— Deux jours.

— Je suis désolé. J'étais parti en trek avec deux clients. On peut partir dès demain, si tu veux...

Je ne comprenais pas mais j'ai hoché la tête.

La patronne est revenue avec sa commande. Il a bu son verre de rhum d'un trait et l'a reposé sur la table en le faisant claquer sur le bois. Les deux militaires se sont retournés. J'ai pris peur. Et encore plus lorsqu'il s'est levé, dirigé vers eux, et a tapé sur l'épaule du premier. Celui-ci avait l'air ravi de le voir. Le deuxième a lancé une phrase en birman et Timothée a éclaté de rire. Timothée. Il y avait un truc maniéré dans ce prénom qui ne collait pas avec sa décontraction. Il est revenu à la table tout à fait détendu.

— T'as de chouettes amis, dis-moi..., lui ai-je lancé.

Ses sourcils se sont dressés en accent circonflexe.

— Excuse-moi, mais comment tu crois que je t'ai obtenu ton permis spécial ?

Mon cœur s'est accéléré. Un permis spécial ? Je me suis autorisé un éclair de naïveté.

— Excuse-moi, mais un permis pour quoi ?

— Mong La est dans la Région Spéciale n° 4. Figure-toi qu'il faut une autorisation pour y aller, et que c'est le chef de ces mecs-là qui la donne.

D'un geste du menton, il a désigné les deux militaires.

— Désolé d'avoir l'esprit pratique. En parlant de ça, je vais avoir besoin de ton passeport pour finaliser le truc. Et du fric, aussi.

Je me suis exécuté.

— C'est combien ?

— 500, comme prévu. Julie t'a pas dit ?

J'ai ramassé mon sac militaire et en ai sorti les billets, qu'il a immédiatement glissés dans la poche de son pantalon de treillis. Il a souri en pointant son doigt vers le sac.

— Toi aussi on dirait que t'as des amis dans l'armée !

Je me suis raidi. Il m'a tapé sur l'épaule.

— Ça va, a-t-il lancé, jovial. En revanche, tu ferais mieux de ranger ton fric ailleurs. Surtout à Mong La. Tu sais que c'est la première fois que j'emmène un touriste là-bas. Perso j'adore, mais toi, qu'est-ce qui t'intéresse, là-bas ? Le jeu ou le cul ?

Ses yeux bleus me dévisageaient. Les miens tentaient de lire sur son visage. Visiblement, il n'était au courant de rien. Et moi je ne comprenais rien à ce qu'il me demandait. C'était inconfortable.

— Tu reprends un verre ? ai-je demandé pour dissiper la gêne qui était tombée entre nous.

Il a hoché la tête et souri. Dents blanches, barbe blonde, la pure gueule de baroudeur. De mon côté c'était le brouillard. Mong La ? Ça ne me disait rien. Pas possible de faire semblant d'avoir envie de pisser : mon *Lonely Planet* était resté dans la chambre. J'ai machinalement tâté le rubis dans ma poche pour me rassurer. C'est la fille de la patronne qui est venue me sauver la mise. Quinze ans, jolie comme un cœur avec sa frange de cheveux noirs, elle me regardait comme le messie depuis mon arrivée solitaire à Kengtung. La barbe de douze jours devait y être pour quelque chose, dans le côté messie.

Timothée lui a lancé une phrase en birman en lui ouvrant les bras. Elle a répondu à la lisière du chuchotement et a baissé les yeux, avant de s'éclipser à petits pas, les fesses moulées dans son longyi à rayures.

— Elle te trouve très beau, m'a-t-elle dit.

— Tu crois que j'ai une chance ? ai-je répondu machinalement.

— Plus que ça ! Et tu sais, c'est un beau parti. Être le boss du Golden Banyan Guesthouse, c'est quelque chose à Kengtung, je t'assure. C'est un peu le Crillon du coin... En revanche, je te demanderai de ne pas lui briser le cœur : c'est ma petite sœur.

Autour de nous, la nuit commençait à descendre. On sentait un parfum d'excitation monter dans l'atmosphère. Les enfants couraient à toute vitesse autour des charrettes à bras, lourdement chargées, que les adultes poussaient lentement sur le chemin de terre défoncé. En les regardant, Timothée a pris un visage d'enfant exalté.

— J'avais oublié ! C'est la fête des ballons ! César, voilà ce que je te propose. Je vais régler les dernières formalités chez mes amis (il les a désignés du menton), je passe chez moi prendre une douche et je viens te chercher d'ici une petite heure pour la fête. Ça te dit ?

Ça me disait surtout qu'il décampe. Je brûlais de monter dans ma chambre jeter un coup d'œil à la lettre M du sommaire de mon *Lonely*. M, comme Mong La. Je repensais à sa phrase : « Le jeu ou le cul ? »

10

Majestueuses et fragiles, les sphères de papier montaient dans la nuit en ajoutant des étoiles aux étoiles.

Timothée plantait ses doigts dans sa bouche et sifflait comme un gamin, aussi excité que la foule qui s'était pressée sur le terrain de foot du village. Depuis la tribune officielle, un micro annonçait la provenance des montgolfières. Une pour chaque village de la division de Kengtung, identifié par un signe géométrique peint en noir sur les flancs des ballons et rehaussé par des lampions accrochés à l'ensemble. Les monstrueux engins, maintenus en équilibre par les membres des équipes, tête ceinte d'un bandeau de couleur et longue perche à la main, semblaient vouloir s'écrouler avant dc s'élever mollement vers les cieux, propulsés par une flamme qui jetait des éclairs dans la nuit. De grosses méduses aériennes. Timothée m'a tiré par la manche.

— Viens, je t'offre un verre.

Il avait passé une chemise bleu ciel, un pantalon de toile, et lissé ses cheveux vers l'arrière. De la classe, incontestablement. J'ai pensé à Julie. L'odeur de ses cheveux, le goût de sa bouche, la texture de sa peau s'étaient introduits dans l'air que je respirais. Elle me manquait atrocement et qu'il la connaisse m'intriguait sans plaisir. Me faisait craindre une mauvaise nouvelle. Et pourtant je voulais savoir comment il la connaissait, s'il la voyait souvent... Bref, je voulais qu'il me parle d'elle.

Sur lui, j'étais à peu près fixé. Il menait une vie aux antipodes de la mienne. On avait eu le temps de grignoter un plat de nouilles sautées à la guesthouse, et il s'était épanché. Il vivait là depuis deux ans. Travaillait pour AsiaTrek, une agence de voyages basée en Thaïlande, qui souhaitait ouvrir des itinéraires de trekking dans la jungle birmane. « Ici, tu as les trois frontières, chinoise, laotienne et thaïe, dans un mouchoir de poche, et pas moins de trente ethnies dans ce mouchoir », avait-il expliqué en entrecoupant ses explications de gorgées de bière qui faisaient bouger sa pomme d'Adam proéminente. « Un mouchoir à reliefs, blindé de montagnes. T'imagines le potentiel pour les agences ? Il y a encore plein de gens qui recherchent l'aventure. À force d'entendre qu'elle n'existe plus, que tout est balisé, ils s'énervent et veulent vérifier. La Birmanie est encore vierge. La faute à la dictature. Ou grâce à la dictature. » Je n'ai fait aucun commentaire. Je préférais l'écouter. Il passait ses journées à sillonner les zones tribales, de village en village, dormait dans la maison des chefs, négociait des deals avec eux.

— La plupart d'entre eux crèvent de faim à cause de l'abandon forcé de la culture du pavot. Je les aide à se reconvertir en monnayant l'exotisme qu'ils apportent aux touristes. Donnant donnant.

Là, j'avais rompu le silence :

— Ça relève un peu du zoo, non ?

Il avait picoré quelques nouilles. Un mouvement rapide et précis. Il m'avait répondu en mâchant :

— Mais les gens veulent du zoo ! Ça les tranquillise. Dans certains coins de Birmanie, tu peux encore te faire descendre si tu prends une photo. Or tu imagines un instant interdire à des clients de prendre des photos ? Ils portent plainte... Aujourd'hui, le voyage n'a pas eu lieu s'il n'y a pas la photo. Celle qui prouve que tu as voyagé. Celle qui te prouve que tu t'es arraché à ton quotidien, que pendant quinze jours, tu es devenu un autre, celle que tu montres à tes amis en rentrant pour qu'ils valident cette autre vie éphémère. Y a un truc qui me surprend chaque fois, tu vois, c'est que les clients veulent toujours une photo avec le chef. Ils ne savent rien de son histoire, de comment il est devenu chef, des responsabilités et des pouvoirs que ça implique, ils ne sont rien à côté de ce chef, mais ils estiment qu'ils ont le droit d'être pris en photo avec lui. Tout simplement parce qu'ils ont payé pour ça. Mais ce qui me surprend encore plus, c'est que parfois, le chef aussi ça le flatte d'être pris en photo avec un Blanc. Et là, tu vois, y a un truc que je pige pas. C'est comme si eux aussi ils aimaient l'exotisme que leur apportent les visiteurs. Alors, est-ce qu'il faut préférer le temps où ils leur coupaient la tête ? Je ne sais pas...

Il a ri, et m'a dévisagé.

— Et puis dis donc, toi, tu ne vas pas me reprocher de les emmener au zoo, alors que tu veux aller à Mong La !

— Ça n'a rien à voir, ai-je répondu.

— Tu vas me dire que tu veux fixer ça avant que ça disparaisse ?

Il faisait les questions et les réponses et ça m'allait assez bien. C'était mieux dit que ce à quoi j'avais pensé pour expliquer mes raisons d'aller à Mong La.

— La curiosité pour une curiosité ? a-t-il repris.

— Oui, je crois que c'est ça.

— Beaucoup de clients disent ça, aussi, quand ils vont dans les tribus. Allez, bienvenue dans le Triangle d'or.

Il a choqué sa bière contre la mienne.

Mong La : la description qu'en donnait mon *Lonely* tenait en quelques lignes. « Le district frontalier de Mong La est à présent contrôlé par l'ethnie wa qui, après avoir combattu les troupes de Rangoon, entretient désormais des relations pacifiques avec le gouvernement. Le district accueille de nombreux touristes chinois qui apprécient son célèbre marché animalier et ses casinos. Le plus grand et le plus luxueux accueille les traditionnels jeux de hasard chinois et occidentaux, ainsi que quelques autres semblables à ceux pratiqués à Macao. Mong La est une "zone sans opium", mais cette affirmation est plus ou moins exacte, puisque la métamphétamine a désormais remplacé l'opium en tant que drogue illicite la plus lucrative de la région. »

C'était tout. J'avais fermé le guide en me demandant quel pouvait être le plan. Jouer le rubis au casino ? L'échanger contre de la drogue ? Une rebelle comme Wei Wei pouvait-elle se cacher dans la ville du jeu et du cul ?

Le dernier ballon venait de s'envoler dans la nuit. Des musiciens s'installaient sur une scène dressée sous un chapiteau couvert de guirlandes. Une jolie fille avait pris position sur la scène.

— Concours de chant. Ils adorent ça.

— C'est la Star Academy birmane ? ai-je dit machinalement.

— La quoi ?

Je me suis tourné vers lui. Il avait l'air sincèrement étonné. J'ai trouvé que c'était une bonne nouvelle, que la référence ne lui dise rien.

— C'est une émission de télé, en France.

— Je n'ai pas la télé et je ne retourne plus en France.

— En fait, c'est un peu partout dans le monde.

— Mon monde, c'est celui-là.

Il a porté la bière à ses lèvres. La fille a commencé à chanter sur un air de synthétiseur, bougeant timidement les hanches, pas vraiment dans le rythme. Sa voix tremblait dans le micro. Les projecteurs auréolaient ses cheveux d'une poussière luminescente.

J'ai sorti mon appareil photo de mon sac et j'ai transformé la fille en fichier numérique de un mégaoctet.

— J'adore les Birmanes. Pas toi ?

Il avait les yeux qui brillaient.

— J'en connais peu, j'ai dit.

— Il suffit de les regarder. Quelle finesse par rapport à vos vaches occidentales ! Et ces longs cheveux noirs, fluides et parfumés... Ce ne sont même plus des filles, ce sont des fleurs, des filles-fleurs, je te dis ! Tiens, regarde-les...

Il a fait un signe du menton.

La fille du Golden Banyan était à dix pas. Avec deux amies. Méconnaissable dans son jean et son petit haut, elle lançait des regards appuyés dans notre direction. Dès que je levais la tête, elle baissait les yeux. Il avait dit « vos » vaches. Comme s'il s'extrayait de l'ensemble « occidental ».

— Elle est jolie, non ? a-t-il dit.

— Très. Mais elle a 15 ans.

— Sa mère lui cherche un mari. Et ça se bouscule, je peux te dire. Elle s'appelle Khin Mya. Tu tiens tant que ça à la France ?

— Non, pas tant que ça, ai-je répondu.

Il m'a tapé sur l'épaule et je me suis senti triste. Je me foutais de la France, et pourtant c'est le seul point commun que j'avais avec Julie. J'ai regardé la jeune Birmane. Quinze ans. À quoi ressemblait Julie, à

15 ans ? Avait-elle la même blondeur ? La même dureté qu'aujourd'hui ?

— Julie, tu la vois souvent ? ai-je fini par demander.

Je me mordais la langue depuis qu'il m'avait parlé d'elle. Il n'a pas quitté la scène des yeux, et dit simplement :

— Non.

Il s'est tu. Je lui ai demandé de préciser. Il a continué à regarder la scène en me répondant.

— Elle m'envoie des clients de temps en temps, c'est tout. Comme toi aujourd'hui. On se parle deux minutes, au téléphone.

— Et elle t'a dit un truc spécial sur moi ?

Là, il s'est tourné, étonné. Ses yeux bleus, incroyablement vifs même dans la nuit :

— Non, elle aurait dû ?

La honte et la tristesse me sont montées au visage.

— Non.

La fille a terminé sa chanson. Applaudie moyennement, elle a quitté la scène, passant le micro à la concurrente suivante. Timothée n'en perdait pas une miette. Et Khin Mya continuait à regarder dans notre direction.

— Pourquoi tu l'épouses pas, toi ?

— C'est comme ma petite sœur, je t'ai dit.

Son ton s'était durci. Il s'en est rendu compte et s'est mis à rire comme pour dédramatiser. On a commandé deux autres bières.

— Julie, tu l'as connue à Rangoon ?

Il a répondu sans me regarder, après avoir absorbé une autre gorgée de bière d'un mouvement de pomme d'Adam.

— Non, ici.

— Elle m'a dit qu'elle n'était jamais venue dans le Triangle d'or, ai-je lancé, surpris.

Il a haussé les épaules.

— Elle voulait voir les tribus. Je lui ai servi de guide.

L'imaginer marcher avec elle dans ces montagnes couvertes de jungle m'a déplu. Son joli visage têtu. Et lui, son sac à dos sur les épaules, ses cheveux blonds en arrière. Deux blondeurs côte à côte. Les locaux devaient les prendre pour des dieux. La jalousie m'a mordu les tripes.

— Et ça s'est bien passé ?

Il s'est tourné vers moi. Ses sourcils avaient repris leur forme d'accent circonflexe.

— Comment, ça s'est bien passé ? Qu'est-ce que tu veux savoir ? On est obligés de parler d'elle, là ? Tu sais, c'est pas quelqu'un que j'adore, si tu veux tout savoir...

Il a repris une gorgée de bière, contrarié.

— Qu'est-ce que tu lui reproches ?

— Ses grands discours sur la Birmanie, sur la dictature, l'oppression militaire... je trouve ça casse-couilles, à la longue. Si ça lui pèse trop, pourquoi elle ne retourne pas en Europe ? Elle n'a pas trop à en souffrir, elle, de la junte...

Je me suis senti blessé.

— Qu'est-ce que tu en sais, si elle n'en souffre pas ? Elle est médecin, elle aide les gens, elle voit comment ils vivent, ce qu'ils ressentent... Aider les gens, ça te paraît pas assez important, comme raison de rester ?

Il s'est retourné, surpris. Et puis il est parti dans un grand éclat de rire.

— Attends, demain on va à Mong La, alors ne me la joue pas *french doctor*, s'il te plaît...

— Et pourquoi pas ?

J'avais haussé le ton sans m'en apercevoir. Il est

resté coi, les yeux braqués sur moi. J'ai tourné la tête et regardé l'estrade. Les chanteuses se succédaient. Les larmes de Julie, sur la pirogue, me sont revenues en mémoire. Qu'est-ce qu'il savait d'elle, de son amour pour le pays ?

— J'aime le pays autant qu'elle, a-t-il repris comme s'il avait lu dans mes pensées. Et je le connais d'ailleurs sûrement mieux qu'elle. Mais je n'en fais pas une cause. Julie est dévouée, attendrissante, tout ce que tu veux... Mais elle est trop passionnée et elle en devient soûlante. (Il a marqué une pause, et a repris, à voix basse :) Dommage, parce que j'adorais baiser avec elle.

La surprise m'a scié en deux. La douleur est venue en même temps que la colère. J'ai serré la bouteille dans ma main pour ne pas craquer, ne pas lui faire ravaler sa phrase avec des bouts de verre dans la bouche. J'ai fait un effort pour ne pas courir et fuir ce terrain de foot pourri. Ne pas lui laisser cette chance.

— Je n'étais pas assez birman pour elle, a-t-il dit en empoignant une touffe de ses cheveux blonds. Ça tombe bien, d'ailleurs. Moi aussi, je n'aime plus que les Asiatiques...

Un tonnerre d'applaudissements a traversé la foule. Mes jambes se sont mises à trembler. Un jeune garçon endimanché est monté sur l'estrade pour passer un collier de fleurs autour du cou de la chanteuse. Ses longs cheveux dénoués, son port de reine, les motifs à chevrons rouges et dorés de son longyi noir, la frêle poitrine qu'on devinait sous son chemisier blanc. J'avais froid. Les applaudissements et les sifflets ont redoublé, couvrant en partie la voix de Timothée, les yeux braqués sur la gagnante. Moi, c'est lui que je regardais, et que j'imaginais penché au-dessus de Julie, caressant les seins de Julie, le cul de Julie, les cuisses de Julie, jouissant en Julie.

J'ai senti que la soirée s'arrêterait là pour moi, que je commençais à détester ce type et son cynisme. Mon rêve était cassé, et la tristesse m'écrabouillait. Il me serait impossible d'aller à Mong La avec lui. Je ne sais pas quel machiavélisme avait pu la pousser à me mettre dans les pattes d'un de ses anciens mecs. Et pourquoi m'avait-elle menti en me disant qu'elle n'était jamais allée dans le Triangle d'or ? Est-ce que je comptais ? N'étais-je qu'un pion ? J'ai fermé les yeux et évoqué pour moi, rien que pour moi, sur la paroi de mon cerveau, ces nuits du lac Inle où on se disait tout en ne se disant rien, où nos moiteurs se mélangeaient en un puissant tableau parfumé.

— Ça ne va pas ?

Il me regardait.

— Je vais rentrer, j'ai dit.

— OK, alors repose-toi bien, ça va être crevant demain. Sept heures en bas, ça te va ?

J'ai hoché la tête sans conviction et j'ai avancé. Mais j'avais à peine fait dix mètres que mon prénom a retenti derrière moi. Timothée me faisait signe de le rejoindre. Il était flanqué d'un petit homme trapu en veste de cuir et pantalon de tergal. Je suis revenu sur mes pas.

— Avant que tu n'ailles te coucher, m'a dit Timothée, je te présente « Mister Paul ». Dit encore « *Oh-my-goodness !* » parce que c'est son expression favorite.

Cinquante ans, pommettes hautes, regard perçant.

— Mister Paul est guide. Il est akha, et il connaît Mong La par cœur. On l'emmène avec nous demain.

En entendant le mot « akha », j'ai compris que les affaires reprenaient. Impression confirmée en voyant l'acuité avec laquelle il m'observait.

11

Des kilomètres de terre rouge, défoncée par les nids-de-poule, et le jardin d'Éden tout autour. Des courbes de montagnes couvertes d'eucalyptus qui m'ouvraient les sinus au forceps, des ravins cultivés en terrasse où croissaient des pamplemoussiers lourds de fruits dorés. Pas âme qui vive à part quelques paysannes pieds nus et chargées de hottes quand on croisait un village. Si l'on pouvait donner ce nom à un hameau de cahutes envahies par les poules.

Et voilà que sans prévenir, en haut d'une côte, le chemin de terre venait de se métamorphoser en autoroute. Une autoroute à quatre voies, et bordée de lampadaires ! Leur alignement surréaliste dans ce no man's land commençait juste derrière une barrière peinte en rouge et blanc et gardée par une cabane sordide. Le guide a freiné, et mis pied à terre. On a fait de même. « Tu restes là », m'a dit Timothée en libérant le cale-pied de la Yamaha.

Mister Paul s'est approché de l'ouverture rectangulaire, genre buvette de stade de foot, et je l'ai entendu parler. Timothée l'a rejoint et tendu une feuille de papier qu'une main a saisie prestement par l'ouverture.

Au bout de trois minutes, la main a rendu le document. Timothée m'a fait signe.

Le gardien de la guérite voulait me voir. J'ai été sidéré en découvrant un soldat d'à peine 15 ans. Au fond, assis sur une chaise de plastique, un autre adolescent en treillis regardait un match de foot sur une télé grésillante. Pas un regard pour nous, et une activité musculaire réduite aux mouvements de l'éventail qui le protégeait de la chaleur et des mouches. Le premier adolescent m'a demandé d'ôter mon casque et m'a jaugé d'un œil sévère. Un triangle rouge, avec, au centre, un signe cabalistique, s'affichait sur la manche de son uniforme militaire. Il a dit une phrase dans sa langue, que Paul a traduite et répercutée vers Tim. Ce dernier s'est mis à sourire et a déposé une liasse de billets sur le pupitre. Deux autres jeunes, armés de fusils M-16, ont aussitôt surgi d'on ne sait où pour nous ouvrir la barrière.

— *Eastern Shan State Army*, l'Armée du peuple shan oriental, m'a lancé Tim alors que j'enjambais la moto pour monter derrière lui. (Il a fixé la boucle de son casque en forme de bol.) À partir du moment où on aura passé cette barrière, considère que tu n'es plus vraiment en Birmanie.

Il a enclenché le démarreur d'un coup de pied. L'engin a grondé. On a parcouru cent mètres et il s'est encore arrêté.

— Mong La, a-t-il dit en posant le pied à terre.

Je me suis penché sur la gauche pour ne plus avoir son dos comme unique champ de vision. Et là, j'ai ouvert de grands yeux. Parce que ce qu'il y avait au fond de la vallée qu'on dominait, protégée par de hautes collines où les nuages s'effilochaient au milieu du ciel bleu, c'était purement et simplement un mirage.

Alors qu'il y a dix minutes nous étions encore en train de jouer un remake de *Easy Rider*, à fond sur nos motos avec le vent dans les yeux et Dame Nature tout autour, voilà que s'étendait à nos pieds une ville tout ce qu'il y avait de plus moderne. Vaste, bétonnée, avec des tours de verre, des dizaines et des dizaines de voitures qui circulaient, des barres d'immeubles, des parcs, des pelouses, un stade de foot et même, juste là, à côté de nous, écrit en lettres d'or sur un muret propret : MONG LA GOLF CLUB. Une ville au milieu de la jungle dominée, pile sur la colline en face de la nôtre, par une statue géante du Bouddha. À peu près trente mètres de haut, debout et tout en or, et pointant le doigt dans notre direction.

Timothée souriait, les narines frémissantes, comme pour mieux humer l'air de la ville qui paraissait l'électriser. Mister Paul attendait, placide, enveloppé dans son cuir des années 70, avec ses cheveux noirs qui dépassaient de son casque.

— Bienvenue sur les terres d'U Sai Lin, seigneur de la drogue et fidèle communiste ! a lancé Timothée en faisant rugir le moteur.

On est descendus vers la ville. Les gens qu'on croisait n'avaient plus rien à voir avec ce qu'on avait vu dix minutes auparavant. Jeans, chemises, pompes de cuir, l'air insouciant. Et puis toutes ces bagnoles ! Vitres teintées, énormes, noires. On a traversé un pont qui enjambait la rivière, longé des banques rutilantes frappées de caractères chinois, d'énormes constructions dorées, kitsch, dont les enseignes promettaient du « Game », encore du « Game », et de la « Money ». Enfin, on s'est arrêtés devant un immeuble à la façade carrelée de blanc. Mr. Paul, lui, a poursuivi son chemin sur sa moto.

— Il ne vient pas avec nous ? ai-je demandé à Timothée qui poussait déjà la porte de la réception.

Il a secoué la tête.

— Il a des amis ici, c'est chez eux qu'il dort.

Si l'extérieur ressemblait à un hôpital, le hall semblait sortir d'un film de kung-fu des années 70. Des fresques de plâtre sur l'encadrement des portes, des pots de fleurs artificielles et un escalier prétentieux à rampe dorée. Timothée s'est approché du comptoir où se tenait une fille en uniforme bleu. Il lui a parlé.

— C'est là où je descends toujours, m'a-t-il dit en se tournant vers moi. On est au cœur du truc. C'est kitsch, mais c'est bien.

Il semblait véritablement excité. La fille nous a tendu deux clés après avoir pris nos passeports, et indiqué l'escalier. On s'est retrouvés dans un couloir dont le lino imitation marbre couinait sous nos semelles et empestait la Javel.

— Pose tes affaires, je t'emmène bouffer. Et puis après, on ira au musée d'éradication de la drogue. Que j'appelle, personnellement : « L'hôpital nique la charité. »

À cent mètres de l'hôtel, déjà, ça commençait très fort. Une grande place avec une halle en tôle abritait le marché et des dizaines de tables de billard. Tout autour, des dizaines de gargotes dont les enseignes, bardées d'idéogrammes et de silhouettes féminines, annonçaient la spécialité du cru. L'ambiance semblait néanmoins bon enfant. Très salon de coiffure, en fait. Dans un nuage de musique de karaoké, les filles, assises sur des canapés à fleurs ou de simples chaises de plastique, jouaient au mah-jong en jeans taille basse, regardaient des sitcoms, ou faisaient leur lessive. Les strings et les soutiens-gorge s'égouttaient sur le bitume. Au mur, des couples habillés s'enlaçaient sur des posters baignés d'une lumière rose.

— Toutes chinoises, commenta Timothée. Elles ne restent qu'une dizaine de jours pour ne pas lasser le client. On y retournera ce soir. Pour l'instant, je t'emmène au spectacle.

Il a accéléré en s'élançant dans la côte.

Couvertes de strass et de plumes, des Asiatiques aux seins lourds et forcément refaits interprétaient « La vie en rose ». Avec l'accent, ça donnait « La vie en lose », mais c'était plaisant à regarder. Notamment l'un des numéros, où une jolie brune au style Betty Page se livrait à un strip-tease sophistiqué dans un verre de Martini géant, avant de se frotter les seins avec une éponge en forme d'olive. Les Chinois étaient vraiment les rois de la contrefaçon. Après le spectacle, Timothée m'a entraîné sur une terrasse d'où on voyait tout Mong La, ainsi que les jungles denses qui la cernaient. La baigneuse, sortie de son verre, s'est dirigée vers nous. Grande, le cul moulé dans une robe noir satinée, l'air de l'héroïne de *Breakfast at Tiffany's*, mais avec les seins nus.

— Comment ça va, Audrey ? a dit Timothée.

La jeune femme l'a embrassé, et a enlevé ses longs gants de satin avant de me tendre une main aux ongles impeccables. Elle était ravissante et aurait pu sans peine figurer au générique d'un film de Wong Kar Waï.

— Tu la trouves belle ? m'a demandé Timothée.

— Elle est très belle, oui.

— Tu la veux ?

C'était direct, et l'effet était renforcé par le regard intense de la fille. Les battements de mon cœur ont accéléré. Elle était splendide, et je me suis demandé pourquoi au juste j'allais dire non, car je savais que j'allais dire non. Prévention morale contre la prostitution ? Non, car je considérais que c'était une façon de vendre sa force de travail. Narcissisme aigu consistant à vouloir être aimé quand je faisais l'amour ? Pour le moment, je n'avais pas la réponse.

— Non merci, Timothée.

Il a dit à la fille d'attendre et m'a pris à partie.

— Juste un truc, m'a-t-il dit d'un ton pédagogique. Une femme normale, elle sait qu'elle est femme. Alors qu'un *ladyboy*, il doit toujours prouver qu'il est une femme.

— Un ladyboy ?

— Ouais, un transsexuel, si tu préfères. Faire l'amour avec un transsexuel, c'est encore plus émouvant que de le faire avec une femme, parce qu'il veut vraiment te montrer qu'il est une femme, et que tu es en train de faire l'amour à une femme. Audrey est adorable, je t'assure...

J'ai mis du temps à comprendre tant c'était énorme. L'envie d'éclater de rire m'est venue, mais, devant son air sérieux, je me suis abstenu.

— Non merci, Timothée.

— Tu préfères une prostituée classique ?

— Je préfère qu'on y aille, surtout.

Il s'est arrêté et gratté la tête, perplexe. Puis il a salué Audrey d'un baiser sur la bouche et on est redescendus vers la ville. C'est en passant sous le porche que j'ai lu ce que j'avais laissé de côté en montant : « *The Mong La Ladyboys Show* ». « *Ladyboy* » : convenons que c'était tout de même un joli mot.

Mong La était un Disneyland pervers prêt à basculer dans l'horreur à tout instant. Des gamins habillés de jaune enfonçaient leur tête dans les gueules acérées de monstrueux crocodiles pour une assemblée de Chinois qui, je pouvais le sentir, auraient donné beaucoup pour que les sauriens referment leurs mâchoires sur les nuques enfantines. « Ils attendent, a lancé Tim. Ils attendent l'accident. C'est arrivé, l'année dernière : le gamin a agité les jambes pendant une dizaine de secondes. Et puis plus rien. D'autres viendront, recrutés dans les campagnes environnantes. »

Son profil se découpait sur fond de ciel bleu et de visages bridés tendus de plaisir vers la catastrophe potentielle. La mort pour une poignée de yuans. « La monnaie chinoise est la seule acceptée ici. U Sai Lin a fait de Mong La une petite Chine clandestine où tout ce qui est interdit de l'autre côté de la frontière est toléré, et même encouragé. On est en Birmanie mais les kyats n'ont plus cours, ni l'alphabet birman. Même les horloges, vois-tu, sont à l'heure chinoise. »

Il applaudissait avec eux, parfaitement à l'aise dans ce défouloir jaune. Mong La agissait comme un révélateur : je découvrais quelqu'un dont l'âme, les expériences et les appétits étaient aux antipodes de ce que laissait présager sa gueule d'ange. Je le sentais de plus en plus heureux d'être là. Comme si un orage se levait en lui...

Il m'inquiétait, et il était pourtant ma seule boussole dans ce labyrinthe. Mister Paul n'était pas revenu, et d'ailleurs je n'étais sûr de rien le concernant. La chaleur montait mais je n'osais enlever ma veste de peur de perdre le rubis qui dormait dans ma poche. Un bijou qui devenait encombrant, angoissant. La dernière visite organisée par Timothée n'a rien fait pour me rassurer.

— Le clou du spectacle, le point d'orgue de Mong La, a-t-il annoncé d'une voix chantante en me conduisant jusqu'à une grosse bâtisse rose bonbon. Un musée d'éradication de la drogue... construit avec l'argent de la drogue. Faut le faire, non ?

À l'intérieur, personne. Sauf la junte militaire au grand complet, et en grand uniforme, accrochée sur le mur sous forme de tableaux qui dessinaient une pyramide. Un portrait par général. Tout en haut, le Big Brother birman : le Senior General Than Schwe. Un vieux en uniforme bardé de médailles, coiffé d'une casquette d'apparat, le nez chaussé d'énormes lunettes carrées à verres fumés. Pas de regard, pas besoin de regard. On regardait pour lui. Un Birman sur dix espionnait ses compatriotes pour son compte.

— Totalement barré dans l'astrologie, commenta Timothée en se plantant devant lui la main contre la tempe dans une parodie de salut militaire. C'est lui qui veut déménager la capitale à Naypyidaw, un trou paumé où tu n'as même pas une ligne de train correcte. Il se prend pour un roi. Il veut sa capitale à lui, et ses chamanes lui ont dit que c'était son année. Alors il fonce, le con. (Il marqua une pause.) Tiens, c'est bizarre, ils n'ont pas enlevé celui de Khin Nyunt ? lança-t-il.

Le nom me disait quelque chose mais je ne me souvenais plus où je l'avais entendu.

— Qui est-ce ? ai-je demandé.

— L'ex-patron des M-I, les services secrets.

À peine eus-je entendu ce nom que le visage de Double-Neuf m'est revenu à la figure.

— On le présentait comme le plus « cool » de la junte, a repris Timothée. Un des seuls à avoir noué des rapports avec les puissances voisines. En réalité, c'était l'un des types les plus puissants du pays parce qu'il chapeautait tous les trafics transfrontaliers. Notamment celui du teck, des rubis et du jade. Il y a quelques mois, il y a eu du rififi dans la junte. Than Schwe a convoqué ses alliés et les a dressés contre Khin Nyunt. L'armée est venue l'arrêter chez lui avec toute sa famille. C'est pour ça que ça m'étonne de le voir encore au mur. Il a pris quarante ans de détention et serait dans une île-bagne de la mer d'Andaman. On dit que ce sont ses lieutenants, qui dans l'affaire ont perdu tous leurs privilèges, qui ont posé les bombes de Rangoon. Tu en as entendu parler ?

Je venais de me souvenir où j'avais entendu le nom. À Rangoon, dans la bouche d'Éric. J'ai sauté sur l'occasion.

— On accuse aussi un groupe ethnique en rébellion.

— Aucun groupe ethnique n'aurait les moyens de monter une opération à Rangoon.

Je n'ai pas voulu le laisser s'échapper.

— Wei Wei, ça te dit quelque chose ?

Je pourrais jurer avoir vu son expression changer. Il a pourtant répondu :

— Non. Je ne connais pas les dernières rumeurs qui circulent à Rangoon.

Il a franchi le porche qui menait à la première salle. Je n'ai pas insisté. Pourtant, il me semblait vraiment que son expression avait changé. Des vitrines exposaient de drôles de mannequins. À taille humaine, vêtus de jeans et de tee-shirts de hard rock, avec des tignasses crépues, et en train de se shooter à la seringue. Puis, dans une autre vitrine, d'autres mannequins aux cheveux courts, portant le longyi, une chemise blanche à col mao et qui levaient le bras en l'air, façon nazie. Le malaise m'a envahi.

— Tu as compris le message de l'expo ? Ici tu as les drogués, forcément fringués à l'occidentale puisque ce sont les méchants, et là, les bons et purs Birmans, en costume traditionnel. Et tu vois ce petit lion, brodé sur leur chemise ? C'est le symbole de l'USDA, le parti politique créé par la junte et qui infiltre tout ce qui peut ressembler de près ou de loin à une manif.

C'est eux qui ont essayé de buter la Dame, l'année dernière...

La salle suivante, glauque à souhait, montrait les objets en vannerie réalisés par les drogués dans les centres de désintoxication birmans. Je n'osais même pas imaginer l'ambiance qui devait y régner. Sauf que j'y fus obligé en raison des photos qui s'alignaient sur les murs. De pauvres types au visage ravagé, d'une maigreur d'ascète, en train de tisser des paniers en regardant l'objectif avec des yeux morts. Je commençais à étouffer. Le profil d'une jeune femme se découpa derrière un pilier. C'était l'employée qui nous avait vendu les billets.

— Et là, pour finir, tu as la salle de l'auto-promotion.

Tim m'appelait de l'autre pièce. Je me suis arraché à la contemplation des malheureux zombies et l'ai rejoint. Sur les murs de la salle, quantité de photographies et des panneaux en anglais expliquant comment le grand U Sai Lin avait éradiqué le pavot de toute la Région Spéciale n° 4. « C'est lui », m'a dit Tim en montrant la photo d'un sexagénaire en chemise blanche et lunettes noires, serrant la main d'un général en treillis.

— U Sai Lin est un ancien chef de guerre de la guérilla communiste des années 70 devenu baron de l'opium. Y en a eu beaucoup dans le Triangle d'or, qui se faisaient passer pour des leaders ethniques, des libérateurs et des résistants face à la junte, et qui prétextaient financer leur rébellion avec l'argent du pavot. Comme Khun Sa, un peu plus au sud. Tu as entendu parler de lui ?

Le souvenir du vieux guerrier agonisant sur son lit sculpté de dragons m'est revenu en pleine face. J'ai blêmi.

— Il y a une quinzaine d'années, U Sai Lin a négocié le cessez-le-feu avec Rangoon et accepté de renoncer à la culture du pavot en échange de la permission de créer Mong La et de pouvoir régner sur elle. L'argent des roulettes et le jus des chattes ont remplacé le suc du pavot. À cela, tu rajoutes les dividendes qu'il touche sur les amphétamines qu'il fait fabriquer à la pelle dans les montagnes environnantes. C'est pour ça que je disais tout à l'heure : l'hôpital qui nique la charité, a-t-il ajouté avec un sourire ironique.

La dernière salle était la plus atroce. Encore des photos, et très sanglantes. Sur fond de gigantesques bûchers où l'opium, comme le disait la légende, brûlait par kilos, on voyait des types, bandeau sur les yeux, se faire éclater la cervelle, un flingue contre la tempe.

— Tu vois, sous ses apparences de Disneyland, on ne rigole pas toujours dans le district de Mong La.

— C'est qui, ces types ?

— Des trafiquants qui n'ont pas eu la bénédiction d'U Sai Lin. C'est le boss, le parrain, l'ange noir de Mong La. Rien de précieux ne doit rentrer ou sortir de la Région Spéciale sans qu'il y prélève sa dîme... Si tu trafiques sans lui verser sa com', ça peut sentir mauvais... mauvais...

Pourquoi me regardait-il avec des yeux inquisiteurs ?

La cervelle sortait en geyser du crâne des pauvres types aux yeux bandés... La tête a commencé à me tourner. Mon cœur à battre de plus en plus vite contre la pierre précieuse logée dans ma veste à son niveau. Et cette sensation indiscernable de chaud et de froid qui revenait, ma chemise qui se trempait de sueur. J'ai dû m'appuyer contre le mur, en proie à un vertige accompagné de nausée. Je venais de réaliser l'étendue de mon inconscience.

Un filet d'acide remontait de mon estomac et me brûlait l'œsophage. J'ai prié Tim de me reconduire d'urgence à l'hôtel.

— Ça doit être la bouffe, j'ai dit.

Dans la salle de bains, mes intestins m'ont lâché. Je me suis foutu sous la douche. Une fois que c'est allé mieux, un éclair de lucidité a traversé ma cervelle irriguée par l'eau fraîche. Je ne voulais pas qu'elle se répande hors de ma tête, ma cervelle. Il fallait qu'on m'explique, ça devenait trop dangereux de se balader à l'aveugle avec la pierre dans la poche. Je n'avais jamais eu l'intention de jouer la mule, comme ça se faisait avec la drogue en Colombie. Parfois, les sachets de cocaïne ou d'héroïne éclataient dans l'estomac des petites Colombiennes qui acceptaient de leur faire passer la frontière, et moi je n'avais pas envie que le rubis me pète dans les mains.

Je me suis habillé. Il fallait que je trouve un téléphone, je ne voulais pas utiliser celui de l'hôtel.

« Téléphone » était, avec « sexe » et « money », l'un des mots les plus universels. Sur la place aux putes, une bande de filles qui jouaient au mah-jong m'ont indiqué une boutique.

J'ai poussé la porte de verre. Les cabines étaient toutes prises et il y avait la queue. Des conversations qui n'en finissaient pas. Que des Birmans, reconnaissables à leur longyi. J'ai compris que Mong La devait être l'un des seuls endroits où l'on pouvait non seulement téléphoner partout mais surtout sans être écouté. D'où la queue, dans un pays dont les dirigeants continuaient à mettre en prison toute personne en possession d'un fax non déclaré. Au bout d'un quart d'heure, les images des types mis à mort par les hommes d'U Sai Lin me sont revenues en mémoire.

À nouveau, mes intestins menaçaient de me lâcher.

J'ai avisé un Chinois dont le portable trônait comme un flingue dans l'étui de sa ceinture. Je me suis approché en souriant du mieux que je pouvais, malgré la sueur qui mouillait mon front. Je lui ai désigné de la main l'appareil.

— Je voudrais appeler à Rangoon, juste deux minutes, je vous paye...

J'ai sorti une liasse de billets de ma poche, qu'il a regardés avec circonspection.

— Appeler. Rangoon, ai-je répété.

Il a secoué la tête.

— *Me, Chinese. Only China*, a-t-il répondu avant de se détourner.

Une femme avait compris, elle a commencé à me parler, je ne comprenais rien, et puis elle a indiqué les cabines. « Yangon », a-t-elle-dit. J'étais bien avancé. Les battements de mon cœur montaient encore en puissance, et la pression sur mes intestins devenait plus forte. Je risquais d'exploser.

Une cabine, soudain, s'est libérée. J'ai court-circuité la file d'attente et j'ai foncé comme une flèche. J'ai entendu les protestations derrière moi. On a tapé à la porte de Plexiglas et je ne me suis pas retourné. Son portable ne répondait pas. J'ai composé le numéro de son organisation. Cinq sonneries, interminables. Puis une voix féminine. « *Mingalaba ? – Mrs Julie, please.* » Silence au bout de la ligne, et puis le bruit d'un objet que l'on pose sur une table. Enfin, j'ai entendu, en français :

— Qui la demande ?

— César, j'ai dit.

— Ah, le touriste ?

Il y a eu un éclat de rire narquois. J'ai reconnu la voix d'Henri, le type que j'avais chambré au BME. Il avait dû prolonger son séjour.

— Ouais, le touriste. Julie est là ?

— Non.

J'ai demandé, impatient :

— Elle sera là quand ?

— On ne l'a pas vue depuis qu'elle a quitté Rangoon.

— Comment ça ? j'ai dit. Elle n'est pas revenue depuis dix jours ?

Il a rigolé au bout du fil.

— Tu la découvres, mec. Ça lui arrive souvent. Elle dit qu'elle part en mission, et comme c'est elle la patronne, tu sais, on demande pas trop d'explications. Moi encore moins, je pars demain.

J'ai répété machinalement.

— En mission...

— Ouais, en mission humanitaire, mais avec elle, ça ressemble souvent à des missions secrètes...

Je suffoquais. J'ai écarté le combiné de ma bouche et pris une grande inspiration.

— Tu peux lui dire que je l'ai appelée ? Qu'elle rappelle Timothée quand elle rentre ?

— Le Timothée de Kengtung ? Le barge ?

J'ai sursauté.

— Pourquoi tu dis « le barge » ?

— Bah, il est un peu barge, non ? Bon, tu m'excuses, là, mais il faut que je te laisse. Je passerai le message, t'inquiète.

Il a raccroché. Je suis resté une bonne dizaine de secondes, comme ça, avec l'écouteur contre l'oreille. Le « barge » ? Pas rentrée à Rangoon ? Depuis dix jours ? Je suis ressorti hagard de la petite échoppe. Là-haut, sur sa colline, le Bouddha géant continuait à pointer son doigt vers la ville, vers moi, perdu dans Mong La, perdu dans ma tête. La peur m'a repris dans sa tenaille. Le regard torve de Than Schwe, les mannequins déglingués auxquels je pourrais bien ressembler si jamais je me faisais choper. Je recommençais à grelotter alors qu'il faisait au moins trente degrés. Dans la rue, les gens me dévisageaient. Sûrement parce que j'étais le seul étranger, mais je ne pouvais pas être sûr que ça ne soit pas aussi à cause de ma mine défaite. Il fallait que je me reprenne, ou j'allais me faire repérer.

À l'hôtel, je suis repassé sous la douche pour me libérer de cette gangue de sueur puante. J'ai tiré les rideaux pour me protéger et me suis écroulé sur mon lit, anéanti, le rubis serré dans mon poing, et mon poing sous mon ventre. Ici, personne ne viendrait le chercher. Le téléphone a sonné plusieurs fois, de très loin, de trop loin pour que je sache si la sonnerie était réelle dans le ronronnement de la clim. Quand je me suis décidé à en finir avec cette sonnerie stridente, mon bras engourdi a fait dégringoler l'appareil de la table de chevet. Le bruit s'est arrêté, et j'ai sombré à nouveau dans le sommeil. Le réveil a été brutal.

12

J'ai ouvert les yeux, et ce que j'ai vu m'a sidéré. Garder son calme, surtout. Garder son calme. Il était assis sur le rebord du lit, à côté de mon corps suant. Il avait allongé la main sous la lampe, la paume tendue et sur cette paume, c'était hallucinant, mon rubis. Oui, mon rubis, dont il examinait avec méthode les reflets sous l'ampoule. J'ai détendu mes muscles et rassemblé mes forces. Il me tournait le dos. C'était facile. Mon bras est parti à grande vitesse, a saisi la pierre et l'a engloutie dans le coffre-fort de mon poing. Il a sursauté, bousculé la lampe qui est venue s'écraser sur le sol. La pénombre est tombée dans la chambre. Seule la lumière multicolore des enseignes à putes filtrait à travers les rideaux. Je me suis redressé d'un bloc, prêt à la lutte s'il le fallait.

— Qu'est-ce que tu fous là ? j'ai dit.

— C'est plutôt à toi qu'il faudrait poser la question, a-t-il répondu d'une voix très calme. T'es là pour quoi, César ?

Il s'est penché pour ramasser la lampe. La lumière est revenue. J'ai remarqué la sueur qui brillait sur ses tempes.

— M'embobine pas et réponds à ma question, putain. Qu'est-ce que tu fous dans ma chambre ?

Il m'a toisé du regard. Son œil bleu dans le mien, intense, persuasif.

— Calme-toi, a-t-il dit d'une voix claire. Je suis venu te chercher. J'ai appelé, mais ça sonnait occupé. J'ai frappé, mais tu répondais pas. J'ai eu peur. Tu te sentais pas bien au musée. J'ai demandé à la réception qu'on m'ouvre la porte.

— Ah ouais, j'ai dit, t'as eu peur ? Pas de me fouiller, en tout cas !

Ses sourcils se sont dressés.

— Qu'est-ce que tu racontes ! T'étais sur ton lit, baignant dans ta sueur. Avec ce gros rubis à côté de la tête. T'aurais fait quoi à ma place ? Ouais, j'ai regardé si c'était un vrai. Et c'est un vrai, c'est hallucinant.

La fureur, mêlée à la sensation du danger, me serrait la gorge. De quel droit ce type se permettait...

— Et d'où ça te regarde, si c'est un vrai ou pas ? D'où ça te regarde, ce que j'ai dans les poches ou à côté de la tête quand je dors ?

Il s'est levé, a remis en ordre sa chemise avant de me fusiller du regard.

— D'où ça me regarde ? C'est moi ton guide, et on est à Mong La. Alors, que tu t'y balades avec un caillou de plusieurs dizaines de milliers de dollars dans les poches, je pense que ça me regarde, figure-toi. (Il a marqué une pause, comme excédé.) Je t'attends en bas.

La ville avait revêtu son habit de lumière pour la longue nuit qui s'annonçait. Les enseignes des bordels miniatures brillaient de tous leurs feux. Mister Paul nous avait enfin rejoints, et je me suis rapproché de lui.

Sous la halle de tôle qui s'élevait au milieu de la place, une rangée de commerçants attendaient le chaland, assis derrière leurs marchandises sur des nattes.

La guirlande d'ampoules nues suspendue à la charpente métallique et les quelques lampes à huile posées sur le sol baignaient la scène d'une lueur blafarde. Une lueur de misère. Les marchands saluaient Paul quand il passait. « C'est la célébrité locale ? ai-je demandé à Timothée. – La plupart sont akhas », a-t-il répondu d'une voix morne. Je me suis tourné vers lui. Il évitait mon regard, fumait une cigarette, préoccupé. J'ai préféré l'ignorer et je suis revenu à la hauteur de Paul que j'ai commencé à interroger. D'abord ce nom, Paul, pas vraiment birman. Peut-être que c'était Pol, « un nom akha ? » ai-je demandé en anglais. Ses petits yeux ont cligné et il a répondu en deux mots, d'une voix sourde : « On dit Paul, je suis chrétien. » Chrétien ? Éric m'avait parlé de chamanisme. Rien ne collait. Mister Paul s'est accroupi à l'asiatique, le cul entre les genoux, devant une marchande aux oreilles alourdies par d'imposantes boucles d'oreilles. Plantée entre ses lèvres gercées, une longue pipe de métal crachait une fumée âcre. « Qu'est-ce qu'elle vend ? » ai-je demandé au guide, décidé à ne pas le lâcher. Sans me regarder, il a lancé une phrase rapide à la vieille qui a braqué une lampe de poche en direction de la cage posée devant elle. La cage a remué et un œil a lui dans le halo électrique. Autour de l'œil, des écailles. J'ai opéré un mouvement de recul.

— C'est juste un pangolin, a dit Timothée en passant.

Selon mes souvenirs, l'animal, une espèce protégée, se nourrissait de fourmis. J'y ai vu un mauvais présage. Juste à côté, un sac en toile de jute remuait de façon spectaculaire. La vieille s'est fendue d'un sourire édenté et a ouvert le sac. Deux oursons sont apparus sous le faisceau de la lampe. Leurs yeux aveuglés par la lumière, leurs petites pattes liées par un savant assemblage de nœuds. Le tableau était pathétique.

— Elle vend ça ? ai-je demandé à Mister Paul.

— Vous les voulez ? a-t-il lâché pour toute réponse.

C'était incroyable : dans cette foutue ville, il suffisait juste de vouloir.

— Tu préfères la fourrure aux écailles ? a lancé Timothée, debout à deux mètres, tirant une large bouffée de sa cigarette. Elle te les fera à 200 dollars la paire.

— C'est une espèce protégée, j'ai répondu.

Il a souri.

— Pas ici. Ici, si tu veux être protégé, tu payes. Ça s'appelle un garde du corps. Et je crains que ni les pangolins ni les oursons n'aient les moyens, a-t-il ajouté en portant la cigarette à ses lèvres. Sans sourire, cette fois.

Je me suis levé, triste. La vieille m'a interrogé dans sa langue.

— *Chezubeh*, ai-je dit en prenant congé.

Le guide était passé à un autre étal. Il tendait une liasse de billets à une vendeuse et empochait une sorte de grosse racine repliée sur elle-même. De couleur brun-jaune, hérissée de petits piquants. Comme un ginseng mais en plus volumineux. Il y en avait deux rangées devant la vendeuse.

— Qu'est-ce que c'est ? ai-je demandé à Mister Paul.

— *Tiger penis*.

Je lui ai fait répéter pour être sûr de bien comprendre. « Des pénis de tigre. » Il a fait le geste de frotter quelque chose sur une râpe.

— Dans le thé, très bon avec les femmes. Vingt dollars, tu veux ?

Pour la première fois, un sourire est passé sur ses lèvres. Aussi illisible que celui qui flottait, à Rangoon, sur la bouche de Philippe. Ce sourire jaune, ironique, asiatique, qui me faisait toujours penser au chat du Cheshire dans *Alice au pays des merveilles*. J'ai secoué la tête. Il ne restait qu'une petite centaine de tigres sauvages en Birmanie, et il y avait une bonne dizaine de pénis sur cette natte. Gâchis. À côté, j'ai repéré sans difficulté des pattes d'ours, aux coussinets tout secs, au poil terni. Trophées absurdes. Aphrodisiaques, eux aussi ?

Je me sentais de plus en plus mal dans cette ville. Le temps passait, le rubis pesait de plus en plus dans ma veste. Timothée s'était éloigné et entamait une bière devant une gargote qui sentait l'huile frite. J'ai attrapé le guide par la manche et j'ai tenté le coup.

— Tu n'as rien à me dire ? ai-je demandé.

Je l'ai fixé du regard, en maintenant ma pression sur son bras.

— Je ne comprends pas, a-t-il répondu, sans ciller.

Je me suis approché de son oreille. J'ai simplement murmuré : « Wei Wei. »

La vendeuse avait-elle tressailli ? Ou était-ce un souffle de vent dans la flamme de la lampe à huile ? Quelques mots rugueux sont sortis de sa bouche à destination du guide akha, qui n'a pas répondu. Sur son visage aussi, la lampe faisait danser des ombres, mais son regard restait impassible.

— *Sorry*, a-t-il dit en roulant les « r » et en posant son regard sur moi. Je ne comprends pas ce que vous dites.

L'adrénaline se déversait dans mon cerveau. J'avais atteint mon seuil de patience et j'étais prêt à exploser à tout moment. Un frôlement dans mon dos a fait retomber un instant la pression. Deux clientes s'étaient approchées et désignaient du doigt une bassine remplie d'eau. La vieille y a plongé la main et en a ressorti un petit lézard translucide, avec deux yeux noirs disproportionnés typiques de la faune des grottes qui ne voit jamais la lumière du jour. Elle s'est redressée, tenant le lézard par la queue, qui ne devait pas être un lézard car la queue tenait le coup, et, d'un mouvement fouetté du bras, lui a éclaté la tête sur le bitume. J'ai détourné les yeux, mais le bruit a atteint mes tympans, élastique et humide. Elle s'y est prise à deux fois, a renouvelé l'opération avec une demi-douzaine de bestioles, puis a pesé les petits corps sanguinolents sur le plateau de sa balance. Comme s'il s'agissait de quelques escalopes, les femmes ont payé, mis le paquet dans leur panier et passé leur chemin.

— *Oh, my goodness*, très bon pour soupe, a dit Mister Paul, comme si notre échange, avant l'interruption des deux clientes, n'avait eu aucune espèce d'importance.

Son commentaire m'a mis hors de moi. S'il était sincère, et si donc je faisais fausse route, il me fallait trancher dans le vif. Je me débarrasserais enfin de la pierre dans le premier caniveau venu. Mais tout ça pour quoi ? Julie pouvait-elle m'avoir laissé en rade ? Ma peau valait donc si peu cher ? Je l'ai à nouveau empoigné par la manche de cuir de sa veste.

— *My goodness*, on s'en fout de la soupe, me suis-je entendu dire. Elle est où, Wei Wei ?

Il a haussé les épaules. Enculé. Je me suis tourné vers la vieille vendeuse :

— *You, Akha ?*

Elle a hoché la tête.

— *You know, Wei Wei ?*

J'ai parlé fort. Ses yeux se sont figés dans ses orbites. Elle a joint les mains au-dessus de sa tête, comme dans une prière, et a fermé les yeux. C'était hallucinant. Je me suis tourné vers Mister Paul. Pour la première fois, j'ai cru voir un vent de panique glisser sur les traits du guide. Il s'est d'ailleurs levé immédiatement pour rejoindre Timothée, a dit une phrase en birman et s'est esquivé.

— Il va où ? ai-je demandé après avoir retrouvé Timothée.

— Voir des amis, m'a-t-il répondu en me faisant glisser une bouteille de bière chinoise. T'as faim ?

J'ai secoué la tête et regardé le guide disparaître au coin de la halle, aspiré par les enseignes lumineuses.

— Juste une question, Timothée. Tu m'as dit que Mister Paul était guide. Mais, là, il nous sert à quoi, au juste ?

— À rien. Je ne t'ai pas dit qu'il travaillait pour moi... Il m'a demandé s'il pouvait venir avec nous, c'est tout.

Ma paranoïa est revenue au galop. Et si je m'étais trompé sur son compte ? Si j'avais été démasqué et qu'il aille avertir les autorités ? J'ai avalé une gorgée de bière. Une patrouille d'enfants soldats, le M-16 en sautoir, est passée au pas de l'oie tout près de nous.

— Pourquoi ? Il a besoin de nous pour venir à Mong La ?

— Disons que pour un Birman, et a fortiori pour un Akha, c'est plus facile de circuler à Mong La avec des étrangers. Là, tout le monde le considère comme un guide. Et moi je lui ai dit oui parce que de temps en temps, il me rend des services.

— Et à ton avis, qu'est-ce qu'il fait, toute la journée ?

— Il fait son business, ça ne me regarde pas. Moins j'en sais, mieux je me porte.

Il avait prononcé cette dernière phrase en plongeant dans mon regard. C'est à moi qu'il s'adressait. J'aurais voulu lui parler. Il fallait que je me confie. C'était atroce, cette sensation d'étouffement. Ce foutu pays où l'on ne pouvait parler à personne, parce qu'on ne savait pas quel rôle chacun jouait.

— Tu as confiance en lui ?

— Qu'est-ce que tu veux dire ?

Il m'a dévisagé, la bouteille de Tsingtao en suspension devant sa bouche.

— Ce n'est pas un espion ? Tu me disais qu'une personne sur dix travaille pour les MI ?

— Pas lui ! Paul déteste la junte. C'est un ancien trafiquant d'opium.

— Tu le dis comme si tu me parlais d'un commerçant en fruits et légumes...

— Pour lui ça devait pas être très différent. Sauf que ça rapportait plus. Faut pas que ça te paraisse exotique. On est en plein dans la région. Et les Akhas ont toujours été de grands cultivateurs d'opium. C'est même les Français qui leur ont enseigné le truc à l'époque coloniale, pour remplir les caisses de notre glorieuse République...

— Ils ont arrêté ?

— Je peux pas te le dire. Je les connais mal. Les Akhas sont l'une des ethnies les plus farouches du Triangle d'or. Ils vivent très haut dans les montagnes. C'est une civilisation très riche, tu sais... Ils ont un truc qu'ils appellent « la voie akha ». Une sorte de code de vie, où le chamanisme tient une place énorme. C'est le secret le mieux gardé de la région.

Ses paroles me laissaient rêveur. La nuit avait atteint le point d'équilibre entre la touffeur déclinante et la montée de la fraîcheur. La brise caressait nos épaules. L'alcool jouait son rôle anxiolytique, je me sentais mieux et avide de détails. Sur Julie. Sur lui. Sur le pays. Il semblait avoir abandonné son cynisme. Je ne pouvais m'empêcher de détailler son visage, sa barbe blonde, le torse qui apparaissait, souple et bronzé, dans l'échancrure de sa chemise. Cette barbe, ce torse, Julie les avait eus. Je me sentais dérisoire à côté de ces deux forces. J'ai passé une main preste sur le « caillou », comme disait Timothée. Il était là, chaud contre mon cœur. J'avais accompli quelque chose qui n'était pas négligeable. J'ai chassé de mon esprit la vision de leurs deux corps mélangés. Je ne voulais pas lui parler d'elle. Je suis revenu au sujet.

— Tu n'en as jamais rencontré ?

— J'ai vu quelques villages, oui. Mais qui relèvent plus du campement de fortune, de la réserve à parias. Les Birmans, comme dans tous les États totalitaires, aiment que les minorités abandonnent leurs terres et leurs croyances. Certains l'ont fait à force de crever de faim. Ils finissent dans la boue et la maladie, encore plus affamés. Les autres résistent, là-haut.

Il a fait un geste en direction du Bouddha géant illuminé par une arène de projecteurs.

— Et tu n'as pas envie d'y aller ? De monter une expédition...

— Pour AsiaTrek ? Il y a quand même des choses que je n'ai peut-être pas envie de profaner, tu sais...

Il a posé sa bouteille de bière sur la table. Et a commencé à détacher l'étiquette humide, les yeux dans le vague, soudain mélancolique.

— Non, je pensais... Pour toi...

— Pas le temps. Peut-être pas le courage.

Il a sorti un paquet de cigarettes de sa poche et me l'a tendu.

— Pourquoi tu dis ça ?

— Tout n'est pas sûr dans ce foutu pays. Même à Mandalay, la semaine dernière, on a retrouvé deux voyageurs européens avec une balle dans la tête, dans un fossé au bord de la route. Celle qui mène à Mogok. Tu connais ?

Il a fait jaillir la flamme de son briquet et l'a approché de mes lèvres. Malgré la chaleur du feu miniature, un frisson m'a traversé les vertèbres.

— Un peu, ai-je répondu.

Il y eut une ombre d'amusement sur son visage. Il devait penser au rubis. Qu'il y pense. Moi je voulais des renseignements sur celle qui m'intéressait, Julie exceptée.

— Alors comme ça tu n'as jamais entendu parler de Wei Wei ?

L'ironie de son sourire s'est évanouie.

— T'es coriace, toi... Écoute, bien sûr que j'en ai entendu parler. Et pour moi c'est des conneries. Simplement, même si je crois ça, je sais aussi qu'il y a des noms qu'il ne fait pas bon prononcer trop fort. Et c'est pour ça que je t'ai cloué le bec dans le musée. Je sais jusqu'où ne pas aller trop loin. Dans ce pays, quand on te cherche des poux, c'est souvent pour des trucs qui n'existent pas.

— Certains pensent qu'elle existe.

— Je sais. Mais pas moi.

Les muscles de son visage se sont détendus. Il a repris :

— Ce qui est drôle, en Birmanie, c'est que chaque fois que la junte durcit sa pression, le peuple sécrète une rumeur qui devient très vite une légende. Pendant un temps, c'étaient les deux jumeaux Htoo, dans le pays karen, à l'est du pays. Deux gamins de 8 ans à la tête d'une armée baptisée « l'armée de Dieu ». On disait qu'ils étaient capables de disparaître, et de réapparaître ailleurs... Et maintenant que les Karens ont été réduits au silence par les militaires, on nous sort Wei Wei, qui paraît-il a les Nats et tous les esprits de la montagne de son côté. Si ça peut leur donner espoir, c'est bien... Maintenant, faut pas me demander de croire à tout ça.

Il a porté la bouteille à sa bouche, a avalé une gorgée d'alcool, et s'est étiré comme un chat. « Allons jouer ! »

C'était un temple kitsch couvert de lumières multicolores, et dont la devise, soulignée par des centaines d'ampoules, éblouissait la nuit. « *Whao ! It's wonderful !* » À l'intérieur, le vacarme électrique des bandits manchots et le silence excité qui régnait autour des tables de craps m'ont rapidement étourdi. Ça et les cocktails à la vodka chinoise – une expérience ! – que Timothée allait régulièrement me chercher au bar. La tension qui tombait me faisait envisager la suite sous un jour meilleur. Les pièces du puzzle étaient en vrac mais elles formaient quand même un dessin. La coiffe akha d'Éric, la pièce coloniale dans le sac de Julie. Le guide akha à Mong La. Quelque chose allait arriver. Un sentiment ravivé par l'ambiance jamesbondesque qui sévissait dans le casino. Timothée en ange blond jambes croisées au fond d'un canapé de Skaï noir, les croupières sexy en uniforme aussi strict que la fente de leurs yeux bridés, et les porte-flingues en vestes, l'oreillette bien visible, qui rôdaient entre les tables comme des squales affamés. L'air d'une chanson étrange, entendue dans ma petite enfance, me revenait aux oreilles. « *Macao, Macao, ça sent le sannnnnng, ça sent le sang, éééécarlate...* » Manquait plus que Requin, le méchant de Dr No, celui qui a les dents en acier. Ou le nain de *L'Île fantastique*. Timothée m'a fait signe. On a traversé un salon à la moquette épaisse pour se poster devant les machines à sous. On a perdu, on a gagné, on a perdu. Assises sur de hauts tabourets, des filles cambraient leur cul et révélaient des reins tatoués de frises cabalistiques. J'ai pris une photo de ces peaux à louer. Les élastiques des strings me ligotaient le regard.

Timothée a passé son bras sur mon épaule et m'a dit dans un souffle d'haleine vodkaïnée :

— Excuse-moi, pour tout à l'heure, dans la chambre. Faut pas que tu te fasses des idées. J' suis pas ton ennemi.

La phrase était banale mais elle m'a touché.

— C'est oublié, j'ai répondu, mais comprends-moi.

— Non, toi, comprends-moi, a-t-il insisté en se penchant vers moi.

Je sentais le parfum de sa sueur. Une sueur que Julie avait forcément respirée quand il lui faisait l'amour. Curieusement, ça me la rendait présente et je l'aurais presque remercié pour ça.

— Tu te balades avec un truc incroyable dans la poche, a-t-il repris, et je voudrais pas finir suriné sous un porche en rentrant à l'hôtel. Ou pire, si quelqu'un nous dénonçait, dans une des geôles de U Sai Lin, histoire d'incarner l'Occidental corrompu qu'on châtie pour l'exemple. Je veux mourir à ma manière, et je l'ai déjà choisie.

— Pas moi, j'ai dit.

— Reste cinq ans en Asie et tu auras une petite idée. À part ça, a-t-il repris, chacun ses secrets. Je veux rien savoir de comment tu as chopé ce caillou et ce que tu comptes en faire. Je te dis juste qu'un truc comme ça, tu pourras jamais le sortir du pays. Voilà, c'est dit. Et pour qu'on soit à 50/50, je vais te livrer un secret, moi aussi.

Il s'est écarté et a commencé à déboutonner délicatement sa chemise, la clope entre les lèvres. Les filles se sont retournées, encore plus cambrées, et intriguées.

— Tiens, regarde ça, mon gars, a lancé Timothée en écartant les pans de sa chemise.

Une cicatrice d'une vingtaine de centimètres barrait ses abdominaux.

— Maintenant, chacun ses secrets, pas vrai ?

Julie avait-elle vu ça ? Il s'est reboutonné, en braquant ses yeux sur les filles perchées sur leurs tabourets. Il a dit un truc qui devait être du chinois et les filles ont pouffé.

— C'est l'heure de la vraie plongée, mon gars. Et je connais un endroit où le choix est de premier plan.

Le ballet était déconcertant mais bien rodé. À l'intérieur du carré parfait délimité par les bordels, les voitures roulaient au pas. Les filles venaient se placer en rang dans le halo jaune des phares. Alors la vitre se baissait, une main en sortait, et désignait une, deux ou trois filles. Les élues montaient à bord et la voiture repartait. Parfois, le passager faisait deux ou trois tours avant de se décider.

— Tout ce qu'ils gagnent au casino, ils le claquent entre les cuisses des filles, murmura Timothée. Et comme c'est U Sai Lin qui tient le casino et les filles, l'argent rentre mais ne sort jamais. C'est comme une fontaine, tu vois : c'est toujours la même eau qui jaillit... Viens.

Il s'est dirigé vers l'une des petites boutiques à sexe, et s'est assis dans un grand fauteuil de rotin. Les lampes chinoises suspendues au plafond projetaient sur lui et les filles qui l'entouraient une ombre rouge, chaude et hypnotisante. « Bienvenue dans la cité des femmes », a-t-il déclaré d'un ton volontairement pompeux. Il ressemblait à un empereur. Un empereur aux boucles blondes et à la chemise bleue, un empereur en tongs et pantalon de treillis, électrisé, ivre et heureux. De mon côté, je commençais enfin à me sentir à mon aise dans cette ville de cocagne, ce Shangri La du vice, cette chimère urbaine et déglinguée en plein Triangle d'or. Une chimère qui avait un sexe, à l'odeur prononcée et qu'il voulait me faire humer. Le fauteuil de rotin m'a fait penser au bureau d'Éric, à Rangoon.

— Tu nous prépares un remake d'*Emmanuelle*, j'ai dit.

— *Emmanuel*, sans « e ». Et je te présente mes partenaires.

Il a désigné du doigt la douzaine de filles qui s'étaient alignées, comme des automates.

— Qu'est-ce que tu en penses ? m'a-t-il dit en s'allumant une cigarette.

Il m'a tendu le paquet, noir, orné d'une pyramide en papier doré, qui jetait des reflets sur la marque des clopes, écrite en blanc, Golden Triangle. Je me suis souvenu du slogan : « *Don't look for what you already have.* » Le Triangle d'or, on y était.

— Tu as ici tous les paysages et toutes les saveurs de la Chine.

Il m'a désigné une fille au visage rond. Son haut jaune lui laissait le nombril à l'air et moulait des seins en obus.

— La robustesse sensuelle du Centre. Vallonnement des montagnes, parfum de ses vallées, puissance de ses fleuves. Un proverbe dit : « Le chemin du Sichuan est plus difficile que de monter au ciel », moi je dirais que c'est celui du ciel.

Sa voix était lente, engourdie par l'alcool. Il marqua une pause et se renversa dans son fauteuil pour envoyer des ronds de fumée vers le lampion du plafond. Avant de poser son bras sur celui d'une petite en minijupe.

— Ici, tu as la sophistication de Shanghai. Modernité et finesse, réminiscence des taxi-girls des années 50. Un côté rossignol chantant, menu et délié, pensées impénétrables mais corps ouvert.

Droite dans ses bottes de Skaï blanc, la fille le regardait fixement. Mais les yeux de Timothée étaient déjà passés à autre chose et se plissaient pour se frayer un chemin entre les corps et les visages tendus vers lui. La mère maquerelle, en pantalon de survêt et tee-shirt *Just do it*, n'osait s'avancer. En petit prince décadent, il continuait son inspection doublée d'une méditation dans son fauteuil en osier.

— Ah, voilà ! lança-t-il soudain avec un mouvement du doigt pour faire venir la fille, voilà ce que je préfère.

Elle s'avança, accompagnée par le regard bleu, mouillé de vodka, de celui qui l'avait élue. Grande, montée sur des talons noirs, jean noir, et débardeur noir orné d'une fine chaîne d'argent, les cheveux ramenés en chignon.

— La fille du nord de Pékin, grande, aux traits moins asiatiques. On est en Mandchourie, à la lisière de la Corée. Les Russes et les Japonais y sont venus, y ont laissé leur empreinte. Regarde, elle est très cinéma contemporain, très Gong Li.

Il s'est immobilisé, il est devenu grave.

— Putain...

Le juron était murmuré, prenait un sens inhabituel ici, comme un retour aux sources, un cri du cœur, un apitoiement sur lui-même. Il s'est tourné vers moi. Sur ses traits, on lisait la détresse.

— Puisqu'on parlait de secret, je t'en offre un autre, pour la route... Je suis malade, César. Malade de l'Asie. Malade du sexe de l'Asie. À 28 ans. Putain.

Mouillés de vodka, ses yeux bleus, ou de larmes ? Il semblait à deux doigts de s'effondrer, a pris sa tête dans ses mains. Je me suis avancé vers le fauteuil. Les filles se regardaient. J'ai posé ma main sur son bras, et il s'est redressé comme seringué à l'adrénaline. À brûle-pourpoint :

— Tu as fait ton choix ?

J'ai sursauté. Les filles se sont tournées vers moi. Je sentais des fourmillements dans les jambes. Il y avait quelque chose de perturbant pour moi dans la possibilité d'avoir ces filles, maintenant. J'ai repensé à une lecture d'enfant. Un roman pour les grands tombé entre mes mains, qui se passait à Babylone, dans le quartier des hiérodules, les prostituées sacrées. Un satrape faisait sculpter une statue d'homme en ivoire et les filles venaient s'y empaler. J'avais senti ma poitrine se soulever et s'abaisser à un rythme accru. C'était pareil maintenant. Elles étaient habillées comme des étudiantes, loin des stéréotypes de la prostituée sexy. Ma tête tournait. Le poison infusait.

— Alors ? a-t-il jeté, impatient.

— Ça ne me dit rien, Timothée.

Il a inspiré une large bouffée de tabac et l'a soufflée par le nez, agacé.

— Casse pas les couilles.

Son visage a changé. Ses yeux fatigués devenus soudainement durs, débarrassés de l'alcool qui y brillait. D'un geste nerveux, il a passé une main dans ses cheveux, puis dans sa barbe, et s'est tourné vers la mère maquerelle. Il lui a dit quelques mots en chinois, lui a tendu une poignée de billets, et m'a dit : « On y va. » Vexé, j'ai marché en direction de l'hôtel. Je me suis retourné en entendant les talons qui claquaient sur le macadam. Gong Li et la Shanghaïenne l'escortaient.

— Tu as de l'appétit, j'ai dit.

— Fais pas chier.

Les étoiles trouaient la nuit noire. Des parfums piquants montaient dans l'atmosphère. Je les ai entendues rire. Timothée a poussé la porte de l'hôtel, lancé quelques billets à la réceptionniste, et s'est engagé dans l'escalier. On est arrivés à ma porte.

— C'est payé d'avance, a-t-il dit avant de continuer sa route vers sa chambre.

— Attends !

Il a disparu au bout du couloir.

Mes jambes comme deux bandes de coton. Et les deux filles attendant devant ma porte. Mon cœur battait trop fort, ma gorge était sèche. J'ai pensé à Julie. J'ai pensé à cette drôle de situation dans laquelle elle m'avait mise. Elle savait forcément tout cela, ce qui allait arriver. J'ai regardé Gong Li. Elle m'a souri, mais pas de ce sourire aguicheur, estampillé sexy. Il y avait une sérénité encourageante. C'est ce sourire qui m'a fait ouvrir la porte. Ça ne m'engageait à rien. Je voulais simplement voir ce qui allait arriver.

Elles sont entrées. Se sont assises sur le lit. J'ai pris le fauteuil qui leur faisait face. Je ne savais pas quoi dire. Je ne souhaitais pas parler. Elles se sont regardées. La Shanghaïenne menue s'est renversée, en appui sur ses bras. Ses bottes de Skaï remuaient dans un mouvement de balancier.

Gong Li m'a interpellé en chinois. Ça m'a plu qu'elle n'utilise pas l'anglais. Qu'elle ne prostitue pas le moment, si j'ose dire. J'ai hoché la tête. Elle a enlevé son débardeur. Son soutien-gorge était rose. La Shanghaïenne, comme moi, la regardait. Le soutien-gorge a livré deux seins de lait. J'ai fermé les yeux. Une émotion vive et naïve, disproportionnée à l'aune de ce geste qu'elle devait accomplir dix fois par jour pour les caïds du casino, qui faisaient sauter la banque avant de la sauter, elle. La Shanghaïenne a saisi la télécommande posée sur la table de chevet et a allumé la télé. J'ai tourné la tête vers l'écran. Du porno. Violent et vagissant. J'ai eu un geste d'une brutalité qui l'a surprise. Elle a tout de suite éteint.

Elles étaient nues et allongées sur leurs hanches, de

côté, les cuisses légèrement décalées. Nues sur le couvre-lit de laine, dans la lumière verte de la lampe de chevet. Peau blanche, cheveux d'encre. Des parfums montaient d'elles, en même temps que les bruits de la ville, à l'extérieur. Le passage des motos, des voix de femmes, de la musique. Leur sexe était lisse. La mode était arrivée jusqu'à Mong La. Elles attendaient, une cuisse ramenée sur l'autre, exposant leur bijou de chair dans sa vulnérabilité, son agressivité aussi. J'étais fasciné. Le tableau était magnifique, et je ne me voyais pas en troubler l'harmonie. Depuis combien de temps avais-je déserté le continent de l'érotisme, celui du corps ? Le continent de la femme, de la peau nue ? Elles me dévisageaient avec un vague air inquiet. L'Occidental était-il impuissant ? Leur bouche petite et rouge et renflée, leurs yeux fendus, dépourvus de cils. J'étais amoureux de ce tableau. Cette ville me passait dans le sang. La plus grande s'est décidée à m'aider. Elle m'a tendu la main, et je l'ai prise.

Je me suis assis à côté d'elle, elle guide ma main sur sa peau en me regardant. Ses beaux yeux noirs, mon cœur qui bat, la peau neigeuse, le rose foncé de la pointe de ses seins, la lisseur piquante de son intimité. Centre de la gravité. Je suis dans une estampe. Une estampe à Mong La, une estampe vivante, mouvante, où les cœurs battent parmi les bruits de la ville. L'autre fille regarde, elle me sourit avec gentillesse, et la tête me tourne, comme promenée sur un nuage. Je ferme les yeux.

Et j'entends frapper à la porte.

De manière discrète, puis de plus en plus insistante. Je me redresse, le cœur palpitant, l'oreille tendue. Le bruit persiste, régulier. Les filles m'interrogent du regard. Je finis par me diriger vers la porte.

Il n'y avait pas d'œilleton alors j'ai vérifié la chaîne de sécurité et entrouvert la porte.

C'était Mister Paul, le guide akha. Qui a commencé à murmurer : « *Flowers, poison.* » *Fleurs. Poison*. Je ne comprenais pas.

— *What flowers ?*

— Les fleurs, dans votre chambre. Les filles. Poison. Poison. *Ne-makaunbu*. Malades.

Il m'a dit qu'il voulait entrer, j'ai dit pas question. Il a insisté.

— Malades, sida. Pas ça avec elles.

Il a fait un geste avec son index, qu'il rentrait et sortait dans l'anneau qu'il faisait avec son autre main. C'était surréaliste. De quoi se mêlait-il ?

— Pour vous, une fille saine, avec moi.

J'ai essayé de regarder derrière lui, mais je ne voyais rien. Je ne comprenais pas ce soudain empressement après son silence. Je voulais qu'il s'en aille, qu'il me laisse à mon estampe. J'ai fermé la porte, qui a buté sur son pied rentré dans l'ouverture. Il commençait à vraiment me faire peur.

— Partez ! j'ai crié.

Il a jeté un rapide regard derrière son épaule et, comme pris de court, a lancé un mot dans un murmure brûlant :

— Wei Wei.

J'ai pris le choc en pleine figure.

— Laissez-moi entrer, a-t-il dit.

J'ai ôté la chaîne qui retenait la porte, et Paul s'est faufilé. Surprises, les filles ont saccagé l'estampe. Des syllabes pleines de consonnes et de voyelles rugueuses sont sorties de la bouche du guide et j'ai vu de la peur dans le regard des filles. Elles se sont rhabillées précipitamment avant de s'éclipser. J'ai entendu leurs pas claquer dans l'escalier et puis plus rien. Plus rien jusqu'à ce que la porte s'ouvre en grand. Et qu'une jeune fille s'avance dans la misérable chambre, aussitôt désertée par Paul.

J'ai retenu ma respiration. Totalement anéanti par ce que je voyais, ce dont mon cerveau prenait la mesure. Le puzzle, non seulement ordonné, mais aveuglant. Elle s'avançait avec lenteur et majesté. Taille moyenne mais port somptueux, jetant des regards vifs dans tous les coins de la pièce, consciente du danger malgré son déguisement. Car elle portait un jean sexy, des mules à talons, et un gilet jonquille boutonné jusqu'à son cou orné d'une petite croix. Après avoir exploré la chambre, ses yeux se sont levés vers moi et j'ai eu envie de tomber à genoux. Sa peau était cuivrée, avec des pommettes très hautes et une bouche magnifiquement ourlée. Un bijou de chair et d'os, auréolé par une masse de cheveux noirs. Mais tout cela n'était rien à côté de ses yeux. Admirablement fendus, mais qui me fendaient, moi, comme une bûche sous le tranchant d'une hache. Avec une pupille noire comme l'encre des calligraphies. Elle avançait, Wei Wei.

Alors c'était vrai. Tout ce qu'avait dit Éric était vrai et Julie n'avait pas menti. Ma mission qui prenait corps, là, devant moi, prenait corps dans ce corps, ce corps de femme debout devant moi. Le corps de Wei Wei. Ses fines lèvres, deux lèvres corail, ont parlé. Un simple mot :

— Kukla.

Elle a tendu la main. Fine comme du papier, paume ouverte, avec une pierre carrée comme la mienne. J'ai sorti le rubis de ma poche et le lui ai remis. Son poing s'est refermé sur la pierre, qu'elle a glissée à l'intérieur de son gilet. Et puis elle a joint ses deux mains, qu'elle a levées au-dessus de sa tête en s'inclinant vers moi. J'étais subjugué. Elle a commencé à reculer, et je n'ai pas compris. « Montre son visage au monde », m'avait dit Éric. Il fallait qu'elle reste. Je voulais parler avec elle. Comprendre son histoire, son destin. Les raconter.

— Attendez, attendez, ai-je dit.

Elle s'est immobilisée, m'a regardé. Ses yeux noirs. Elle était si belle.

— Vous parlez anglais ?

Elle a secoué la tête, négativement.

— Moi, aller, a-t-elle dit.

— Attendez, Wei Wei...

À peine avais-je prononcé ce nom qu'elle a secoué la tête en signe de dénégation :

— *No. Me, no Wei Wei.*

Je me suis senti blêmir.

— Vous n'êtes pas Wei Wei ?

Même mouvement de tête. Négatif. J'ai compris que j'étais en train de me faire avoir. Qui était cette fille ? Personne d'autre qu'Éric ne savait que j'avais le rubis. Il y avait Timothée, mais il n'en connaissait pas le nom. Et elle l'avait prononcé. Elle a reculé vers la porte, soudainement effrayée. Je me suis avancé vers elle, mais elle avait déjà franchi le seuil. Et courait maintenant à petits pas rapides dans le couloir.

Je me suis élancé à sa poursuite. Il fallait qu'elle m'explique. Mes baskets couinaient sur le lino. Ses pas accéléraient, elle arrivait à l'escalier. Le sang battait à mes tempes. J'étais presque sur elle, sur ce haut jonquille qui cachait le rubis. Au moment où je tendais les bras pour la retenir, j'ai reçu un choc violent sur le sternum. Mon dos a heurté le sol, suivi de ma tête. Et puis j'ai vu le visage de Mister Paul à dix centimètres du mien, perçu l'odeur de son cuir mêlée de tabac et sa voix qui disait : « *My goodness, don't move.* »

13

Il m'a retenu au sol pendant deux bonnes minutes. Je pouvais à peine respirer. Ensuite, il s'est redressé, a épousseté son cuir, et s'est tranquillement dirigé vers l'escalier qu'il a commencé à descendre. Je me suis rué sur lui, l'ai empoigné par la manche. Le regard qu'il m'a lancé m'a figé sur place. C'était un regard de tueur, en harmonie parfaite avec le sourire qui ourlait sa lèvre. Il ne parlerait pas. Je l'ai laissé poursuivre son chemin.

Je suis retourné vers ma chambre, encore sonné par l'épisode du couloir. Je m'étais fait avoir, et il n'y avait rien d'autre à dire. J'avais servi de mule pour le rubis et *basta*. À quoi servirait le caillou ? Pour qui était-il vraiment ? Wei Wei existait-elle ? Je ne le saurais sans doute jamais. Mon savoir entier se limitait à cette phrase : je m'étais fait baiser. Ou à deux phrases, en ajoutant celle-ci : Julie et Éric m'avaient baisé. J'ai aperçu le carnet avec les numéros de téléphone, et je me suis engouffré dans la nuit éclaboussée de néons.

L'employé du center call tirait le rideau de fer. Le billet de 20 dollars a disparu dans sa poche et je me suis faufilé. J'ai composé le numéro. Toujours rien sur son portable. Pareil sur le fixe de l'organisation humanitaire. J'ai enchaîné sur celui d'Éric. J'allais réveiller toute la maisonnée, les deux sublimes belles-sœurs, la vieille qui tétait son cigare, mais je m'en foutais. À la dixième sonnerie, une voix féminine a répondu. C'était Thway, ensommeillée. Je lui ai dit que c'était urgent. J'ai entendu le bruit du combiné qu'elle posait sur une table, je l'ai imaginée marchant à petits pas pour aller le chercher, les hanches serrées dans son longyi à rayures et ses longs, longs cheveux soyeux comme une queue de comète noire, et puis j'ai entendu son pas décidé. Sa voix.

— Qu'est-ce que tu veux ? a-t-il dit sans plus de ménagement.

— J'ai fait ce qu'on avait dit, ai-je répondu.

— Et... ?

— Et pas vous.

— De quoi tu parles ?

Il y avait de l'agacement dans sa voix. Et de l'agacement dans mes doigts, qui tambourinaient sur la vitre de la cabine. De l'autre côté, l'employé rôdait. Tendait l'oreille.

— On avait convenu d'un truc. J'ai pris des risques... Je devais rencontrer...

— Tais-toi, a tranché l'antiquaire.

J'étais interloqué, mais coincé. Je voulais répondre, mais ne pas donner de nom. Ne pas me mettre en danger pour ses beaux yeux.

— Je suis désolé, a-t-il continué. Ça ne dépend pas de moi. Quelque chose a dû foirer.

J'ai secoué la tête. En voyant que le type n'en finissait pas de m'espionner, j'ai fini par lancer à travers la vitre.

— *Problem ?*

Il a secoué la tête et s'est détourné.

— La fille à qui j'ai remis le truc, c'est qui ? Le guide, c'est qui ?

Il a soupiré à l'autre bout du fil.

— Je suis désolé, je ne vois pas de qui tu parles.

J'ai explosé.

— Et Julie, où est-elle ?

— Pas de nom.

— Où est-elle ?

— Je ne sais pas. Je ne l'ai pas revue.

Il a soupiré une nouvelle fois et a repris :

— Il vaut mieux raccrocher. Merci pour ce que tu as fait.

— Vous vous êtes servis de moi...

Le bruit mat m'a indiqué qu'il avait raccroché. À mes tympans, la longue tonalité interminable, petite sœur du son qu'on entend dans les hôpitaux quand quelqu'un vient de faire le grand saut dans l'éternité.

Les Mercedes et les Pajero immatriculés en Chine continuaient leur ballet dans l'arène des filles à louer. Papillons à longs cheveux absorbés par les phares. D'autres regardaient des séries sur une petite télé en buvant des boissons énergisantes. Je suis rentré à l'hôtel, plombé. Sous ma porte, on avait glissé des affichettes de couleur, en plastique. Des filles dans des poses suggestives suivies de numéros. Utopie birmane. Shangri La du désir. Moi usé, épuisé, sans même le rubis pour m'aider à m'endormir en le regardant briller. Sans même le souvenir de Julie pour espérer. Sans même plus mon estampe vivante pour m'aider à jouir.

Il fallait que je lui parle. Que je lui dise combien j'avais été floué. Même pas la décence de m'expliquer quoi que ce soit. Je n'avais été qu'une mule.

Le couloir vide, sa chambre tout au bout. Il connaissait Julie, il me dirait tout ce qu'il en savait. J'ai frappé, et ça n'a pas répondu. J'ai pressé la clenche, et la porte s'est ouverte. Parfums salés, musqués, du jasmin aussi. Et dans l'interstice, une vision à couper le souffle. Une nuque laquée de cheveux noirs, un dos blanc, une croupe de femme montant et descendant comme un ludion sur un corps inerte. Le dos et la croupe ont montré leur visage, attiré par le grincement de la porte. C'était celui d'Audrey, le transsexuel. Le corps inerte, celui de Timothée. Une cigarette entre les lèvres, et dans les yeux, un abîme bleu clair où le plaisir s'était depuis longtemps noyé.

Je suis entré.

PARTIE III

DU SANG ET DES ESPRITS

1

On est rentrés à Kengtung dès le lendemain.

J'ai bouclé mes sacs en soupirant, la barre au-dessus des sourcils, et je suis descendu sur la terrasse prendre un dernier café. L'avion me ramènera à Rangoon où Julie n'est toujours pas. J'ai appelé de l'hôtel, il y a juste dix minutes.

La patronne me demande si je vais bien.

— *Nekaaunla César.*

Je hoche la tête, les yeux sur la rue tout à son manège asiatique. Motos pétaradantes, femmes chargées de paniers, nuées de gamins piaillants, les tongs dans la boue, le soleil sur les toits de tôle et le vert des cocotiers. Le café fume dans l'air matinal, parfumé à la cardamome, avec le sourire de cette grosse femme, par-dessus. Ça, c'était bien.

Timothée s'est pointé avec son sac. Et m'a demandé pourquoi je repartais tout de suite à Rangoon.

— Je vais dans les tribus. Pourquoi tu viendrais pas avec moi ?

Entrer dans le Triangle. Une métaphore sexuelle. Là où il avait emmené Julie. Là où il l'avait, sans doute, faite sienne. J'ai hésité parce que ça me ferait mal.

— Comme tu veux.

Tu *veux*. Tu la *veux*. Tu les *veux*. Vouloir, le mot clé à Mong La. Vouloir : revenu après de longues années dans mon dictionnaire personnel grâce à mon incursion au Shangri La du désir. OK, mettons nos pas dans les pas de Julie, de l'autre côté du banian d'or.

C'est là que ça s'est passé. C'est là que tout s'est joué.

On avait marché depuis quelques heures, déjà. Le grand lac de Kengtung était à nos pieds, le banian d'or loin derrière. De temps en temps, un stupa crevait le ciel bleu cobalt. Les montagnes nous cernaient, en partie couvertes de rizières en terrasses d'un vert éblouissant, ou réverbérant le ciel en miroir quand elles débordaient d'eau. C'était tout simplement magnifique, et les poussières qui dansaient dans le soleil, quand nous traversions un bois, s'apparentaient pour moi à la pure métaphore du bonheur. Timothée s'était chargé d'un grand sac. Il se tournait de temps en temps vers moi pour me demander si c'était difficile. Mais ça n'avait jamais été aussi facile, de marcher comme je le faisais au milieu de toute cette beauté, les bras tendus comme les ailes d'un avion pour garder l'équilibre lorsqu'on marchait sur les digues de terre entre les rizières. Je voyais des villages se découper au milieu de la verdure. De longues huttes aux toits de palme, aux murs de bambous en croisillons, et toujours sur pilotis pour éviter les serpents. Chaque fois que nous les traversions, les enfants qui jouaient dans la terre, nus, des amulettes autour du cou, s'arrêtaient un instant en le voyant puis couraient vers lui en criant « Tim-Té, Tim-Té ! ». Il souriait de toutes ses dents, les prenait dans ses bras, saluait les habitants qui, toujours, l'invitaient à entrer dans la cabane principale, celle du chef. Il y avait des villages palaungs, lahus, hmongs, et, chaque fois, c'était le même rituel. Je voyais les chefs, souvent des vieillards, discuter avec lui à voix basse, et Timothée écouter, acquiescer, respectueux, avant de plonger la main dans son sac et d'en sortir des médicaments qu'il tendait au vieillard en le mettant en garde, avec force signes de la main. Ensuite, on nous offrait du thé que je savourais en regardant ces intérieurs rustiques, dépouillés de tout, mais où la vie palpitait dans les sourires que ces gens s'adressaient. Dans chaque village, « Tim-Té » était fêté comme un membre de la famille. Dans chaque village, il passait mais ne s'attardait pas, se contentant de livrer ses médicaments.

— Dès que je croise des touristes, je leur demande de me laisser leurs médicaments. Ça dépanne bien, ici. Quand tu partiras toi aussi, n'hésite pas. Du paracétamol, ici, ça sauve une vie.

Et puis, peu à peu, nous nous étions enfoncés dans la montagne, avalant les dénivelés. Nous avions traversé un autre groupement de huttes où Timothée avait eu une discussion très animée, presque violente, avec un jeune chef de village. Il l'avait ensuite pris dans ses bras en l'encourageant de paroles incompréhensibles pour moi, et nous avions repris la route.

— Qu'est-ce qui s'est passé ? avais-je demandé devant son air songeur.

— Le chef a reçu la visite d'étrangers qui leur ont proposé de produire de la ya baa. Tu connais ?

— Je crois que oui, avais-je répondu en songeant à ma nuit cauchemardesque de Rangoon.

— C'est le nouveau grand marché ici, et comme la cessation de la production d'opium a appauvri les paysans, certains acceptent.

— Ce n'est pas risqué ?

— Bien sûr, mais quand tu n'as pas le choix... Et puis tu sais, en une journée, avec simplement un générateur et quelques litres d'éphédrine, le produit de base, tu peux fabriquer dans une hutte une bonne centaine de pilules... le trafiquant leur livre tout clés en main, et passe relever les compteurs. C'est devenu une vraie plaie, mais quand c'est ça ou crever...

La visite à un monastère majestueux, mais en ruine, où nous nous sommes arrêtés une bonne demi-heure, a dissipé son amertume. Un ermite en robe safran y vivait, qui nous avait offert quelques graines de tournesol pour clore notre déjeuner de riz gluant enveloppé dans des feuilles de bananier que lui offraient ses ouailles. Le moine n'avait pas voulu s'alimenter. Il ne s'alimentait d'ailleurs plus, m'avait précisé Timothée en déposant quelques billets dans un plateau à offrandes posé aux pieds d'un gros bouddha polychrome.

On avait enjambé une rivière où des gamines en turban coloré, penchées sur le courant avec de minuscules filets, capturaient des poissons pas plus gros qu'un doigt, qu'elles rangeaient immédiatement dans les petits paniers en forme de gaine qu'elles portaient autour de la taille. Il leur avait dit quelques mots. Elles avaient ri dans le coucher du soleil.

— On arrive chez les Hens, m'avait dit Timothée. C'est une ethnie venue de Thaïlande il y a des milliers d'années. Je les adore, c'est là qu'on va dormir.

Une heure après, le village qui nous était apparu comme suspendu dans les nuages avait eu raison de nos dernières forces. Mais une fois au sommet, la vue justifiait la sueur et les crampes. On dominait toute la vallée, qui étendait sous nos yeux une mosaïque de vert sombre et d'orange, celui du ciel qui se reflétait dans les rizières. Le chef, là encore, était venu à la rencontre de Timothée. Il ne ressemblait en rien à ceux que nous avions rencontrés auparavant. Jeune, torse nu, vêtu d'un longyi noir et les cheveux ramenés en un chignon qu'il nouait sur le devant, il ressemblait au Krishna bleu des fresques hindoues. Un Krishna aux lèvres brunies par l'usage du bétel, et aux bras couverts de tatouages compliqués.

Quand Tim est arrivé, il l'a pris dans ses bras et l'a invité à entrer dans sa maison. Les femmes se sont affairées autour de nous, vêtues de noir et couvertes de bijoux. Les enfants se sont mis de la partie, et l'ambiance est très vite montée dans la petite maison. Le chef a apporté devant nous une énorme jarre de terre, d'où partaient une bonne demi-douzaine de pailles. Tim en a mis une entre ses lèvres et m'a invité à faire de même.

— Le saké des jungles, m'a-t-il dit en souriant.

Un alcool de riz parfumé à la coco, fluide et puissant, m'emporta en quelques minutes dans l'euphorie ambiante. Timothée s'était emparé d'une petite guitare en bois et avait commencé à entonner des chants bretons. Les enfants riaient et jouaient avec ses cheveux blonds en l'entendant chanter « Jean-François de Nantes ». Le chef continuait à absorber son alcool à la paille, en souriant de temps à autre de toutes ses dents rouges. C'était simple et beau.

Les femmes ont apporté des lampes à huile et j'ai aperçu, dans un coin, un énorme cylindre de bois jusque-là dissimulé dans l'ombre. Il était de forme irrégulière, et suspendu par des lianes à la grosse poutre du toit. Je me suis levé dans les accords de la guitare et j'ai constaté qu'il était tendu de peau sur l'un de ses côtés. Au moment où j'allais le toucher, la musique s'est arrêtée et Timothée a crié.

— Ne touche pas ! C'est tabou !

Je suis resté sans voix. Ses traits étaient tirés.

— C'est un tambour de cérémonie. Pour appeler les esprits. Seuls les hommes de la tribu ont le droit d'y porter la main. Pour toi, c'est tabou. Allez, reviens t'asseoir.

— Tabou ?

— Oui. C'est du chamanisme. Je t'expliquerai. Julie... (Il s'est arrêté, puis a repris, comme si c'était trop tard :) Julie a mis la main dessus, un jour. Ça a failli être le drame.

Je n'arrivais pas à m'en guérir. Le fait qu'elle ait été là, assise à ma place, il y a des semaines, des mois, m'emplissait de tristesse. J'essayais en vain de revenir à la réalité en m'accrochant au spectacle des femmes qui s'activaient autour du foyer... À la fumée qui s'échappait par le trou de la toiture où scintillaient les étoiles... Mais je ne pensais qu'à elle, comme je n'avais jamais pensé à quelqu'un d'autre. Je revivais les nuits où son corps s'accolait au mien, songeais à nos baisers, à cette indépendance qui émanait d'elle. Ça avait duré quoi, une semaine ? Cette semaine, pourtant, m'avait marqué au fer rouge. J'ai porté les yeux sur l'âtre, ses braises qui réchauffèrent mon cœur meurtri, jusqu'à ce que, à nouveau, je réalise qu'elle était venue avec lui ici, avait vécu ce que je vivais là. Cette pensée, au lieu de me la rendre plus proche, ne faisait que me la rendre plus lointaine. L'histoire du rubis me saccageait. J'avais quand même pris d'énormes risques. Pour rien. Pas un signe de sa part. Au fond, sans doute n'avais-je pas compté... La nuit à Rangoon ? Un plaisir partagé pour se venger de la mort, des bombes... Son corps qui se pressait négligemment contre le mien, dans la boîte de nuit ? Timothée adorait « baiser » avec elle. Il avait dit ça. Tout s'expliquait par la mythique solitude de l'expatriée. Plus les sidéens qu'elle voyait à longueur de journée. Besoin de se consoler avec la vie. Jouir pour ne pas mourir. À Inle, c'est vrai, je l'avais parfois sentie amoureuse. Enfin... le mot était peut-être fort. On ne voit que ce qu'on veut voir. On voit l'autre avec ses yeux, et les miens l'étaient, amoureux. Et puis, plus qu'« amoureuse », n'était-ce pas « passionnée » qu'il fallait dire ? Passionnée par le pays, pas par moi. La visite à la Dame, le premier soir, Chopin dans l'autoradio. La barque sacrée sur le lac, l'or du Karaweik. Voulait-elle me faire partager, ou me manipuler ? J'étais un novice, un type sans histoire, sans passé réel, et elle l'avait senti.

Tim sortait de son sac les petits paquets verts et tranchait le lien de bambou qui les maintenait en forme. Il dépliait délicatement la feuille de bananier et présentait les aliments au chef. De petits mammifères rôtissaient en répandant des parfums savoureux.

On a mangé les écureuils, car c'étaient des écureuils, et le riz en silence. Un humble festin qui me mettait un peu de baume au cœur. La fumée du foyer tenait à distance les moustiques, il faisait bon. À la fin, Timothée a plongé sa main dans sa besace pour en sortir des poignées de bonbons. Les yeux des enfants se sont ouverts en grand. Une femme, dans un coin, a écarté sa tunique brodée pour offrir un sein en forme d'outre à la bouche gourmande d'un enfant potelé. Le chef, lui, tétait toujours en silence son saké des jungles, sous le regard d'un Timothée tellement différent en ce refuge tribal et montagnard de celui que j'avais vu à l'œuvre à Mong La, renversé dans son fauteuil de rotin pour mieux choisir ses putes. Il y avait deux Timothée. Se pourrait-il, par chance, qu'il existât aussi deux César ? L'un, neuf, aux yeux ouverts, enterrant l'autre, ranci par l'air d'Occident, et qui ne vivait pas ?

Comme s'il avait surpris mes méditations et qu'il souhaitait les rompre, Timothée m'a fait signe de le suivre à l'extérieur. On a pris place sur la petite terrasse de bambou attenante à la maison du chef. La nuit était éclairée par la pleine lune et j'avais l'impression de dominer la terre entière. Tim s'est assis sur le sol, les jambes dans le vide, et a allumé une cigarette. La flamme du briquet a illuminé ses mèches blondes.

— Excuse-moi pour tout à l'heure, je t'ai brusqué mais c'était du sérieux. Ici, on ne rigole pas avec les esprits.

— Tu as parlé de Julie, j'ai dit. Elle est souvent venue ici ?

Il a laissé échapper un soupir.

— Une seule fois.

Le bout de sa cigarette rougeoyait dans la nuit. On entendait chanter la petite famille, à quelques mètres.

— Et qu'est-ce qui s'est passé, avec le tambour ?

— Rien. Un truc chamanique. Elle a mis la main dessus et c'est tabou, je te l'ai dit. Encore plus pour les femmes. Ça a été l'esclandre, voilà.

Même avec la lueur de la lune et des étoiles, je ne pouvais distinguer les mouvements de ses traits. Cependant, malgré ça, et malgré son ton détaché, je sentais qu'il ne me disait pas tout.

J'étais venu dans ce coin reculé à cause d'une femme, et cette femme était partie. Je n'avais plus aucune pudeur. Je voulais savoir, dussé-je en être anéanti.

— Parle-moi d'elle, j'ai dit.

La franchise de ma question a provoqué un léger tremblement du point rouge.

— Je n'ai pas envie, a-t-il répondu. Excuse-moi.

— C'est moi qui m'excuse. Qui m'excuse d'insister. Parle-moi d'elle, je t'en prie.

Ma voix devait être aussi triste que mon cœur. Il s'est rapproché de moi et a posé sa main sur mon épaule.

— Ça ne va pas, César ?

— J'aimerais que tu me parles d'elle. Il faut que je sache, vraiment.

Il a craché un long nuage de tabac. A laissé passer encore quelques poignées de secondes. Et puis il a dit, d'une voix traînante :

— Ne me dis pas que tu es...

Il s'est interrompu. Je crois qu'il regrettait déjà. Pas moi.

— Amoureux ? C'est ça que tu veux dire ? Je n'aime pas le mot, mais ça pourrait être ça, oui...

Il a ri, comme pour lui. Presque un soupir, ce rire. Pas jaune, mais comme gêné. Par la naïveté du mot, ou la mienne. Lui, le grand baiseur de ladyboys... Et dire qu'il avait eu Julie. Avait vu ses yeux verts à quelques centimètres, était entré en elle. Intérieurement, je me suis révolté, mais les nerfs n'ont pas suivi dans la jalousie. Trop harassé. Trop déçu, trop hypnotisé. La faute aux rayons de la lune et à ceux des étoiles qui m'incitaient à me laisser prendre, comme eux, au piège aquatique des rizières luisantes comme des miroirs. Il a dû sentir ça lui aussi, car sa voix s'est muée en un chuchotement presque étouffé par les chansons qui filtraient de la paroi de bambou.

— Je comprends mieux tes questions à Kengtung. Si je t'ai blessé, je te prie de m'en excuser. C'était plus ou moins une défense de ma part.

Il a porté la cigarette à sa bouche et de son bras libre a saisi un objet placé à l'intérieur de sa veste, qu'il m'a tendu. C'était une flasque d'argent. La douceur de ses courbes m'était agréable. Je l'ai débouchée et l'ai portée à mes lèvres.

La première lampée de whisky m'a sorti de la torpeur. Je percevais les mille et un murmures de la forêt dans les feuillages. Peuple de l'ombre, fleurs s'enivrant de rosée, insectes et reptiles. Et pourquoi pas de ces esprits qu'appelait le tambour des Hens, qui nous regardaient peut-être, nous écoutaient et qui, peut-être aussi, me poussèrent ce soir-là sur la pente de la confidence ?

À la deuxième gorgée d'alcool, je me suis tourné vers lui en essayant de capter toute l'essence de son regard malgré la nuit qui nous entourait. Pour la première fois depuis longtemps, j'avais besoin d'un ami. D'une épaule forte. De me mettre à nu. De laisser derrière moi toute humilité. Je lui ai dit simplement :

— Je crois qu'elle s'est servie de moi, Timothée.

Il a levé les sourcils, a saisi la flasque et l'a penchée entre ses lèvres.

— Vas-y, a-t-il dit.

Alors j'ai tout raconté. Depuis le début. La Thaïlande, mon arrivée à Rangoon. Ma rencontre avec elle, les explosions, Khun Sa, puis Inle. Le rubis, Wei Wei. Quand je suis arrivé au moment de ma rencontre avec lui, à Kengtung, il a plissé les yeux comme s'il comprenait peu à peu. J'ai repensé à l'image du puzzle avec lequel je m'étais longtemps débattu. Ça semblait être pareil pour lui, sauf que pour lui, visiblement, les pièces s'organisaient enfin. Je suis passé à Mong La, et j'ai raconté l'irruption de la jeune Akha, et comment Paul m'avait plaqué au sol. Il a baissé la tête, comme écrasé par un poids terrible, et a lancé ces mots dans la nuit :

— Alors, elle a réussi... Elle est entrée en contact avec elle...

2

Il l'avait aimée. Comme un fou. Bien avant moi, il en était tombé amoureux lorsque, deux ans auparavant, par un beau matin de mousson, il avait vu débarquer cette fille blonde aux cheveux courts, qui ne parlait à personne. Il l'avait observée prendre ses repas au Golden Banyan. Seule. Marcher, seule, dans le village, son ombrelle à la main sous les hallebardes de pluie. Quand celle-ci donnait un peu de répit à la terre, le soir, elle partait se promener près du lac, en faisait le tour, passait faire quelques offrandes à la pagode. Il ne se lassait pas de regarder sa silhouette se prosterner, les mains jointes au-dessus de sa tête, à la birmane, et ses belles lèvres remuer en une douce prière. Que faisait-elle ici, cette Occidentale, dans cette ville du bout du monde qui ouvrait sur l'inconnu du Triangle d'or ?

Un soir, ne supportant plus cet espionnage dont il avait honte, il avait fini par l'aborder. Elle terminait une assiette de riz, elle avait pleuré. Il lui avait dit qu'il était guide, qu'il pouvait lui montrer le pays. Elle l'avait remercié poliment, en lui disant, ses yeux rougis par les larmes : « Pour se perdre, on n'a pas besoin de guide. » Il n'avait trouvé à répondre qu'un vague : « Je vous offre un verre ? » Elle avait décliné alors il n'avait pas insisté. Il s'était ensuite contenté de la saluer lorsqu'il la croisait dans les rues de Kengtung, toujours aussi triste et fascinante. Un jour, elle s'était arrêtée pour le regarder. Il jouait au foot avec les gamins du village, tous trempés par la boue et la flotte. Il venait de hurler de joie après avoir marqué un but, entouré par une nuée d'enfants et, replaçant vers l'arrière ses cheveux mouillés d'eau de pluie, il avait immédiatement reconnu la silhouette. Droite dans un longyi, une chemise d'homme, son regard vert lumineux sous le parapluie au moment où le soleil trouait les nuages noirs. Il en avait eu la chair de poule.

— On était pareils. Accrochés à l'Asie comme deux naufragés. Deux naufragés de l'Occident qui voulaient flotter encore un peu avant de sombrer à jamais. Je sentais que, comme moi, elle ne pourrait plus revenir en arrière.

Une dizaine de jours plus tard, lorsque la mousson s'était tue, elle était venue le voir dans le petit bureau qu'il possédait, derrière son hôtel. Elle était prête.

— Ce qui l'intéressait, c'était le chamanisme. Pourquoi ? Je ne l'ai su qu'après. Au départ, j'ai pris ça comme un vague trip d'ethnologue. J'en voyais débarquer, de temps en temps.

Il l'avait emmenée partout. Chez les Hens, les Shans, les Meos. La plupart des tribus du Triangle d'or pratiquent encore le chamanisme. Elle avait un faible pour les Hens et leur tambour, et pour les Shans, dont les hommes se tatouent le torse pour acquérir des pouvoirs magiques. Ce qui étonnait chaque fois Timothée, c'était la façon dont les chamanes l'accueillaient. Avec les étrangers, ils étaient au pire méfiants, au mieux indifférents. Mais avec elle, ce n'était pas la même chose.

— Pas seulement parce qu'elle est blonde et que la

blondeur, ici, passe pour magique. Moi aussi je suis blond, et je ne déclenche pas la même fascination... Non... C'était comme s'ils sentaient en elle quelque chose de spécial. Notamment un grand-père shan, qu'on appelle ici « Medicine Man » parce qu'il a toujours des tas de poudres pour soigner les malades et qu'il est réputé, lors de certaines nuits magiques, avoir le pouvoir de bondir comme un tigre. À 70 ans passés... Et puis lui, là. (Timothée désignait la hutte.) Le chef, avec qui on a bouffé. C'était incroyable, il la laissait assister aux cérémonies. Et puis il y a eu l'affaire du tambour...

Il s'est arrêté pour porter la flasque à ses lèvres, avant de me la passer.

— Le tambour des Hens, je te l'ai dit, seuls les gens de la tribu, et seuls les mâles ont le droit de le toucher. C'est tabou pour les étrangers et tabou pour les femmes. Eh bien Julie, elle, a voulu taper dessus, et elle l'a fait. Immédiatement, ça a été le tollé. Les hommes ont commencé à hurler, à lever les bras au ciel, tandis que les femmes désertaient la maison du chef avec honte. Et puis, le chef s'est mis à parler. Je ne comprends pas ce dialecte. Je parle un peu birman avec eux, alors je ne peux pas te dire ce qu'il leur a dit. Mais le fait est que tout est rentré dans l'ordre et qu'on a invité Julie à recommencer. Elle a tapé sur le tambour, et ils ont chanté pour appeler les esprits.

L'étrangeté de l'ambiance, favorisée par la nuit, le whisky, le paysage qui se déployait sous nos pieds et la douceur du chant de femme qui arrivait jusqu'à nos oreilles nimbaient ses paroles d'un puissant mystère. À ce moment-là, la porte de la cahute s'est ouverte et l'une des femmes, celle qui avait donné le sein à l'enfant, s'est délicatement penchée vers Timothée pour lui murmurer à l'oreille.

— Ils s'inquiètent pour nous à cause des moustiques.

C'était bien le moindre de mes soucis. Dussé-je être sucé jusqu'à la dernière goutte de mon sang anémié d'Occidental du XXIe siècle.

— Et pourquoi le chamanisme ? Tu viens de dire que tu l'avais découvert ensuite...

La jeune femme est rentrée dans la hutte. Timothée a allumé une autre cigarette.

— Ça éloignera peut-être les bestioles, a-t-il dit. Avant d'ajouter : Elle venait faire son deuil.

La phrase m'a achevé.

Il l'avait su quand elle avait fini par se donner à lui. Après une cérémonie de mariage, chez les Hens, tout près d'une rivière. Au village, il y avait eu des offrandes pour les esprits, des chants, les enfants avaient des fleurs dans les cheveux, ils avaient bu de l'alcool de riz, elle était restée un long moment avec le chef, en était sortie très étrange, comme éprouvée. Ils avaient marché à l'écart des habitations, elle ne parlait plus, s'était assise près de la rivière et n'avait rien dit lorsqu'il avait posé la main sur la sienne, et commencé à lui caresser les cheveux. Ils avaient fait l'amour dans le chuchotement des insectes, le frémissement des herbes, sans une parole. De son côté à elle, presque sans plaisir, enfermée en elle-même. Je l'ai trouvé cruel de me donner ces détails, mais en le regardant, le regard tendu vers les rizières, comme vide, j'ai compris qu'il ne faisait que réactiver des souvenirs qu'il avait essayé d'oublier. Compris aussi que sa vulgarité à son égard, lors de la fête de Kengtung, n'était qu'une façon de réécrire l'histoire pour ne pas avoir à en souffrir.

Juste après, elle avait pleuré. De longs sanglots qui la secouaient tout entière. Il l'avait questionnée, elle avait répondu, par bribes.

— Julie faisait de la politique pratiquement depuis son arrivée dans le pays. C'est Éric qui l'avait initiée à ça. Elle ne m'a pas donné de détails, mais je sais qu'elle a rencontré un opposant politique, et qu'il a été liquidé par la junte dans le nord du pays. On n'a retrouvé que sa voiture, une vieille bagnole bleue.

J'ai sursauté. J'ai revu celle du lac Inle. Bleue. La vieille Buick naufragée posée comme un vestige incongru au milieu de cette cité lacustre. Celle du frère de Myat, qu'on ne voyait jamais... Se pouvait-il que... Je me suis souvenu de son émotion, la ferveur qui était la sienne lors du passage du Karaweik, la barque d'or avec les cinq bouddhas du lac. La force du lien qui la retenait au lac. J'avais été entre elle et ce fantôme ?

— Le pare-brise était criblé de balles et les sièges maculés de sang, a repris Timothée. C'est lui, le Birman, qui lui avait parlé du chamanisme comme moyen de communiquer avec les esprits des morts. Elle voulait communiquer avec lui.

— Elle t'a parlé de lui ? De sa famille ? De ce qu'il faisait exactement ?

Il a secoué la tête.

— Non. Et je n'avais pas envie de savoir.

Il a tiré sur sa cigarette et expiré la fumée en penchant la tête en arrière.

— C'est à cette époque-là que les chars sont entrés dans Kengtung. L'armée birmane. En nombre, bien équipés. Le prétexte : éradiquer l'opium que les tribus faisaient pousser dans les montagnes. En réalité, forcer ces peuples qui échappent à leur contrôle, et dont ils craignent qu'ils ne puissent un jour se révolter, à devenir birmans, à se plier à leur autorité, comme ils l'ont fait avec d'autres ethnies. Prendre leurs terres, aussi. On a entendu parler de viols, de massacres. Et puis de Wei Wei, la reine du Pavot.

— La reine du Pavot.

Il a soupiré. J'avais l'impression qu'il ne croyait pas à ce qu'il disait, et que se rappeler tout ça réveillait un abcès dans son cœur. La flasque passait de sa bouche à la mienne, toutes les minutes ou presque.

— C'est comme ça qu'ils la surnomment. Parce que le pavot, dans toute la région, est réputé pour avoir un grand pouvoir chamanique. En dehors des champs, les paysans akhas en font pousser dans leurs potagers pour que la force du pavot passe dans les autres légumes. On dit que Wei Wei a un pouvoir chamanique très fort et que les Nats sont de son côté... Tu te doutes que Julie est devenue comme une folle, me suppliant de l'emmener voir Wei Wei. Sauf que je ne savais pas où la trouver. Ni même si elle existait. Je te l'ai dit, le pays sécrète tellement de légendes ! Ce qui était bien réel, en revanche, c'était les soldats partout, et les bruits atroces qui circulaient sur leurs méthodes... J'ai essayé de la raisonner, et j'en ai pris plein la gueule. Je n'avais aucune conscience, j'étais cynique, disait-elle. Un Occidental, privilégié, égoïste... enfin, ce genre de conneries humanitaires, bonnes-conscientes. C'était injuste. Je lui avais tout donné, tout ce que je savais sur la région. Tout ce que j'aimais dans le coin je le lui ai montré... Mon monde à moi. Le lendemain, elle avait disparu.

Un moustique est venu bourdonner à ses oreilles, puis se poser sur son bras. Il a saisi sa cigarette et l'a dirigée vers l'insecte, qui a disparu dans un grésillement discret qui devait être aussi celui de sa peau. Une grimace, et rien de plus. Une façon de tuer la douleur par une autre douleur. De la distraire.

Une idée m'est venue.

— Et Mister Paul ?

— Quoi ?

— Elle n'est pas partie avec lui ?
Il a haussé les épaules. J'ai repris :
— Paul est akha, il a pu l'aider...
— Je ne sais pas. Je ne lui en ai pas parlé.
— Pourquoi ?
— Pas envie. Ça m'aurait peut-être poussé à la chercher.
Machinalement, il s'est tâté les abdominaux, à peu près à l'endroit où, sous sa chemise, s'étalait sa cicatrice.
— On rentre ? a-t-il ajouté en se levant.
Je suis resté un instant assis et je lui ai demandé :
— Pourquoi tu ne m'as pas dit tout ça avant ?
— Parce que tu ne me l'as pas demandé. J'étais censé t'emmener visiter le Las Vegas birman, c'est tout.
— Elle t'a dit quoi, exactement, quand tu l'as eue au téléphone ?
Il a écrasé sa cigarette et a glissé, respectueux de la jungle, le mégot dans son paquet.
— Je t'ai menti, César. Je ne l'ai pas eue au téléphone. Je n'ai pas entendu le son de sa voix depuis deux ans. C'était un simple fax. À l'en-tête de son organisation humanitaire. Avec ton nom et l'hôtel où tu descendrais.
— Et tu n'as pas envie d'avoir de ses nouvelles ? Tu ne m'as posé aucune question ?
Il a secoué la tête.
— Je t'ai dit. L'histoire est terminée. (Il a marqué une pause et a ajouté, sans terminer sa phrase :) Il vaut mieux...
Il s'est tourné vers moi, et j'ai découvert son regard plombé de tristesse.
— C'était la première fois que j'aimais depuis... depuis ça.

Il a posé sa main sur son ventre, et, avec le doigt, a mimé le mouvement de la cicatrice. Et puis il est rentré dans la hutte. À l'intérieur, nos hôtes dormaient déjà. Il s'est enroulé dans sa couverture sans un mot. Seuls la jungle, ses reptiles, ses mammifères et ses esprits continuaient à converser dans la nuit.

3

Après, ça n'a plus jamais été pareil. Timothée est tombé dans une profonde mélancolie. Il refusait les quelques touristes qui passaient à son bureau, et me proposait, à la place, de partir en balade.

— Et ton boulot ? lui ai-je demandé alors que je venais de le voir dédaigner une escouade de touristes, ce qui était plutôt rare dans le coin. Tu n'es pas censé ouvrir des routes ?

— J'ai plutôt envie qu'elles se ferment. À tout jamais. Et que personne ne dérange plus ces gens...

On ne parlait plus de Julie. J'avais été tenté de le questionner, mais je sentais qu'il avait verrouillé son cœur. À la place, on marchait des journées entières, on avalait les kilomètres et les dénivelés en transpirant dans nos chemises. On se baignait dans des rivières à l'eau transparente et fraîche. On dormait au clair de lune. On attrapait des tiques quand on dormait chez Medicine Man, et on s'en amusait, mais ce n'était plus pareil. On en savait trop l'un sur l'autre. On savait ce qui clochait chez l'autre, et, comme c'était la même cause, ça nous rendait vulnérables. Il avait fait remonter en lui la douleur, et semblait ne plus pouvoir en endiguer le flot. Tout juste avait-il accepté de m'emmener là où il l'avait emmenée, comme c'était le cas pour Medicine Man, et sans même que j'aie à le demander. C'était un peu son cadeau. Et moi une manière de faire mon deuil que de m'asseoir dans les huttes où elle avait pris un peu de repos, de boire aux sources où elle avait bu, de m'enrouler dans une couverture en regardant les braises d'un foyer où elle s'était elle aussi réchauffée des froides nuits montagnardes. Parfois, dans le sommeil, me revenait le spectacle de son corps nu dans la lumière aquatique des matins du lac Inle, l'intelligence de son regard, son amour pour le pays, et la sauvagerie comme désespérée de notre première étreinte à Rangoon. C'est son parfum qui montait vers moi et je ne fermais plus l'œil. Des kilomètres en plus, le lendemain, viendraient à bout de cette tension.

Le soir, dans Kengtung, je croisais parfois Mister Paul au bureau des guides. Il avait les mêmes réactions polies, le même sourire impénétrable, et je ne pouvais rien faire. Avec Timothée à mes côtés pour le questionner, c'eût été différent, mais il avait renoncé. Sans lui en parler, j'avais tenté à plusieurs reprises de joindre Julie sur son portable. En vain. Pareil au bureau de l'organisation. On n'avait pas de nouvelles, elle n'avait pas réapparu. Toujours cette voix féminine, aiguë et servile au bout du fil. « *No, sir, no, sir.* » Henri était parti. Aucun Occidental pour engager une conversation, tenter d'en savoir plus, si elle avait laissé des indices. « *No, sir, no, sir* » : voilà à quoi se limitaient les informations que je pouvais tirer de ces quasi-soliloques. Le manque, alors, creusait des abîmes en moi où venaient s'installer la peur que je ressentais pour elle et la tristesse née de mon impuissance à comprendre pourquoi elle m'avait abandonné. Tous ces sentiments composaient des mélanges détonants qui débouchaient sur la colère. Je raccrochais avec une fureur qui faisait baisser les yeux les Birmans qui attendaient leur tour, peu habitués à ce que l'on montre ses émotions, et encore moins la violence.

— Oublie-la, m'a dit Timothée un soir chez Medicine Man, brisant le silence qu'on s'était tacitement imposé sur le sujet. Écris ton reportage sur Khun Sa et barre-toi.

— Le reportage est mort, Timothée. Il n'y a plus d'info. Khun Sa est moribond, il n'intéresse plus personne.

Il a secoué la tête.

— Tu te goures. L'info on s'en fout. C'est d'histoires dont les gens ont besoin, aujourd'hui. Et le journalisme, c'est raconter ces histoires. Celles qui disent le monde, les gens, les destins. Il y a tellement de gens fascinants. Et tellement de gens qui ne savent pas écrire et qui auraient besoin qu'on les écoute, et qu'on les raconte. L'info... L'info elle est partout, mais elle est sans chair, sans sens, sans forme, et il faut lui en donner. (Il avait gratté la terre de sa main.) Cette terre, c'est de l'argile, elle est à la portée de tout le monde, mais tout le monde ne saura pas en faire des vases ou des statues. Pas un hasard si dans la Bible, celui qui fait quelque chose de cette argile s'appelle Dieu... Il a créé l'homme, et le journalisme, c'est aussi remettre de l'humain dans le chaos de l'information. Écris ton reportage, sois le Dieu de l'histoire que tu as choisie, et ça passionnera les gens. Et surtout tire-toi d'ici, pendant qu'il est encore temps... Pour moi c'est trop tard.

Le lendemain matin, alors qu'il se baignait dans une rivière toute proche, et que je dégustais un café lyophilisé en regardant les petits-enfants de Medicine Man partir à l'école dans l'aube montagnarde, adorables avec leur petit cartable, j'ai entendu les pas du vieillard faire craquer derrière moi les lattes de bambou. Il s'est installé à côté de moi sur la minuscule terrasse de sa maison, et a bredouillé quelque chose en regardant le carnet posé sur mes genoux. Je lui ai fait défiler les pages, et il a souri. Il était beau ce vieillard, avec son turban jaune, et sa veste shan qui laissait voir les tatouages en forme de feuillage de ses avant-bras.

— Vous avez connu Julie ? ai-je demandé en anglais, pariant sur ses souvenirs linguistiques du colonialisme britannique.

— Zuli ?

Il a secoué la tête. J'ai ouvert mon carnet et j'ai entrepris de la dessiner. Il a commencé à rire, ce n'était pas très ressemblant. J'ai montré de la pointe du stylo-feutre les cheveux courts, et puis le soleil dans le ciel.

— *Color... like the sun*, ai-je dit.

Il a souri, et il a juste dit :

— *Awza*.

— *Awza* ?

— *Awza*, a-t-il répété en ajoutant d'autres mots que je n'ai bien sûr pas compris.

À ce moment-là, la silhouette de Timothée s'est invitée entre les arbres, et la conversation s'est arrêtée.

Et puis le jour est arrivé où Timothée m'a annoncé qu'il retournait à Mong La. On venait d'arriver à Kengtung, après une nuit de baroud passée dans la nature. L'aube était splendide comme une promesse. Il en avait « besoin », a-t-il dit, et j'étais le bienvenu. Je l'ai revu dans son fauteuil de rotin, ivre et lyrique, détaillant la géographie physique des Chinoises à louer. Ou cloué, sans une once de plaisir, sur le grabat sordide de l'hôtel carrelé de blanc, pendant que la poitrine parfaite du ladyboy s'agitait en rythme au-dessus de ses yeux ouverts. J'ai décliné la proposition, et ressenti de la tristesse à l'idée de le quitter. Il était attachant, Timothée, et je n'ai jamais su, finalement, ce qui l'avait poussé à venir s'enterrer dans ce bout du monde montagneux, ni quelle était l'histoire de la monstrueuse cicatrice qui lui barrait le torse. Je l'avais revue à différentes reprises pendant nos balades, cette monumentale boursouflure, mais jamais, jamais, il n'en avait reparlé.

— Qu'est-ce que tu vas faire, toi ? a-t-il demandé alors que nous longions le lac où il avait vu Julie se promener.

— Je ne peux pas rentrer comme ça, ai-je simplement répondu en ajoutant, en guise de dernière tentative : Tu connais la région mieux qu'un autre. Ensemble, on pourrait la débusquer, Wei Wei. Peut-être que Julie est avec elle...

Il avait fermé les yeux et secoué la tête.

— J'aspire plus que jamais à la paix, César...

Il aurait remplacé « paix » par « mort » que la phrase n'aurait pas été plus sinistre. La ville déjà se réveillait. Les premières mobylettes faisaient entendre leur vacarme pétaradant, et les femmes versaient des bassines d'eau sur les trottoirs défoncés. Des pleurs d'enfant, aussi.

On arrivait à mon hôtel. Il s'est penché à mon oreille, fraternel, et m'a dit, d'une voix comme usée jusqu'à la corde :

— Dans une semaine, pour les Akhas, c'est le nouvel an des femmes. Leur fête la plus sacrée. Tu devrais surveiller ton ami Mister Paul...

— Merci, Timothée.

Il a hoché la tête, le regard déjà lointain.

— On se reverra peut-être, j'ai ajouté.

Il m'a tendu la main.

— Peut-être.

— Qu'est-ce que ça veut dire, *awza* ? ai-je demandé.

— Ça veut dire « pouvoir », « influence ». Pourquoi ?

— Pour rien.

Je lui ai tendu la main. Il l'a serrée, m'a décoché un clin d'œil, et m'a laissé à la porte du Golden Banyan. Déjà, la patronne me désignait une table avec un thé fumant. J'étais seul.

4

Chaque matin je le pistais, prêt à le suivre au moindre bouleversement de sa routine.

À 7 heures, il sortait à pied de sa petite maison de bois, toujours vêtu de son pantalon de tergal et de sa veste de cuir, son sac shan en bandoulière. Dix minutes plus tard, il ouvrait le bureau des guides de Kengtung, qui faisait aussi office de « tribal museum ». Calebasses sculptées, peignes, pièges à oiseaux et bijoux d'argent issus des ethnies du coin garnissaient des étagères sommaires, au milieu des affiches à la gloire de l'écotourisme et de cartes dessinées à la main présentant les différents itinéraires proposés. « Hen village », « Lisu village », « Lolo village », « Hmong village », lisait-on au-dessus d'icônes en forme de maison. Mais rien, rien, jamais, sur un quelconque village akha.

À 8 heures, arrivait un grand sikh coiffé du traditionnel turban. Puis les autres guides. Les touristes, quand il y en avait, débarquaient une demi-heure plus tard. Je ne relâchais pas ma surveillance avant de voir Paul partir avec un groupe. Et ce n'est que lorsqu'ils avaient disparu derrière le bâtiment de béton de la police que je rentrais à l'hôtel, tranquille pour le reste de la journée. Je la passais à flâner, à lire et à écrire dans ma chambre ou près du lac. Détendu, parce que je savais qu'il reviendrait comme tous les jours avant la tombée de la nuit. Et s'il ne revenait pas, c'était qu'il passait la nuit dans les tribus avec les touristes. Deux nuits maximum. Ça ne changeait rien à l'heure de retour à Kengtung. Toujours à la tombée de la nuit, avec le traditionnel verre de thé de l'amitié en guise de récompense. Ensuite, Paul rentrait chez lui, et n'en ressortait que le lendemain matin. Dans son ombre, je guettais la moindre rupture dans son mode de vie réglé comme celui d'un moine. Même la nuit j'allais rôder autour de sa maison. J'avais même loué une petite moto chinoise au cas où il se déciderait à enfourcher la sienne pour se faire la belle. J'étais prêt.

Les journées s'écoulaient. Le troisième jour, alors que je m'en étais jusque-là gardé, je suis passé par la pagode où priait Julie quand Timothée l'avait rencontrée. J'ai essayé de l'imaginer dans la même posture que les Birmanes que je voyais là. Assises, jambes repliées sur le côté, joignant des mains chargées de fleurs pour leur dieu. Penser à elle m'a plongé dans une profonde mélancolie et j'ai passé le restant de la journée abattu, incapable de dormir ou de me concentrer sur les pages du dernier livre qui me restait après avoir abandonné tous les autres sur la route au fil de mon voyage. J'ai pris mon carnet et j'ai écrit comme un fou. À la tombée de la nuit, après avoir raccompagné visuellement Mister Paul à son domicile, en espérant qu'il ne sortirait plus de son repaire, je suis rentré à l'hôtel pour commander un bol de soupe de nouilles. C'est Khin Mya, l'héritière du Golden Banyan, qui est venue me la servir, toujours aussi ravissante. Quinze ans, certes, mais des regards incendiaires lancés à mon intention de derrière sa frange, tandis que ses lèvres tétaient une bouteille de Star

Cola. J'ai avalé ma soupe, des idées de sexe dans la tête. Mong La et ses estampes me revenaient sous les paupières. L'Asie devait être en train de me contaminer, ou Timothée m'envoyait des signes.

J'allais remonter dans ma chambre pour retrouver paix et solitude quand Khin Mya a levé la main. Elle était assise à une table à côté d'une amie belle comme le jour, des cheveux noirs retenus par une casquette Gavroche de velours rouge. Les deux filles ont ri quand je me suis approché. Elles avaient des livres devant elles, et chacune un cahier. Elles voulaient que je leur apprenne à dire « *I love you* » en « *pienthe* », en français.

Ça a donné « ze-têm », puis « che-têm ». Quand je me suis rendu compte qu'elles ne pourraient aller plus loin dans la perfection phonique, je les ai félicitées. Elles ont ri aux éclats, le rouge du plaisir colorant leurs pommettes. Le grondement d'un moteur a attiré notre attention. Chevauchée par un type aux cheveux gominés d'une quarantaine d'années, la moto a stoppé au niveau du restaurant. La Gavroche du Triangle d'or s'est levée, m'a souri en disant « *cezubeh* », et est allée rejoindre le conducteur et sa monture, sur lequel elle s'est installée en amazone, seule position autorisée par le longyi qui lui enserrait les hanches.

« *Married* », m'a dit Khin Mya en me désignant son amie avant de me lancer un long regard appuyé. Sa position, accoudée à la table, penchée vers moi, son menton reposant dans sa paume, écartait les pans de son chemisier et m'offrait un aperçu de la naissance de ses petits seins de neige. Comme pour être sûr que j'avais compris, elle a fait le signe d'un anneau qu'on passe sur un doigt. On pouvait y voir autre chose, et j'ai préféré couper court au supplice en remontant dans ma chambre.

Je me suis déshabillé. L'air tropical entrait par la fenêtre en même temps que le bruit des klaxons, les parfums d'encens et les chants grésillants susurrés par les haut-parleurs de la pagode. J'étais nu dans la torpeur. Nu et seul, l'épiderme énervé. Le corps de Julie s'est imposé à moi avec cruauté. Je l'ai imaginé liquide comme de l'or. Puis les deux seins de neige de la Birmane aux pommettes hautes. Julie et la Birmane dans le même corps, la blondeur et les yeux bridés, une chimère puissamment érotique qui m'a électrisé.

Ce sont des bruits inédits qui m'ont réveillé. On circulait dans la rue, et ce n'étaient pas des motos, ni même des 4 × 4. Un bruit inhabituel, lourd et métallique. Je suis allé vers la fenêtre. La nuit se dissipait à peine – lambeaux de nuages roses dans un ciel encore gris – mais mes paupières encore lourdes de sommeil se sont ouvertes en grand devant le spectacle. Car ce que je voyais convoquait dans mon cerveau des spectacles connus mais jamais vraiment vus. Tian anmen. Prague et l'Armée rouge. Des films de guerre.

Deux chars d'assaut descendaient au pas la rue principale de Kengtung. Des chars avec des roues, idéals pour la jungle, équipés d'un canon surmonté d'une mitrailleuse. De la tourelle du premier, un homme émergeait. Le visage dur ; tourné, comme son canon, vers les montagnes qui cernaient la ville et derrière lesquelles, enfin, le soleil daignait se lever. Venaient après les chars une demi-douzaine de camions militaires. Sur la plate-forme, sans bâche, des dizaines de soldats en chapeaux de brousse, côte à côte, face à face, la crosse de leur fusil entre leurs pieds, canon vers le ciel. J'ai consulté ma montre – 5 heures du matin – et enfilé mon pantalon en vitesse.

Je me suis arrêté dans l'escalier. Les quelques

clients abrités par le toit de tôle du restaurant plongeaient les yeux dans leur bol de riz. Ou les levaient vers l'écran de télévision qui diffusait un sitcom chinois et médiéval, avec armures de plastique et trucages éhontés. Tout sauf regarder les soldats. Un silence inhabituel, morbide, habillait tout ça. Un petit garçon s'est mis à marcher, oscillant d'un pied sur l'autre en direction de la rue. Un cri s'est échappé et ça venait de sa mère. Elle s'est levée, comme mue par un ressort, l'a immédiatement récupéré, le levant dans les airs et plaquant son petit visage contre son sein.

Ils avaient peur, tous, et cette peur suintait du moindre de leur geste, bâillonnait leur bouche et leurs regards.

J'ai pris place à une table. Je les ai regardés, ces soldats, avec une acuité renforcée par le souvenir qui s'imposait à mon cerveau. Les paroles de Timothée. Les chars dans les rues de Kengtung, deux ans auparavant, et la disparition de Julie.

Les soldats passaient devant mes yeux. Des jeunes, au visage glabre et à l'air absent, leur main serrant le corps métallique de leur fusil. Sur leur épaule, l'écusson rouge et blanc des forces armées birmanes, le casque avec les deux éclairs qui terrorisaient tout un pays. Pas six, mais huit camions, soit une centaine d'hommes. Pourquoi ? L'un d'eux a croisé mon regard. Sa pupille était noire, ses pommettes, sculptées à la hache. L'insensibilité de son regard m'a fait baisser les yeux. Lorsque je les ai relevés, attiré malgré moi par le spectacle et ce qu'il avait d'annonciateur – la guerre, que ma génération n'avait pas eu à oublier parce qu'elle ne l'avait jamais connue –, j'ai vu avec surprise que mon soldat venait, à son tour, de baisser les yeux.

Face à lui, sous l'auvent, je l'ai alors reconnu. Mister Paul, les mains dans une assiette, fabriquant tranquillement de ses doigts les boulettes de riz qu'il mastiquait, son éternel sourire flottant sur ses lèvres luisantes de graisse. Oui, il souriait, l'énigmatique Akha, comme pour leur dire combien il se délecterait de serrer leur cou entre ses deux mains puissantes, jusqu'à voir leur langue se noircir. Oui, c'était ça, le message qui passait.

Les poils se sont hérissés sur mes avant-bras. Quand il a eu repoussé son assiette, et laissé sur la table un billet froissé, les soldats avaient quitté son champ de vision depuis quelques minutes. Il a alors empoigné un sac à dos de toile kaki, l'a balancé par-dessus son épaule, et s'en est allé d'un pas tranquille.

J'avais beau songer que mes affaires à moi étaient à l'étage, avec mes papiers d'identité et mon fric, je n'ai eu d'autre choix que de le suivre. Le ventre vide, et sans eau.

5

La colline du Bouddha : déjà loin. Le monastère du vieux moine : dépassé. Tout autour, des montagnes, des collines baignées de plantations en escalier, ou couvertes de végétation sauvage vert et brun, moutonneuse. Des champs de maïs blondis par le soleil, des villages à toit de chaume traversés à la hâte, à sa suite, comme en rêve. Je n'ai pas de sac sur les épaules. Et pourtant il va beaucoup plus vite que moi. Et comme je suis obligé, en outre, de lui laisser de l'avance, je ne m'en sors pas. On traverse des rivières, je manque de glisser sur les pierres. Les villageois me dévisagent, tel un zombie, le suivant à la trace en chien de chasse, cent mètres derrière. Je vois sa silhouette gravir les collines, courte et râblée, je devine ses petits yeux et son sourire pointer sur son visage tandis que ses jambes armées de pauvres chaussures chinoises en toile kaki dévorent les kilomètres de piste, de champs, de broussaille. Déjà une heure que nous marchons.

La végétation, bientôt, se densifie. J'ai chaud et je n'ai pas d'eau. Celle de mon corps se vide par mes pores totalement dilatés malgré l'heure peu tardive.

Ma proie vient d'être absorbée par la forêt. Les buissons ont en effet laissé place à de grands arbres aux larges feuilles. La jungle. Le soleil, enfin, se cache, ou se réduit à une pulvérisation de rayons dont certains parviennent à transpercer le réseau serré de branches. L'ombre règne. J'entends les oiseaux chanter, des piverts frapper les troncs de leur bec. L'atmosphère est magique, effrayante. Je suis sous le charme. L'autre sens du mot charme : ensorcellement, perte de repères. Mes baskets s'enfoncent dans un humus moite et mouvant. Un lézard sur un tronc, son œil tourne sur lui-même. Une branche qui craque. Je m'arrête.

Il s'est retourné lui aussi. Mon cœur bat la chamade. Je suis collé au tronc. Je regarde le lézard qui n'a pas bougé. Les yeux dans les yeux. Sa peau est translucide comme celle de ses cousins que j'ai vu éclatés sur le macadam poisseux de Mong La. Je pense à Timothée. Je ne pense à rien. Je retiens ma respiration pendant que les petits yeux acérés de ma proie prédatrice scrutent la forêt. Il repart, j'inspire à fond, les feuilles de lierre qui recouvrent le tronc contre mes lèvres, pleines de rosée. Le contact est frais, liquide.

J'entends un bruit de cascade et la forêt s'arrête. De la lumière entre les branches. Un pont suspendu. Petit, mais fait de mauvaises lattes de bambou sur deux fils de fer, avec deux autres un mètre plus haut pour qu'on puisse se tenir. J'ai toujours détesté ce genre d'obstacles. Je ne dois pas être le seul, puisqu'il y en a toujours dans les films d'aventures. Sauf que maintenant, c'est moi qui y suis, dans le film. Je m'approche, empoigne les fils de fer et avance le pied. Le contact du bois me rassure. J'avance en espérant qu'il ne m'attend pas de l'autre côté pour trancher d'un coup de machette l'édifice branlant. Sous mes pieds, la rivière, jaune et lourde, roule entre les rochers avec fracas. Je regarde les rochers. De grosses têtes dures où il ne ferait pas bon fracasser la sienne. Plus que trois pas.

J'avance le pied, je le pose sur le bambou et – ça devait arriver – je sens qu'il cède sous mon poids. Craquement. Mon corps déséquilibré tombe, attiré par le vide. Je tends les muscles, épaules, bras et mains pour me retenir sur les deux filins métalliques que mes doigts serrent. Je tire, ça se déchire dans mon épaule mais je n'ai pas mal, je lance mon autre pied sur la latte suivante. Je me rétablis et expire enfin.

Sur l'autre rive, la douleur ne tarde guère à se manifester. Épaule gauche en lambeaux. Plus la main, éraflée, où le sang perle. Je pense au tétanos et bénis mon médecin qui avait insisté pour me « rappeler » le vaccin. Faut-il repartir, déjà ? Je donnerais n'importe quoi pour un litre d'eau. Ne pas y penser. Mes yeux vont et viennent de droite à gauche. Des arbres, une végétation touffue. La jungle, la pleine jungle. Je repense à mes lectures, à mes rêves de gosse. La jungle, enfin ! Avec ses serpents, ses araignées velues, ses tigres ! Ceux dont j'ai vu les pénis, à Mong La, enroulés sur eux-mêmes comme de vulgaires cordes. La jungle, j'y suis. J'y suis, mais complètement perdu. Mister Paul et son sourire flottant doivent être loin, maintenant. Devant moi, à peine un sentier dans ce bordel végétal. Des fougères foulées, là, mais est-ce lui ? Dans les arbres des bruits par milliers, et la peur qui s'engouffre progressivement en moi. Je m'adosse à un tronc humide, regarde ma montre. Cinq heures que je marche. J'ai les jambes brisées, l'épaule en feu, mais qu'y faire ? Certainement pas rester là. Je me redresse. Toutes ces nuances de vert tourbillonnent dans mon crâne. La soif, encore. Je décide de suivre les fougères, au petit bonheur.

Pari gagné. Après vingt mètres sur un tapis de végétation aux nervures dentelées, un minuscule lacet de terre rouge fait son apparition, annonce une grimpe sévère. Le chemin, au moins, est tracé.

Je monte, je monte, protégé par la cime des arbres, me penche sur quelques fougères dont je remarque que, fendues par le milieu, elles se sont recroquevillées en forme de calice et qu'elles contiennent de l'eau. Rosée, ou pluie. J'y mouille mes lèvres, mais ne la bois pas. La peur des bactéries me tient. La soif ne doit pas être si forte. La pente est rude, mes mollets me tirent. Un frottement suspect au niveau de mes ménisques, mais je parviens en haut. Mon souffle est coupé par le spectacle.

Ce n'est pas Mister Paul que je vois, mais un panorama à... Je ne vais pas dire à faire tourner les têtes, car c'est déjà le cas, elle part en vrac, ma tête. Non, à vendre son âme sur-le-champ. Mon sang coule sur ma main, j'ai l'encre qu'il faut, Méphisto amène-toi ! Devant moi, une ligne de crête vert pomme nappée de brume de chaleur. La végétation court à perte de vue, toute en courbes, avec un premier plan de feuilles élancées, de lianes épaisses et de feuillages entremêlés. La jungle. La jungle sera toujours la jungle, jouant de toutes les nuances de vert contre le bleu pâle du ciel, comme s'il fallait le vaincre, imposer un ciel vert à ce bleu persuadé que son règne va de soi.

Le bonheur cogne mon plexus solaire. C'est bon et chaud. Je vis ça. Oui, moi, César, je vis ça, seul dans la jungle, assommé, assoiffé peut-être, mais je le vis. Je repense à tout ce que j'ai laissé bien au-delà de ces montagnes émeraude, et j'ai envie de rire aux éclats. Hélène ? Le journal, ses conf' de rédaction suicidaires et sa machine à café ? Vendre des sujets ? Pourquoi, pour qui d'ailleurs ? Être lu dans le métro par des yeux fatigués par des emplois qui stérilisent le rêve ? Parcouru dans les chiottes par l'époux gras du bide de ces yeux fatigués ? « Moussa », elle avait dit, la conne en chef. La Birmanie, pour elle, ça valait pas Formentera.

Qu'elle suce son sex toy jusqu'à ce que la salive l'étouffe ! Je menais enfin la vie que je rêvais de vivre, avec, de surcroît, rien dans les mains, rien d'autre avec moi qu'une chemise trempée de sueur, un vieux jean et mes baskets couvertes de boue. L'essentiel, enfin ! Animal, enfin ! Rien d'autre que moi, devant cette nature qui m'enivrait à en mourir, et je peux dire que c'était bon de penser que j'avais au moins un argument pour affirmer que cette vie valait la peine d'être vécue.

Le soleil naviguait dans l'éther. La chaleur donnait. La soif allait me tuer. Je me suis renfoncé dans la forêt et dans ses bruits. Totalement perdu, j'ai dû marcher quelques heures de plus, m'asseyant parfois contre une souche, me consolant avec l'idée que j'allais peut-être au-devant d'une vraie héroïne, et pas une de celles en plastique que nous vendait mon canard toutes les semaines. J'ai poursuivi mon chemin, le cœur en bandoulière et les narines dilatées. La végétation sentait le sperme, chantait la fécondité sans entrave. Des fleurs dans les arbres, l'écorce sous les paumes, c'était putain de bon. Et puis soudain une source. Dans un paysage à la Mowgli. J'étais dans mon enfance ! Des jeunes filles aux corps fluides allaient venir et y remplir des vases d'argile, baigner leurs corps bruns et nus. Des tigres au pelage d'or allaient y plonger leur langue rouge encore teintée du sang de leurs proies. J'y ai trempé mon visage. J'y ai bu. Le tigre, c'était moi. Je ne craignais plus les chasseurs.

Impression fugace... C'est pile à ce moment-là que mon œil a été attiré par un objet suspendu aux branches du banian massif qui me surplombait. Trois petits objets, pour être exact, attachés les uns aux autres. Trois étoiles de différentes formes, faites de morceaux d'osier, ou de bambou, entrelacés. J'ai tourné sur moi-même. Il y en avait partout autour de cette source. En forme d'octogones, de triangles, partout dans les branches des bambous, cloués sur les troncs. La peur m'a envahi. Étais-je dans un cimetière, une zone interdite, sacrée ? Allais-je voir surgir un crâne planté sur un pieu ? Les bruits chuintants de la jungle aidant, mes jambes se sont mises à peser.

En voyant ces drôles de signes accrochés aux arbres, on ne pouvait pas ne pas penser à ce film réalisé avec trois bouts de ficelle par trois étudiants en cinéma. Une histoire de sorcières dans le Vermont ou quelque chose comme ça, qui vous renvoyait dans les profondeurs de la psyché américaine, bigote, aimant se faire peur, parlant du diable en toute occasion. Comparaison aberrante, c'est ce que je me suis dit pour me dérider. Trop tard, la peur était installée. À cinq ou six heures de marche de la ville. Où est-ce que j'étais ?

Les arbres ont recommencé à tournoyer autour de ma tête. Je me suis dit que c'était la soif, ou peut-être la faim qui me jouait des tours. J'ai lutté pour faire refluer la panique. Je me suis redressé, les jambes en coton, et j'ai décidé de continuer à avancer en regardant attentivement où je mettais les pieds. À dix mètres, sur un tronc, un autre objet m'a défié. Un fusil. Comme un jouet d'enfant, suspendu à un tronc et peinturluré de rose et de vert, couleurs en partie délavées par les pluies. J'ai avancé. À gauche, c'étaient maintenant deux poignards. En bois aussi, cloués sur la tronc, la pointe tournée vers moi. J'ai poursuivi, le sang battant à mes tempes, et c'est alors que, remontant une pente légère, j'ai remarqué que j'étais arrivé à la fin de la forêt.

Devant moi se dressait un portail fabuleux.

Une construction toute simple, deux piliers et un autre par-dessus, mais faits de troncs d'arbres hérissés de pointes et recouverts d'étoiles, et d'octogones semblables à ceux que j'avais vus dans la forêt.

Un portail seul, sans aucune clôture, avec derrière un village. Un village comme tiré d'un livre de légende, fait de vastes maisons montées sur pilotis et couronnées de toits dont la forme triangulaire et la couleur brun clair tranchaient avec le vert et l'arrondi des collines qui le protégeaient. J'étais hypnotisé.

6

Je me suis avancé, fasciné. Pas une âme. Les solives des toits s'entrecroisaient pour dessiner une paire de cornes au sommet des habitations. Je me sentais au bout. Pas à bout. Au bout.

Ce portail, ces signes, ça ne pouvait annoncer que ça.

Le grand ÇA que je cherchais.

Animisme, chamanisme, Akha.

Akha. AKHA. C'était devenu un mot magique. AKHA. A.K.A. AS KNOWN AS.

Un mot qui me mettait au-dessus de l'époque et de ses contingences. Au-dessus de mes semblables. Wei Wei. Un peuple connecté aux esprits. J'arrivais aux sources, les mecs. Aux sources du monde, et je vous niquais tous.

Ma vie telle que je la rêvais, telle que je la voulais, me tendait les bras.

Je pensais à Julie, je serais à sa hauteur, enfin, dépouillé de mes oripeaux d'Occidental, de gentil bobo à sa maman. Lavé de ton soupçon comme un Christ retournant au Jourdain. J'arrivais, ma Julie, comme tu le voulais. J'allais la rencontrer, celle que tu voulais voir, et promis, je te raconterai. Toutes les nuits si tu veux. Car je le savais maintenant. Impossible de revenir en France. Pas une façon de parler, les mecs, mais désolé, vos combines, c'était plus pour moi. Je m'étais réinventé, alors oubliez-moi.

C'est là que j'ai réalisé que j'en avais fini avec mes photos. Plus d'appareil, plus de photos. Seulement mes yeux. Mes yeux grands ouverts. C'était sans doute mieux comme ça.

J'avance. De la boue et un porc qui s'ébroue. À part ça, aucun bruit. J'arrive aux premières maisons. Incroyable, tout est désert. Je tourne la tête. Trois cent soixante degrés sans le moindre signe de vie. Tout autour, les montagnes vert émeraude, magnifiques. Aucune trace de violence dans le village, pourtant. Le cadre idyllique, parfait. Ils doivent être aux champs, en train de chasser... Je reste un moment au milieu du village, tout à ma contemplation de ce lieu magnifique, apaisé. Je souris.

Et puis j'entends un râle. Derrière moi. L'adrénaline m'inonde. Je fais volte-face.

Mon Dieu ! Est-ce encore un visage ? Une peau tirée, striée de rides, tendue à se déchirer sur les deux pointes dessinées par les pommettes. Une bouche figée dans un rictus atroce, plus de dents, des lèvres réduites à deux nerfs brunâtres. Qui s'articulent pourtant encore pour prononcer des mots inconnus. Au fond des deux orbites, trop profondes, un regard enflammé, fou de douleur. Il a un pantalon informe noué autour de ses hanches squelettiques, il me toise et caresse son ventre de la main. Derrière lui, voilà une femme qui s'avance, les seins réduits à deux poches vides, comme crevés.

Mon sang s'est mis à battre de plus en plus fort à mes tempes. Où étais-je ? Quel âge pouvaient-ils avoir ? Ils semblaient des vieillards, mais leurs cheveux étaient pourtant encore noirs. Ma gorge est devenue sèche. Mes jambes ne voulaient plus bouger. L'homme avait des larmes dans les yeux. Il a plongé la main dans sa poche et puis me l'a tendue, paume ouverte. Trois petits comprimés, de couleur pourpre, y reposaient. Son autre main a tenté d'agripper la mienne. J'ai reculé, secoué la tête. Sa bouche, alors, s'est distendue en une grimace atroce et un gémissement aigu, inouï, s'en est échappé. Je me suis bouché les oreilles.

Sortaient à présent des cabanes d'autres silhouettes, tout aussi faméliques. J'ai reculé, horrifié. L'homme a encore une fois tendu la main vers moi, m'offrant ses pilules.

— Ya baa, a-t-il dit alors en bavant une mousse décolorée.

Ya baa ? Mon cœur s'est emballé. Le village entier était donc camé ? Mais où j'étais, bordel ?

Une dizaine d'individus, maintenant, s'avançaient vers moi, plus rapides. La peur a cédé la place à l'instinct de survie. J'ai couru, couru devant moi, tout droit, sans m'arrêter, ne sentant plus la soif, j'ai couru pendant des kilomètres, jusqu'à ne plus sentir mon corps, jusqu'à ce que le vert hypnotisant des arbres, tournoyant autour de ma tête dans une cacophonie de bruits stridents, moites, exotiques et insupportables, ne finisse par me jeter à terre dans l'humus au goût de feuilles décomposées.

Je suis resté là, savourant ma vie sauve, pendant cinq bonnes minutes, jusqu'à ce qu'une pluie diluvienne, annoncée par un énorme fracas dans la cime des arbres, transforme mon corps en champ de tir pour balles liquides. Mes yeux se sont fermés, tandis que mes bras, dans un ultime effort, s'arquaient pour faire pivoter mes épaules et offrir ma bouche à l'eau qui dégringolait du ciel en frappant les feuilles des arbres dans un bruit de déluge.

L'eau bénie, enfin, nourrissait ma bouche morte. Et dans ma tête, les images des zombies aux yeux brûlés commençaient à se dissoudre.

J'étais sauf, je respirais la vie, et mon dos faisait corps avec la boue. J'allais peut-être mourir, mais pour l'instant j'étais sauf, sentant la chaleur monter dans mes doigts que je regardais de près, merveilleux assemblages de peau, d'ongles, où palpitait ma vie et qu'ornait la bague que m'avait donnée Éric. J'étais allé au bout, je ne pourrais pas dire que je ne l'avais pas fait. L'eau tombait dans ma bouche et je la laissais me nourrir. Blanchart lui-même était dépassé, lui qui n'avait jamais goûté cette jungle comme je le faisais. J'avais réussi, j'avais vécu mon rêve d'enfant. Seul dans la jungle, lavé de mon passé par la pluie qui ensemençait cette nature mouvante et grouillante de vie. Un serpent était peut-être déjà en train de ramper vers moi comme le faisait cette blatte montant le long de mon bras couvert de boue. Il entrerait dans ma bouche et s'y faufilerait. Même pas mal. Même pas peur. Je souriais. Je souriais de toutes mes dents pleines d'humus et d'eau de pluie.

Je n'ai pas entendu les pas. Ai-je sursauté en les voyant ? Même pas. Sans doute à cause de la pluie qui dès que j'ouvrais les yeux plongeait dans ma rétine. Ils portaient des casquettes usées jusqu'à la corde, des turbans, des pantalons larges et des vestes délavées, noires, brodées, qui bâillaient sur leur torse. Des arbalètes et d'antiques fusils au long canon. J'avais trop soif, je devais divaguer. L'un d'eux, qui avait les bras couverts de tatouages compliqués, s'est penché au-dessus de ma tête. Lentement, il a tiré de la gaine de bois qui battait sa hanche un long coutelas. L'acier luisait dans les gouttes d'argent de la pluie et j'ai senti l'engourdissement envahir mes membres. Pas de peur, pourtant. Une sensation agréable comme lorsque l'on s'allonge dans la neige. J'ai vu les deux pupilles de son regard noir se durcir et son bras se détendre d'un coup vers ma tête. Je n'ai pas bougé. Je n'ai rien senti. Aucune douleur. Rien que le bruit de la lame frappant mon tympan.

Je ne suis pas mort. Sa main a ramené devant mes yeux la tête verte et translucide d'un serpent, d'où perlaient quelques gouttes de sang froid et une langue rosée. Il a lancé la tête derrière son épaule et j'ai longuement expiré en lui souriant. Le serpent allait frapper et ces hommes étaient venus me sauver. Je n'ai donc pas du tout compris lorsque, après m'avoir fait boire de l'eau fraîche en collant contre ma bouche l'embout d'une gourde, j'ai senti avec horreur qu'ils me recouvraient la tête d'un sac plastique.

7

Le vacarme du moteur me vrillait les oreilles. Mes mains, attachées derrière mon dos, tremblaient comme des feuilles. Pareil pour mes genoux qui s'entrechoquaient à cause des vibrations du banc de bois sur lequel j'étais assis.

Je sentais le vide sous moi, comme si nous volions. J'avais pourtant entendu clairement le bruit d'un cours d'eau et les chocs répétés devaient être ceux des vagues qui tapaient la coque. L'embarcation devait aller à un train d'enfer. La vitesse, le vent plaquaient le sac plastique contre mon visage. Ils y avaient fait un trou pour que je puisse respirer, mais c'était insuffisant. Surtout avec le casque qu'on m'avait fixé au crâne. L'air arrivait trop vite dans ma bouche et m'asphyxiait. Il aurait fallu que je penche la tête, mais j'avais peur de faire glisser le trou et qu'il ne coïncide plus avec ma bouche.

C'est au bout de cinq minutes que la sensation d'étouffement a surgi. La peur m'a envahi, en même temps qu'un bourdonnement assourdi dans les oreilles. Je me suis débattu pour attirer leur attention, mais en vain. Ils devaient penser que mes mouvements n'étaient liés qu'à ceux de l'embarcation. J'ai senti que je défaillais, lorsque deux mains, enfin, m'ont arraché le casque et le sac plastique tandis que le moteur décélérait. Retenu par les mains de mes ravisseurs, j'ai absorbé une énorme goulée d'air et entendu avec un plaisir infini le clapotis de l'eau sous la coque reprendre le dessus sur le ronronnement massif et l'odeur de diesel. Ça n'a duré qu'une poignée de secondes, car, déjà, on me bandait les yeux d'une étoffe rêche. L'espace d'un éclair, pourtant, j'ai pu découvrir, sidéré, où je me trouvais.

C'était une embarcation à fond plat, à la proue effilée, dérivant sur une eau tumultueuse et brune hérissée çà et là de rochers. Partout, tout autour, la jungle. Dense, impénétrable, recouvrant de hautes collines et même nos têtes. Un tunnel végétal. Mais le plus inouï, c'étaient ces hommes qui m'entouraient. Une demi-douzaine, la tête enserrée dans un casque de couleur bleue. Des casques qui n'avaient rien à faire dans le décor. Bleu électrique, munis d'une large visière constellée de gouttes d'eau qui descendait jusqu'à leur nez.

J'ai frémi. De peur, mais aussi de dépit. J'ai pensé aux otages de Jolo, aux pirates terroristes du groupe Abbou Sayaf. Si ces types étaient là pour me rançonner, j'allais m'éloigner à tout jamais des Akhas... Il fallait que je me tire de là. Sauf qu'avec le bandeau, les mains attachées, et la vitesse qui transformerait l'eau en béton, c'était purement et simplement de la folie. Car le bateau avait repris son allure folle, et nous filions à nouveau sur l'eau dans un bruit insupportable. Avec les rochers que j'avais vus pointer hors de l'eau, je me demandais comment le pilote pouvait être sûr de nous mener à bon port. En était-il sûr, d'ailleurs ?... Où pouvait-on être ? Ce fleuve était-il le Mékong ? Alors ça voulait dire qu'on franchissait la frontière, qu'on allait en Thaïlande ou au Laos ?

Il fallait que je me calme. J'ai pensé fort à Julie. Je la voulais à mes côtés comme jamais. Elle, au moins, comprenait ce pays, parlait sa langue, savait agir. Au bout d'un long moment – une demi-heure, peut-être ? – j'ai entendu le moteur ralentir. Puis le bruit sec d'une coque qui s'arrête contre le sable, propulsant mon corps vers l'avant. J'allais être très vite fixé sur mon sort.

Ce en quoi je me trompais.

D'abord, le moteur a redémarré. Le bateau repartait et me laissait, créant en moi une violente sensation de panique accrue par la chaleur qui, sans le vent créé par la vitesse, se révélait insupportable de moiteur.

Ensuite, une poigne vigoureuse m'a saisi sous le bras. J'ai dû avancer, la joue contre l'épaule d'un type à l'odeur animale. Toujours le bandeau, je ne voyais rien et n'entendais pas grand-chose, à part la lourde respiration de la nature qui nous entourait. Des grésillements d'insectes, des sifflements d'oiseaux, des cris qui devaient être des singes et le bruit froissé de nos pas dans les fougères.

Ça grimpait sec. Puis ça redescendait avant de grimper de nouveau. À deux reprises on m'a fait boire. De l'eau miraculeusement fraîche. Je crois que j'ai dit « *cezubeh* » pour mettre de l'humain dans ce moment atroce d'incompréhension.

J'ai glissé plusieurs fois, mais jamais je n'ai entendu un seul mot d'eux. Au bout de ce qui m'a semblé une bonne heure de marche, j'ai enfin perçu des voix. Des voix aiguës de femmes, des rires d'enfants. Des grognements de bêtes aussi. J'ai senti qu'on me touchait et ma peau s'est hérissée. Autour, le caquètement des poules, des bruissements d'ailes et encore des rires.

Je basculais dans une dimension inconnue. Ma vie n'était plus la mienne. Je me suis transporté au-dessus de moi, j'ai vu la scène : moi marchant un bandeau sur les yeux, et autour une foule d'êtres aux visages indistincts en train de me montrer du doigt. J'ai repensé au village des camés. Je me suis arrêté, la peur au ventre, mais on m'a poussé vers l'avant, et encore, et encore, jusqu'à m'appuyer sur la tête pour que je me baisse. J'ai senti sous mes pieds les barreaux d'une échelle sommaire. Sous mes pieds, un sol instable. Et puis une forte poussée dans mon dos. Je suis tombé vers l'avant. Privé de la vue, mon corps exténué a trébuché sur ce qui me semblait une poutre fixée sur le sol et non au plafond. Ou alors je marchais au plafond, ce qui ne ferait, au fond, qu'ajouter une bizarrerie au lot d'étrangetés qui avait été le mien depuis des heures ? Sans les mains pour me rattraper, je me suis écrasé sans souplesse sur le sol, la bouche venant mordre la texture rêche de ce qui devait être une natte de bambou. Le bandeau s'est déplacé dans la chute, un œil s'est dégagé, mais c'était encore le noir autour de moi. La nuit était donc tombée ? Mes paupières, tenaillées par la faim et la fatigue, ont suivi.

Je ne me souviens plus si c'est la démangeaison d'un cafard escaladant ma joue ou le son mat des tambours qui m'a réveillé en premier.

8

Impossible d'ôter les cordes qui me ligotaient les mains. En revanche, en m'allongeant, j'ai pu frotter ma tête contre le sol pour me débarrasser du bandeau. Je me suis ensuite redressé, jouissant pleinement de la sensation d'avoir recouvré la vue. La lune était pleine. Se faufilant entre les lattes de bambou, sa clarté baignait entièrement la pièce. Elle était nue, à l'exception d'une natte et de quelques couvertures miteuses.

C'est alors que j'ai porté attention à la musique. Un mélange savant de sons où l'on reconnaissait des percussions, des trilles métalliques et des chants humains plaintifs comme une prière. Je me suis dirigé vers la porte. Elle était munie d'un loquet. Dos à elle, j'ai tenté de le soulever de mes mains jointes. Elle s'est ouverte.

J'étais debout sur une petite terrasse dominant le village, composé de dizaines de maisons comme la mienne, plantées sur pilotis à un mètre ou deux du sol. Au-dessus de ma tête, les étoiles dessinaient des constellations que je n'avais jamais vues sous les cieux européens. Des parfums tièdes et capiteux montaient jusqu'à mes narines. J'ai inspiré à fond. La scène était de toute beauté, comme arrachée à un conte. Impression renforcée par la grande maison qui me faisait face, nimbée d'un halo lumineux. C'était d'elle que montaient vers le ciel les chants et la musique.

J'ai descendu l'échelle de bois, en tentant tant bien que mal de garder mon équilibre, et me suis dirigé vers l'habitation. Les montants de son toit de chaume s'entrecroisaient en dessinant des cornes maléfiques. Autour, les autres cahutes semblaient mortes, vidées de leur substance vitale au bénéfice de la maison mère.

Les chants et la musique allaient croissant à mesure que j'approchais. Comme la lumière jaune et chaude qui venait de l'intérieur. Mon cœur battait fort. Où aller ? Il y avait une porte mais me poster derrière me terrifiait. Et si elle s'ouvrait ? J'ai avisé l'espace généré sous la maison par les pilotis. Ce serait idéal pour voir sans être vu.

À peine m'y étais-je faufilé qu'une masse sombre a gesticulé près de moi. J'ai sursauté et fait un pas en arrière, réprimé de justesse un cri de peur. Un porc, ce n'était qu'un porc, dont je pouvais entendre les grognements, et sentir l'odeur. J'ai expiré fort pour garder mon calme, et j'ai levé les yeux vers la musique.

Entre les lattes de bambou, je devinais les pieds des occupants, qui frappaient le sol en rythme. Des morceaux de visage, d'étoffe, aussi, mais c'était à peu près tout. Il me fallait trouver un autre poste d'observation.

Au diable ! J'ai quitté ma cachette et j'ai commencé à gravir prudemment l'échelle de bois qui menait à la terrasse. La musique et les chants redoublaient d'intensité. Je me suis approché de la porte de bambou, d'où jaillissait plus nettement, sur les côtés, la lumière. Le sang tambourinant à mes tempes, les mains toujours ligotées derrière mon dos, j'ai planté mon œil dans l'interstice.

J'ai cru défaillir.

Je venais de faire un bond dans un monde du fond des âges. Intouché. Éblouissant de grâce et de force.

Accroupis ou debout, des hommes et des femmes chantaient. Dans leurs mains, des tambourins et des gongs. Et sur la tête des femmes, mon Dieu ! des coiffes, des coiffes comme je n'en avais jamais vu. Ou plutôt si, une fois, et ce souvenir faisait courir dans mes vertèbres des frissons d'excitation malgré la tiédeur de la nuit. Stupéfiantes, mêlant l'étoffe et l'acier, tenant plus du cimier que de la coiffe, garnies de mentonnières et d'épaisses languettes bardées de métal qui descendaient jusqu'aux oreilles ! Noires ou d'un bleu sombre comme la nuit, bordées de coquillages, de plaques et de sphères argentées. À dix centimètres de moi, collée à la porte, mais de l'autre côté du battant, l'une de ces femmes m'offrait un gros plan sur sa coiffe, et le souvenir s'est confirmé. Mon cœur a bondi dans ma poitrine. Les pièces de monnaie, cousues sur le haut de la coiffe, je venais de les reconnaître, sans aucun doute possible, miroitant dans la lumière dansante des bougies et des lampes à pétrole, en accord parfait avec cette musique métallique et brutale... La Semeuse, la devise Liberté-Égalité-Fraternité ! Des pièces françaises, les mêmes que celles de la coiffe qui avait attiré mon attention dans le bureau d'Éric. « Une relique du grand empire colonial de notre chère patrie », avait-il dit. Le pays akha, j'y étais ! J'avais trouvé !

Wei Wei, j'allais donc la voir ! Les hommes de la forêt m'y avaient conduit ! Je me suis approché davantage. Que c'était beau, entêtant ! Les flammes des bougies semblaient mues par une vie souterraine. Elles palpitaient au rythme de la transe, y prenant de la force puis la laissant filer en faisant revenir l'ombre dans la pièce. Les mains des femmes se contorsionnaient à l'indienne en suivant les vagues sonores des percussions. La fumée grésillante et âpre d'un encens diaboliquement parfumé m'irritait les yeux. Au fond, je distinguais plus difficilement, mais il me semblait deviner un homme et une femme accrochés à une corde tendue sur toute la largeur de la pièce. Une corde qu'ils empoignaient pour sauter et retomber sur leurs pieds en criant. Je voyais mal, mais je ne pouvais plus me coller davantage à l'interstice. Par ailleurs, il me manquait un point du panorama, resté dans l'ombre, dans un angle mort, mais d'où j'entendais surgir une voix grave. Une voix qui parlait dans un dialecte inconnu. Une voix de femme, chaude, pleine de circonvolutions sonores.

Le bonheur d'avoir trouvé a emporté toute prudence. L'interstice ne me suffisait plus. En me tournant, j'ai essayé de mes mains liées d'entrouvrir la porte. Il fallait à tout prix que je sache à qui appartenait cette voix impérieuse, ordonnatrice de la cérémonie. La porte a bougé. Je l'ai écartée, bloquée avec mon pied, et j'ai collé mon œil dans l'espace ainsi créé. J'ai plissé les paupières pour affiner mon regard. Et les pulsations de mon cœur se sont mises à augmenter.

Tout est allé très vite. Le courant d'air créé par ma faute a fait vaciller les flammes des lampes. Surpris, les visages se sont tournés vers moi.

Mais entre ces deux actions, le courant d'air et les regards, j'ai eu pour moi une seconde. Une seconde gravée, depuis, au fer rouge sur ma rétine.

D'abord, pendant les premiers instants de cette seconde éternelle, ce que j'ai vu ou cru voir a peiné à se frayer complètement un chemin vers mon cerveau. Trop inattendu. Trop renversant. Était-ce la faim qui me jouait des tours ? Et puis j'ai commencé à reconnaître, sous la coiffe d'apparat bardée de pièces d'argent, rehaussée de coquillages et de perles et terminée par une pointe comme celle des fées dans les contes qu'on me racontait enfant, les traits du visage que tous les autres yeux regardaient. J'ai commencé à reconnaître, aussi, sous les syntagmes inconnus de cette langue du fond des âges, sous le fracas des gongs qui montaient de plus en plus fort vers la pleine lune, un timbre qui m'était familier.

Comme pour dissoudre mes doutes, au moment précis où le courant d'air faisait irruption dans la pièce, le personnage – le chaman, comment dire autrement ? – tenant une longue aiguille à la main s'est avancé dans la lumière.

Le visage s'est imposé à mes yeux dans une odeur de cire brûlée et de santal.

Le chaman était Julie. Le sang a déserté mon visage. Je devais rêver. Une hallucination. Soufflées par le courant d'air, les flammes se sont éteintes. Tous les visages, saisis de surprise, se sont tournés vers moi. Baignée par la lumière blafarde de la lune, une assemblée de spectres. J'ai senti mes jambes me trahir, j'ai reculé, la porte s'est ouverte d'un coup et j'ai été poussé vers l'arrière.

J'ai senti le choc de mon dos contre le sol, puis plus rien.

9

On m'a nourri. On m'a donné à boire. Du thé brûlant, je me souviens encore de son parfum fumé, âcre, sur mon palais. On m'a massé aussi, point par point. Une chaleur bienfaisante sur mes épaules, mon cou, mon torse et mes jambes. La vie et le calme revenant dans mon corps. J'ai eu les yeux longtemps fermés, incapable ou peut-être trop apeuré pour vouloir les ouvrir. Pluie de cauchemars, tous unis par la vision du regard fixe de Julie sous sa coiffe tribale.

Voilà, je les ouvre enfin. Et je vois, autour de moi, d'abord flous, dessinant un demi-cercle autour de ma couche sommaire, une flopée de petits visages qui me contemplent d'un air grave, intrigué. La vision se précise, en contre-jour, le soleil derrière eux s'invite par la porte. Ils ont des amulettes autour du cou. Les pieds sales. Des vêtements noirs et brodés, abîmés, ou simplement leur peau brune. Des cheveux noirs en opposition totale avec la blondeur insolente de celle qui est accroupie au milieu d'eux, les mains jointes entre les cuisses. Et qui me regarde, non moins gravement qu'eux.

Julie.

Julie. Ma Julie. Comme je la connaissais, en pantalon de treillis et chemise de coton bleu, cheveux en bataille, et ses yeux verts, intelligents, perçants. Je sens les larmes qui montent, je suis tellement épuisé.

Elle dit une phrase dans une langue inconnue. C'est doux et impérieux à la fois, et les enfants s'égaillent comme une volée de pinsons, leurs pieds froufroutant sur le sol de nattes.

— Sacrée chute, César...

Elle sourit doucement. J'ai un plaisir infini à la voir. À la contempler. À lui sourire moi aussi. Je tends la main et elle la saisit. J'essaie de me lever, mais la douleur me surprend. Au cou, ou aux épaules. Je pousse un cri, me rallonge.

— Il faut que tu te reposes encore. Je t'ai mis un onguent. Ça va passer, mais il faut que tu te reposes.

C'étaient donc ses mains sur mon corps... Elle m'aime donc ? J'ai dix mille questions à lui poser. Je lève les yeux dans le soleil.

— Où étais-tu passée ? Où sommes-nous ?

Elle pose son index sur ses lèvres pour m'intimer le silence. Elle s'approche. Sa main saisit quelque chose à côté de ma tête. J'entends de l'eau ruisseler et sens la caresse rafraîchissante d'un tissu mouillé sur mon front.

— En sécurité. Repose-toi encore. Nous aurons tout le temps de parler.

Elle se lève. J'ai peur de cet inconnu. Je l'implore.

— Reste avec moi, parle-moi. Dis-moi où nous sommes.

— Cela ne te dira rien.

Sa voix est d'une gravité insupportable. Je vois son corps, ses hanches adorées disparaître de la pièce et cela me fait horriblement mal. Ne me laisse pas.

*

Le même bruit, toujours le même bruit. Un choc régulier, comme le son d'un pivert frappant contre un arbre, mais un pivert géant étant donné le bruit. Ça m'a fait ouvrir les yeux, découvrir que j'étais en nage, et me demander où j'étais. Au bout de quelques secondes, tout est revenu. Le village, Julie... J'ai tenté de me redresser. J'avais moins mal et j'ai pu m'habiller. Je ne voulais qu'une chose, la voir.

J'ai ouvert la porte. Pris le soleil, onctueux et doré, en plein visage. J'ai fermé les yeux de plaisir, et quand je les ai rouverts, le spectacle était à couper le souffle. Vu de ma terrasse de bambou, cerné par de hautes collines aux lignes sensuelles couvertes de végétation émeraude, le village formait une constellation de maisons aux toits de chaume où la vie semblait aller de soi. Assis en tailleur, des vieux en veste noire et turban fumaient paisiblement. Des femmes s'étaient réunies autour d'un instrument muni d'une pédale que l'une d'elles actionnait avec le pied, en rythme. Un énorme bras de bois muni d'un percuteur allait frapper un réservoir. De la poussière voletait dans le toc-toc puissant et j'ai compris ce qui m'avait réveillé. C'était ça, le pivert géant, une meule pour le riz, dont elles cassaient les cosses. Elles papotaient, riaient, casquées de ces coiffes bardées de pièces, portant pour tout vêtement une tunique et des jambières de couleur. Enfin, partout, entre les maisons, jouant avec des chiens ou dévalant une pente assis sur une planche munie de roues de bois, variante locale de la luge, des enfants, nus ou vêtus d'étoffes colorées.

— Julie ? ai-je demandé aux villageois.

Les vieux fumeurs m'ont dévisagé. Certains arborant un visage grave, d'autres esquissant un sourire. Mais tous sans comprendre. J'ai désigné du doigt la grande maison.

— Julie ? *The girl ? Meinkalê ?* j'ai fini par ajouter en birman, un des seuls mots que je connaissais.

Même sourire, et quelques mots échangés avec leurs voisins, mais rien pour moi. Ils ne comprenaient pas. Sur le chemin de la grande maison se dressait une fontaine rudimentaire où des jeunes filles se lavaient. Elles étaient nues mais avaient gardé leurs coiffes. La scène était magnifique, mais je me suis détourné, bêtement gêné.

« *Zuli ! Zuli !* »

Julie ? J'ai tourné la tête et me suis arrêté. L'une d'elles s'était redressée, la poitrine nue et ronde. Elle était plus jeune, avec un beau visage qui m'a immédiatement frappé. Des pommettes hautes et un regard noir, incroyablement fin et velouté. Une bouche ourlée, des cheveux lisses et brillants, et une coiffe toute simple, deux ou trois bandeaux de tissu ou de métal où s'accrochaient ces petits coquillages qu'on appelle cauris. « *Zuli !* » a-t-elle dit encore en me toisant. Ses copines sont parties dans un éclat de rire. Elle était en train de m'imiter. J'ai souri, bon public, et, en la regardant attentivement, j'ai compris pourquoi le visage me frappait. Je venais de la reconnaître : la jeune fille de Mong La. Celle qu'on m'avait fait prendre pour Wei Wei, et à laquelle j'avais remis le rubis dans la chambre d'hôtel. Elle m'a fait un petit signe de la main, puis a laissé entendre un rire cristallin.

J'étais confondu devant cette beauté, cette joie de vivre. Ému. Réconforté aussi. J'étais au bon endroit.

La maison était face à moi. Moins mystérieuse que pendant la nuit, mais tout aussi intimidante. Prudemment, j'ai gravi l'échelle qui menait à la terrasse d'où j'avais dégringolé. Deux mètres jusqu'au sol, quand même.

La porte était ouverte. Mais rien à l'intérieur. Et puis j'ai entendu sa voix, de l'autre côté d'une cloison. J'ai passé la tête dans une seconde porte et je l'ai vue, de dos. Le soleil traversait le toit de chaume et faisait resplendir ses cheveux blonds. Face à elle, deux hommes accroupis. Peau brune, pommettes sculptées à la serpe, regard noir sous les paupières fendues. Des faciès de guerrier mongols que rien n'effraie, aristocratiques malgré l'état piteux de leurs vêtements, un pantalon shan et une veste trouée par endroits.

Voyant leurs regards dirigés vers moi, Julie a tourné la tête.

— Entre.

Elle a dit une phrase dans leur langue et ils se sont levés avec rien que de l'indifférence pour moi. Pas un regard.

— Tu vas mieux ? m'a-t-elle demandé.

J'ai acquiescé. Pris quelques secondes pour comparer chacun des traits de son visage avec le souvenir que j'en avais. Vérifier si tout était raccord. Pris encore quelques secondes pour la regarder dans cette position que j'aimais tant chez elle, les bras enserrant ses genoux serrés. Julie ma danseuse. Julie qui dansait sur le fil de mon existence, lui donnait du poids, du sens.

Autour d'elle, la pièce était nue, à l'exception de son sac à dos posé dans un coin, une pile de vêtements pliés, deux ou trois livres près d'une natte où s'étalait un sac de couchage qui devait être plein de son parfum. Souvenirs de sa peau, du goût de ses lèvres, de toutes ses lèvres.

— Tu m'as manqué, j'ai dit en avançant vers elle.

J'aurais voulu la prendre dans mes bras mais je n'y arrivais pas. Trop de temps passé, trop de choses que je savais, aussi. Entre celle que j'avais connue à Rangoon et sur le lac Inle, et celle qui était aujourd'hui devant moi, il y avait un abîme.

— Assieds-toi, m'a-t-elle dit en me désignant de la main l'endroit où les deux hommes avaient été assis, de l'autre côté de la petite table ronde, de bois brut, où était posée une théière de fer-blanc.

— Tu veux du thé ?

J'ai hoché la tête. Elle s'est levée, souple, ses jolis pieds nus disparaissant dans la zone d'ombre de la pièce, jusqu'à un râtelier niché dans la toiture où l'on avait rangé des ustensiles divers. Je l'ai regardée faire chauffer de l'eau dans un petit foyer logé dans un coin. Fasciné, trop sonné pour poser les questions qui se pressaient dans mon cerveau. Depuis quand était-elle là ? Comment était-elle arrivée ? Et surtout qu'avait-elle à me dire après le succès de ce que, pour elle, j'avais entrepris ?

Lorsqu'elle est revenue s'asseoir, elle avait la théière dans une main, et dans l'autre une boîte. Elle l'a posée devant elle, m'a servi un verre de thé fumant, puis me l'a tendue.

— C'est pour toi, a-t-elle dit.

Le film plastique qui l'entourait, transparent, ne laissait aucun doute sur ce que c'était.

— Il vient de Chine, mais c'est du bon matos.

Je l'ai regardée, interdit.

— Je ne comprends pas.

En guise de réponse, elle s'est penchée et m'a tendu deux autres paquets. Plus petits.

— Voilà des piles et deux cartouches de 256. Je pense que ça te suffira.

— Tu m'expliques ?

Elle m'a regardé avec un œil plus perçant que jamais. Et beaucoup d'ironie dans les plis de son sourire.

— Comment tu vas faire ton reportage si tu n'as pas d'appareil photo ?

Elle s'est redressée, amusée, pour passer derrière moi et se diriger vers sa couche. Je n'ai pu m'empêcher de tourner la tête. Elle avait ôté sa chemise et se penchait pour saisir une veste kaki posée sur son lit. Un treillis militaire, qu'elle a boutonné à même la peau en me laissant voir, l'espace d'un instant, la forme de ses seins blancs. J'ai entendu mon cœur battre. Je n'avais plus peur, mon désir pour elle était intact. Je me suis levé, avec l'envie, enfin assumée, de la prendre dans mes bras pour lui dire combien elle m'était chère.

Mais avant que je n'arrive elle s'était retournée. Le vert de son œil, frappé par les rayons qui perçaient la toiture et faisaient danser la poussière autour de sa chevelure, était plus acéré que jamais.

— Ton reportage sur Wei Wei, aurais-tu oublié ?

10

La forêt bruissait de mille sonorités. Les mandibules des insectes dévorant les feuilles, les ailes des papillons se frôlant de fleur en fleur, la brise dans les grands arbres, nos pas sur les fougères. Elle glissait à mes côtés comme une ombre dans cet océan vert, sans un mot, en harmonie parfaite avec les quatre garçons qui nous accompagnaient, un coutelas à la ceinture, souples et félins malgré leur tee-shirt troué. Deux d'entre eux tenaient un fusil.

Wei Wei, elle m'emmenait donc à Wei Wei, ma Julie. Ma belle Julie intimidante qui portait le bracelet que je lui avais offert sur le lac Inle. Ma Julie, femme unique, celle qui m'avait rendu à la vie, la vie qui comptait, qui m'emmenait voir un mythe, une résistante, une héroïne. Je pensais à cette couche sobre où bientôt je la serrerais dans mes bras. Lui donner un fils, ou une fille à son image, libre, indépendante, affranchie comme elle. Je t'aime, Julie.

Nos regards se croisent et je sens mon cœur se fendiller.

Après une petite heure de marche, la forêt s'est éclaircie et nous avons trouvé d'autres signes en forme d'étoiles.

— Qu'est-ce que c'est ? ai-je demandé.

Elle a mis un doigt sur ses lèvres pour m'intimer le silence et s'est approchée de moi. Son souffle chaud à mes oreilles. Son savoir brûlant.

— Des talismans pour protéger le village des esprits de la forêt. C'est comme le portail que tu as à l'entrée et à la fin des villages. Il ne faut surtout pas le traverser. Il est fait pour piéger les esprits et c'est pour ça qu'on y suspend des armes, ou des objets magiques...

Elle m'a souri et m'a fait signe d'avancer. Les premiers toits se sont annoncés derrière les arbres. Un autre village akha, dont les huttes couraient sur les montagnes. À l'entrée, un autre de ces portails hérissés d'étoiles et de couteaux de bois badigeonnés de couleurs délavées par les pluies. Elle ne l'a pas franchi, mais est passée à côté. Comme le reste de l'escorte.

En la voyant, les villageois se sont raidis. Ou plutôt les villageoises, car il n'y avait pas d'hommes. Elles portaient elles aussi la tenue akha, les coiffes invraisemblables, les colliers d'argent en demi-lune et les jambières brodées. Julie a élevé la voix. Les sons qui sortaient de sa bouche m'étaient incompréhensibles, mais devaient approcher de la formule magique puisque à peine ceux-ci avaient-ils été prononcés que les villageoises se remirent à leur occupation, comme si de rien n'était.

Julie a regardé sa montre, a donné quelques ordres dans sa langue secrète et les quatre hommes sont entrés dans la hutte principale après avoir laissé leurs tongs à l'extérieur.

— Tu vas pouvoir commencer à prendre de très intéressantes photos, m'a-t-elle dit en se tournant vers moi, les traits tendus.

— On est chez Wei Wei ?

Elle a secoué négativement la tête et m'a fait signe d'entrer à sa suite après s'être déchaussée.

Une odeur forte, terreuse, lourde mais agréable m'a saisi aux narines. Au fond, dans un coin, allongée sur un grabat au ras du sol, une masse tremblotait près d'une lampe à huile. C'était un vieillard, couché sur le flanc gauche, tétant une pipe inclinée vers la flamme avec l'obstination de ceux pour qui c'est une question de vie ou de mort. À côté veillait une femme, le visage ridé. Julie l'a saluée de quelques mots et a fait glisser son sac shan devant elle pour y plonger la main. Elle en a sorti un petit tube. Accroupie près de la paillasse, elle a saisi un récipient et a commencé à y piler un comprimé avec le dos d'une cuiller. Elle a murmuré une phrase en direction du vieillard et j'ai vu ses paupières se lever lentement. Son bras maigre et noueux est sorti de la couverture qui le recouvrait comme d'une carapace. Julie s'est emparée de la pipe, un long tuyau de bambou laqué, et d'une aiguille où était piquée une pâte brune. Elle l'a plongée dans le récipient contenant le comprimé réduit en poudre, et, après avoir chauffé le mélange à la flamme de la lampe, a présenté l'embout au vieillard. Il a souri tristement avant d'aspirer jusqu'à ce que ses joues ne soient plus qu'une membrane tendue à se déchirer sur les deux pointes de ses pommettes. Je distinguais parfaitement le son de l'air dans le tube de bambou, et le grésillement de la pâte en train de se consumer sur la flamme. Enfin, il a écarté de ses lèvres l'embout d'ivoire jauni et laissé échapper de ses lèvres comme momifiées quelques flocons d'une fumée ample et parfumée. L'expression de son visage indiquait qu'il était déjà loin. Toujours accroupie près de lui, une main posée sur le bras du vieillard, Julie m'a regardé.

— C'est le chef du village. Il a développé un cancer. L'opium le soulage, et je lui fais ajouter de l'aspirine pour éviter les maux de tête.

— Il n'a pas d'autre traitement ?

Elle a secoué la tête.

— L'opium est le meilleur des traitements pour l'accompagner dans la mort.

Sa légèreté m'a paru pour le moins inhabituelle de la part d'un médecin. Et ce truc qu'on appelait le serment d'Hippocrate ? Elle a dû percevoir mon étonnement.

— Il est condamné. Je ne vais pas le faire mourir dans un hosto. De toute façon on ne le prendrait pas, et il est mieux au milieu des siens, entre sa femme et ses petits-enfants. Son fils aîné ne va pas tarder à arriver. Il est aux champs avec les autres hommes. Les Akhas sont très pauvres, ils n'ont que l'opium comme antidouleur. Je les pousse à en cultiver davantage, mais ils ont peur car l'armée birmane punit les planteurs de pavot.

Sa position m'étonnait : j'ai repensé aux zombies camés que j'avais rencontrés dans la jungle.

— Excuse-moi, mais les Birmans n'ont pas raison de lutter contre les plantations de pavot ?

— Tu les crois philanthropes, c'est ça ?

Elle s'est redressée et m'a désigné la couche miteuse. Son regard s'était subitement durci, comme envahi par de sombres visions.

— Prends une photo. Il faut que les gens sachent dans quel dénuement ils vivent.

Je me suis approché, ai ciblé le vieillard dans l'objectif.

— Attends, a-t-elle coupé.

D'un geste brusque, elle a écarté la couverture de laine brune. Les membres longs et décharnés du vieillard, son torse encaissé d'où tous les os saillaient sont apparus dans la lumière de la lampe. Vision de Christ anorexique.

— Il faut qu'ils sachent, il faut qu'ils voient, en Europe.

J'ai avalé ma salive et je me suis exécuté.

Elle a posé une main sur mon épaule et cela m'a fait chaud au cœur.

— Merci, a-t-elle dit en me souriant tristement.

— Pourquoi tu dis ça ?

— C'est bien que tu sois là.

Mon cœur s'est gonflé de bonheur. Mais à ce moment-là, le bruit d'un moteur, puissant, s'est fait entendre dans la montagne. Julie est sortie précipitamment. Sur le seuil, je l'ai entendue lancer des ordres rapides. Les garçons qui nous accompagnaient sont entrés dans la case, et ont disparu dans l'ombre des recoins. Julie s'est laissée tomber en tailleur sur la natte qui recouvrait le sol, juste devant une petite table où trônaient quelques verres de Pyrex et une vieille Thermos décorée de petites fleurs.

— Assieds-toi près de moi, m'a dit Julie. Ne fais aucun geste, et surtout pas un mot.

Le bruit ronronnant s'est rapproché et la silhouette d'une moto, que chevauchaient deux hommes, est apparue dans l'encadrement de la porte. Ils ont coupé le contact, et se sont dirigés vers notre hutte.

Le premier, jeune, mais déjà bedonnant, portait un pantalon de toile feu de plancher, des chaussures et une veste de cuir dont la fermeture Éclair était remontée jusqu'à son cou volumineux. Une moustache plutôt clairsemée comme en ont les adolescents, et les cheveux plaqués de chaque côté d'une raie humide constellée de pellicules. Sur son annulaire gauche, une énorme bague dorée où se nichait une imposante pierre verte. Un jade, dont raffolaient les Chinois parce que c'était un signe de chance. Le second, qui portait deux jerrycans dans chacune de ses mains, adoptait un look plus moderne. Jean baggy, baskets Nike et veste de survêtement ouverte sur un tee-shirt Eminem comme on en voit des tonnes sur les marchés asiatiques, il avait les cheveux taillés en brosse et un visage aux traits plus acérés.

En nous voyant, assis un verre de thé à la main, le gros n'a pu réprimer une grimace de surprise. Surtout en apercevant l'appareil photo sur mes genoux. Il a demandé, dans un mauvais anglais au fort accent chinois :

— Qu'est-ce que vous faites ici ?

Julie s'est tournée vers lui et a répondu sans ciller :

— On voyage.

Le gros a hoché la tête et s'est fendu d'un sourire. Il a lancé une phrase à son compagnon qui a posé au sol ses deux jerrycans. J'ai remarqué que Julie considérait les deux bidons jaunes avec beaucoup d'intérêt. Qui étaient ces hommes ?

— Vous venez d'où ? a dit le gros.

— France, a répondu Julie.

— *Beautiful country !* a-t-il lâché en partant dans un rire rocailleux. Sans transition, il a avisé le vieil opiomane et s'est dirigé vers son grabat. Pour lui débiter des phrases pour moi inintelligibles, mais où pointait la raillerie. Pire, du bout de sa chaussure crottée par la jungle, il s'est mis à lui donner de petits coups de pied. J'ai constaté avec inquiétude que le visage de Julie se fronçait. Et que sa main tremblait.

Le gros a regardé sa montre et s'est tourné vers son collègue, puis vers la femme du vieux à laquelle il s'est adressé sans aménité. Julie n'en perdait pas une miette. La silhouette trapue d'un homme de quarante ans, une binette sur l'épaule, s'est invitée dans l'encadrement de la porte. Le gros a paru satisfait et a commencé à lui parler.

De là où nous étions, assis près de la petite table, nous pouvions voir toute la scène en contre-plongée. Le nouvel arrivant était vêtu d'une veste traditionnelle et d'un pantalon de grosse toile. Il devait être le fils du chef. Il a regardé Julie sans surprise, ce qui m'a étonné. Le gros, lui, nous a désignés de la main et a commencé à hurler. Puis a désigné les deux jerrycans et, faisant couiner la fermeture Éclair de son cuir, a plongé sa main baguée à l'intérieur et en a ressorti une liasse de billets de banque. De son autre main, il a attrapé le nouveau venu par sa veste et lui a glissé la liasse dans la poche. Avec, en prime, un sachet de plastique où, en dépit de la rapidité du geste, j'ai reconnu des comprimés pourpres. Ma dernière nuit à Rangoon m'est revenue sous les yeux en même temps qu'un sale goût dans la bouche.

Pas longtemps, cependant. Un mouvement du menton de Julie, et nos quatre accompagnateurs ont surgi de l'ombre. Le gros est resté inerte, assommé par ce qui lui arrivait. Le jeune a voulu tenter une fuite. Un croc-en-jambe l'a étalé sur le sol, la Thermos et les verres ont valsé et le froid d'une lame acérée s'est plaquée contre sa glotte. Je ne comprenais absolument pas ce qui se passait.

Julie s'est redressée, très calme. Elle a lancé quelques ordres qui ont fortement déplu au gros. Il m'a semblé qu'il essayait de se défendre verbalement. Julie a écouté ses suppliques, a paru le prendre au mot, et il a sorti une énorme liasse de billets de banque de son cuir. Julie a tendu la main et désigné sa bague de jade. L'homme a blêmi mais, devant son regard inflexible, a fini par s'exécuter. Elle a empoché le bijou et les billets de banque avant de demander à ses hommes de quitter la pièce avec les prisonniers.

Le calme est revenu.

Elle s'est assise à nouveau, a ramassé la Thermos et s'est servi un verre de thé. Elle l'a descendu lentement, en aspirant avec bruit pour pouvoir le boire et le refroidir en même temps.

— Qui sont ces hommes ? ai-je demandé.

Une fine goutte de sueur perlait à la lisière de ses cheveux blonds.

— Des trafiquants de ya baa. La nouvelle peste. Je crois que tu connais...

J'ai hoché la tête, appréciant qu'elle fasse référence à la nuit où elle m'avait recueilli.

— Ils viennent de Chine avec leur éphédrine – son pied a pointé en direction des deux jerricans. Juste le fleuve à traverser, a continué Julie. Chaque mois, ils passent prendre livraison. Le procédé de fabrication est terriblement simple, indétectable par satellite, contrairement aux champs d'opium. Et l'argent facile. Je lutte pour que les Akhas résistent.

J'ai repensé à Timothée. À nos visites dans les tribus. Le fléau s'était répandu.

— Le plus grave, au fond, ce n'est pas les trafics. Il y en a toujours eu dans le Triangle d'or, qui est comme un trou noir dans l'économie mondiale. Tu as vu ça à Mong La. Le plus grave, c'est qu'à force d'en fabriquer, ils finissent par en prendre et perdent tout repère, abandonnent leurs champs, le riz, la chasse, avant de crever comme des bêtes. Tu as dû passer, je crois, par l'un de ces villages...

J'ai revu les seins décharnés, les torses malingres. Le rictus du vieux, ses lèvres comme deux cordes de piano, qui me tendait ses pilules en gémissant.

— J'ai interdit à quiconque de leur donner quelque nourriture que ce soit.

Son ton sec, coupant, m'a fait tressaillir.

— Tu veux dire que tu les laisses crever de faim ?

— Ils se sont mis tout seuls dans cette situation.

Je la regardais avec terreur. Tant de dureté était à rebours de la Julie que j'avais connue sur le lac Inle. Elle s'est alors penchée sur son sac shan et en a tiré un petit miroir de poche, ainsi que différentes ceintures métalliques, bordées de coquillages et de pièces coloniales. Les mêmes ornements dont j'avais cru la voir parée la nuit de mon arrivée. Je commençais à comprendre et ça me faisait peur. En cette fameuse nuit, je n'avais donc pas rêvé.

Alors, toujours assise, son miroir à la main, elle a délicatement partagé sa chevelure en deux bandeaux et a commencé à fixer autour de sa tête les imposants serre-tête. L'appareil photo était devant moi. J'ai hésité une seconde et je me suis dit que c'était peut-être ce qu'elle attendait. J'ai placé mon œil dans le viseur et j'ai pressé le déclencheur. Elle m'a regardé, sans un mot, continuant, les bras levés vers sa chevelure blonde, à lier autour de ses tempes les éléments de cette coiffe qui lui donnait l'air d'une reine.

J'ai continué à photographier lorsque, me clouant sur place, elle a déboutonné sa veste de treillis et a offert ses seins à l'objectif. J'ai reposé l'appareil sur mes genoux et je l'ai regardée, vaincu. Qu'elle était belle, impressionnante. Si différente de celle qui m'avait dit, sur le parking de cet hôtel de Rangoon : « Tu m'offres un dernier verre ? » Si différente, même, de celle qui s'était émue aux larmes en regardant la barque d'or du Karaweik glisser sur les eaux du lac. Seuls ses seins n'avaient pas changé. Forme pleine, aréole rose sombre, les trois grains de beauté en forme de minuscule triangle entre les deux. Mon désir, je le devinais, resterait sans écho. Elle ne me regardait pas, elle ne me provoquait pas. Elle était juste concentrée. Toute à ses préparatifs. Que se passait-il dans cette tête obstinée ? J'ai remis le viseur contre mon œil, bien décidé à fixer toute cette beauté sur un autre support que ma mémoire, en laquelle je n'avais plus confiance. Je n'étais plus celui que j'étais. J'étais un autre. J'étais ailleurs.

Elle a passé son bras et sa tête dans une courroie de tissu rehaussée de pièces de métal et d'un bijou plat et argenté en forme de fleur à huit pétales, et rattachée à un bustier rayé brodé de bleu, de noir et de jaune. La fleur d'argent est venue se placer au milieu de sa poitrine, tandis qu'elle attachait à ses reins le bustier qui déroba à ma vue sa poitrine. Enfin, elle a enfilé une veste traditionnelle brodée et un collier de petites perles, en triple rang, qui lui descendait jusqu'aux hanches. Une reine. Elle s'est redressée, a piqué deux longues aiguilles ouvragées dans sa coiffure, et m'a dit, en m'entraînant à sa suite : « Viens ! »

Un silence de mort planait sur les villageois, enfants compris. Seuls les poules continuaient à caqueter, et les porcs d'aller et venir paisiblement, même si le large collier de bois triangulaire dont on les avait équipés pour les empêcher de manger les récoltes leur donnait l'air de condamnés à mort. Quand Julie a traversé la foule la tête haute, des chuchotis, bientôt transformés en une clameur grondante, se sont faufilés parmi les villageois. Il y avait, au bout, un autre de ces portails à esprits. Julie s'y est avancée et, droite comme un i, s'est placée devant lui. Elle a prononcé plusieurs paroles énigmatiques et s'est ensuite retournée vers les villageois. Ceux-ci ont aussitôt baissé la tête. Même les hommes. Elle semblait avoir sur eux une autorité indéniable. On sentait la peur partout, et celle-ci s'est infiltrée en moi lorsque j'ai vu les quatre garçons de l'escorte s'avancer vers elle en poussant devant eux les deux hommes. J'ai pressé le déclencheur.

Ils étaient blêmes, comme assommés par la perception de ce qu'ils étaient en train de vivre. Avoir l'œil dans l'appareil m'offrait un semblant de distance et c'était tant mieux. J'avais peur de deviner ce qui allait se passer, et, malgré la chaleur plombante, je sentais une eau glacée couler dans mes veines. J'ai continué à mitrailler en essayant comme je pouvais de dégager mon esprit de ce que je voyais. Les deux hommes ont été poussés près du portail, bâillonnés, et mes jambes ont commencé à s'alourdir. On avait apporté les deux bidons jaunes et Julie s'est adressée à la foule. De puissantes et courtes phrases devant lesquelles il fallait s'incliner. Un des garçons a dévissé les bouchons des jerrycans et Julie, d'un coup de pied, les a renversés. Le liquide transparent s'est échappé et s'est écoulé selon deux rigoles quasi parallèles en direction de la porte aux esprits. Le visage de Julie était fermé de colère contenue. Elle a désigné du doigt les deux intrus. Le gros n'en menait pas large, il tremblait de tous ses membres. Le jeune, lui, n'avait pas l'air de comprendre.

La foule s'est mise à gronder et j'ai pris peur car je commençais à distinguer ce que disait la foule en regardant Julie, coiffée de pièces d'argent et de coquillages. Elle prononçait un son, un nom. Le nom qui m'avait bercé depuis mon arrivée dans ce pays.

Elle disait « *Wei Wei* » et la regardait, elle.

La clameur montait comme une prière – « *Wei Wei, Wei Wei* » –, tandis qu'on poussait les deux prisonniers vers le portail. La lame d'un couteau a jailli de l'étui que l'un des garçons portait à sa ceinture. Mon cœur s'est soulevé, il protestait. J'étais à trois mètres d'elle, et je ne voulais pas décoller mon œil du viseur. Pour ne pas voir en vrai.

Le gros s'est résigné. Le jeune, lui, saisissait enfin. Si la terreur se lisait dans ses yeux, ceux des adolescents qui le maintenaient d'une poigne de fer n'exprimaient qu'une rage froide.

Julie s'est avancée et s'est plantée devant eux. Je me suis mordu les lèvres. Non ! Pas une meurtrière ! Pas elle ! Pas toi ! Mes mains se sont crispées sur l'appareil. Elle leur a dit une dernière phrase et, à mon grand soulagement, s'est éloignée du portail, tournant spectaculairement le dos à la foule, qu'elle a fendue dans le sens inverse, d'un port de reine, pour s'arrêter à la hauteur du fils du chef. Elle lui a pris la main, et lui a passé au doigt la bague de jade du trafiquant chinois. Avant de partir droit vers la forêt, fuyant la scène et les humains.

Le garçon a approché la lame du cou des prisonniers tandis que la clameur montait à nouveau vers le ciel, lourde, puissante, et grave. « *Wei Wei, Wei Wei, Wei Wei, Wei Wei...* » J'avais toujours l'œil dans l'appareil, les muscles tétanisés par ce que je comprenais, et les pieds fixés comme des pieux dans le sol de terre rouge du village akha. Mon doigt s'est arrêté sur le déclencheur.

Le sang gicle dans le soleil birman.

11

— Et tu voulais que j'en fasse quoi ? Que je les laisse partir ?

Nous sommes au village. Dans sa cabane. Un verre de thé à la main, enfin face à face. Elle ne m'a dit aucun mot sur la route du retour, les yeux vides, comme épuisée, flanquée de ses quatre soldats déguenillés qui, après le massacre, ont laissé les habitants découper les trafiquants en morceaux et éparpiller ces derniers aux quatre coins de la forêt pour que leurs esprits ne reviennent jamais hanter le village. L'horreur. Mes membres tremblent encore et je le lui dis en protestant, debout dans sa cabane, tandis qu'elle me regarde d'un œil las.

— Ils seraient revenus avec des renforts et les auraient massacrés. Ce sont des brutes, César.

Elle est d'une dureté. Mais qu'est-ce que j'y connais ? Elle sait ce qu'elle fait. Elle paraît absente, le regard dans le vide, ses magnifiques cheveux, enfin sans coiffe, sans bijoux ethniques, éclairés par le soleil qui perce par les interstices du toit. C'est la Julie que je connais. Je me glisse près d'elle, lentement. M'apprête à déposer un baiser sur son oreille nue.

Elle a tressailli, et me foudroie du regard.

— Non, César.

Sa voix est blanche.

— Qu'est-ce qui t'arrive ?

— Ne me touche pas.

Sa voix est devenue coupante comme le verre.

— Si tu as envie de baiser, il y a dans le village des filles à qui tu plairas sûrement. Les longs-nez, c'est pour elles très exotique...

— Qu'est-ce que tu racontes ?

Je m'approche d'elle, mais elle s'est encore raidie.

— Les filles akhas sont très libres quand elles ne sont pas mariées, alors ne te gêne pas. Il y a à la fin du village une petite hutte sur pilotis réservée aux ébats des jeunes. Tu demanderas le « kotsao »...

Je m'écarte.

— Mais tu joues à quoi, là ?

Mon sang tape sur mes tempes. Je repense à notre première nuit, à Rangoon. Ses soupirs entre mes bras. Sa langue qui cherchait la mienne sur le balcon, son abandon. Aux nuits du lac Inle... Ce n'est plus la même fille que j'ai en face de moi. Elle détourne le regard.

— Les choses ont toujours été claires, César. Tu venais pour un reportage, tu l'as.

C'était incroyable. Je ne la reconnaissais plus. Ou plutôt si, je reconnaissais celle qui avait mené les deux types à la mort, tout à l'heure. Sa froideur, son injustice me donnaient l'envie de la blesser moi aussi.

— Tu parles d'un scoop... Une médecin humanitaire qui trucide dans la montagne. Tu vas m'expliquer quand, ce que tu fais ici ? Quel rôle tu joues exactement ?

Elle a baissé la tête. J'ai juste eu le temps de voir que ses yeux s'étaient chargés d'une lourde tristesse verte.

— Laisse-moi, tu veux... Je suis fatiguée, a-t-elle dit.

— Moi aussi, Julie.

Je déambule dans le village. Les enfants jouent nus au milieu des porcs et des poules. Les femmes papotent. Et puis j'entends des clameurs, plus bas. Des cris aussi. Des cris de bête, atroces, d'agonie. Je me mets à courir. J'ai peur que le sang coule à nouveau. Entouré par quatre hommes et une pluie de bambins fascinés, un buffle essaie de dégager ses cornes attachées à un arbre. Les hommes enfoncent des lances dans la peau du ruminant qui beugle de plus belle. Il finit par plier les jarrets et s'écroule, dans un souffle obstrué par le sang qui a envahi ses poumons. Un homme brandit un couteau et des litres de liqueur écarlate et bouillonnante s'écoulent de sa gorge dans une bassine de plastique. L'odeur puissante envahit l'atmosphère. Je repense aux deux Chinois, à leur sang dans le soleil, et détourne les yeux. J'arrive près du portail aux esprits. Il y a toutes ces étoiles angoissantes et un fétiche au sexe dur qui me rappelle à mon désir empêché. Je presse le pas. J'étouffe.

Je suis hors du village, à bout de nerfs. Dressées sur un tertre, quatre grosses branches flexibles de cinq mètres de haut, ligotées à leur extrémité, dessinent une pyramide. Au milieu descend une corde. Des hommes s'affairent autour. On dirait un gibet. Le vent qui souffle de la montagne me fait frissonner. J'en ai assez. J'ai peur que d'autres Chinois viennent. J'ai peur des zombies du village camé. Je veux enlever Julie à cette mascarade à base de pièces coloniales. Je veux lui faire l'amour, être heureux avec elle, ailleurs. Tout est trop sauvage. Tout est trop violent.

Il est là, lui. Ce vieux voyou de Mister Paul. Il est là, avec son sourire qui décourage toute interprétation.

Un marteau à la main, on dirait qu'il surveille les travaux. Un homme est suspendu au sommet où les quatre branches, couvertes de feuillages, se rejoignent.

— Vous allez pendre qui ? je demande en anglais.

Il me regarde et se marre. Traduit aux autres qui partent également dans un grand éclat de rire.

— C'est pour la fête des femmes. *Woman festival.*

Le « nouvel an des femmes », avait dit Timothée. Leur fête la plus sacrée. Si seulement il était là. Il me manque, ce con. Dieu sait où il est en ce moment. La tête entre les cuisses d'Audrey, ou dans la gueule d'un crocodile sous le regard d'une bonne centaine de touristes chinois qui retiennent leur souffle ?

— Et c'est quoi, la fête des femmes ?

— Vous verrez de vos yeux.

Il lève les yeux vers la construction. Puis sourit de nouveau, de ce sourire qui n'en est pas un. Tout cela m'agace.

Je lui lance :

— Vous avez fait quoi, du rubis ?

Il n'a même pas cillé.

— Je ne sais pas.

Je le regarde. Les autres hommes se sont tus et ont les yeux plantés sur nous.

— Et Julie, qu'est-ce qu'elle fait ici ? C'est votre chef, c'est ça ?

— Quelle Julie ? objecte-t-il.

Cette connerie de sourire jaune n'a pas quitté ses lèvres. Alice au pays des Akhas.

— La fille blanche. *The white, blonde girl ?* Elle s'appelle Julie.

Il secoue la tête, et me quitte en lançant un ordre au type perché tout en haut de la construction qui oscille sous son poids. Je l'attrape par la manche. J'en ai assez de me faire balader. Je désigne la hutte de Julie.

— Alors qui c'est, elle ?

— Daw Wei Wei, dit-il, en accentuant le « Daw », la formule par laquelle on désigne les femmes auxquelles on doit la considération.

Je secoue la tête à mon tour.

— Dans mon pays, elle s'appelle Julie, dis-je. Que fait-elle ici ?

À vingt centimètres du mien, les yeux fendus de son visage brun me fouillent l'âme. Son sourire s'est volatilisé.

— La Femme-Tigre est revenue vers son peuple.

La réponse m'achève. Je ne comprends plus. J'ai l'impression que je suis déjà fou.

— La Femme-Tigre ? Qu'est-ce que c'est que cette histoire ?

Mon agacement n'échappe pas au guide. Et ça l'agace lui aussi.

— Vous avez raison, c'est une histoire. Mais une histoire akha, alors les « longs-nez » ne peuvent pas comprendre, dit-il en tournant les talons.

L'expression qu'il a utilisée me déplaît. Énervé, je le retiens par le bras. Il s'arrête comme électrisé et tourne vers moi un visage de tueur.

— *My goodness*..., murmure-t-il.

Je le lâche, mais pas des yeux. J'utilise ma main comme un signe d'excuse. Je dis, dans un souffle :

— Julie est européenne, comme moi. Elle n'est pas birmane, elle n'est pas akha. Son peuple n'est pas le peuple akha ! C'est la France, *Pienthe* !

Ma voix siffle dans le bruit des marteaux.

— *If you are sure about that...*

Son sourire flotte sur ses lèvres, jusqu'à ce qu'il se détourne pour retourner au sinistre gibet. Je le laisse aller. Je me laisse aller. Il fait chaud et j'ai la tête qui tourne. En nage. Je sens que je vais m'écrouler. La

Femme-Tigre ? Tout cela est grotesque, mais pas sans conséquence. Deux hommes sont morts sous mes yeux. Et ce respect avec lequel ils la considèrent... Je veux rejoindre ma hutte au plus vite. Sur les terrasses qui prolongent les maisons au long toit, les femmes découpent des morceaux de viande et les alignent sur une natte d'osier. L'odeur me donne la nausée. Je cours. J'ouvre la porte et je m'écroule. Je sombre, et j'entends frapper.

12

J'entends mais je ne peux bouger. En nage. Mon corps au bain-marie. Je vois la coiffe de Julie avec ses pièces qui reflètent le soleil et m'aveuglent en retour. Les mots Liberté, Égalité, Fraternité gravés dans l'argent tournoient : la Marianne semeuse jongle avec. Julie toujours de dos. Qui pointe le doigt sur les deux Chinois. Le gros la regarde, tétanisé, et change de visage, rapetisse, devient un petit homme à lunettes avec de longs poils argentés sur le menton. Il me tend une ardoise avec des signes cabalistiques. « *Ça. Tiger* », et me pointe du doigt, moi. Je transpire de plus belle. On frappe à la porte de nouveau. J'entends distinctement les sons mais je ne peux bouger. Le sang gicle dans le soleil, éclabousse l'ardoise avec les signes, les deux s'affaissent, les pieds comme un accordéon qui se replie, et Julie se retourne. Je sursaute : elle a la peau jaune zébrée de traits noirs. Et la gueule ouverte, grande ouverte vers moi.

Je crie.

On crie.

Un cri aigu. Féminin.

J'ouvre les yeux, en panique : une jeune femme est devant moi. Je ramène les couvertures sur mon corps nu. C'est la petite de Mong La. La petite au rubis. Bouche pleine et yeux fendus. En tenue akha mais sans coiffe. Elle a eu peur. La surprise a failli lui faire tomber l'assiette de bois qu'elle tient comme un plateau. Et où reposent un bol de riz fumant, un autre avec des légumes et de la viande dans une sauce épicée, des baguettes, une Thermos de thé. Elle pose le tout sur un minuscule tabouret. Ça sent très bon. Elle baisse les yeux. Je suis assis sur ma couche, la main appuyée derrière moi. J'ai envie de parler avec elle. Elle est jolie et rassurante. Et puis on a vécu un truc ensemble, tous les deux.

— Tu parles anglais ? je demande.

Elle ne lève pas les yeux et sourit. Je répète.

— Bien sûr que tu parles anglais. À Mong La tu parlais anglais.

Je mime la forme d'une bague qui brille. « *Ruby* », je dis. Elle lève doucement les yeux.

— Comment tu t'appelles ?

Elle hésite, et dit en me regardant : « Thanda », d'une toute petite voix qui me rappelle ma nuit des fleurs empoisonnées.

— C'est joli, je dis.

Elle recule. Fait un geste des mains pour me saluer et se dirige vers la porte. Je pense à ce qu'il y a derrière. Je reviens à la réalité et l'arrête.

— Tu vas à la fête ? *Woman festival* ?

Avec mes mains j'esquisse la forme de la potence qui se dresse au milieu du village. Elle prend une expression mélancolique qui m'effraie, puis fait le geste de saisir une corde et de se balancer. Je ne comprends pas. « *A bell ?* Une cloche ? » Elle met une main devant ses lèvres et rit d'un rire cristallin, enfantin, qui me fait chaud au cœur. « *No* », dit-elle, en serrant ses deux mains. Je ne comprends pas. Ses lèvres s'écartent encore en un joli sourire, elle reste une demi-seconde les bras ballants en me regardant comme une jolie poupée, et quitte la pièce sur ses pieds nus. Adorable créature.

Le repas absorbé, je vois les choses de façon moins négative. La petite m'a mis de bonne humeur. Je parviens même à fermer les yeux pour me détendre et oublier la sécheresse de Julie et mon angoisse.

Lorsque je sors sur ma terrasse de bambou, le soleil a déjà commencé sa glissade derrière les montagnes. Le village est en proie à une intense agitation. Hommes et femmes, en files séparées, se dirigent vers l'étrange construction. Je descends avec le cœur qui bat, mon appareil à la main. Je m'attends désormais à tout.

Il y a foule autour de la potence, où pend une liane terminée par un nœud coulant. Les enfants semblent particulièrement excités. J'ai peur. Je cherche Julie sans succès, mais repère Thanda, à côté de l'un des quatre adolescents de l'expédition punitive. Il s'est mis lui aussi sur son trente et un. *Exit* le mauvais tee-shirt, et place à une belle veste brodée. Il fume un énorme cheerot et se donne des airs d'importance.

Un vieillard s'approche. Usé, voûté, le torse creusé sous sa veste dénouée. Un turban brodé recouvre sa tête ridée comme une vieille pomme. Il s'avance bravement, attrape la liane et recule en la tenant. Crachant un jet rouge de bétel, le voici qui lève une jambe et qui – je n'en crois pas mes yeux – la passe dans le nœud qui termine la corde. Avant de s'élancer ! Il s'envole dans les airs, et revient dans un mouvement de balancier, en lançant des formules d'une voix rauque. Au bout de quelques va-et-vient, la corde se stabilise et, aidé par quelques hommes robustes, le vieux retire son pied de la boucle et tombe le cul par terre. Il se met à rire. Tout le monde rit, d'ailleurs. Je ne comprends rien à ce qui se passe mais je respire. Je prends quelques photos. Personne ne fait attention à moi. Ils sont entre eux, heureux.

Une jeune fille s'approche. Magnifiquement parée d'une coiffe scintillante et de bijoux d'argent, encadrée par deux autres jeunes filles, dont Thanda qui est la seule des trois à ne pas porter de coiffe, mais s'avance vers la liane, une barre de bois à la main. Elle la fixe dans le nœud de la corde, puis aide la jeune fille parée à s'y asseoir, une cuisse de chaque côté. L'adolescent qui fumait son cheerot s'avance, empoigne une fine corde accrochée à la liane et s'écarte de deux bons mètres. La jeune fille recule jusqu'à ce que la liane se tende et s'élance alors, rouge de plaisir.

Elle vole, sur cette balançoire du bout du monde. Le jeune homme lui imprime un nouvel élan dès qu'elle passe à sa hauteur, en tirant sur la corde. Vu d'en bas, elle semble dépasser la cime des collines baignées par le soleil rouge qui fait étinceler sa coiffe. Le jeune homme est aux anges, il a les yeux qui brillent, il la trouve belle. Je crois que je comprends peu à peu le sens de cette cérémonie. Ces deux-là s'aiment, c'est une cérémonie de fiançailles, ou quelque chose comme ça.

Les plus vieux sourient de leurs gencives et tapotent l'épaule des autres adolescents. Mister Paul est là aussi, qui couve la scène d'un regard tranquille, ses bras caressés par le soleil mourant. Les jeunes filles se succèdent à la balançoire, toutes flanquées d'un jeune homme, toutes coiffées de ce couvre-chef que les petites filles dévorent du regard. Encore quelques années, mes chéries. Ce bonheur simple, après l'accès de violence de l'après-midi, me transperce. Étoffes bleues dans le ciel orange, fiançailles aériennes, bien balancées. J'aperçois Thanda dans mon viseur, ses cheveux noirs simplement coiffés d'un bandeau de tissu où s'accrochent des cauris. Pourquoi n'a-t-elle pas de coiffe ? Personne ne voudrait d'elle, une mignonne pareille ? J'appuie sur le déclencheur. Son beau visage se découpe sur les montagnes.

On me tape sur l'épaule. Un autre de ces jeunes gens de l'expédition. Le pire, celui qui a égorgé. Le visage toujours aussi fermé, mais vêtu de pied en cap de sa tenue akha, avec sur la tête un turban orné de perles. Un pur prince que Kipling n'aurait pas renié. Dans quel lieu, dans quelle époque suis-je tombé ? Tout cela existe donc encore ?

« Daw Wei Wei », me lance-t-il en me faisant signe de le suivre.

La nuit est tombée. La jungle a refermé son manteau de bruits insolites et effrayants sur le village. J'ai suivi la silhouette trapue jusqu'à la maison de Julie. En approchant, j'ai d'abord entendu des grésillements, ponctués de sons aigus comme des larsens. Le garçon m'a invité à continuer seul avant de se fondre dans l'ombre. J'ai grimpé la petite échelle. À l'intérieur, une lampe à huile répandait une douce clarté et un fort parfum de noix de coco.

Julie est penchée sur un objet sombre. Je reconnais un poste de radio comme on en voit dans les films de guerre. Un de ces trucs en bakélite qui peut se porter sur le dos. Elle y parle d'une voix autoritaire, avec des inflexions, des montées en puissance. C'est sa voix, mais avec une portée différente, plus incisive, plus charmante, charmeuse, qui vous enveloppe et vous transporte. Son accoutrement ne doit pas être étranger à cette impression. Elle est vêtue en femme akha. Pas seulement la coiffe et la veste, comme lors de son invocation devant les trafiquants, mais le costume entier. Exactement comme j'ai cru la voir lors de ma première nuit ici. Combien de jours ? Ici le temps se dilate. Jambières brodées, le pagne sur la robe, la veste, et, sur sa poitrine, des plaques d'argent en demi-lune dont on doit entendre le tintement dans l'émetteur qu'elle tient devant ses lèvres.

Mr. Paul avait raison : ce n'était plus Julie que j'avais devant les yeux. Mais Wei Wei, une autre femme dont il me restait sans doute à sonder la folie. « Montre son visage au monde », m'avait dit Éric. J'ai remonté l'appareil au niveau de mes yeux, collé mes paupières au rectangle froid du viseur. Pressé une douzaine de fois le déclencheur en l'écoutant parler. J'ai reconnu « *Myanmar* », « *akha* », et « *Ma Suu* », répété plusieurs fois. Ce dernier nom m'a surpris car « Ma Suu » était le surnom affectueux que les Birmans donnaient à Aung San Suu Kyi.

Une dernière parole, et elle a reposé le combiné. Pressé un bouton et expiré à fond. Elle a pivoté vers moi et m'a dévisagé. Un dernier clic de mon appareil et j'ai laissé tomber mon bras. Ce qu'elle était belle, la gravité de son regard l'éclairant de l'intérieur.

— Je voulais te montrer quelque chose, m'a-t-elle dit d'une voix douce, légèrement éraillée.

Avait-elle parlé longtemps, pendant que là-bas on se balançait ?

— Qu'est-ce que tu faisais ?

— Viens, je vais t'expliquer, je vais tout t'expliquer. (Elle a baissé les yeux, a bloqué sur les premières syllabes et a ajouté :) Je voudrais m'excuser pour tout à l'heure...

Paradoxalement, la phrase m'a rendu triste. Je ne voulais plus qu'elle s'excuse. J'ai ressenti de la colère contre moi-même, contre ce que je lui avais dit. Je n'avais pas idée de ce qu'elle vivait. De ce qu'elle souffrait.

— Viens.

Elle s'est emparée d'une lampe de poche et nous sommes sortis dans la nuit. Les étoiles éclaboussaient le ciel mais nous ne disions mot. Une silhouette a remué devant nous, que Julie a rassurée d'une phrase. Elle m'a dit de faire attention et a commencé à grimper sur une échelle de bambou qui menait à une maison sur pilotis. Un cadenas massif en fermait la porte. Elle a tiré une clé accrochée à l'un de ses colliers et l'a ouvert. Le faisceau de sa lampe a balayé l'obscurité et j'ai ouvert de grands yeux.

Une demi-douzaine de caisses de bois, recouvertes d'idéogrammes peints au pochoir, s'y entassaient.

— Qu'est-ce que c'est ?

Ma voix me semblait avoir pris elle aussi de la gravité dans cette nuit de jungle.

— Des armes. Fusils et explosifs. Et c'est grâce à toi qu'on les a, a-t-elle répondu avec chaleur.

J'ai regardé tout ça, interloqué. Pensé à tout ce que m'avait dit Éric. Je voulais poser une question mais elle a continué.

— Elles viennent de l'autre côté de la frontière, a-t-elle dit. De Chine. Le rubis a tout payé.

Son regard était empreint de gratitude. Impression souveraine d'être devenu aussi précieux que la pierre arrachée aux entrailles de Mogok. Elle a pris ma main et l'a serrée avec des yeux enfiévrés.

— C'est pour quoi ?

— Organiser la lutte. Résister si l'armée birmane en venait à décider de nous supprimer.

C'était surréaliste. J'ai bondi.

— Parce que tu as assassiné deux trafiquants ?

Elle m'a foudroyé du regard.

— Parce que dans cette partie du monde, les légendes ont du poids.

On est rentrés sans un mot. J'ai considéré avec méfiance le volumineux appareil de radio. Il me faisait penser à ces films de guerre au Vietnam où l'on voyait les GI à genoux sous les bambous, hurlant dans l'orage de balles sifflantes qui fauchaient leurs copains.

— Qu'est-ce que tu fais, avec ça ?

Elle a avalé une gorgée de thé en aspirant bruyamment pour que l'air le refroidisse.

— J'émets sur le canal d'une radio clandestine. Dans toute la Birmanie.

J'ai mis quelques secondes à encaisser. Avalé ma salive avant de lui demander :

— Et tu dis quoi ?

Elle a réfléchi un instant, et murmuré une phrase dans une langue inconnue.

— Ça veut dire quoi ?

Son regard vert s'est animé.

— *« Nous pouvons être*
froids comme l'émeraude,
Comme l'eau au creux des mains,
Mais nous pourrions être
Comme des éclats de verre
Au creux des mains. »

— C'est beau.

— C'est de Aung San Suu Kyi. Le plus petit de ces éclats de verre, dit-elle, a la force tranchante pour se défendre contre la main qui cherche à le briser...

— Je croyais qu'elle prêchait la non-violence, ai-je objecté.

— Elle parle d'une résistance de l'âme. Pour se libérer de la peur.

J'ai hoché la tête. Me revenaient à l'esprit les mots d'Éric sur le parking du BME. L'air de Chopin que Julie avait fait jouer à fond devant sa maison-geôle. On entendait des chants monter dans le village. Et des percussions métalliques faire naître un rythme envoûtant.

— Les armes que tu m'as montrées, c'est pas vraiment une résistance de l'âme...

Ses yeux se sont plissés. Son regard était prêt à me découper en tranches.

— Ma Suu mourra bientôt seule dans sa maison... La non-violence a fait long feu.

— Et c'est ce que tu leur dis, dans la radio ?

Elle a hoché la tête.

— Je leur dis qu'il faut se battre.

— Tu n'as pas peur de les désespérer ? De les plonger dans une peur plus grande ?

Elle a baissé la tête. Les pièces de sa coiffe ont tinté dans la fraîcheur de la nuit qui tombait.

— Non, car je leur dis que ce sont les généraux de la junte qui ont peur.

J'ai souri.

— Ah bon ?

— S'ils en sont à organiser de faux attentats pour discréditer leurs opposants, ou à se créer une nouvelle capitale de toutes pièces au milieu de nulle part, oui, ça veut dire que c'est eux, qui ont peur...

— Et après ? J'ai vu une armée à Kengtung. Des chars, et des dizaines de soldats.

Elle a accusé le coup et marqué une pause. J'entendais grésiller les mèches des lampes à huile.

— Je sais, a-t-elle dit enfin.

— Ils viennent pour qui ?

— Pour tous ceux qui ne veulent pas obéir à leur loi. Ils veulent un pays purement birman. C'est du nettoyage ethnique. Ils déplacent les villages, violent les femmes, enrôlent les enfants et les hommes pour porter leur matériel dans la jungle. Dans les coins de guérilla, on leur fait ouvrir le chemin pour faire sauter les mines.

Son visage exprimait la haine.

— Ils s'en prennent aux Akhas aussi ?

— Ils s'en prennent à tout le monde. Je te l'ai dit. Ils ont peur. Il faut qu'ils fassent montre de leur force. Intimider, pour gagner du temps.

— Ils peuvent venir jusqu'ici ?

— Ils pourraient. Ils le feront sans doute.

Elle a trempé ses lèvres dans le thé brûlant. Je la trouvais plus belle que jamais dans cette lumière dorée, dans les effluves de l'eau parfumée, fumée, mêlée à ces arômes de noix de coco. Ses cheveux casqués, son nez droit, ses lèvres pulpeuses et son menton volontaire me donnaient envie de l'aimer. Mais je sentais que sous ses cils allongés, dans son regard vert, la tempête couvait. Une tempête que j'aurais volontiers partagée en y mêlant mon corps, ma chaleur, mais dont je sentais qu'elle voulait me tenir éloigné. Autour de nous la vie obscure s'éveillait. J'avais l'impression d'entendre les insectes frotter leurs ailes contre l'écorce des arbres de cette forêt primaire. Les chants allaient crescendo depuis le village.

— Et tu leur résisteras comment ? Avec ces quelques fusils ?

Elle m'a souri, et dans ce sourire, pour la première fois, il me semblait y avoir un immense espoir. Une confiance toute-puissante.

— Oui. Mais surtout grâce à la portée mythique de Wei Wei...

Elle avait prononcé le mot lentement, en arrondissant ses lèvres, faisant tinter les deux i comme si elle avait voulu le savourer. Ou plus certainement, s'en faire un talisman.

— Toi, donc ?

Elle a secoué la tête. Une mèche blonde s'est échappée de sa coiffe de princesse.

— Non, Wei Wei, la Femme-Tigre...

J'ai baissé la tête, impuissant. Tout cela me dépassait. J'étais dans un conte. Auquel je n'arrivais pas à croire. Elle, que j'avais vue si rationnelle, si pragmatique à Rangoon, au volant de son énorme voiture...

— Je ne comprends pas.

— C'est normal.

Elle s'est penchée vers la Thermos ornée de fleurs, s'est servie et m'a tendu une tasse bouillante, dont la fumée se perdait dans la nuit. Je me sentais vaciller, et ce n'était pas la chaleur. Ce village et ses rituels enfantins, ce sang qui coulait dans la jungle... Tout se mélangeait. Tout m'absorbait.

— La Femme-Tigre remonte aux origines de l'histoire des Akhas, a-t-elle repris. Ils considèrent qu'ils sont tous nés d'un même ancêtre. Une sorte d'Adam, si tu veux. Qui a dû se chercher une Ève. Il l'a trouvée, il l'a épousée, lui a donné des enfants, mais un jour, sans prévenir, elle s'est transformée en tigre. Et l'a dévoré. Raison pour laquelle hommes et femmes akhas dorment toujours séparément...

J'ai levé les sourcils.

— Mister Paul m'a dit que c'était toi, la Femme-Tigre.

Elle a absorbé une longue gorgée de thé.

— Tout cela est irrationnel, tu le sais bien. La Femme-Tigre est l'un des esprits les plus puissants de la mythologie akha. Elle rôde autour des villages, qu'elle menace mais qu'elle protège en même temps du monde extérieur. Elle commande les autres esprits. Les Akhas la craignent mais ils savent aussi qu'elle les défendra contre les forces de ce monde extérieur. Elle a dévoré le premier des Akhas. Elle a donc le peuple akha en elle.

Elle disait ça avec un calme immense.

— Dans les montagnes du Triangle d'or, cette croyance est très répandue. Quand je te parle de la portée du mythe, c'est de ça que je te parle. Le portail que tu vois à l'entrée de tous les villages marque symboliquement la démarcation entre le monde des esprits, autrement dit la forêt, et le monde des humains, le village, où les esprits ne viennent pas... Ailleurs, ils peuvent attaquer, mais les chamans akhas savent aussi les domestiquer... Et certains savent aussi domestiquer la Femme-Tigre.

Elle me faisait peur. Je n'avais rien contre la mythologie et ses explications anthropologiques étaient parfaitement claires. Mieux, je pouvais même avoir du respect pour ces croyances. Mais elle, là-dedans, quel rôle jouait-elle ? Pourquoi s'amusait-elle à porter leurs vêtements, leurs coiffes ? J'ai levé la tête, avalé ma salive et demandé :

— Pourquoi Mister Paul m'a-t-il dit que c'était toi, la Femme-Tigre ?

Ce coup-là, elle ne s'est pas défaussée. Et à ma grande surprise, alors que jusque-là l'exaltation avait illuminé ses traits, un sombre éclat a envahi ses yeux.

— Je n'ai pas choisi.

Je ne me suis pas démonté.

— Il faut que tu me dises, Julie, ai-je repris le plus calmement possible... Je peux comprendre, tu sais. Mais il faut que tu me comprennes aussi, moi. Ça ne vaut peut-être pas autant pour toi que pour moi, mais on s'est promenés ensemble, on a fait l'amour ensemble ; on s'est parlé. De mon passé, de ton passé. Je sais des choses aussi. Je ressens des choses pour toi. Alors dis-moi ce que tu fais ici. S'il te plaît. Dis-moi. Deux hommes sont morts cet après-midi. Sur tes ordres. Il y a des militaires à Kengtung. Je te vois parler à la radio. Tu t'habilles comme les Akhas. Ils t'appellent la Femme-Tigre. Tu dois me le dire, Julie...

Elle a levé la tête et m'a lancé un regard que je n'ai jamais oublié. Implorant la compréhension, et lourd de toute l'émotion qui chargeait son cœur.

— Il n'y a plus de Julie, a-t-elle dit dans un soupir alors que ses yeux s'emplissaient de larmes. Julie est morte.

Je me suis approché, toujours accroupi, et l'ai prise dans mes bras, surpris par cette éclosion de souffrance. À mon grand étonnement, elle s'est laissé faire, et même abandonnée. Je sentais contre mon torse la chaleur de son corps, j'avais dans le visage le parfum de ses cheveux, et je voulais la protéger, prendre soin d'elle comme elle l'avait fait avec moi à Rangoon. Lui faire comprendre que j'étais là pour elle. Ses épaules se secouaient de spasmes. Je caressais doucement ses cheveux et son front, essayant de lui communiquer le peu de force qui me restait au milieu de cette jungle où tous mes repères occidentaux volaient en éclats. Un village de montagne où les femmes se paraient de pièces coloniales, une jungle constellée d'étoiles chamaniques, quelques jeunes soldats déguenillés, et une armée hostile et suréquipée à quelques kilomètres. Elle au milieu de tout cela, immensément respectée par un peuple auquel elle ordonnait de tuer, avant, peut-être, de les mener eux-mêmes à la mort... Elle, une Occidentale comme moi, que j'avais connue médecin humanitaire, et dont ils semblaient faire une déesse, une chef de guerre... Absurde et grandiose.

— Calme-toi, ai-je dit. Je suis là pour toi.

La silhouette d'un vieil homme a surgi dans l'encadrement de la porte. À peine son ombre avait-elle envahi la pièce que Julie s'est reprise, s'écartant aussitôt de moi et passant rapidement le dos de sa main sur son visage baigné de larmes. J'ai reconnu le vieillard qui avait inauguré la balançoire.

13

— Ce que je voudrais, c'est que tu racontes tout ça. Comme c'est beau, comme c'est simple, comme c'est fragile.

Des fillettes, des petits garçons, des adultes, des vieilles et des vieillards. Tous dans leurs plus beaux atours, couverts de bijoux, colliers et bracelets, et qui dévoraient le festin avec application. Chaque mets reposait dans de petits bols. Du riz, de la viande, des légumes variés, et surtout, surtout, de l'alcool, que l'on buvait dans de petits verres qui s'échangeaient de main en main à la lumière des flammes et des lampes.

— C'est de l'alcool de riz, m'a dit Julie en me tendant un verre et en m'offrant un sourire.

Son chagrin n'y paraissait plus. L'alcool réchauffait le sang. Elle m'avait assis à sa droite. Les regards nous couvaient et il y avait de l'amour dans ces regards. Les vieilles commençaient à chanter, les jeunes à danser au son des gongs et des tambours. C'était comme un kung-fu sans agressivité. Les mains, les jambes, les visages mimaient des animaux de la forêt, félins, oiseaux ou serpents. Les mains des filles décrivaient des mouvements souples et aériens, d'une grâce infinie. Les garçons courbaient leur dos et levaient leurs bras comme pour voler. La musique était envoûtante. L'alcool de riz noyait pour un temps les soucis dans une forme de bonheur, de joie pure.

— Ils chantent pour les esprits, a repris Julie. L'animiste croit que chaque objet, chaque chose, un arbre qu'on coupe, la terre que l'on retourne, le vent qui souffle est doué d'une volonté, et que celui qui sait respecter ces volontés vit en harmonie. Pour les Akhas, chaque geste est un signe adressé aux esprits, et lorsque la maladie ou le malheur frappe, c'est que l'harmonie a été détruite et que les esprits réagissent. Pour eux rien n'est plus précieux que de préserver cette harmonie. Tu n'as pas idée de la richesse de cette culture. C'est pour ça qu'elle ne doit pas disparaître. C'est pour ça qu'il faut lutter.

Les enfants la regardaient avec ravissement. Elle leur souriait. La musique est montée d'un cran. Comme l'ambiance, de plus en explosive, avec des danseurs qui se défiaient maintenant sur la terrasse de bambou, sous l'éclairage serein de la lune. J'ai empoigné mon appareil et immortalisé la scène. Puis, sans quitter l'appareil des mains, l'œil dans le viseur, j'ai cadré le visage de Julie au moment où deux adorables gamins se dressaient sur leurs pieds pour caresser les mèches de cheveux blonds qui s'échappaient de sa coiffe. Je me suis rassis à côté d'elle.

— Éric sait, pour toi ? ai-je demandé.

Elle a secoué la tête.

— Éric a une femme, une petite fille, il a une famille...

À ces mots, sa voix a paru s'étrangler.

— J'ai peur de le mettre en danger. Je trouve déjà qu'il en fait trop, mais il ne veut pas que sa fille grandisse dans un pays sans liberté...

Elle s'est arrêtée.

— Tu es le seul à savoir. Tu vois la responsabilité que tu as.

Elle m'a regardé avec profondeur.

— Et pourquoi moi ?

Elle a réfléchi quelques secondes et m'a lancé un regard espiègle.

— Peut-être parce que toi aussi tu as quelque chose du tigre...

C'était sans doute une boutade, mais cet irrationnel m'angoissait. J'ai dû le montrer, car elle m'a demandé en me scrutant :

— Qu'est-ce qu'il y a ?

— Rien, ai-je répondu. (J'ai marqué une pause.) Donc, tu veux que je fasse de toi une héroïne...

Ma remarque a semblé l'attrister.

— Tu sais comme moi que les Occidentaux ne font attention qu'aux leurs. Si j'étais née birmane, ou akha, tout le monde s'en foutrait. Il y a deux ans, un mouvement d'anciens étudiants de 1988 a tenté une opération coup-de-poing en prenant des otages à l'ambassade birmane de Bangkok. Ils espéraient alerter l'opinion internationale. Ils ont tous été descendus par les Thaïs. Ça a fait deux lignes dans la presse... en Thaïlande.

— On parle quand même pas mal d'Aung San Suu Kyi, ai-je objecté.

— Tu trouves ? Chaque année pour son anniversaire, ou pour chaque prolongation de détention... Et après ? Il faut que les gens s'identifient. Pour ça, je compte sur toi.

— Mais comment tu vas faire, ensuite ? Ton identité va...

Elle m'a interrompu :

— Je ne compte plus, César. Il n'y a plus qu'eux qui comptent.

Elle m'a lancé un vrai sourire, et a pris ma main dans la sienne. J'ai senti mon cœur se serrer. Je sentais le danger autour d'elle et prenais toute la mesure de son combat. J'avais envie de lui dire que je l'aimais. Le mot, que je n'avais pas dit bien souvent, était prêt à éclore sur mes lèvres, mais je me suis abstenu. Comme si émettre ce genre de sentiments n'avait pas sa place ici. Comme si, aussi, je n'étais pas digne d'elle. De son abnégation. De sa folie.

Au bout de la pièce, le vieillard lui a souri de ses gencives rouges. Julie a joint ses paumes dans un geste de prière et s'est inclinée avec respect.

— Qui est-ce ? ai-je demandé.

— Le « *pima* », le maître des « *Pi* », les esprits. Je l'aime beaucoup. C'est un homme très bon, très simple, et immensément respecté parce qu'il connaît et interprète l'Akhazan, la voie akha.

— Excuse-moi, mais... il faut que tu m'expliques.

— Ne t'excuse pas. J'aime que tu me poses des questions... L'Akhazan est le code de conduite qui dicte la relation aux esprits et à l'espace dans le respect des anciens, dont les âmes n'ont jamais quitté le village, et qui le protègent. Le pima sait, par intuition, comment respecter ce code. Où il faut construire le portail aux esprits, que faire des enfants mort-nés, où placer l'autel au moment des semailles, où il faut dresser la balançoire... Tu l'as vue, cet après-midi ?

J'ai hoché la tête.

— Tu n'as pas été ému ?

Une joie disproportionnée avait pris possession de son visage, déformé par les reflets des flammes. Elle me faisait peur, à nouveau.

— Ça paraît ludique pour nous, mais c'est très important pour les Akhas. D'abord, il est interdit de toucher la balançoire en dehors de la cérémonie du nouvel an des femmes, qu'on devrait appeler l'an des nouvelles femmes... Elles ne s'y balanceront qu'une fois pour quitter les esprits de la terre, et se rapprocher de ceux du ciel.

— Seulement les femmes ?

— Oui. Seulement les femmes, et le pima, bien entendu. Chaque année, après avoir consulté les Pi, il désigne les heureuses élues. La cérémonie de la balançoire marque leur passage dans le monde des femmes. Elles ont à cette occasion le droit de se parer pour la première fois, comme leur mère et leurs grands-mères l'ont fait avant elles, de la coiffe qui fait de chacune d'elles une femme à part entière.

J'ai hoché la tête. Et ajouté, en regardant la coiffe bardée de pièces d'argent qui encadrait magistralement son visage :

— Tu t'es balancée, toi, alors ?

Elle n'a pas tout de suite répondu. Baissant les yeux vers son bol, elle a piqué, du bout des baguettes, une lamelle de viande pimentée qu'elle a dirigée vers ses lèvres. Après les avoir humectées de thé noir, elle a levé les yeux vers l'assemblée. Vers les visages lumineux de joie, les têtes ornées de coiffes scintillantes et de turbans brodés. Toutes ces générations réunies autour du même festin, soudées par les mêmes gestes, partageant les mêmes repères, le même bonheur simple. Enfin, elle a dit :

— Oui, je me suis balancée.

Le vieillard, à l'autre bout de la terrasse de bambou, venait de lui faire signe. Elle m'a prié de l'excuser.

Je savourais une tasse d'alcool de riz en regardant les braises monter vers la voûte céleste quand un regard noir a attiré le mien. C'était celui de la petite de Mong La, assise au milieu d'un groupe de filles qui riaient. Sauf elle. Elle portait une veste brodée, mais toujours pas de coiffe. Seuls ses cheveux noirs, longs et soyeux, brillaient dans la lumière des lampes à huile. N'avait-elle pas l'âge requis pour la balançoire ? Impensable. Je lui ai souri, elle a baissé les yeux et ses amies ont gloussé à nouveau. Les filles sont décidément partout les mêmes.

— Tu la trouves jolie ?

C'est quand elle s'est assise près de moi que j'ai remarqué que son regard avait changé, les émeraudes de ses iris comme assombries de nuages noirs.

— Ça ne va pas ? Tu as l'air pâle.

— Ne t'inquiète pas. Alors, tu la trouves jolie ?

Elle me dévisageait avec un sourire triste. Un de ces sourires comme en avait Mister Paul.

— Pourquoi tu me dis ça ?

— Pour rien, ou parce qu'elle est effectivement très jolie. Non ?

Quand elle a vu que Julie la regardait, la petite a baissé les yeux. J'y ai décelé la crainte.

— Je me demandais juste pourquoi elle ne portait pas de coiffe.

Un mouvement d'agacement a secoué sa lèvre.

— Elle pourrait. Elle devrait. Mais elle refuse de suivre les traditions akhas.

— Pourquoi ?

— Quand elle était enfant, Thanda s'est liée avec un missionnaire qui vivait dans la montagne. Il se piquait d'évangéliser les Akhas comme ça a été fait en Thaïlande ou au Laos. Il lui a appris quelques mots d'anglais, et je ne sais quoi d'autre sur le monde d'en bas... Qui depuis a l'air de la fasciner... En plus, on a fait l'erreur de l'envoyer à Mong La pour récupérer le rubis... L'idée était de moi. D'abord parce qu'il fallait quelqu'un que ça n'effrayait pas, ensuite parce que je pensais la dégoûter du monde d'en bas... Tu parles, depuis, elle ne fait que parler de ça aux autres filles...

Je me suis penché pour la regarder. Mais Thanda avait compris que nous parlions d'elle et détournait le regard.

— C'est grave ?

J'avais dit ça comme ça. D'où ma surprise lorsqu'elle s'est raidie. Pire, lorsqu'elle a ricané. Ça lui allait mal, et ça me faisait mal.

— Pour qu'elle finisse pute dans les bordels de Mong La ? Ou qu'elle se retrouve dans une attraction à touristes, un zoo humain où les gens la reluqueront comme un singe ?

Elle avait élevé la voix. Le pima, en face d'elle, a froncé les sourcils. Ses voisins de gauche, une vieille femme et un jeune homme, qui bavardaient jusque-là de bon cœur, se sont arrêtés aussi sec. Julie s'en est rendu compte et a baissé d'un ton. Néanmoins sa voix sifflait.

— Tu ne sais pas ce qui attend les Akhas quand ils sortent de leur jungle, a-t-elle repris. Au Night Bazar de Chiang Mai, j'ai vu tellement de femmes akhas mendier, affamées, ayant tout vendu, jusqu'à leur coiffe, qu'elles ne doivent pourtant jamais quitter... On recense des tas de viols, de passages à tabac dans les postes de police, où on les arrête pour n'importe quoi. Quand les soldats ne débarquent pas dans leurs campements de fortune en ouvrant le feu sans sommation ! Parce qu'ils ont la réputation de cultiver l'opium, on les considère comme des junkies, et parce que leurs mœurs sont libres avant le mariage, on prend les filles pour des putes... En Thaïlande, il y a même une série télé qui les ridiculise, parodie leurs traditions animistes. On les traite comme des sous-hommes. On leur dénie le droit d'exister. Crois-moi, César, un Akha qui quitte ses montagnes est un Akha mort. Les Birmans comme les Thaïs veulent les assimiler de force pour récupérer leurs terres. Il n'y a qu'en les occupant, en les défendant, en montrant qu'ils peuvent résister qu'ils se feront entendre... On est à un tournant, César. Après il sera trop tard. Et si tout ça disparaît... (elle se leva et embrassa du doigt l'assemblée réunie autour des feux)... alors ce sera pour toujours. La vague de néant recouvrira tout.

C'est à ce moment-là que j'ai remarqué comme elle était blême. Et comme ses traits s'étaient tirés. Elle s'est rassise, les yeux dans le vide, abattue. M'a servi une tasse d'alcool de riz, et donné quelque chose à manger du bout de ses baguettes. Quelque chose de sucré à la douceur de noisette. Et tout a vacillé.

Impression de perdre pied, indissociable d'une sensation de légèreté, de bonheur.

Je suis toujours assis, mais je ne peux accomplir un seul mouvement.

La musique, les gongs sont devenus assourdissants. Un rideau humain et mouvant se dresse devant moi et Julie s'y engouffre, décrochant de mes rétines les pièces d'argent de sa coiffe. Je ferme les yeux quelques secondes et quand je les rouvre, le rideau s'est écarté, m'offrant le spectacle de Julie accroupie face au vieux pima.

Ils se penchent alternativement sur un objet cylindrique. Une idole, qui fume et répand une odeur inconnue, végétale et âcre. Les volutes bleu sombre montent se perdre jusque dans les étoiles aux configurations inouïes. Le vieux au turban psalmodie dans un nuage de particules en suspension, et Julie, d'une voix que je ne reconnais pas, lui répond.

Je regarde, fasciné. Elle a les yeux fixes, aussi diaboliquement fixes que la nuit de mon arrivée. Je sais maintenant que je n'ai pas rêvé et que c'est elle. Les villageois se sont massés autour d'elle. Jeunes comme vieux, ils la couvent des yeux avec un respect proche de la soumission. Elle est une autre femme. Elle s'adresse à eux dans leur langue râpeuse, rugueuse, lance des imprécations incompréhensibles, mains jointes au-dessus de la tête.

Les trilles des instruments tourbillonnent à mes oreilles. La jungle paraît plus proche et il me semble reconnaître d'autres bruits, plus organiques, plus animaux. Un vieillard vient de s'avancer vers Julie. Il a les genoux cagneux, il est ridé comme un parchemin, mais sa démarche est confiante. Il ôte sa veste et son torse creusé apparaît. Le pima tend à Julie un objet et je reconnais une arbalète, une minuscule arbalète. J'ai peur qu'elle ne le tue. Ses pupilles sont remontées vers le haut de l'iris. Je voudrais me lever, empêcher le meurtre, mais mes membres sont comme ligotés.

Julie bondit. On dirait qu'elle vole. De la pointe de la flèche, elle poinçonne à coups rapides le torse du vieillard, tout en crachant des formules que je crois entendre malgré la musique, métallique et chaude. Le vieillard quitte la scène. Il est impressionné. D'autres hommes et d'autres femmes viennent. Un défilé tout droit sorti de la cour des miracles. Tous, elle les frappe de son arbalète, jusqu'à ce que s'avance un couple, un enfant de quelques mois dans les bras. Je retiens ma respiration. Je ne sais pas ce qui peut arriver et je commence à avoir très chaud. Son regard est effrayant, elle lève les bras en l'air et crie comme une damnée. Je ferme les yeux et devant mes paupières s'agite alors une sarabande d'étoiles de bambou, ondulent des balançoires chargées de filles tintantes et scintillantes. Elle s'empare du bébé et le brandit vers la lune. Il ne pleure pas. Il est parfaitement calme. Elle prononce des paroles. Les parents écoutent, recueillis.

Le village entier est rassemblé devant elle, en contrebas de la petite terrasse de bambou. Il me semble qu'il y a maintenant des dizaines et des dizaines de bougies, de lampes dont les mèches répondent aux étoiles. Que le nombre des villageois a grossi, qu'il y a encore plus de turbans et de coiffes d'argent que tout à l'heure. Il y en a sur les autres terrasses des maisons, il y en a à gauche et il y en a à droite. Il y en a sur la montagne, sur les collines alentour qui brillent de petites lumières.

Julie fait un geste et le silence tombe comme un couperet. Plus de gongs, plus de tambours. Rien que les bruits de la jungle, un vol d'oiseaux qui s'élève, le grésillement des insectes. Elle bouge la tête en avant et en arrière, de gauche à droite, sous le regard du pima qui murmure. Sa voix est rauque, ce n'est pas elle qui parle. Elle tient toujours le bébé, à bout de bras, l'offre à la lune. Il ne dit rien, l'enfant. Il sourit.

Le vent se met à souffler. Chaud et humide, parfumé et puissant. Il gonfle les branches des arbres, il fait voler les pans des vestes des femmes et des hommes qui ouvrent de grands yeux devant Wei Wei.

Je vois de dos sa silhouette couronnée de pièces d'argent et je prends conscience de sa force en regardant cette foule de jeunes gens massés en contrebas et vibrants de passion pour elle. En regardant, en écoutant ces femmes et ces hommes qui semblent l'aimer à la folie, et qui, sous les étoiles de la sublime voûte du ciel, brandissent maintenant des fusils, des coutelas, et hurlent, hurlent son nom, le sacro-saint nom de Wei Wei. Ces hommes et ces femmes sont un peuple, son peuple. Les tambours et les gongs, à nouveau, montent vers les étoiles. Elle ne dit plus rien, elle reste droite, l'enfant dans ses bras tendus vers la lune, vers la jungle, vers les montagnes et vers le ciel. Elle reste droite, impeccablement droite, le vent venant faire onduler quelques mèches de sa tête blond et argent.

Le ciel s'est déchiré en deux. Trois éclairs ont cisaillé la nuit, et je l'ai vue donner le bébé au pima avant de s'effondrer, épuisée, dans les bras de deux hommes qui l'allongèrent avec précaution sur les nattes de bambou. La peur et la fascination m'étranglaient. J'ai voulu me lever, mais en vain. Assommé, fracassé par ce trop-plein de sensations et toujours cette impression d'être ligoté. J'ai senti que mes paupières se fermaient sur mes yeux qui, pourtant, voulaient encore voir.

Combien de temps ai-je sombré ? Lorsque je les ai rouverts, ça a été pour découvrir un paysage désormais familier. Mister Paul et son sourire « *Come with me* ».

14

Autour de ma tête embrumée, des bruits liquides qui rafraîchissent la nuit, mouillent mes cheveux. Les étoiles ont disparu derrière les nuages noirs et les hallebardes de pluie. L'eau du ciel sera bonne pour le riz des Akhas. Il me porte, il me tire. Je ne peux toujours pas bouger, ou à peine. Je titube.

— On va où ? je demande d'une voix qu'il me semble entendre de l'intérieur.

— Kotsao, répond-il.

Kotsao. Le nom me dit quelque chose. Je me souviens. Julie m'en a parlé. L'endroit des ébats des jeunes... La chambre d'amour des Akhas. Je souris. La cérémonie est terminée. Elle va se donner à moi. Tout est bien. Je l'aime.

Je lève les yeux et je découvre une hutte au toit triangulaire. Deux branches de bambou qui dessinent une croix en se rencontrant, comme n'importe quelle maison akha, mais en retrait du village. C'est qu'il faut de la tranquillité pour les rendez-vous amoureux.

Les hautes herbes me trempent les mollets, les cuisses, les feuilles déversent leur eau sur mon visage lorsque ma tête les heurte. Ça mc réveille un peu. Je suis heureux. Wei Wei est redescendue de son socle de déesse vivante et Julie m'accueille en son sein de femme.

Je n'ai pas oublié son odeur, son parfum de blonde. Je veux me gorger de ses seins blancs et m'attarder entre ses cuisses. Je suis ailleurs mais dans la même dimension qu'elle. Dans son histoire, pour mieux la raconter, dévoiler son destin d'héroïne au monde. J'accomplis ce pour quoi je suis né. Vivre et témoigner. Raconter les histoires enfantées par le chaos du monde. Rapporter une comète éclatante dans la grisaille de la galaxie informative. Une goutte dans le flot des événements qui font le monde, mais une goutte qui chatoie. Julie-Wei Wei, Européenne asiatique, médecin égorgeuse et pragmatique mystique : une femme que vous aimerez, dont vous adorerez l'histoire, le destin.

Mister Paul m'aide à grimper la petite échelle. La porte laisserait passer un enfant, je m'y engouffre. Il me laisse.

Il n'y a aucune lumière, mais je sens, sous mes mains, qu'une couche y a été installée. J'ôte ma chemise, trempée, je m'y étends, j'attends.

Je ferme à nouveau les yeux. J'entends la pluie qui s'éteint. Je devine les nuages en train de déserter les lieux en glissant sans bruit dans l'empyrée. Je me sens divinement bien et il faut l'être quand on attend une déesse. Julie. Wei Wei. Laquelle viendra ce soir ? Laquelle je veux ? L'Européenne ou l'Asiatique, le médecin ou l'égorgeuse, la pragmatique ou la mystique ?

J'entends la porte s'ouvrir. J'entends les pièces tinter, je reconnais la silhouette mais je ne peux pas la voir. Je ne peux pas et je ne veux pas la voir, car j'ai peur qu'elle disparaisse comme la Mélusine des chansons du Moyen Âge après avoir posé sa coiffe séculaire sur le sol de bambou de notre refuge.

Je ferme les yeux. Je sens sa peau contre la mienne, sa bouche qui parcourt mon corps, je savoure le grain de sa peau et les volumes de son corps. Il me semble qu'elle a changé, mais je me laisse dériver.

Nous nous entremêlons avec douceur. Tout cela est ample et beau. J'entends tout autour, de l'autre côté des parois aussi fines que du papier, les mille et un bruits de la nature. La pluie s'est arrêtée et les parfums montent de la jungle. Elle soupire, je souris tandis qu'elle s'élève et se repose sur moi. Mes mains remontent vers ses mains appuyées sur mon torse. Ses poignets, ses bras à la peau infiniment douce, puis ses épaules, ses clavicules, et enfin la vallée où s'érigent ses seins sur lesquels je plaque mes paumes. Ils sont différents, plus durs, plus pointus, en forme de petits obus à la pointe rigide. Je ne la reconnais pas mais le plaisir m'anesthésie.

Elle se soulève encore sur moi et revient comme une vague, nos bassins en harmonie. Ses cheveux me caressent les yeux, le nez ; ils ont une odeur de coco. Ce n'est pas son parfum de blonde. Je commence à comprendre. J'ouvre les yeux. La clarté des étoiles et de la lune troue les claies de bambou et je devine, peu à peu, ce qui se joue.

Les cheveux sont noirs. Les seins ronds et pointus comme ceux des femmes akhas que j'ai vues prendre leur bain. Julie a quitté son enveloppe de blonde pour la peau brune et cuivrée des Akhas. Elle s'est changée en Birmane. Impossible. Mon esprit se révolte. Les battements de mon cœur s'accélèrent. Je veux me libérer de l'emprise. Je veux voir son visage, le vérifier.

J'essaie de lui parler. « Julie ! » J'écarte les cheveux noirs tout en essayant de retenir le flot de vie qui gronde dans mes reins, tandis qu'elle halète de plus en plus vite en donnant de l'ampleur à ses mouvements.

J'écarte les cheveux, et je vois sa bouche, petite et ourlée comme celle des courtisanes sur les estampes, sa bouche qui s'entrouvre, les petites dents mordant sa lèvre. Une bouche asiatique, mon Dieu ! Les pommettes sont hautes, les yeux étirés sur les tempes, mais fermés sous de longs cils ombrageux ! Je comprends, mon Dieu ! Je résiste, je voudrais m'échapper, j'ai été trompé, mais le mouvement est irrésistible, je sens le plaisir qui s'impose et jaillit tandis qu'elle libère un cri aigu dans la nuit pulvérisée d'étoiles.

15

La jouissance m'a dégrisé. Je me suis redressé, bien décidé à avoir une explication de Julie. La petite n'a pas organisé ça toute seule. Je ne sais pas ce qu'on lui a dit et elle n'a pas du tout compris que je la repousse pour prendre mes vêtements.

— *Stay !* a-t-elle dit en anglais, en caressant de la paume de sa main la natte de bambou.

Elle était ravissante. Ses cheveux noirs qui tombaient sur ses épaules m'arrachèrent un soupir. Dans quoi m'étais-je fourré ? J'en avais lourd contre Julie. Thanda s'est rallongée, en me fixant intensément. La clarté de la lune, traversant les claies de bambou qui constituaient les parois de l'abri, dessinait des damiers sur son ventre et ses cuisses.

— *With... me...*, a-t-elle dit encore.

Ces quelques mots d'anglais, hésitants mais sincères, m'ont plongé dans la détresse.

Ça ne m'a pas empêché d'enfiler ma chemise et mon jean et de la planter là.

Le jour n'était pas levé et le village aurait dû être désert. Au lieu de cela, des ombres s'activaient entre les huttes. Je me suis approché, les membres ankylosés. J'ai sursauté en découvrant soudain, au milieu du village, une dizaine d'ânes chargés de caisses, qui attendaient, résignés, les sabots dans la boue. Une femme sortait de sa hutte des paniers d'osier remplis de légumes et d'ustensiles. Un vieillard portait des couvertures. Des enfants couraient après les poules pour les attraper et, çà et là, les cochons et les buffles étaient attachés aux arbres, au lieu de flâner en toute liberté comme à l'accoutumée. J'ai pressé le pas en me dirigeant vers la maison de Julie. Je n'ai pas frappé. J'ai poussé la porte. Derrière c'était le vide.

Ni couchage, ni livres, ni vêtements. De sa terrasse, j'avais un aperçu sur tout le village. J'ai fini par comprendre. Le village pliait bagage. On rameutait les bêtes et on prenait l'indispensable. Parmi les villageois, j'ai alors avisé le pima. Accroupi au-dessus du sol, il ramassait des poignées de terre et les émiettait entre ses doigts en bredouillant des formules. J'ai couru vers lui et me suis efforcé de le saluer avec respect.

— Wei Wei ? ai-je demandé.

Il a levé vers moi ses yeux couleur perle foncée. Le geste de sa main m'a fait comprendre qu'elle était partie.

— Où ?

Il m'a souri et a refait le même geste. Au loin.

C'est alors que j'ai entendu des plaintes. Des plaintes humaines, qui provenaient de l'intérieur d'une maison. Je n'ai pas hésité.

Un corps était posé sur un brancard de fortune. Autour, deux jeunes femmes. Une penchée sur le corps. L'autre, une couverture sur les épaules, qui grelottait. Je me suis approché. J'ai vu le sang, et mes jambes se sont mises à trembler. La salive a envahi ma bouche. J'ai essayé d'interroger les femmes. En vain.

Celle qui tremblait a éclaté en sanglots, la tête dans ses mains. Dans la mienne, c'était le chaos. Je suis ressorti. J'ai désigné la maison du blessé au pima. Il a écarté les bras comme pour dessiner une masse qui grossissait, avant de les lancer en l'air, comme quelque chose qui explose. Il était coopératif, mais je ne comprenais rien. Qui étaient cet homme blessé, cette femme qui pleurait ? Qu'était devenue Julie ? Les nerfs en fusion, j'ai pensé à Thanda et à ses rudiments d'anglais. J'ai couru jusqu'à la petite maison, et l'ai retrouvée dans le village, marchant dans sa petite jupe brodée, d'un pas vacillant. Un sac shan, bleu avec des rayures d'or en bandoulière, et tout le poids du monde sur les épaules. En me voyant, elle m'a adressé un sourire désarmant. C'était à fendre le cœur. Des images me sont revenues de nos étreintes, que j'ai dû balayer. « *Come with me.* »

On est retournés à la hutte. Dans le village, les préparatifs de l'évacuation redoublaient d'ampleur. On sentait l'urgence et la peur suintait de partout. En avisant le blessé, Thanda a eu un mouvement de recul. Je l'ai empoignée par les épaules.

— Qu'est-ce qui s'est passé ? Où est Julie ? ai-je demandé avec précipitation.

Thanda s'est tournée vers la femme qui s'occupait du blessé. Puis vers celle qui, au fond, levait des yeux baignés de larmes. Un flot de phrases en akha s'échangeaient devant moi, et je m'impatientais. Pire, je prenais peur, fixant tantôt le sang qui caillait sur le torse nu du jeune homme qui râlait de douleur, tantôt le beau visage de Thanda, décomposé par ce qu'elle entendait. La fille geignait de plus en plus. Le visage défiguré par les larmes, elle s'est mise soudain à hurler en se tirant les cheveux. L'autre femme s'est ruée vers elle pour la prendre dans ses bras.

— Qu'est-ce qu'il y a ? ai-je demandé en anglais, presque en hurlant.

Thanda a sursauté.

— Les soldats birmans ont tué les gens de leur village.

Son accent, sa façon d'entrechoquer les syllabes donnaient à la phrase une densité barbare.

— Et Wei Wei ? Demande-leur s'ils ont vu Wei Wei.

En entendant le nom, celle qui pleurait a semblé se calmer.

— Demande-lui, ai-je insisté.

Des phrases en akha fusaient de leurs bouches.

— Elle est partie là-bas avec les hommes, a répondu Thanda.

Mon sang s'est mis à bouillir.

— Quoi ?

Elle a répété en baissant la tête.

— Et tu le savais ?

Elle a secoué la tête, obstinée.

— *No. No.*

— Alors qu'est-ce qui se passe, là, dans le village ? ai-je demandé, furieux.

— Wei Wei a dit de partir, et de monter plus haut dans la montagne.

— C'est elle qui t'a demandé de dormir avec moi ?

Elle a levé les yeux vers moi. Une immense tristesse y régnait.

— Oui. Elle m'a dit de prendre soin de toi.

Un long soupir s'est échappé de ma gorge sèche. J'ai fermé les yeux. Sur la surface interne de mes paupières sont repassées les images de son prêche, la vision de ces jeunes hommes armés, dépenaillés mais enthousiastes, qui levaient leurs fusils vers elle en l'acclamant. Ça n'a duré que quelques secondes et puis un grand calme m'a envahi.

Il ne me restait qu'une seule chose à faire.

— Comment s'appelle leur village ? ai-je demandé à Thanda.

Elle s'est tournée vers la jeune femme, et m'a répondu.

Je suis sorti de la hutte. Les enfants couraient, excités. La caravane des ânes semblait harnachée, prête à partir. Les anciens attendaient en fumant de longues pipes que les plus jeunes, et les femmes, aient terminé de charger les dernières hottes de roseaux sur les bêtes de trait.

— Montre-moi le chemin, ai-je demandé à Thanda.

Son visage s'est décomposé. Elle a secoué la tête.

— *No, no...*

— Montre-moi le chemin, j'ai répété d'une voix plus ferme.

Au lieu de répondre, elle a ôté le petit sac shan qu'elle portait en bandoulière et me l'a tendu.

— Elle m'a dit de te donner ça.

Mon cœur s'est mis à battre violemment. À l'intérieur, il y avait un cahier. J'ai parcouru les pages à toute vitesse. Des dates, des paragraphes à l'écriture serrée. Des mots qui m'ont frappé en plein cœur.

« 24 janvier. L'humanitaire a ses limites. On ne pourra rien faire. Ils exercent le pouvoir, pressurent et tuent. Tant que l'Occident s'en foutra... 2 mars. À Dala, le sourire des villageois en guenilles. Ce pays m'a rendu mon âme, mais pourquoi ne puis-je faire davantage ?... »

Les lignes déclenchent un flot de bile dans mon estomac. Je passe les pages, égaré. *« Ils me l'ont tué. Ils me l'ont pris. Sa mort m'anéantit. Je ne sers plus à rien à Rangoon. Trop de malades, de corps qui souffrent. L'humanitaire déshumanise. Il faut quitter Rangoon. »*

« 15 juin. Il pleut depuis quinze jours sur le Triangle d'or. Paul me parle des Akhas. Leur science est ancienne. »

Là, l'écriture se désagrège. Je tourne les pages avec une rapidité accrue. Tombe sur ce mot, en énorme, et lettres capitales. « *TIGRE* ». Et puis, plus loin : *« 2 décembre. Montagnes akhas. Le pima dit que l'harmonie a été détruite et que les esprits réagissent. Ils disent que j'ai le "souffle". »* Il y a de nombreuses pages illisibles. Comme des rêves notés à la hâte. Je reconnais un seul nom : Wei Wei. Mon cœur bat de plus en plus vite. J'avance, je cherche le jour de mon arrivée. Rien. Les pages ont été arrachées.

Les larmes ont jailli de mes paupières, inondé mes joues, secoué mes épaules. La main de Thanda est venue caresser mes cheveux avec timidité d'abord, et puis c'est tout son joli corps qui est venu se lover contre moi. Je me suis redressé.

— Où est le village ? ai-je dit.

Elle n'a pas répondu et m'a regardé comme s'il s'agissait de mettre toute la force de son amour dans ce regard. Car maintenant, je sais que c'en était et que je n'ai pas voulu y répondre. L'harmonie de ce visage limpide et fier s'est rompue lorsque j'ai répété ma question, et que son bras fin à la peau brune, où deux bracelets d'argent tintaient, m'a indiqué la direction avec une lenteur résignée.

— Ne va pas là-bas. Je veux aller avec toi. Dans ton pays.

J'ai passé le plat de la main sur sa joue lisse, et j'ai couru vers la vallée. Laissant derrière moi la seule qui, sans doute, valait la peine.

16

Mille fois, j'aurais dû me perdre. Mille fois, j'aurais dû me briser le cou en trébuchant sur une racine, m'empaler sur un lot de jeunes bambous acérés, ou que sais-je, me faire mordre par un de ces serpents verts qui se confondent avec la végétation, mais que je voyais pourtant distinctement, suspendus aux branches, leurs pupilles caoutchouteuses s'ouvrant et se fermant sur leur œil de verre. Ils ne bougeaient pas, je n'avais pas peur. Mieux, ils étaient des signes.

Étions-nous aimantés ? J'étais sûr de courir vers elle, avec les branches qui tournoyaient autour de ma tête, le ciel bleu par endroits, dans le trou des arbres, où le soleil faisait plonger ses rayons comme pour guider ma course. La certitude gonflait ma poitrine. J'allais arrêter tout cela, ces geysers de sang, ce rouge poisseux sur le vert. La jungle dressait un mur devant moi, mais ce mur se fendait pour que je m'y faufile, et se refermait après mon passage. Je montais, je descendais, je glissais, me rattrapais aux branches. Toujours, il y avait un chemin. Toujours, la trace d'un pas dans la boue. Je n'avais pas peur, je n'hésitais pas.

Et puis j'ai vu la lumière à travers les arbres. Elle ne venait pas d'en haut, du ciel, mais de derrière. La jungle s'arrêtait. J'avais couru une éternité sans m'en rendre compte. Mes sourcils faisaient un rempart à la sueur pour qu'elle ne brouille pas mon regard. Le laisse vif, alerte, précis. C'était si bon, de se sentir vivre. J'ai avancé prudemment, le cœur vigilant. Trois ou quatre rideaux d'arbres, frangipaniers, massifs de bambous, colossales fougères, me séparaient encore de la lumière.

J'ai franchi le rideau.

Devant moi, la brume. Impénétrable. Léchant les collines et la cime des arbres. Le doute m'a envahi. On n'entendait aucun bruit. Juste ma respiration, s'élevant et refluant comme une vague claire dans l'atmosphère cotonneuse. J'ai avancé, les bras tendus comme un somnambule. J'aurais pu fermer les yeux, je n'aurais pas vu davantage.

Une forme noire a troué le gris. Plusieurs formes, imposantes, menaçantes. J'ai respiré de soulagement en reconnaissant des maisons akhas, leur haut toit aux poutres entrecroisées. Un autre village. Je me suis approché. Le brouillard a semblé diminuer à mesure que j'avançais. Devant mes pas, seulement, car c'était toujours la même purée de pois sur les collines, les montagnes. Le ciel avait disparu, avalé.

Le village était désert. Je me suis faufilé entre les maisons, l'oreille attentive, tentant de faire abstraction du bruit de ma respiration. Jusqu'à ce qu'un violent choc au niveau des jambes me déséquilibre et me fasse renouer avec le sol.

Un cliquetis métallique, une main ferme qui s'abat sur ma gorge. J'ai vu des jambes, des visages hostiles, et entendu une voix tranchante. Des ordres en akha. La voix de Julie. Mon cœur s'est soulevé de bonheur. On m'a relevé.

Elle était devant moi, magnifique. Le visage tendu,

des mèches blondes qui s'échappaient de sa coiffe. Magnifique, oui. Ce que j'aimais cette fille ! J'ai frémi lorsque j'ai vu qu'elle tenait à bout de bras un fusil.

D'un geste, elle a demandé qu'on me fasse entrer à l'intérieur d'une cabane, où elle m'a rejoint. Elle a fermé la porte.

— Il faut que tu partes, César. Ils arrivent. Ils nettoient la montagne.

Elle avait perdu toute sa superbe. La fatigue creusait ses traits et sa voix tremblait. Je n'avais, paradoxalement, aucune peur. Trop heureux de la voir saine et sauve, près de moi. J'ai pris la parole, sûr de la convaincre :

— Et qu'est-ce que tu veux y faire ? Résister ? Avec ces quelques hommes, ces quelques fusils ? Tu les mènes à la mort, Julie.

Elle a baissé la tête. Sa main est passée sur son front pour repousser des mèches d'or maculées d'une sueur qui devait être froide.

— La montagne est à nous, César. Il faut le faire savoir. Autrement, ça ne s'arrêtera jamais. Et je ne veux pas que ce monde disparaisse.

— À *nous* ? Tu n'es pas une Akha, Julie.

Son regard s'est immédiatement durci. Deux émeraudes qui jetaient des éclairs. Elle a regardé sa montre.

— S'il te plaît... Va-t'en. Retraverse la forêt, gagne les montagnes, rejoins-les.

— Qui, Thanda ?

Elle s'est mordu la lèvre.

— Je ne pouvais pas te toucher.

— J'avais compris, tu sais.

Elle a laissé échapper un long soupir.

— Tu n'aurais pas dû te réveiller. L'opium t'aurait maintenu en dehors de ça. Tu te serais réveillé dans un beau lever de soleil, loin de tout ça, de cette mort noire... Tu aurais écrit.

Sa belle voix, plombée par la gravité de l'instant, me traversait comme un frisson. J'ai secoué la tête, obstiné.

— Et toi tu serais morte ? Canonisée ? Héroïque ? Personne n'en a rien à foutre, de ton combat. Si tu crois que là où je bosse, tu vas leur arracher une larme...

Elle a serré les poings. Elle allait parler quand un coup dans la porte l'a interrompue, nous faisant bondir tous les deux. « *Daw Wei Wei !* » a lancé une voix, derrière. Elle a répondu d'un mot en akha.

— On a fait sauter tous les ponts, cette nuit, mais ils seront bientôt là. Il faut que tu partes. S'il te plaît.

Il n'y aurait donc rien de plus pour moi ? Aucune parole, aucun geste qui puisse me prouver qu'elle avait ressenti quelque chose ? Que je n'avais pas été manipulé ? Que tout cela avait un sens ? Même égoïstement ? Un tout petit sens pour moi ?

J'ai rassemblé tout mon courage. Tout mon orgueil. J'ai prononcé cette courte phrase, universelle, si souvent foulée aux pieds parce que les adolescents et les chanteurs la murmurent à tour de bras. Sauf que moi, je ne l'avais jamais dite. Sauf peut-être au plus fort d'une extase, de temps en temps, mais c'était pour dire l'extase, la sensation et pas le sentiment. Et là, c'était évident, il n'y avait que ça à dire, c'était comme un don, et c'est à elle que je voulais le faire. J'aurais voulu le dire en akha, mais je n'en savais pas le langage. Je l'ai donc dit en français, notre langue commune à elle et à moi. En français, en bon français, en beau français :

— Je t'aime.

Elle a ouvert la porte. Le brouillard est entré dans la

pièce. En même temps qu'un flot de douleur en moi, me calcinant le cœur lorsqu'elle a répondu, intouchable :

— Pas moi.

Sauf que juste après avoir dit ça, elle s'est arrêtée sur le seuil. Avant de tourner la tête vers moi et de me montrer ses larmes qui coulaient, sa lèvre qui tremblait.

Elle a disparu dans la brume, traversée par les voix rauques de ses soldats. Des ordres fusaient, brefs. Je devinais de place en place leurs silhouettes, leurs mains crispées sur leurs fusils. Une guerre qui n'intéressait personne, sauf eux. Une guerre qui allait tuer. Pourquoi ne fuyais-je pas ? Par paresse ? Ou parce que je ne voulais plus esquiver ? J'avais secoué le destin, secoué la chape qui pesait sur mes épaules d'Européen du XXIe siècle. Elle m'avait appelé, j'étais là. Elle avait provoqué mon éveil, et j'étais éveillé.

J'ai sursauté. Un bruit lourd, aérien, venait de recouvrir le silence de ce ciel de plomb. Je suis sorti, le sac shan en bandoulière. Trois formes s'étaient dessinées sur l'horizon, noires, vibrantes. Semblables à de gros frelons progressant dans l'éther sous l'impulsion de leurs élytres tournoyantes.

Des hélicoptères. Trois hélicoptères.

Qui n'avaient pas besoin de ponts pour franchir les rivières, et contre lesquels la magie de Wei Wei, la crainte qu'elle inspirait ne pourraient rien. On devinait les pales, le museau rond des appareils, et, déjà, la porte latérale où l'on armait une mitrailleuse. Un vent de panique a parcouru les soldats de fortune, bientôt absorbé par le bruit sec des premières détonations recouvrant celui des rotors. Les flammes des mitrailleuses ont fait des taches jaunes et rouges dans le gris du brouillard. La pluie est tombée en même temps. Il y eut deux, trois soldats fauchés. Un cri et puis c'est tout. J'ai aperçu la silhouette de Julie qui s'avançait vers les machines volantes et les mettait en joue.

J'ai refusé ça.

J'ai avisé une branche de bambou qui traînait dans la boue.

17

Elle s'est écroulée du premier coup, lâchant son fusil dans la terre changée en boue. La pluie redoublait mais le brouillard me faisait un manteau d'invisibilité. Me protégeant des frelons d'acier et des Akhas qui combattaient. J'ai lâché le bambou. Prié pour que l'impact ne lui ait pas brisé la nuque.

J'ai pensé à ces santons provençaux. À ces bergers en argile peinte qui portent un chevreau sur leurs épaules. Je sens ses hanches contre ma joue, ses bras dans mon dos tandis que les explosions éclatent tout autour. Son poids, la boue me font chuter. Elle bouge, et je suis soulagé de la savoir en vie. À genoux, j'en profite pour reprendre ma respiration. L'asthme revient comme un mauvais souvenir. Je ne dois pas paniquer. Coup d'œil vers le ciel, derrière mon épaule. Les frelons perdent de l'altitude. Ils vont atterrir et ça me terrorise.

Il y a, quoi, vingt mètres à faire jusqu'au rideau de forêt ? Je décide de tirer son corps par les épaules, mes mains sous ses bras, avec la pluie comme alliée car elle rend le sol glissant. Mes dents grincent sous l'effort, ma respiration siffle et mes cheveux, trempés de pluie, brouillent ma vue en se plaquant sur mon visage.

Il reste dix mètres à faire. Les détonations ont cessé et je comprends que les hélicos vont lâcher leurs pensionnaires pour aller finir le travail. La peur est en train de m'envahir. Mon sang turbule dans mes artères. J'accélère, je trébuche. Mes mouvements, mal coordonnés, ruinent mes efforts. Je regarde son beau visage, couvert de boue. Et cette coiffe qui la rend complice de tous ceux qui sont morts. Je réagis. Il reste quelques mètres. J'entends des voix derrière moi mais je continue, le brouillard me cache.

On y est. Le refuge de la jungle. Je cale son dos contre un tronc d'arbre. Lui arrache sa coiffe que je jette dans les fougères. Je lui enlève sa veste akha et sa peau nue apparaît. Ma beauté. La veste aussi je la jette, loin. Supprimer toute trace. J'ôte ma chemise, la lui boutonne sur le ventre et lui lie les mains derrière le dos pour achever le plan.

Qu'on n'aille pas me parler de lâcheté. C'est la laisser mourir qui est une lâcheté.

Les fougères cachent son visage qui respire, semble se débattre dans un cauchemar. Elle tourne la tête d'un côté puis de l'autre. Ma main sur son front tente de la calmer. Chaleur, fièvre. Je caresse ses cheveux. J'ai peur de la perdre. Ne faire aucun bruit, surtout. Je me tourne vers le village. Le brouillard, malheureusement, s'cffilochc. M'offrant un spcctaclc quc j'aurais préféré éviter.

Six hommes ont sauté de la machine volante. Leurs fusils fouillent les dernières nappes de brume. Ils portent un uniforme vert bouteille, des souliers montants qui avalent la boue. Leur regard est caché par un chapeau de brousse, dont l'un des côtés est remonté, prêtant à leur allure une redoutable asymétrie. Ils avancent, leur fusil en éclaireur, parviennent jusqu'aux maisons. Il y a des corps à leurs pieds. Ils donnent des coups dedans. Le plus vieux d'entre eux, un visage de Chinois, hurle des ordres brefs. Un jeune Akha sort d'une maison, les mains en l'air, sans fusil. Je reconnais l'adolescent que j'ai vu se marier. Sa jeune épouse était si belle sur la balançoire... Je frémis. J'ai peur de ce qui va se passer. Un autre sort après lui, plus âgé. Ils sont quatre en tout à sortir, les mains levées. Sauf le quatrième, qui pointe son fusil sous son propre menton. Le coup part, résonne dans le paysage de montagne et fait exploser son crâne. Son sang gicle. Le mien reflue dans mon cœur. Je voudrais détourner les yeux mais le spectacle m'absorbe. La peur a peint de blanc le visage des jeunes Akhas que j'ai privés de leur chef. Je serre ma tête dans mes mains. J'ai envie de hurler et je mords ma lèvre. Je suis un lâche, mais Julie ne doit pas mourir. Je fais bien. Elle n'a pas sa place ici. Elle n'a pas sa place ici.

Une fougère goutte sur ma tête. J'ai chaud et j'ai froid. Il faut faire vite. Je sors le cahier du sac, je déchire les pages que je plie et glisse dans la plus petite poche de mon jean, celle qui se trouve sous la ceinture. Je jette le sac et le cahier. Et puis j'essaie de m'attacher mes propres mains derrière mon dos. Il faut finir le plan, que ça ait l'air vrai. Je tremble, je n'y arrive pas. Je dois me concentrer.

Je ne veux pas regarder mais le spectacle attire mon attention à cause des cris. L'un des Akhas s'est agenouillé devant les hommes en vert descendus du ciel qui entourent à présent le village en un cercle sinistre. Je sursaute car j'ai reconnu l'un d'entre eux. À Kengtung, je l'ai vu, sa pupille noire, son visage glabre sculpté par deux pommettes dessinées à la hache. Il a sur l'épaule l'écusson rouge et blanc. Je reconnais aussi, et c'est atroce, Mister Paul, qu'on avance devant lui. À Kengtung, il lui avait fait baisser les yeux, et on dirait que l’autre l’a reconnu. Il recommence, Mister Paul, à braquer sur lui ses yeux et son sourire énigmatique. L’autre n’est pas à l’aise, je le vois grimacer, puis se pencher pour lui cracher au visage. Le jeune homme agenouillé est toujours agenouillé. Il pleure. Paul, qui n’a pas pris la peine d’essuyer le crachat qui souille sa face, se tourne vers lui et l’invective, le somme de se relever. Le jeune s’exécute. Le chef des soldats s’approche de Paul. Il vient de sortir un pistolet de son étui et pointe le canon sur sa tête. L’horreur m’envahit. Je résiste à la nausée qui monte. Je dois tenir.

Paul vacille sur ses genoux, son regard n’a pas dévié. Il fixe le jeune soldat qui, comme à Kengtung, finit par baisser les yeux, et s’effondre enfin, souplement. Le chef s’approche de chacun des prisonniers. Leur tête éclate sous l’impact. Je me plie en deux. Je vomis sur les fougères.

Je dois la sauver de ça. Ses yeux s’entrouvrent, elle me dévisage, hagarde. Essaie de se redresser mais découvre qu’elle a les mains liées. Je lui souris, je me jette contre elle, contre son sein, respire son odeur, plaque ma bouche sur la sienne pour qu’elle ne nous trahisse pas. Un mouvement sur le tronc attire mon regard. Une colonne de fourmis prend d’assaut l’écorce. Je repense à Kho Pan Ngan, à Hélène, à toute cette vie passée que je renie, parce que ma vie, désormais, est tout entière tendue vers Julie.

Un bruit de fougère froissée capte mon attention, et je tourne la tête dans sa direction. Une silhouette de soldat, le chapeau de brousse et l’écusson sur son épaule. Sa bouche hurle en nous voyant. Sa botte noire shoote dans mon visage. Goût métallique du sang.

18

Allongés tous les deux dans un champ de pavot, sous la caresse d'un vent parfumé qui vient des montagnes. Les bulbes gorgés de sève se balancent sur leurs hautes tiges. Nous fermons les yeux. Sa tête repose sur mon torse nu, se lève et se soulève au rythme de ma respiration. Une mèche de ses cheveux blonds chatouille mon visage bruni par le soleil.

Nous sommes enfin réunis, heureux. Tout à l'heure, nous serons surpris par des enfants au sourire invincible, qui viendront cueillir quelques tiges pour jouer avec. Ils écraseront les bulbes entre leurs petites mains pour entendre le bruit sec et creux des opercules. *Pop !* Ou ils n'écraseront rien, et s'en feront des colliers.

Ils s'enfuiront en nous voyant, volatiles infantiles.

Donnez-moi de l'opium que je puisse encore rêver. Car revoilà les murs de la cellule dès que j'ouvre les yeux.

Il y a des insectes écrasés au plafond. À part ça, tout va bien.

Je n'ai pas été violé, je n'ai pas été battu, je n'ai pas une barre de fer qui me lie les bras et les jambes, me transformant en culbuto géant, en jouet humain pour militaires cruels. Non, rien de ça. Je mangerais même plutôt bien, si j'avais envie de manger. Je n'avale pas. Trop occupé à ruminer. Ruminer ces journées de plomb.

J'ai repris connaissance dans un camion. Couché contre une barre qui me mangeait la joue. C'est la douleur et les voix qui s'élevaient autour de moi qui m'ont réveillé. J'ai ouvert les yeux mais je n'ai rien vu. Un bandeau, et les mains attachées. La panique s'est vite invitée. Pas pour moi, mais pour elle. Tout est revenu. La botte et le goût du sang. Où était Julie ? Je me suis débattu et j'ai pris un coup. Du plat de la main, qui m'a renvoyé valdinguer contre la barre de fer.

Donnez-moi de l'opium, que je puisse rêver. C'est la seule activité qui me reste pour me relier à elle. Même pas la force de jeter ma tête contre les murs. Juste, à la rigueur, celle de vomir, si j'avais encore quelque chose dans le ventre.

Le véhicule s'est arrêté et on m'a jeté à terre, le bandeau toujours sur les yeux. Un choc violent dans les vertèbres. Je me suis dit que ça y était. La fin. Ils allaient me coller une balle dans la tête. Ma cervelle en vrac sur les fougères. Mourir OK, mais pas mourir sans savoir. Je ne voulais pas qu'ils lui fassent du mal.

« Où est-elle ? Où est-elle, la fille prisonnière des Akhas trafiquants d'opium ? La fille qui était avec moi ? » J'ai demandé ça en anglais. Ça m'a fait drôle d'entendre ma voix. J'avais un timbre de fou. Une main m'a écrasé la tête et j'ai mangé la terre. Un objet froid et dur appuyait sur mon crâne. Un canon ? Avant de mourir je veux savoir. Je veux savoir ! J'ai tourné la tête et dégagé ma bouche pour hurler de toutes mes forces : « Où elle est ? La fille ? » On m'a retourné d'un coup de pied. Ça faisait mal mais je m'en foutais, je voulais savoir. Juste savoir. Mon amour. Une botte s'est posée sur mon ventre, pressant mes côtes. Avec le bandeau je ne voyais rien, mais je pouvais hurler. « Personne ne parle anglais ? Où est la fille ? » Les larmes me sont venues. J'étais brisé. Je voulais la voir. Je ne voulais pas qu'ils la violent, qu'ils fassent exploser comme une pastèque sa tête magnifique. « Elle ne savait pas, elle ne savait pas ce qu'elle faisait ! », j'ai hurlé dans un spasme.

Un rire a jailli. Atroce. Suivi d'une phrase, miraculeusement en anglais : « Une fille ? Mais il n'y avait pas de fille, monsieur le touriste ! Juste un tigre, *a fucking tiger* qu'on a malheureusement raté ! »

Je me suis évanoui. Et réveillé dans ce qui devait être un hélicoptère à cause de la sensation de vide sous les jambes, le bruit vibrionnant du rotor dans les oreilles. Et puis rien. La prison.

Ils ne m'ont pas tué.

Même pas.

À croire que je ne les intéresse pas. Ou alors j'ai dû servir à une négociation, parce que l'ambassade m'a envoyé quelqu'un hier. Un type à souliers à glands et chemise à manches courtes. Il m'a demandé ce que je faisais, seul, dans une zone de guerre. « Un trekking », j'ai répondu.

Je ne lui ai pas demandé, pour elle, parce que je veux qu'elle soit vivante. Il n'a parlé que de moi, de toute façon, et m'a dit que tout irait bien, que tout s'arrangerait. Qu'il reviendrait demain, et veillerait à ce qu'on me traite bien.

C'est le cas. C'est dommage parce que être un martyr, ça offre parfois une consolation.

Un tigre.

Je préfère imaginer ça comme ça. Je dors pendant des journées entières. Je ne fais plus de cauchemars. Je rêve et je le vois, le tigre, impressionnant de beauté, de souplesse. Elle est vivante.

C'est ce que je me dis parce que c'est ce que je veux. Je ne sais pas où elle est. Je ne l'ai jamais revue. Je me suis longtemps demandé si elle m'avait un peu aimé. J'ai lu et relu son histoire sur les feuilles du cahier et j'ai tout compris. Je sais qu'on aurait pu s'aimer, et qu'elle le savait.

Je ne sais pas ce que mon *Nat* me réserve, si j'écrirai son histoire. Je n'ai plus aucune photo, mais son image me hante. J'aime cette fille à en crever, ma femme-tigre blonde, ma Wei Wei humanitaire, ma princesse *goldentriangulaire*. Même si elle n'est plus à mes côtés, et que j'en pleure des larmes grosses comme des cœurs ensanglantés. En d'autres circonstances, est-ce qu'elle m'aurait aimé ?

On cogne à la porte. On me dérange encore ?

C'est juste le type de l'ambassade. Le gardien me fait signe qu'il m'attend. On ouvre la porte de ma cellule, il est là, avec ses souliers à glands et sa chemise à manches courtes. Je respire à fond, je m'emplis du souvenir de Julie, et j'avance vers la silhouette européenne qui me dit juste une phrase, une toute petite phrase de rien du tout :

— Vous êtes libre, monsieur.

Paris, 17 septembre 2006.

Remerciements

À Alina, bien sûr, pour sa patience et ses encouragements quand j'étais impatient et découragé.

À Gérard Oberlé et Tristan Pimpaneau pour avoir accueilli le Pulpito dans leur thébaïde, l'avoir fourni en rhum et en poulardes et allégé un peu l'ascèse...

À Hervé, le Breton de Birmanie, pour sa disponibilité, son énergie, sa connaissance aiguë et amoureuse du pays.

À Franz-Olivier Giesbert et Brigitte Hernandez, pour avoir accepté de publier mes premiers reportages en Birmanie.

À Paul Claverie, Yves Madec et Jean-François Paga pour leur coup d'œil graphique.

À Bach-Hop Vu, du Centre de langue française de Vientiane, pour avoir veillé sur moi au Laos et pour ses précieux documents sur les Akhas.

À Jean Hourcade et au personnel de l'Alliance française de Rangoon.

À Charles Dantzig pour ses souhaits et ses feuilles d'or.

À mon frère Olivier, qui a bien voulu relire le « magma ». À ma sœur Émilie, toujours curieuse et attentive. À mes amis Grégoire Audidier, Tifenn Duchatelle, Dominique Artus, Monica Sabolo et Yann Le Poulichet pour leur précieuse attention.

Merci, enfin, à M. Yves Mabin, à M. Bruno Delaye, et au ministère des Affaires étrangères, d'avoir retenu et soutenu ce projet dans le cadre des Missions Stendhal. À la Fondation Marcel Bleustein-Blanchet pour ses encouragements.

Merci à tous ceux qui ont croisé ma route en Birmanie. Je me souviens de vous.

Table

Composition et mise en page

NORD COMPO
multimédia

Imprimé en France par

CPI BUSSIÈRE

à Saint-Amand-Montrond (Cher)
en avril 2010

POCKET - 12, avenue d'Italie - 75627 Paris Cedex 13

N° d'impression : 100451
Dépôt légal : septembre 2008
Suite du premier tirage : avril 2010
S 18279/07

12, avenue d'Italie - 75627 Paris Cedex 13